孩子们必读的诺贝尔文学经典

亚特兰蒂斯

【德】G.霍普特曼◎著　余莉◎译

·霍普特曼卷·

图书在版编目（CIP）数据

亚特兰蒂斯 /（德）霍普特曼著；余莉译. -- 北京：北京联合出版公司，2015.2（2023.2重印）
（孩子们必读的诺贝尔文学经典）
ISBN 978-7-5502-4500-6

Ⅰ. ①亚… Ⅱ. ①霍… ②余… Ⅲ. ①长篇小说-德国-现代 Ⅳ. ①I516.45

中国版本图书馆CIP数据核字（2015）第010905号

亚特兰蒂斯

作　　者：（德）霍普特曼/著；余莉/译
选题策划：王成国　郎爱民
责任编辑：王　巍
封面设计：尚世视觉
版式设计：许　可

北京联合出版公司出版
（北京市西城区德外大街83号楼9层　100088）
福州俊丰彩印有限公司　新华书店经销
字数322千字　650毫米×950毫米　1/16　22.5印张
2015年2月第1版　2023年2月第2次印刷
ISBN 978-7-5502-4500-6
定价：40.00元

未经许可，不得以任何方式复制或抄袭本书部分或全部内容。
版权所有，侵权必究。
本书若有质量问题，请与本公司图书销售中心联系调换。
电话：010-64243832　4006586676

目录 Contents

第一部分 / 1

第一章 / 2
第二章 / 9
第三章 / 13
第四章 / 17
第五章 / 23
第六章 / 26
第七章 / 30
第八章 / 32
第九章 / 34
第十章 / 38
第十一章 / 41
第十二章 / 44
第十三章 / 47
第十四章 / 50
第十五章 / 53
第十六章 / 56
第十七章 / 58
第十八章 / 63
第十九章 / 66
第二十章 / 69
第二十一章 / 72
第二十二章 / 75

第二十三章 / 79
第二十四章 / 84
第二十五章 / 88
第二十六章 / 93
第二十七章 / 96
第二十八章 / 99
第二十九章 / 101
第 三 十 章 / 106
第三十一章 / 110
第三十二章 / 113
第三十三章 / 116
第三十四章 / 122
第三十五章 / 124
第三十六章 / 127
第三十七章 / 131
第三十八章 / 135
第三十九章 / 139
第 四 十 章 / 141
第四十一章 / 144
第四十二章 / 147
第四十三章 / 150
第四十四章 / 154
第四十五章 / 157

目录
Contents

第四十六章 / 159
第四十七章 / 162
第四十八章 / 167
第四十九章 / 171
第五十章 / 175
第五十一章 / 177
第五十二章 / 181
第五十三章 / 185
第五十四章 / 188
第五十五章 / 191
第五十六章 / 193
第五十七章 / 196
第五十八章 / 198
第五十九章 / 200
第六十章 / 203

第二部分 / 207
第一章 / 208
第二章 / 214
第三章 / 221
第四章 / 227
第五章 / 231
第六章 / 234
第七章 / 239

第八章 / 247
第九章 / 251
第十章 / 254
第十一章 / 259
第十二章 / 263
第十三章 / 269
第十四章 / 279
第十五章 / 282
第十六章 / 285
第十七章 / 293
第十八章 / 296
第十九章 / 301
第二十章 / 308
第二十一章 / 312
第二十二章 / 315
第二十三章 / 319
第二十四章 / 323
第二十五章 / 327
第二十六章 / 331
第二十七章 / 336
第二十八章 / 340
第二十九章 / 344
第三十章 / 348
第三十一章 / 352

第一部分

 第一章

　　德国快速邮船罗兰德号，是北德汽船公司最老式的船只之一，它往返于不莱梅和纽约，于1892年2月23日驶离不莱梅。
　　船务人员包括船长、四名官员、两名一级工程师、助理工程师、消防员、拉煤人、烧水工、乘务长、一级乘务员、二级乘务员、主厨、二级厨师和一名医生——撑起这个漂浮大家庭的任务就交到他们手上了，当然，除了这些人还有一些水手、男服务员、女服务员、厨房里的工人，等等，此外，还有两个小船员和一名护士。船上还有一名负责邮务的高级船员。房舱里的乘客只有一百人，而统舱里却有四百人。
　　前一天，罗兰德号还没消失，弗雷德里克·冯·卡马赫尔（Frederick von Kammacher）从巴黎发来电报，预定了一间客舱。匆忙无可避免。接到客舱所属公司的通知后，他只剩下一个半小时去赶那趟开往阿勒弗尔的邮

轮,这样才能在十二点前后到达。他从阿勒弗尔穿过南阿普顿,晚上便在那挤满人的船舱的卧铺上过夜。但他一路都安睡梦乡,邮轮也平安无事地往港口驶去。

黎明时分,他来到甲板上,看着英国那鬼魅般的海岸线距离得越来越近,直到最后船进入南阿普顿的港口。他就要在这里等罗兰德号。

邮轮公司办事处的职员们告诉他罗兰德号一般要到晚上才会抵达南阿普顿,另外,七点钟会有一艘供应船在码头接送乘客,以便他们在天黑前赶到船上。这就意味着弗雷德里克要在零下十摄氏度的气温中,在这枯燥的陌生小镇上打发掉十二个小时的时间。于是他决定在旅馆开一间房,如果可能的话,还可以睡一觉。

他看见一家商店的橱窗内摆放着塞得港的西蒙·阿次特牌香烟。于是他走了进去,女仆正在打扫。他买了一堆这个牌子的烟,这一行为完全是受到了某种情绪的驱使,而不是出于自身欲望的享受。西蒙·阿次特很不错,是他抽过的最好的一种;然而这些香烟带给他的意义并非源于它们本身的特性。

他背心的口袋里揣了一个鳄鱼皮质的公文包。包里装着一封他在离开巴黎当天刚收到的信:

亲爱的弗雷德里克:

我没必要离开疗养院,再落魄地回到我父母的家。该死的冬日胡舍伊尔山!在热带国家待过后,我可不会将自己送入这冬天的虎口。当然,最糟糕的是我这副祖传的皮囊。我这可爱的命运可是寄托在我那祖传皮囊上的。真希望地狱里的魔鬼烧掉它取乐。不妨告诉你,我注射了大量的结核菌素,还吐出许多细菌。可我离死亡还差了那么一大截。

重要的是,我必须处理我的遗物了。我想起自己还欠你三千马克。是你让我得以完成我的医学研究。当然,它们让我痛失所望。当然,你帮不上忙,可我很好奇,一切都失败了,但最困扰我的却是自己无法还钱的这种恐怖想法。

你也知道，我的父亲是公立学校的校长，他着实也有些积蓄。可除了我之外，他还有五个孩子，他们都没有得到他的钱。他将我视为他的资本，能为他带来不同寻常利益的资本。可他也是个现实的人，他如今既失去了资本，也没得到利益。

总之，他害怕承担那些责任，那是我因即将要到另外一个更加美好的世界而不能承担的责任——呸，呸，呸！——我又吐了三次。我该怎么办呢？你能放弃那三千债务吗？

老伙计，有几次，我已经走了三分之二的行程，我还在经过的地方给你留了暗语，这些暗语可不乏科学趣味。那个伟大时刻过后，我在灵界是否还能被人看见，好让你能再听到我的声音啊！

你在哪里？再见了。我夜梦里那生动又闪烁的欢宴中，你在一个公海的船上摇晃。你想要来一次海洋之旅吗？

此刻已是一月。不再害怕四月的天气，也算是一种好处吗？和你握握手吧，弗雷德里克·冯·卡马赫尔。

你的，乔治·罗斯姆森

当然，弗雷德里克立刻就从巴黎拍去电报，解除了这个死得有骨气的儿子对他老当益壮的父亲的担心。

尽管一些严重的问题仍占据着弗雷德里克·冯·卡马赫尔的思想，可他还是不断想起包里的那封信和他垂死的朋友。对于他这个富于想象、三十几岁的人来说，过去几年的生活仍鲜明地呈现在脑海中。弗雷德里克自身的生活也发生了悲剧性的转变，而现在，悲剧又走进他朋友的生活，还是一场越发可怕的悲剧。

两名年轻人分开已有数年。他们又相聚了，并且一起度过了愉快的几周，在此期间，他们不拘一格地交换各自的想法，相处的日子过得很充实。这几周成了他们各自事业生涯的开始。弗雷德里克·冯·卡马赫尔在舒适的家中举行了一场小型的冬日之宴，罗斯姆森买来的西蒙·阿次特牌香烟在宴会中就派上了用场。

此刻，在港口旁边霍夫曼的旅馆阅览室里，他正在给他写信。

亲爱的老乔治：

我手指发冷，可我还不断用那支烂笔往发霉的墨水里蘸；因为要是我现在不给你写信，那么你三周内都得不到我的消息了。今晚我就要坐上北德邮轮公司的罗兰德号。

你的梦还真灵验。没人告诉过你我会去旅行。出发前两小时，连我自己都不知道。

后天，距上次你第二趟旅程结束后，从不莱梅直接来找我们就一年了。当时你的旅行箱里装满了小说、照片和西蒙·阿次特牌香烟。我刚踏上英国的领土，离着陆点二十步之遥的地方，便在橱窗里看到了我们喜欢的香烟牌子。当然，我买了一些，其实是买了许多，此刻，我边写信还边抽着，友谊地久天长啊。不幸的是，不管我点燃多少支香烟，这恐怖的阅览室都不会变暖和一些。

你和我们住在一起的那两周，命运来敲门了。好像我们俩都冲到了门口，然后就感冒了。我卖掉了房子，放弃了我的事业，还将我的三个孩子送去寄宿学校，而我的妻子，你也知道她做了些什么。

魔鬼！有时候，想起过去，总让人不寒而栗。对于我们俩来说，由你接管我们病像的事务再好不过。我能想象你跑来跑去巡视那穿着毛皮大衣站在雪橇上的病人。在他死后，我十分赞同你安定下来，在邻近的乡村当一名乡村医生，尽管我们总爱嘲笑那些乡村医生医术匮乏。

如今一切都已今非昔比。

你是否还记得那些无数的胡舍伊尔山金翅雀给我们带来了多少乏味的笑话？每当我们走近一处光秃的树丛，它们就会突然前后摇晃，还会散落一些金色的叶子。我们便说那代表了金山。到了晚上，我们就以金翅雀为食，因为周末活动的猎人会卖出许多金翅雀，而且我那嗜酒的厨师能将它烹饪得美味无比。那时，你发誓不再当医生。你说你不会靠贫穷病人口袋里的钱生活；你说国家会给你发薪水，会为你提供大量补助，任你差遣，这样一来，你还能分些面粉、酒、肉和生活必需品给那些穷困的病人。可是现在，那些医药行业的恶魔们竟给你来了这么一击，向你表达谢意。不管怎样，你一定要好起来。

我正在去往美国的途中。当我们再次见面，你就会明白其中缘由。我的妻子已经不需要我了。和宾斯万格（Binswanger）在一起，她会得到很好的照顾。三周前，我去看她时，她甚至都没认出我来。

我的职业、我的药学和细菌学研究都完蛋了。都怪我运气不好，你也知道。我在科学领域已经名誉扫地。他们说我从染料中检测并且记录下来的是绒毛而不是炭疽组织。也许吧，可我不这么认为。无论如何，我都不在乎。

有时候我极其讨厌世界对我们耍的那些怪花样，我就快要赶上英国人的坏脾气了。几乎整个世界，至少是欧洲，都变成了柜台上的一道冷菜，而我对它一点儿兴趣也没有。

他给他垂死的朋友写完些肺腑之言，然后把信交给一名德国列车服务员去投递。

这冰冷的屋子，玻璃窗也被冻住。他躺在了一张冰冷的大床上，屋子里有两间这样的床。

身后有一夜之旅，眼前还横着一片海洋，此时他的思路并不清晰。弗雷德里克的状况因一阵痛苦而恶化，尤其是那些对战争的记忆，还在他头脑中推推撞撞永无休止地追赶。

从二十几岁到三十几岁，这名年轻人的事业都与他所在阶级的传统流线密不可分。他特有的野心和卓越的天资使他获得了突出的科学成就，而这些成就也给了他专门的保护。他曾做过科赫教授的助手，并且在不破坏两人关系的情况下，曾在科赫教授的对手——住在慕尼黑的佩腾·科费尔手下进行了几个学期的研究。他去罗马调查疟疾时，遇到了托伦夫人和她的女儿，她的女儿后来成了他的妻子，而她现在已经疯了。小富之余，安杰莱·托伦又给了他一笔大财。由于妻子体质娇弱，因此最终他也随妻子和他们的三个孩子一同搬到了有益健康的山区；可此番搬迁并未阻碍他的科学工作和职业联系。

在慕尼黑、柏林和其他科学中心，他都被认为是最能干的细菌学家，而且他的事业也刚刚渡过困难期。他最大的对手——也只是对他不以为然的科学家同僚们看来——就是某种文学研究的趋势。然而现在，他的工作遇到了麻烦，他也遭受了严重的挫败，那些严肃科学家们都说他将精力花在了培养边缘兴趣上，使自己能力降低，于是这名原本前途无量的年轻人便走上了自毁前程的道路。

在这间冰冷的英国旅馆中，弗雷德里克陷入了关于他过去的沉思。

"我眼见帕尔开将三根线织入我的生活。代表我科学生涯的那根线的断裂使我彻底变得冷漠。而其余两根线那残忍的撕裂"——这时他想起了对妻子的爱——"让第一根线的断裂变得微不足道。可即便这样，我仍然要在最有希望的年轻一代科学家之列占据一席之地，第三根线尚为完整，它像电线般穿透我的灵魂，它将会消磨我的壮志抹杀我对科学所做的努力。"

第三根线就是激情。

为了摆脱这种激情，弗雷德里克·冯·卡马赫尔去了巴黎；可是这激情的对象，那名瑞典舞蹈老师的十六岁女儿，使得他不能按自己的意志行事。他的爱已经转化为一种疾病，而且已经到了严重的程度，或许是因为最近发生的那些不愉快的事使他陷入了一种状态，而人类在这种状态下最容易中爱情的毒。

他的一位朋友，一名医生，在柏林向他引见那个女孩儿和他的父亲。

他的父亲后来知悉了他的秘密——他那热烈的爱后，每当两夫妻的地址有所变更，他都会自告奋勇地通知那个爱得着迷的人。

从冯·卡马赫尔那凑合的行李就可以看出，他并没打算长期旅行。他获知那个瑞典人和他的女儿已经于1月23号在不莱梅乘上了罗兰德号后，受某种不顾一切的念头驱使，或者说一阵激情骤然而生，他匆忙决定坐罗兰德号去南阿普顿。

 第二章

在床上躺了大约一个小时后，弗雷德里克起床了，在结冰的水壶中敲出一个洞，洗漱一番，然后心神不定地走到旅馆的下一层。阅览室里坐着一个漂亮的英国女人和一名不算英俊也不算年轻的德国犹太商人。之所以人类好社交，仅因怕等待。弗雷德里克于是和那名德国人攀谈起来。德国人说他住在美国，正要乘坐罗兰德号返回。

周围空气灰浊，屋子里很冷，那位年轻的小姐不耐烦地在没有火的壁炉前走来走去，那两个新认识的人谈话也渐渐变得稀少。

通常情况下，一个陷入爱河的人，是不会向路遇之人或是他不了解的人表露不悦情绪的。这两者不管是哪一种都显得荒谬。陷入爱河的人总会被那甜蜜而忧伤的幻想玩弄和折磨。顾不上那寒冷的天气和刺骨的风，那个沉浸在爱中的年轻傻瓜心神不宁地游荡在港口的街巷。当那个犹太商人

委婉地询问问起他此番旅行的目的时,他感到十分尴尬。为了不透露他渡海的动机,弗雷德里克吞吞吐吐地作了一些模糊的回答。于是他决定,从现在开始,若是有人问起,他就说他要去美国看尼亚加拉瀑布和黄石公园,顺道去拜访他的大学同学,而且他也是一名医生。

他们沉默着在旅馆一起吃饭,其间有消息说罗兰德号将会于五点到达尼德尔斯,比预计提前了两小时。弗雷德里克喝过咖啡,然后和德国人一起抽了一些西蒙·阿次特牌香烟。抽烟的同时,德国人还试着打理一些生意,卖些成衣。两个男人搬出行李,一起向供应船方向走去。

他们不安地在此等候了一个小时,烟囱里冒出黑色的蒸汽,喷入那沉沉地笼罩在港口一切事物之上的污浊迷雾中。蒸汽房里不时传来铲煤的声音。乘客五六成群地走上船来,搬运工拿着他们的行李跟在身后。船舱就像是立在甲板上的玻璃橱,橱内的玻璃下方,沿边放着铺上红色软垫的长凳。凳子上杂乱地放着一堆堆行李。

船上的人都不怎么说话,也没有人会在同一个地方逗留很久。唯一的对话便是那小声且带着害怕的低哝。船上有三位年轻的小姐,其中一位便是阅览室里那个英国女人,她们不安地从船头走到船尾,脸色苍白得很不自然。

"这是我第十八次往返旅行了。"那个成衣商自发说道。

"你晕船吗?"有人问他以示回应。

"我只要登上汽船,就会变成一具尸体。每次都是这样。直到就要到达霍博肯或是另一端——不莱梅港和库克斯港时,我才会苏醒过来。"

等了很久了,最终,供应船内以及驾驶舱里似乎正准备着什么。三位小姐又拥抱又亲吻,还泪流满面。其中最漂亮的那位,也就是阅览室里那位小姐还留在供应船上;其他两位回到了码头。

小船尚未开动。然而,到了傍晚时分,在一片漆黑中,缆索从码头的铁绳上被解下来,供应船发出刺耳的呜呜声,螺旋桨开始慢慢地搅动海水,好像只是在自顾试开。

开船的最后一刻,弗雷德里克收到了三封电报,一封来自他的老父母和弟弟，祝他航行愉快，一封来自他的银行主，一封来自他的律师。

尽管并没有人在码头送弗雷德里克，可是当船开动时，他望向供应船的那一瞬间，却有一阵大风向他袭来，这是灾难之风，还是无限欢乐的希望之风，他无法判别。他只感到某些东西突然从他的胸口和喉咙处喷发出来，然后开始沸腾、加热，再进入他的眼里。

几十年来，不同寻常的人的生活，似乎陷入了严重的危机，而在这种危机生活中，会发生两件事：聚集起来的病态物质要么被扔下，要么就是有机体在实质性的死亡或是精神死亡中屈从于它。其中最重要的，也是对于观察者来说最显著的危机出现在三十或四十出头的年纪；事实上，更常见的是在三十五岁前。那是生命中最大的试验性平衡发生的时期，人们往往宁愿将这种平衡推迟到最后，也不愿提前实现。

也正是在这种危机时段，歌德踏上了他的意大利之旅，卢梭将他的九十五篇论文钉在了威滕博格的教堂之门上，伊格内修斯·尤纳斯将他的武器挂在一幅贞女图前，再没拿下过，耶稣也被钉上了十字架。但是对于这名年轻的医生弗雷德里克·冯·卡马赫尔来说，他既不是歌德也不是卢梭，更不是尤纳斯；可他与他们很相似，不仅是在教养上，而且在许多细微的天赋上都很相似。

弗雷德里克看到小供应船加速离海港的灯火远去，将他载离欧洲和他的家，这时，他整个逝去的过往，一件又一件地在他的心中回放，其回放的范围竟无法用语言描述。他似乎正在与灵魂中的一整块陆地分离，这是一块他再也不会踏上的陆地。这是一次永久的分别。难怪那一刻，他整个人都在摇晃，无法回复平衡。

尤纳斯并不是一名优秀的战士，不然，他又怎能扔下他的武器？卢梭也不是一个够格的多米尼亚人，不然他又怎会丢下他的僧衣？歌德也不是一名称职的律师或者官员。一波无法阻挡的巨浪从三个人身上一卷而过，并将他们灵魂中的制服冲走，同时，海浪也同时扫过了弗雷德里克·冯·卡马赫尔。

弗雷德里克并不属于那一类无意识走进这种危机的人。他感受到这种危机的临近已经有几年了,他的特点就是能反映这种危机的本质。有时候他认为这种危机就是青年时代的终结,因此也是真正成熟的开始。对于他来说,在此之前自己都好像顺着别人的手,按照别人的意志而工作,是被指导而不是去指导。在他看来,他的思想也并非思想,而是运作那些传导过来的想法。他形容自己站在一间温室里,他的头就像一棵长到灯光处的小树梢,突破了玻璃屋顶,伸向天外。

"现在,我要用自己的脚走路,用自己的眼睛看世界,用自己的思维来思考,要释放我自身意志的全部力量。"

弗雷德里克的旅行箱里装着斯特纳的《人与自己》。

人类在社会上生存,是不可能完全独立的。不寻求其他智者的智者也是不存在的,如果只是寻求认可而不是出于其他目的,也就是说帮助或者指导,不管怎样,这都是一种陪伴。马克思·斯特纳成为弗雷德里克·冯·卡马赫尔新的智力伙伴,这是一次意义深远的醒悟结果。他已经在根深蒂固的利他主义中醒悟,而这利他主义此刻还完全支配着他。

 第三章

深重的夜色包围着供应船。港口的灯光彻底从视线中消失,搭着玻璃篷的小船开始大幅度向前开进。风从耳畔呼啸而过。时而吹得猛烈,像是要将供应船吹翻。螺旋桨几乎已经冒出水面。突然,几阵尖利的声音过后,汽船开始驶进黑暗中。

船窗震动的声音,船身摇晃的声音,螺旋桨发出的"咯吱"声,以及擦过小船的风发出的怒号声,这一切给乘客们造成了一种极不舒服的感觉。小船一次又一次地停下来,发出尖锐的呜呜,好像不知要走哪一条航线,这呜呜在汹涌的海水中显得如此沉闷,宛若嘶哑的喉咙里发出绝望的呼吸——停下又后退——停下又前行,直到最终摇摇晃晃地停下来,在打着旋涡的海水里波折,翻上去又压下来,湮没在这黑暗之中。

在如此景象中待上一个半小时,游人们已经变得神经脆弱,像是经受

着某种折磨。这可怕天气的来临,将死亡和毁灭的感受强加于人们心中,同时这天气看起来已经达到人类生存的极限;海水的花招对于陆上生活的人来说是无法预见的,因此即便危险不存在,他们也会提心吊胆。还有一件事让人们难以习惯,那便是他们的行动受到了限制。他们顿然失去了对自由意志的幻想。在欧洲式的美好生活中,娱乐活动是不可或缺的。然而,且不论这经历如何新奇与痛苦,不论脉搏如何跳动,感官如何被过度刺激,不论神经如何紧绷,此刻的情形绝非毫无迷人之处。

如此,弗雷德里克·冯·卡马赫尔感到了一阵兴奋。生命将他往其胸前拉近,且拉他的力度比很长一段时间来更为猛烈更富激情。

"生活要么会变成另一种巨大的冒险,要么什么都不会发生。"一个声音在他内心深处喊道。

供应船又停好了。突然"吱嘎"一声搅动海水,一路"嘶嘶"地喷着蒸汽,如受到了惊吓一般呜呜,一声,两声——弗雷德里克数了七声——接着以最快的速度启动,像是要逃避撒旦的追捕。此刻,这一切已经迈进了一片有光地带,一番浩瀚的景象呈现眼前。

这时罗兰德号已经到达了尼德尔斯,并且顶着水流停在那里。小小的供应船在其宽阔船舷的保护下,看起来犹如一个灯火通明的海港。这艘远洋快轮以如此惊人的样子呈现,这给弗雷德里克留下了深刻的印象。他一贯属于那样一个阶层的人——一个并不算小的阶层——这个阶层里人们的感官总是向着生活中的各种充裕打开。他们很少发现普通和平常的东西,自然也绝不会讨厌遇上新奇的东西。可毕竟,很少有人会对这样的景象感到乏味——夜间,坐在一艘停于港口外开阔海域的船上。

当看到那堵黑墙从黑色的水中涌起,看到精美的法式雕花纹案,那无数个弦孔透出光点洒在未被风吹及的海浪的泡沫处时,弗雷德里克深受鼓舞,而他此前从不曾像这般被人类智慧的力量鼓舞被他所处时代的伟大精神鼓舞。与此类产物,此般创造,此番人类神圣的智力成就相比,那些像巴别塔那样正在建造中的事物,也并非孤立存在的例子,而是实际完成的作品。

水手们正忙着将舷梯从罗兰德号的侧面放下。弗雷德里克看到甲板上舷梯所靠之处聚集着一大群穿着制服的人，他们也许是在接应新上船的乘客。他的兴奋劲尚未退去，即便当船舱内的所有人，包括他自己在内，都匆忙站起来，抓起行李立定。有了那不可能发生的事，有了那泰坦般的冒险，有了那漂浮的童话宫殿，就不可能秉持当代文明全都枯燥乏味的这种固执。与此处那最无聊的凡人强加于他身上冲动的浪漫相比较，诗人的梦也变得苍白褪色。

于泡沫之上风情款款跳着舞的小船，向高处罗兰德号的甲板上的舷梯翘曲，这时乐队敲响了一支铿锵有力的战争进行曲，像是要领兵作战——要么胜利，要么牺牲。像这样一支有着管乐器、鼓和铜钹的管弦乐队并不足以让这位年轻医生的神经如火焰舞动那样震颤。

乐声从小船的上空飞入夜，又回落到水中的小船，它是要鼓舞那些胆怯的灵魂，帮助他们克服此刻的恐惧。船后，是那广阔无际的海洋。在这种情况下，人们情不自禁地将其作为黑色、肃杀、令人生畏、恐怖且邪恶的力量，这力量与人类和人类事业是相互敌对的。

此刻，从罗兰德号的船腹中传来一阵渐高渐强的声音，从深沉的低音到骇人听闻的鸣叫，再到一阵咆哮，然后如雷贯耳，带着某种让心之血液凝固的恐惧和力量。

"啊，我亲爱的朋友罗兰德号，"这番话从弗兰德里克的心中闪过，"你就是海洋的伴侣。"他一路这样想着爬上舷梯。他已经彻底忘记了自己此前的身份和他来到这里的原因。

他从搭在宽敞的甲板上的上阶舷梯往铜管乐队那疯狂的旋律走去，他站在耀眼的弧光中，发现自己置身于两排人中间——那些官员和船上的船员。那便是他在下面看到的穿着制服的那群人。看到这么多鼓舞人心、具有阳刚之气的人，他感到震惊又高兴。那是优良人种的集合，从大副到乘务员，都是高大的经过挑选的人，他们全都勇敢而直率、聪明而正直。弗雷德里克被一阵自豪感和完全信任感触动，于是对自己说，毕竟还留下了一个德意志民族；与此同时，一种奇异的想法闪过他的头脑，那就是上帝绝不会挑选如此高贵而忠诚的人,然后像盲犬一样将他们扔进海中。

一名乘务员拿起行李箱朝一间有着两张卧铺的客舱走去,他一个人住在里面。不一会儿,他又坐在餐厅里一张马蹄铁状的桌子旁。船上的服务一流,搭供应船上来的几名乘客正在吃东西;可气氛并不是很活跃。主餐结束后,来自供应船那低矮且空旷的船舱里的一小伙人,都各自专注,无心攀谈。

用餐期间,弗雷德里克并没察觉到这个庞然大物是运动的还是静止的。对于这块大物来说,那微弱的极少被察觉的颤动根本不足以作为它移动的标志。弗雷德里克第一次航海时还是一名十八岁的小伙子,当时他是那艘从汉堡驶往那不勒斯的商船上的唯一乘客。对于那一次航行的印象已经被十三年时光严重削弱。而且,他迷失在这远洋邮轮的乐趣中,这一切于他来说如此新奇,因此他一开始只能惊讶地打量着船上的一切。

他如往常一样喝了几杯酒后,一阵平静且舒适的感觉不知不觉向他袭来。经历了长时间的骚动与紧张后,他的神经依然屈从于一种欢愉的倦怠,这种倦怠如此赫然又强势地压在他身上,让他想要睡上一晚。他甚至下了决心——根据他所处的状况,几乎毫无必要——今晚,过去的就让他过去,未来也还是未来,将过去和未来抛开,现在绝对属于休憩与安眠。

他也着实在床上睡了十个小时,睡得很沉稳,毫无波折。在餐厅吃早餐时,他要了船上乘客的名单,于是开始在上面寻找尤金·哈尔斯特伦和英吉格小姐的名字。

 第四章

他折起名单,四处巡视着。船舱里男男女女大约有十五至二十人,都各自忙着吃早餐或是订餐。在弗雷德里克看来,这些人在这里只是为了监视他的感情。

邮轮已经在海上行驶了一个小时。餐厅横占了船的整个空间,舷窗时而因海水溅起而变暗。弗雷德里克的对面坐着一位穿制服的先生,他介绍说自己叫威廉,是这艘船上的医生。于是他们俩径直开始了一段关于医学的畅谈,尽管弗雷德里克的思绪远在天边。他在心里想着自己在与哈尔斯特伦一家初次碰面时该如何表现。

他试着自欺欺人地告诉自己他乘罗兰德号丝毫不是因为英吉格·哈尔斯特伦,而是因为他想去纽约、芝加哥、华盛顿、波斯顿、黄石公园和尼亚加拉瀑布看看。他就会这么对哈尔斯特伦一家说——也就是说他们只是

偶然在罗兰德号上碰到。

  他觉察到自己正逐渐变得镇定。有时,当这位仰慕者距离他仰慕的对象有一定距离时,崇拜的爱就占据了重大部分。待在巴黎的那些日子里,弗雷德里克总是处在一种持续发热的状态,他对偶像的切盼已经上升到无法忍受的程度。在他看来,小英吉格的周围,有着一层天堂般的光环,如此诱人,以至于他的心里看不到其他任何东西。可是,那幻觉突然就消失了。他为自己感到羞愧。"我简直太愚蠢了。"他想,当他起身走向甲板时,他感到自己似乎摆脱掉了那沉重的脚镣。咸咸的海风猛烈地吹过甲板,增强了他解放和恢复后产生的自由感,使他焕然一新,重拾自我。

  男男女女坐在邮轮的椅子上,伸出双腿坐着,脸上带着冷漠而生涩的表情,大家都有些晕船。让弗雷德里克感到吃惊的是,他自己一点也不觉得恶心,只有看到其他乘客那痛苦的表情时,他才意识到罗兰德号的航行并不是一帆风顺,而是一路摇荡。

  他绕过女休息室,穿过副舱的入口,站在桥楼下,与那咸咸的严酷海风迎面相对。下面的甲板上,统舱里的乘客们坐到了船头。尽管罗兰德号正在全速航行,可这并不是它最快的速度,因为海风在船头掀起巨大浪阵,成为邮轮前进的阻力。前方甲板低处横着又一处桥楼,大概是用来应急的。弗雷德里克强烈地想要站上那空旷的桥楼。

  他下到统舱中,然后爬上舷梯的铁阶,一直到有风的高度,这吸引了人们的注意。可他并不在意。一阵狂妄劲儿涌上来,他感到非常高兴,非常清新;好像他从未遭遇烦心事,从不曾忍受妻子的歇斯底里,从没有在乡村偏远发霉的角落研究药物。好像他从不曾研究过细菌学,更不用说遭遇惨败了。还好像他从不曾如此爱着一个女子——就像不久前那样。

  他大笑起来,在大风中低下头,肺中吸满咸咸的空气,他感到自己好多了,也更加强壮了。

  统舱里传来一阵笑声,跃进他的耳朵里。就在这时,有什么东西拍上了他的脸,那是他之前所见船头前的那一个白色高耸的巨大物体。这让他几乎睁不开眼,他感到湿气渗透进他的皮肤。这时,第一波浪席卷而来。

那么庄严的沉思以如此狡黠又野蛮的方式被打断，谁能不感到羞辱呢？前一会儿，他还觉得北欧海盗就是他真正的职业，可现在，他只能在大伙儿的嘲笑中内心暗自摇晃着，羞辱地爬下铁梯。

他戴着一顶灰色的圆帽子，穿着丝绸衬里的外套。他的手套是小山羊皮的，扣靴也是由薄皮革制成。整套行头如今都已被冷而咸的海水湿透。他向前走着，穿过笑声滚滚的统舱里的乘客，留下一路湿迹，这番模样并不好看。弗雷德里克在厌恶之际听到有人叫他的名字。他抬起头来，几乎不敢相信自己的眼睛，他看到了一个高大的家伙，认出他是来自胡舍伊尔山上的农夫，一个声名狼藉的酒鬼。

"威尔克，是你吗？"

"是的，医生，我是威尔克。"

弗雷德里克研究药物的那个村子叫布雷森伯格胡舍伊尔，因它坐落于胡舍伊尔山脚下，属格拉茨乡村片区，那一带盛产采石场用的优质砂岩。弗雷德里克深受当地人们的爱戴，不仅因为他是医生，还因为他人善。他医术高明，医治过许多人，而且他没有阶级优越感，总是热心向着生活在最底层的同胞们。人们喜欢他为人随和，热情而且坦率，有时候又很严格。

威尔克要去新英格兰投靠他的兄弟。

"胡舍伊尔山的人们，"他说，"自私而且忘恩负义。"

他在老家时总是很羞怯，对人也是一副不信任的样子，即便对帮他治好了颈上刀伤的弗雷德里克也一样，可是在这里，和其他乘客们一起穿越这广袤的海洋时，他的言谈显得直率而且充满了信任。他就像一个行为得体的孩子在随心所欲地讲话。

"你也没有得到你应有的感谢，卡马赫尔医生。"他带着那后鼻韵明显的方言说道，还举了一些例子，那些是弗雷德里克所不知道的，在那些事中，他的好心总是没有得到好报，"布拉森伯格的人们与像你我这样的人不合拍。我们这类人属于美国那片自由之土。"

要是换作在其他地方，弗雷德里克定会因为被说成与这个无赖是同一类人而生气，他想起来，警察还正在追捕他。可此刻他并未感觉愤怒。相反,他很惊讶,就像与好朋友意外重逢。

"世界真是太小了,"弗雷德里克越过忘恩负义和自由之土的主题说道,"世界真是太小了。可在这儿见到你我还是很吃惊。但是我现在浑身都湿透了,要回去换衣服了。"

回船舱的途中,走在甲板的走廊上,他遇到了白皮肤的罗兰德号的船长,他介绍说自己名叫冯·凯赛尔。

"天气并不乐观。"他为桥楼上的小事故找借口说,"要是你喜欢站在那前面,最好穿上防水衣。"

邮轮动得更厉害了,这时,弗雷德里克换衣服的船舱内也不宜逗留。光线透过圆圆的舷孔上的厚玻璃照进来。这堵嵌着舷窗的墙先是翘起然后向内侧翻,就像倾斜的屋顶,阳光穿过云缝落在对面的红木卧铺上。坐在下铺的床边上,弗雷德里克试着让自己稳当下来,他低下头,防止头撞到上铺,还强控制着不去跟着身后的墙晃动。船舱也随着邮轮一道摇晃。弗雷德里克有时感到那有舷窗的墙就是垫板,而垫板就是右墙;接着,右墙就是垫板,垫板就是有舷窗的墙,而那有舷窗的墙在他脚下适当处撞击,好像在邀请他一道跳跃——在这期间,舷窗已经完全在水面以下,船舱里一片黑暗。

在这震荡的空间里穿衣服或者脱衣服都不是容易的事。邮轮的运动在自他离开船舱那一刻起的一个小时内变化非常显著。即便是脱掉靴子和裤子,再从行李箱里找出其他鞋裤换上这些简单的动作都成为一种竞技操作。他只得发笑,心里一比照,就笑得更厉害了。可是他的笑并非出自真心。每当有人敲门,或是不得不跳起来维持身体平衡时,他就会小声唏嘘一阵,并且本能地将这一切与舒服地从他自己屋里醒来相比较。他边抱怨边使劲,同时自顾说道:

"我整个人都被摇来摇去。我以为自己已经摆脱了过去两年来的动荡,可是我错了。命运在摇晃着我。此刻,我的命运和我都被摇晃着。我感到自己命中注定要活在悲剧中。此刻,我和我的悲剧在这吱嘎作响的笼子里滚来滚去,并且在我们看来,这是丢脸的事。

"我习惯于思考任何事物，我思考着船沿，每一波浪起，它都会被淹没。我思考着统舱里人们的笑声，那些可怜的人们，我能确定他们在这里很少有这样欢乐的时刻。我浑身淋湿了，这正好给他们带来一些乐趣。我思考着流氓威尔克，他娶了一位驼背的女裁缝，糟蹋完了她的积蓄，还每天辱骂她——而我几乎接受了他。我思考着白皮肤的日耳曼人，船长冯·凯赛尔，那个英俊的男人，他就是我们绝对的老大，我们第一眼看到他便会对他产生信任感。还有，最后，我想起自己不断发笑，并且向自己承认，笑只有在极少数情况下才算合理。"

弗雷德里克在类似的紧张情况下继续和自己进行了一番对话，并且对那种促使他登乘这艘船的激情产生了苦涩而讽刺的感想。他的意志被掠夺了；在这种情况下，在那狭窄的船舱里，被海洋围绕着，此时的他看来，他的生命，他那愚蠢的无能都遭到了粗野的嘲笑。

弗雷德里克再次上来时，甲板上还有一些人。乘务员将船上的椅子固定在墙上，一些人已经溜走了，只剩他们走下去时留下的蓝色印记。当时正在上茶点，看着乘务员们端着六七个满满的杯子在起伏的甲板上保持平衡不失为一件有趣的事。

弗雷德里克向外看去，却没有看到哈尔斯特伦和他的女儿。

他已经走遍整个甲板好几次，极其小心地检查着每一位乘客，他看到了那位漂亮的英国小姐，第一次见她是在南阿普顿旅馆的阅览室里。她披着毯子，舒服地坐在一个风吹不到的地方，靠旁边两个大烟囱取暖。她引起了身旁那位年轻气盛的小伙子的注意。弗雷德里克每每从这里经过，年轻人都会认真地打量他。他突然跳起来，握住他的手，介绍说自己是来自柏林的汉斯·福伦伯格。尽管弗雷德里克没有任何见过他的印象，可是这英俊潇洒的小伙子成功地让他相信他们俩人都曾出席过在柏林的一次夜间聚会。他告诉弗雷德里克，他要去美国工作，工作地点就在宾夕法尼亚州匹兹堡市的一个矿区。他是一个精明的人，还是柏林人，是一个自视甚高的人。弗雷德里克在柏林社会界的名声让他敬佩。弗雷德里克礼貌地回答了他的问题，并且听他叙述柏林的最新消息。

我很快便确信汉斯·福伦伯格是个温和而轻率的年轻花花公子,他擅长应付女人。当弗雷德里克提醒他那名英国小姐正不耐烦地看着他,显然希望他快些回去时,他满不在乎地眨了眨眼睛,好像在说:

"她不会走开了。就算她走了,女人多得是。"

第五章

"你知道吗,卡马赫尔医生,"福伦伯格突然说,"那个小哈尔斯特伦在船上?"

"你是说哪个小哈尔斯特伦?"弗雷德里克冷冷地问道。

弗雷德里克竟然忘了小哈尔斯特伦,这让汉斯·福伦伯格惊讶不已。他确定英吉格第一次跳舞时他就在那里,在柏林的昆斯特乐豪斯,她的舞刚开始只是受到艺术界的欣赏,可是后来轰动了整个柏林。他向他描述着这一切。

"柏林艺术家精英们站在屋子周围,或是站在人群拥挤的台阶上,腾出场地中心。就连门泽尔和贝佳斯也在那儿。很快一场特别的展览就要开始了,墙上挂满了博科林的照片。那支舞的名字叫作《玛拉,蜘蛛的牺牲品》。"

"我可跟你说，冯·卡马赫尔医生，"年轻人继续说道，"要是你没有看那支舞，那么可就遗憾了。首先，英吉格小姐的服装非常暴露，其次她的表演真是精湛。没有人不拍手称好。屋子中间放着一大束假花，那个小东西飞起来闻它。她闭着眼感受着花儿，好似有着蜜蜂纱翼那般蹁跹起舞。突然，她睁开眼睛，变成了一尊僵硬的石像。花上蹲着一只巨大的蜘蛛！她像箭一般飞向屋子最远处的角落。即便是在舞蹈的开头部分，她都好似轻浮在空中；可是她带着惊恐穿过屋子的模样，让她看起来就像一个幻影。"

弗雷德里克是看到过她跳那支舞的，不仅是在昆斯特乐豪斯演出时，而且此后又见过十八次。当福伦伯格试着用"盛大"、"华丽"、"辉煌"这些词来表达给他留下的印象时，弗雷德里克仿佛又在心里看到了整支舞蹈。他看到那个灵巧如孩童的身体如何在屋子的角落畏缩且颤抖一阵后，又跟着手鼓、钹和笛子的音乐伴奏走近那花朵。刚开始，她寻着空气中的花香找到香味的源头。她张开嘴，她的鼻子精致而小巧，鼻孔在微微颤动。汉斯·福伦伯格观察得没错，她将头后仰时，眼睛是闭着的。接着好像有什么东西让她身不由己，这个东西激起了她的害怕、恐惧和好奇。她把眼睛睁得大大的，时而用双手遮住它们，好像害怕看到可怕的东西。

可是当她走进花朵时，所有的害怕似乎都离她远去。她高兴地笑着跳着——她的害怕看来是没有必要的。一只一动不动地蹲在花朵上的胖蜘蛛怎么能对一个有翅膀的生物构成威胁呢？她的这段舞跳得非常优美，充满了奇幻，洋溢着情感，还带着孩童般的欢乐，让观众们流下喜悦的泪水。

然而，现在，另一节舞开始了，开场是一段严肃的音乐。沉浸在舞蹈的满足中，迷醉在芬芳的花香里，玛拉的舞步透露出一种惬意的慵懒，好像要躺下休息，可是她又四处磨蹭，从身上掸下一些类似蛛丝的东西，她的神态一开始很安详，一副若有所思的样子，接着逐渐转为不安，她还带着这种不安的神情看着观众们与他们交流。这孩子突然停下来，思考了一下，很显然是在嘲笑自己灵魂中产生的恐惧；可下一分钟，她又吓得脸色苍白，而且敏捷一跃，好像要从陷阱中逃脱。她那金色的头发往后一甩，宛如一条发光的溪流。

飞翔开始了。此时舞蹈的主题便是玛拉与蛛丝的缠绕,这蛛丝渐渐让她窒息。从没有人能这般纯熟且逼真地表演如此场景。

这个小家伙刚把脚从蛛网中解脱出来,又发现她的颈子被缠住了;她紧紧抓住喉咙处的丝线,可手又被缠住了;她扯着蛛网,弯下身子,逃开;她用拳猛击,近乎疯狂,可是却让自己在这纱绞中被缠得更紧;最后,她纵身一跃。一只一动不动地蹲在花朵上的胖蜘蛛怎么能对一个有翅膀的生物构成威胁呢。

直到舞蹈快要结束时,弗雷德里克·冯·卡马赫尔才意识到,他的命运将永远和这个女孩儿相连。舞蹈结束前的须臾之间,这种感觉变得越来越强烈。她的表情中散发出迷恋的毒。他记得尤为清楚,这毒钻进他的体内,从此他整个人突然就病了。当小英吉格·哈尔斯特伦再一次睁开眼睛,带着惊愕的神情,无助地望着蜘蛛吸走她的鲜血时,弗雷德里克的心中有一个声音在命令着他,要他成为她的骑士,她的救星,她的守护神。

第六章

福伦伯格以为弗雷德里克·冯·卡马赫尔对那个跳舞的女孩儿英吉格·哈尔斯特伦并不是很感兴趣,于是他又提到了近期柏林的几位名人,他们也坐罗兰德号去美国。其中有枢密顾问拉斯,一个在艺术圈子里很出名的人,政府购买艺术作品时,关键一票总是他来投。他要去美国参观博物馆,公共的和私人的都要去看,并且研究艺术的大体状况。此外还有图森特教授,他是有名的雕刻家,他雕刻的纪念碑矗立在德国的几大城市,主要是柏林,他的作品带着柏林式模糊风格。

"图森特,"福伦伯格说道,他脑子里似乎装满了有关柏林的闲言碎语,"需要钱,他需要钱供妻子花销,需要钱应对柏林的社交旺季。他和他的妻子,以及妻子的仆人可以凭借他的名声免费乘船。可是一到美国下船之后,他包里的钱甚至不够付三天的旅馆费。"

福伦伯格指向雕刻家图斯特。他躺在一张椅子上，随着罗兰德号摇上摇下。当弗雷德里克转身看他时，他看到一位老人由他的随从引着穿过甲板，随从抓住他的衣领，小心地拉着他进入吸烟舱的门。

"那人是个杂耍明星。"福伦伯格继续描述道，"他将和韦斯特&福斯特一起在美国登台。"

几名乘务员摇摇晃晃地穿过甲板，给发冷的乘客端来高汤。福伦伯格确保他的女郎及时得到高汤后，就抛下她跟着弗雷德里克一起到了吸烟室。当然，这吸烟室里，充满了高声的喧哗和弥漫的烟雾。两位先生点燃了他们的香烟。在这小屋的一个角落里，几个人在玩纸牌游戏，一些人坐在几张桌子旁，讨论德国和英国的政治。讨论的主题是美国和欧洲的对立。弗雷德里克在早餐时认识船上的医生威廉，来例行他的早间视察，并且在弗雷德里克身边坐下。

"船上有移民到美国或者加拿大的俄国籍犹太人。"他告诉他，"来自德国南部、北部和东部的三百个波兰家庭和同样数量的德国家庭。统舱里一共有四百名乘客，其中有五个哺乳期的婴儿，还有一到十五岁的儿童。"

威廉医生邀请弗雷德里克第二天陪他一起视察。他年龄不超过二十六岁，面目白皙，戴着眼镜。他的举止有些僵硬。他自两年前通过了测试以后，就开始在船上当医生。他去过日本，去过南美，还去过美国。当然，弗雷德里克里立马就想起了他垂死的朋友乔治·罗斯姆森，于是他把手放进兜里，为他的新朋友拿出了西蒙·阿次特牌香烟。

他们点燃香烟后，弗雷德里克讲起了罗斯姆森的故事；威廉医生知道了一切关于他的事，除了他的名字，后来连名字也知道了，这再一次证明世界真是太小了。威廉医生也是乔治的朋友。他们曾一起研究，在波恩研究了一个学期，在耶拿研究了一个学期，他们还在耶拿参加了同一个俱乐部。过去的几年中，他们甚至还在通信。很自然地，这个发现让两名医生走得更近了。

吸烟室里的气氛就像德国小酒吧里的狂欢宴。男人们放纵自己，大声地说着话，放任在粗俗的幽默和喧嚣的欢乐中，时间就这样流逝，对于他们中许多人来说这就是一种麻醉，使他们享受短暂的休息与放松。弗雷德里克和威廉医生都不讨厌这种气氛，这唤醒了他们科研岁月里的古老记忆，他们习惯于这种气氛。尽管对于普通学生来说，狂欢是有害的，不管是身体上还是心理上都有害，如今也成了禁忌，然而，在这狂欢的时刻和地点，德国理想主义的长生鸟，从烟雾和啤酒泡沫中飞起，朝着太阳飞去。

汉斯·福伦伯格待在两名医生中间很快就感到厌烦了，事实上，他们两人早已忘了他的存在；他溜回到了女郎的身边。

"德国人相遇时，"他对她说，"一定要惊叹，并且称兄道弟直到喝醉。"

威廉医生似乎为这吸烟室感到骄傲。

"船长，"他说，"很严肃，他不想先生们受到打扰。他下达了明确的命令，不管抽不抽烟，女人们都不允许进到这儿来。"

这间屋子有两道铁门，一道在右舷上，一道在左舷上。进出的人对海风和小船的运动感到极度满意。乘务员将这一且掌控得非常好。十一点前一刻，冯·凯赛尔船长出现了。他每天这个时候都会到吸烟室来。人们会问他一些关于天气和航行是否顺利的问题，他友好而简短地回答后，便在医生们坐的那张桌子旁坐下。

"你不当水手都可惜了。"他对弗雷德里克说。

"我想您一定是搞错了。"弗雷德里克说，"那咸咸的海水可把我给淋坏了。我想向你保证，我可不希望再淋一次。"

几小时前，从法国海岸出发的引航船带来了最新消息，船长平静地讲述着这消息。

"一艘由汉堡开往美国的邮轮，双螺旋桨汽船'诺德曼尼亚'号，才开始运航一年，在离纽约六百英里的地方发生了事故。但是它掉转头，安全到达了霍博肯。那时海面相对平静，可是一阵龙卷风突然向船卷来，一大波海水随之涌进女士船舱，挤破了它的舱顶和其下甲板的舱顶，猛然将钢琴摔进了行李舱。

他讲述的另一则消息就是施魏林格和俾斯麦一起在弗里德累哥斯拉，

俾斯麦随时都可能死去。尽管威廉医生和弗雷德里克·冯·卡马赫尔都不赞成俾斯麦的反社会主义法则及其结果，可是他们仍然对那个人充满了敬意，尤其是威廉医生，因为他的家乡就在萨尔森瓦尔德，骑马到弗里德累哥斯拉要不了一个小时。当然，他脑子里装满了当地关于俾斯麦的趣闻，并且开始一口气讲出来。

"你生气了吗？"有一天俾斯麦走进理发店，他的胡子向上卷曲着，于是他问，"也不知道为什么，胡子像那样卷起来，我就总觉得它在生气。"

 第七章

罗兰德号上并没有引进国际锣。乐队的号手吹起两声口哨穿过甲板的走廊,穿过第一间船舱的通道,作为午餐时间的信号。第一声口哨随着怒号的海风进入这封闭、吵闹且拥挤的吸烟室。那个无臂之人的随从又领着他的主人穿过甲板。弗雷德里克饶有兴致地看着那个没有手臂的人。他看上去生龙活虎且机智过人。他能流利地讲英语、法语和德语,而且让众人高兴的是,他身上并没有美国年轻人那股无礼劲儿——那即便在尊者面前也不会收敛的无礼;也正是因为这样,尊贵的船长有时就像狮子看着狂叫的小猎犬一般从他头上望过去,以此作为奖赏。

餐厅内的桌子以三角叉的形状摆放着,合拢的一端在后方,三支叉朝向船首。中间那根叉的对面是一个临时的壁炉架,上面挂着镜子,映照着乘务长普丰德先生那优美的身形。他的年龄在四十岁到五十岁之间。他那

白色卷曲的头发看上去就像撒了粉，像极了路易十四时代的总管。他就站在那儿，伸着头，眼光越过摇摆着的大厅，他看起来就像凯赛尔船长的特别侍从，而船长则以主人和上宾的身份坐在中间那根叉的末端。弗雷德里克很招船长喜欢，他在威廉医生旁边找了位置坐下。船不再像之前那样摇得猛烈，因此餐厅里几乎是满座。最后一批进入餐厅的是那群玩牌的人，他们气势汹汹地走进来。在三角叉的末端，弗雷德里克看到了哈尔斯特伦，可是并没有见到他的女儿。

乘务员们迅速而熟练地端上大堆盘子，还上了酒。不一会儿，玩牌那群人的周围，软木塞就从香槟中冒出来。走廊上，乐队的演奏仍然没有停下来。打印出来的乐谱上有七个数字，乐谱上还写着邮轮的名字和日期，还有一幅画，画里是黑人穿着晚礼服戴着高顶礼帽正在弹奏班卓琴。

第八章

仍然是在邮轮的船头,船头上餐厅里的盘碗、瓶子和先生小姐们,以及乘务员们,还有鱼、肉、蔬菜和铜管乐队,都被推到了浪峰,然后又纵身投进下一个波谷。引擎在船内抽动着,餐厅的墙不得不应对来自敌对力量的抵压。

船上的灯都打开了。可是在这阴灰的冬日,所有的灯都不足以照亮屋子,尤其是因为翻溅而上的海水遮住了舷窗里透进的光。

弗雷德里克在这样的氛围中乐不思蜀——在这庞然大物罗兰德号发光的体内,在轻慢音乐的陪伴下享受餐宴。这艘船随时都好像要碰上无法抵抗的阻力。敌对的力量一起压向船尾,使船体成了十足的斜坡。在这样的时刻,吵闹的说话声便会停下来,许多人脸色苍白,相互对视着,又或看向船长,或看向船头。可是冯·凯赛尔船长和他的官员们正专心致志地享

用午餐，毫不关注此时的景象，而罗兰德号一瞬间就摇摇晃晃地停下来。他们连头都不抬，继续吃着、说着话，即便是巨大的海浪打向船身，威胁着要冲破那薄薄的隔板，他们也不慌张，哪怕那暴躁的天气，还以凶煞之势怒号着。

席间，弗雷德里克的眼光不断投向哈尔斯特伦那颀长的身影。尽管他的头发染上了些许灰色，可他绝对能算上英俊。他旁边坐着一个三十五岁上下的男子，胡须浓密，深浓的眉毛呈灰色，眼睛深邃，不时还厉眼看看弗雷德里克——至少在弗雷德里克看来是这样。那个男人使他感到不安。他注意到哈尔斯特伦还很乐意让那个陌生人招待和讨好他。

"你认识那个高大的灰头发男人吗，冯·卡马赫尔先生？"医生问道。弗雷德里克还处在困惑中，并没有回答他的问题，他无助地看着威廉医生。"他是一名瑞典人，名叫哈尔斯特伦。"威廉医生继续说道，"他是个奇怪的家伙。他早年时也干过你我这行，可是弄得一团糟。他是和他的女儿一起出行，那是一个并不令人讨厌的小女孩儿。她晕船很厉害，从不莱梅出发后，她就没离开过她的卧铺。那个坐在哈尔斯特伦先生旁边的忧郁的家伙好像是……对了，是她的未婚夫。"

"对了，遇上晕船你会怎么处理？"为了掩饰他的气馁和转移话题，弗雷德里克匆忙问道。

 第九章

"您也在这儿啊,卡马赫尔医生?我几乎不敢相信自己的眼睛。"在舱梯的底部,正当他要往甲板上走时,弗雷德里克听到哈尔斯特伦在和自己说话。

"啊,哈尔斯特伦先生,真是太巧了!好像整个柏林都被批准移民美国了!"弗雷德里克惊呼道,还故作活泼地表现出惊讶。

"请允许我向你介绍阿赫莱特纳先生?阿赫莱特纳先生是一位来自维也纳的建筑师。"

那个厉眼看他的男人颇有兴趣地笑了笑,同时迅速抓住黄铜扶栏,防止撞上墙。

昏暗的船舱的楼梯第一阶平台处的门打开着。门上写着误导性的标志"吸烟室",之所以说误导性,是因为吸烟的人们从来不进去,反倒更喜

欢甲板上那舒适的小屋。棕色的软垫沙发沿着棕色的护墙板装饰的墙放置着。跪在沙发上,可以透过三四个舷窗看向外面汹涌的海浪。沙发之间整个地板的空间都被一张有污迹的桌子占据着。

"这间屋子是一个可怕的洞。"哈尔斯特伦说道,"它可真让人不寒而栗。"

一阵高声的,像哨子一般的声音从屋子里边传来:

"我说,哈尔斯特伦,如果天气还是这样的话,我和你的女儿就都不能赶上与韦斯特&福斯特的约定了。我们甚至演不到八节。或许我可以。海水伤不到我。今天就是第二十五天了。如果我们在二月一号晚八点到达霍博肯,我还可以镇定地于九点参加演出;可是你那娇弱的小花朵不能。她肯定需要几天才能从这难受中恢复过来。"

三个男人进入了吸烟室。弗雷德里克已经听出了那个没有手臂的人的声音,他后来从哈尔斯特伦那里听说他是一个享誉世界的名人。十多年来,每一个大城市的广告牌上都有他的名字——亚瑟·斯托,就这个名字已经足以替剧院吸引观众。他拥有特殊的技艺,能够用他的脚表演一些其他人能用手表演的动作。

当然,第一眼看到他,觉得他有些讨厌;可是在甲板上的吸烟室里,弗雷德里克克服了最初的反感,并且开始对他的声名有了兴趣。此时他所见的情形非常新奇,非常不可思议,这几乎是不太可能发生的事,他无法掩饰自己的惊讶。亚瑟·斯托正在享用午餐。因为这间屋子并不常用,另外,用脚拿刀叉的人是不允许在公共场合用餐的,于是他们让斯托先生在这里用餐。对于这三个旁观者来说,这个场面非常具有表演艺术价值——看着这名演员用干净而赤裸的脚趾成功地掌控着用餐工具——而且,不顾游船颠簸——与此同时还在吞下一口又一口食物之后,不失幽默地说一些诙谐的话。他开始同哈尔斯特伦和阿赫莱特纳开玩笑,有时还略带刻薄的语气,同时和弗雷德里克交换眼神,好像他对弗雷德里克的留意要多于其他两人,而这时那两人已经到甲板上去了。

"我叫斯托。"

"我叫冯·卡马赫尔。"

"你能留下来陪我真是太好了。那个哈尔斯特伦和他的跟班真是讨厌。尽管我当演员已经有二十多年了。可是我仍然不会假装看得惯那些懦夫，他们自己什么事也不做，只知道利用自己的女儿。他们对于我来说就像是催吐药。他扮演着大人物的角色，可是他自己并不能干，全靠从她女儿的骨头里面煮出汤来。他还总是一副趾高气昂的样子。要是他看到地上有一美元，而这时一位有身份的人正看着，他绝对不会去捡。无可否认的是他有着引人注目的外表。他骨子里有着优质且流行的骗子基因。可他宁愿依赖自己的女儿和她的仰慕者们生存。可是竟然有这么多人愿意去奉承他，真是不可思议。阿赫莱特纳就是——看看他是如何放低身份讨好他，而他又是多么骄傲地扮演着恩人的角色！他是一位骑术教练，后来迷上了江湖疗法，就是结合体操和水疗。他的妻子离开了他，他是一位工作非常卖命的人，如今在巴黎的一个部门当领导。"

弗雷德里克想要跟着哈尔斯特伦上去。他对斯托所描述的这个男人的过去感到冷漠。可是斯托提到一些人心甘情愿讨好哈尔斯特伦，却让他短暂地红了脸。

亚瑟·斯托变得越来越健谈。他就像只猿一样坐在那儿，用脚当手使的人难免看起来像这样。吃完饭后，他像其他先生们一样往嘴里插进一根香烟。他的鼻子宽而扁平，下巴突出，这就更像猿人了。他看起来就像一只浅肤色的猩猩。然而，他那高而宽阔的前额才让他有了人的特征。他没有胡子，也就是说，也许他此生从不曾在那羊皮纸一般有斑的皮肤上刮下任何毛发。他的颧骨突出，脑袋不同寻常地大。尽管他给人的整体印象是很有精神，一点都不柔弱，可是也有些地方看起来像太监，他那上扬的声调就给人这种印象。虽然弗雷德里克正在寻找机会逃离这个怪物的魔掌，可从医学和人类学角度看，他对他深感兴趣。毫无疑问，这个人是畸形人中极具启发意义的种类。他的样子看起来比较中性。

"像哈尔斯特伦那样的人，"他继续说道，"不配拥有健全的四肢。当然，即便某人拥有像麦伦的雕像那样的外表，可是若他这里装的东西太少,也是件非常尴尬的事。"——他说着敲了敲自己的前额,"哈尔斯特伦的问题就在这儿。他这里的东西太少了。看看我,我也不是说每一个人,至少十之有九像我这样的人会像孩子一样屈服。相反我并没有,我娶了妻子,我在卡伦贝格山上还有一栋别墅,我供养着我的继兄弟和我妻子姐姐的三个孩子,她是一名歌手,可是因为声带受损而不能唱歌了。我是绝对独立的。我还上台表演,因为我想让自己变得富有。即便今天罗兰德号要沉没,我也能够镇定地沉下去,因为我已经成就了我的事业。我已经将我的钱做了高利润投资。我的妻子,我妻子的姐姐,和我继兄弟的孩子都能够享用到这笔钱。"

此时,演员的侍从出现了,他来请他的主人回船舱午休。

"我的生活像时刻表那样排列着。"斯托解释道,"我的侍从,布尔科,在德国海军服了四年役。我每次渡海时,一定要有一个熟悉水性的人陪着。我需要一只能干的河鼠。"

第十章

　　回到船舱拿外套时,弗雷德里克感到一阵轻微的眩晕。与早上相比,此时,甲板上已算安静。哈尔斯特伦已经不见了,弗雷德里克在主舷梯旁的沙发上坐下来。他把衣领立起来,头发遮住前额,陷入了海上航行中标志性的困倦状态,在这种状态中,人们却能清晰地感知自己的内心世界。各种意象在他的脑海中飘零,千变万化的事物不断闪现,来了又去,最终使灵魂陷入一种折磨状态。尽兴的餐宴上,碗盘的咔嗒声、谈话声和音乐声仍旧在弗雷德里克头脑中回旋。他听到杂耍演员在高谈阔论。那个半猿人将玛拉揽在怀中,哈尔斯特伦高高在上地笑着看着。海浪重重地冲击着小小的餐厅,而后紧紧抵压着嘎吱作响的船身。穿着盔甲高大的"俾斯麦"号,和英勇骑士罗兰德号,冷冷地笑着。弗雷德里克看着他们在海上穿梭。弗雷德里克用右手掌托起玛拉,那个小小的舞者。弗雷德里克不时出现一阵战栗。船倾斜而行，一阵东南风斜吹过来，使得它往右偏转。海浪嘶嘶地冒起泡沫。活塞起落的节奏最后似乎变成了弗雷德里克身体摇动的节奏。螺旋桨转动的声音清晰可闻。船尾有规律地冒出水面，其上的螺旋桨在海面上发出轰鸣，此时，弗雷德里克就会听到来自胡舍伊尔山的威尔克说：

"医生，要是螺旋桨不打瞌睡就好了。"

最后，邮轮上的一切机器都出现在他的头脑中。有时，机器房里的技师相互召唤，司炉添煤时铁铲发出的铿锵声传到甲板上。

突然，弗雷德里克跳起来；他以为自己看到了鬼魂，或是活死人，他爬上舷梯，向自己走来。那是他在南阿普顿遇到的衣服制造商，他看起来更像一个临死挣扎的人，而不是已经死了的人。他意识不清地像鬼魂一般看了一眼弗雷德里克，接着由乘务员扶着坐到最近的椅子上。

"如果那个人，"弗雷德里克想，"不在英雄之列，那么，世界上再没有任何英雄了。"

"我每一次航海，"服装制造商说过，"都会遭遇晕船，从上船到下船。"

他所经历的是何等的痛苦啊！

一名小船员站在弗雷德里克的对面，舷梯的入口处。只要桥楼上传来哨子声，他便不见了，他要去大副或者二副那里领命，或是去做一些官员们负责的事。经常一个多小时过去，他还没被传唤，于是那个英俊的小伙子便有了时间来思考自己的命运。弗雷德里克看他站在那儿守卫，又冷又无聊，心里有些过意不去；于是他和他说话。

他得知他名叫马克思·潘德，他来自附近的黑森林。弗雷德里克问他的下一个合情合理的问题便是他是否喜欢自己的工作。男孩儿认命般笑了笑，以示回答，他这一笑为他英俊的外表增添了几分魅力，可同时也说明他对水手这个职业并不是很喜欢。

"在邮轮上航行并算不了什么。"他说道，"真正的水手应该乘帆船航行。'罗兰德号'上有一名我的同行。"他用非常羡慕的口吻说道，

"他只有十八岁,却已经乘帆船经历了两次远程冒险航行了。"

在弗雷德里克看来,好像对于海洋的永恒激情——这海洋,已经给他带来痛苦———定是个传统的谜。此刻已是凌晨三点。他上船只有十九或二十个小时,却已经感到非常难熬了。"若是罗兰德号不能按时到达,"他推想,"那么我还会遭遇同样的煎熬,那就是还要在上面逗留八九个二十四小时。可我终会回到陆地上,并且待在那里,而小船员潘德在着陆几天后还要返回。"

"若是有人在陆地上给你谋得好差事,"弗雷德里克问,"你会放弃你现在的工作吗?"

"会,当然会。"潘德坚决地点头强调说。

"讨厌的东南风!"威廉医生经过大副那高大的身影时说,"到我屋子里来怎么样?我们可以在里面抽支烟,喝点咖啡,还能不被打扰。"

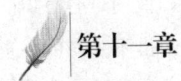 第十一章

沿着甲板下面的走廊,一边是通往右舷和港口边的舷梯,往里面走是各种正式的房间,包括军官舱室,其中有威廉医生的,那是一间比较宽敞的房间,里面有一张床、一张桌、一把椅子和一个设备完善的药品柜。

先生们刚坐上他们自己的位置,一个红十字会护士出现了,微笑着发给他们一张报告,威廉则指导她的工作,她在次等舱算是一个有耐性的人。

"以我在轮船上两年的实践,这是我第五次遇到这样的情况。"威廉医生在护士离开后说,"女孩儿可以不再隐瞒自己的错误导致的后果,她们有时在船上会束手无策,但是几乎可以肯定的是,她们期望的事情可能会发生。这样的女孩儿,当然,从不认为她们在所有乘客中是特殊的,反倒是我们的乘务员和女乘务员对她们尊重相待时,她们会感到非常惊讶。当然,我自己,总是尽我所能帮助贫穷的人,我通常能理解船长不宣布有

些事情的原因。有一个女孩儿，我们情不自禁要提醒她注意，因为她用腰带系着行李，然后将行李挂在窗户上。"

他们边喝咖啡边抽着西蒙·阿次特牌香烟，于是一整篇关于女人的话题展开了。

"到目前为止，"弗雷德里克说，"女人的问题只不过是老处女的问题，至少女人们是这样看的。"

弗雷德里克发表了他的看法。拥有纠结想象的玛拉和她的爱慕者也随声附和，可是他说得很呆板，他对妇女问题的推理就好像是死记硬背一样。

"女权改革中的重要一项，"他的争论非常的活泼，他吐着烟说，"一定是母性本能。细胞的未来形态，是女人的母性本能，它将会成为健康的社会团体。所有女权改革者中，最伟大的便是那些深知再伟大之人也是由女人所生，而非那些言行举止装作男人一般的女人。他们是有意识的人类和神的母亲。生孩子是女性天生的权利，女人一生中最不光彩的一页就是，她让自己的这种权利被剥夺。生孩子，在到目前为止男人是不能做的，而这却容易招致公开的蔑视。这种蔑视是女性历史中最可悲的一页。魔鬼才知道如何来掌控这种可怕的绝对的统治权。我建议女性们成立一个母亲联盟。每个人都应该享受生孩子的母权，而且不必经过男人们的许可，也就是说，不必理会所谓的名誉。只要她以自己的孩子为傲，而不是带着忧虑之心，带着胆怯、隐匿和害怕去怀孩子，那么这便是女人的骄傲。再次获得人类母亲的骄傲和本能意识；有了那种意识后，就变得不可战胜了。"

与专业界保持着联系的威廉医生，听说过弗雷德里克的名字，也对他科学生涯的建树有所耳闻。他那不幸的细菌研究从此被束之高阁。然而，弗雷德里·冯·卡马赫尔的名字仍然享有权威，并与那些恭维他的人联系在一起。他专心地听着弗雷德里克的叙述。

红十字会的姐妹们又来召唤威廉医生去看看头等舱的女病人。留下弗雷德里克一个人待在医生这小而封闭的屋子里，因此他也得先思考他这趟旅程的意义。罗兰德号一帆风顺地航行着，他坐在那里抽烟时，一阵宽慰感笼罩着他,部分是因为这海上旅程对他的神经有所影响。乘上这艘运输工具,与这么多旅伴们一道前往一个新的大陆,大家休戚与共。他登上这艘船的原因让人感到好奇!他此前从未有过这种被命运之手操纵的奇怪感觉。黑暗和明亮的幻觉再一次缠绕在他的脑海中。他想起了英吉格,到现在他都还不曾见到她;当他触碰到这低矮小屋的墙时,欢乐渗透进了他的心,因为他想到,这艘保护着那小舞者的墙正保护着自己,此外,他们脚下还踏着同一块船底。

"这不是真的。这是一个谎言。"他重复地说着,他这是针对那个没有手臂的人的话,他说哈尔斯特伦将自己的女儿置于羞耻之地,他在利用她。

威廉医生回来,将睡梦中的弗雷德里克惊醒,他吓了一跳。威廉医生笑了又笑,然后把帽子放在床上,说:

"我只是将我们的小哈尔斯特伦和她的宠物狗拖到了甲板上。小妖精已经开始了定时的表演,阿赫莱特纳就扮演着她的忠实的狮子狗角色,一会儿挨打,一会儿又得宠。"

威廉医生的话让弗雷德里克感到不安。他第一次见到玛拉,她就是纯洁和童真的化身。但从那以后,谣言就开始传进他的耳朵动摇着他对她贞操的信任,使他度过了许多痛苦的时刻和无眠的夜晚。他本来对他父亲的印象还不错,可如今,这点也开始动摇了。

似乎对英吉格极为感兴趣的威廉医生,开始说起阿赫莱特纳。

"他信心满满地对我说,他和她订婚了。"

弗雷德里克保持沉默。这是他掩饰失望的唯一方法,如今这位船上的医生证实了他在餐桌上的猜想。

"阿赫莱特纳是一条忠实的狗。"威廉医生继续说道,"它属于那种很有耐心的狗。它用后腿站着,乞求她施予一块糖。它跑腿,趴下,装死。任何她想要它做的事它都会去做,它是她的一条耐心且忠诚的贵宾犬。如果你想的话,冯·卡马赫尔医生,我们可以走上甲板,去拜访她。她非常有趣。此外,我们还可以去看日落。"

# 第十二章

小玛拉在邮轮椅子上舒展开来,阿赫莱特纳则极不舒服地窝在她前方一个露营凳上,这样一来他就能直接看到她的脸。她整个身子都裹在毯子里。夕阳的光线,穿越海天一线,海面印出光彩的模样。船已不再猛烈摇晃,甲板上人们络绎不绝地走动。一些乘客也已经克服了晕船,也走上甲板来,这里一片活跃的景象。

玛拉的外表有些惹眼,她那长长的头发如瀑布一般垂下来,她还在玩着一只洋娃娃,路过的人也不忘回头看一眼。

当弗雷德里克看到那几个星期以来,一直徘徊在他的灵魂中、梦里,甚至在他醒着的时候的这个女孩儿时,是如此地激动,心跳如此剧烈,他无法保持镇定。甚至在事隔几秒钟,他很难相信,他的这种状态是否被周围的人发现。但其兴奋绝不是由于纯粹的害怕自我暴露。它源自他的激

情,其中,他忽然意识到,那激情的力量是如此强大。

"爸爸告诉我你在这里。"小姐理了理洋娃娃头上的蓝丝帽说,"为何不坐下来呢?阿赫莱特纳先生,请去弄把椅子给医生冯·卡马赫尔先生。"她转向威廉医生,"你的治疗结束了,但我感谢你。我觉得坐在这里看太阳很好。你喜欢大自然吗,冯·卡马赫尔医生?"

"我也只喜欢自然。"威廉医生小心翼翼地说道。

"哦,你真无礼。"英吉格责备地说道,"威廉医生就是无礼,你知道吗,"她对弗雷德里克说,"我一见他,他就死盯着我,还抓着我不放。"

"可是,我亲爱的小姐,就我所知,到目前为止,我没有抓着你呀。"

"请你——上楼去,那里有蓝色标志为证。"

她以同样的语调喋喋不休了一会儿。弗雷德里克,并没有辜负她,而是时刻注意着她说的每句话,注意她的每一处特征,看着她的眼神,和那起伏的睫毛。他小心翼翼地研究了身旁的人,抓住他们看她的每一个表情,每一个动作,每一个眼神。他注意到就连马克思·潘德,那个英俊的小船员,都站在他的岗位上,眼睛盯着她,嘴角露出夸张的微笑。

英吉格愉快地接受着三个人的仰慕,也很乐意成为关注的中心。她摸了摸她的洋娃娃和她那奇怪的格子上衣,然后自顾想着一些卖弄风情的奇怪念头。弗雷德里克听着她那矫揉造作的声音,就像久渴的人喝下了一杯清凉的饮料。同时,他整个人都充满了嫉妒。大副,冯·哈姆,一个高大的二十八岁的年轻男子,高过了众人,他也加入进来,他看着英吉格小姐,还不时来一些尖锐的评论,这向她的崇拜者们表明,这个饱经风霜的官员对她并不是漠不关心。

"船长,我们开出多少英里了?"阿赫莱特纳问道,他看上去脸色苍白,还在发抖。

"我们的时间已经拿捏得很好了。"冯·哈姆回答说,"但是最后二十二或二十三小时,我们连二百英里都没走到。"

"照这样下去,要花两个星期才到达纽约。"汉斯·福伦伯格坐着的地方距离稍远一点,他身体大幅向前倾着喊道。他仍然在与来自南阿普顿的英国小姐调情；但现在，不可抗拒地被玛拉所吸引，于是他跳上来，离开了她，他的出现让玛拉和她所有的崇拜者们感到愉快，除了弗雷德里克·冯·卡马赫尔。这个欢乐的小团体在甲板上散着步谈笑着。

弗雷德里克讨厌这庸俗的狂欢，于是独自到一边想问题。每到了中午甲板上都淌着水，可这会儿却很干燥。他走到船尾，眺望广阔的海域，和那冒着泡沫的海浪。他已不再受小恶魔的控制，于是长叹了一口气。突然，他的灵魂也久久地放松下来。尽管他可能需要进一步清醒，但他觉得自己已经清醒，好像洗了一个清醒的澡，他已经是一个自由的人了，单独与他自己的灵魂在一起。他很惭愧自己的不安定。他的激情似乎很可笑，他悄悄地拍着自己的胸膛，用指关节揉着前额，好像是要将自己从梦中唤醒。

但是，最后，伟大的时刻来临了，慢慢下沉的落日将余晖洒在年轻的德国冒险家身上。

清新的海风从东南方向吹来，使船偏向海天一线处，太阳在西方天空形成一团大片火焰。海浪轻轻漂浮在海面上，东方是冰冷的暗蓝色，西部和南部的上空，层云密布——这就是能触动弗雷德里克的三大景致。

"那些易受此番风景感染的人们，"他想，"没有真正的理由感到自己的渺小。"

他站在原木旁，长长的原木已经深入海洋中。大船在它脚下摇摇晃晃地前行。风将两个烟囱里喷出的烟雾压进海水里，产生了一些孤独的意象，寡妇戴长长的面纱，合着双手无声祷告，就像在黄昏中永恒的诅咒。他听到乘客们的谈话，那一切都在那所巨大的房子的墙内结合，然后不知疲倦地向前——其间涵盖了多少追逐、逃亡、希望与害怕。在他的灵魂深处，面对这伟大的奇迹，他提出了一个悬而未决的问题：

"为什么？为什么呀？"

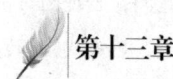 第十三章

在甲板上,他不知不觉开始接近英吉格·哈尔斯特伦。

"你想,"一个声音在他身后突然冒出。威廉医生在他身后看他要如何开始与英吉格小姐说话。

"你是在做梦;你是一个梦想家。"玛拉说,"过来!我不喜欢这些愚蠢的男人。"

除了阿赫莱特纳以外,在场的有还有六七个人,他幽默地笑了笑,表现出一副顺从的样子。

"为什么你还留在这里,阿赫莱特纳?"忠犬的主人开始发话了。

弗雷德里克看见几个人相约离开,还一边谈论这个漂亮的女人;好像他们刚和这名女子一起运动,而这女子并非不正经之人,他有些不好意思地坐在还留有阿赫莱特纳体温的凳子上。而玛拉则开始狂热地吟诵自然

之美。

"夕阳西下的时候，一切不都是最美的吗？我认为这是有趣的事——至少我喜欢它。"当弗雷德里克对她的这番评论做了个鬼脸时，她立刻转变了语气。她说的句子，都是始以"我不喜欢"或"我鄙视"或"我讨厌"开头。戏剧的是，面对浩瀚宇宙，她完全无动于衷，她带着一种无情的气焰，就好像一个被宠坏的孩子。弗雷德里克想跳起来，但仍在紧张地抽吸着，而他的脸有些僵硬，一副嘲弄的表情。玛拉注意到这一点，于是试图打破这一不寻常的形式致敬。

弗雷德里克的肩上承担着这样理想主义的头衔，他就是这个圈子中的"民族诗人和哲学家"。他的祖先都是学者、政治家和战士。他的父亲，是一名军人；他的遗产从他自己的父亲那里继承而来，而父亲脱下军装后，却是一个著名的植物学家，他在热那亚管理植物花园，表现出对科学的浓厚兴趣。弗雷德里克的母亲是一位学识渊博的女人，热爱戏剧和诗人歌德，以及一些浪漫派诗歌。她的父亲，是维滕贝格总理，她还在读书时，甚至后来在她的职业生涯，她也喜欢写诗，她对父亲的爱和崇拜导致她将自己的作品出版、修订甚至重印。

尽管弗雷德里克从没生过病，可是有几次他表现出的症状却是特别激烈。他的朋友们知道，当一切进行得顺利时，他就是一座休眠的火山；当事情不顺利时，他是一个会喷烟和火的活火山。他时而会狂躁，特别是当有酒在他的血液里时。如果是在白天，他可能会忧伤而大声地向太阳祷告，或是在夜间，对着星座祈祷，特别是纯洁的仙女座。

因为她也认识他，她知道他接近她并不会构成危险；但她就是那样，他的接近激起了她玩火的心思。

"我不喜欢自认为比别人强的人。"她说。

"作为一个法利赛人，我，"弗雷德里克冷冷地反驳道，然后残忍地说，"我想这些年来你一定极为傲慢。你的舞蹈比和你谈话要让我高兴。"他就像某人在指责他的妹妹一样说道。

玛拉默默地打量他片刻，嘴角露出一抹含义深刻的笑容。

"根据您的想法，"她最后说，"一个女孩儿不准在没被允许的情况下说话，也不准拥有自己的观点。你看起来只喜欢这一类女孩儿，她只会说，'我是一个可怜无知的人儿，我不知道他怎么看我'，我讨厌这种笨蛋！"

英吉格笑了一会儿说："你以为我是圣女贞德？"

"不是。"弗雷德里克回答说，"但如果你允许，我仍想把你当作一个女孩儿，一个纯洁的小女人，其名誉未曾受到任何损害。"

"名誉！"女孩儿嘲笑道，"如果你认为我曾经喜欢过这种事情那么你就大错特错了。我宁愿声名狼藉，良好的声誉又有什么用呢，无聊死了。我要享受生活，冯·卡马赫尔医生。"

弗雷德里克紧抿双唇。从表面上看他饱受痛苦的折磨。

英吉格开始揭示她在生活中一系列的事实，这种令人震惊的内容值得一听。冯·卡马赫尔医生，她说，可是没有人说她的错。每个赞同她的人知道她是谁。这暴露了她的恐惧，他希望自己能成为保护她的人，成为让那些恐惧幻灭的人。

太阳落山时，英吉格那暗示的、感性而邪恶的微笑仍然挂在嘴唇上，完成了她的可怕的忏悔，弗雷德里克发现自己面对这聪明的家伙，内心是多么愤慨。比他曾经当医生时遇到的任何事都让人无可奈何。

在她的讲述中，阿赫莱特纳和她的父亲来带她进去，但是她愤怒地走出来，是弗雷德里克最终帮助她回到自己的船舱。

他在自己的船舱里，甚至没有脱掉他的外套，他在自己的铺位上思考一些不可思议的事。他叹了口气，他咬牙切齿，他想怀疑它。有几次他大声地说："不！"或"不可能的！"他用拳头匣击着对面的床位。他发过誓了，这次不仅听从玛拉那可耻的描述。"玛拉，或蜘蛛的牺牲者。"现在，一下子，他就理解了她的舞蹈！她跳舞，她过着自己的生活！

 第十四章

"我是白搭了。"

伴随一阵灵魂上的反复击打,弗雷德里克表面上维持着微笑。他正和船上的医生喝着香槟。上汤的时候,他要了第一瓶酒,而且立刻饮下几杯。

他喝得越多,那种创伤的灼痛感就越小,呈现在他面前的世界也就越美好,那个世界充满了奇迹和谜,冒险家一般陶醉的生活包围着他,渗透了他。他非常懂得娱乐,能够轻松而欢乐地从言谈之中推广他那丰富的知识,而且还有着轻松的幽默,即便现在,他还能驾驭这等幽默,那苦涩的幽默在他体内爬动着,就像可恶的爬行虫。船长所在的角落,夜幕已被他召下,他那幽默的自我和严肃的自我都在召唤着。

尽管他不相信单科学和现代进步就能传递快乐,可他还是赞美了它们的好处。事实上,在那不计其数的电灯发出的欢乐之光中,借着酒劲的兴

奋,伴着乐声,聆听海水有节奏地拍打着移动的汽船,他感到,这一刻,好像人类正在音乐的伴奏下,欢乐地结队驶向幸福之岛。也许,他说,科学有一天会授予人类不朽的秘诀。人类将会找到保持机体细胞永远年轻的方法。死去的动物,只要往它们体内注入食盐水,它们便会死而复生。他讲述着手术的奇迹,这经常是人们就着香肠鹅肝酱喝香槟时总爱谈论的话题。过了一会儿,他说,化学能够解决社会问题,人们也不再担心食品健康。为什么呢,化学几乎可以发明怎样制作石头面包,这是迄今为止只有植物才能够实现的。弗雷德里克继续说着,就像死记硬背一般,他头也不抬一下,而他的听众们却听得入了迷。

可是,在这自我陶醉的旋涡中,他身上越过一阵睡前的战栗,他知道自己这一整晚都将难以合眼。清明的白天要明晰到怎样的程度才能弥补一个该死的无眠之夜啊,过去一年来他总是经历着这样的夜晚。

晚餐过后,他同威廉医生一道由女士客厅下到吸烟室。不久,他又来到了甲板上,甲板上昏暗阴霾,风又通过那四根桅杆的索具发出沉闷的哀嚎。天气冷得沁人,他能感到雪花拂过他的面颊。最后,他无事可做,便回去睡觉了。

十一点到一点的两个小时内,他都在床上翻来覆去,有时候短暂地进入了一种介于醒与睡之间的混沌状态。醒着也好,混沌也好,在这两种状态中,他都会产生幻觉,时而出现一些猛烈跳动的面孔,时而是一张惊恐的脸,这些幻觉折磨着他,不知消停。然而,一阵难以抗拒的冲动向他汇拢,让他睁开心灵之眼,看着这超自然力量那恶魔般的表演。

于是他关掉了电灯,在黑暗之中,当某个人的视觉无暇顾及周围事物时,那么他的听觉和感知能力就会加倍敏感。他听到了大船发出的每一个声音,感觉到了它的每一次移动,他感觉到船正在午夜中安然穿航。他听到螺旋桨搅拌的声音,就像一个庞然大物在为人类劳役。他听到吆喝声和走路声,那是运煤工人正在将煤渣从熔炉里掏出煤,扔进海里。在这一场纽约行程中,这些熔炉将会消耗超过一千吨煤,他们就在晚上将这些煤产生的煤渣和灰烬扔出船外。于是,令这个与睡眠作斗争的人感觉宽慰的是，他的注意被当前的场景和在船舱里发生的事吸引住了。

然而，当没有声音和动作分散他的注意力时，他的想象又演变成了痛苦的折磨，他又想起了玛拉，有时候还会想起他的妻子，他时常因为妻子的遭遇而自责。由于英吉格侮辱了他对她的爱，所以他越发感到良心叩击着自己。他的整个内心都好似进入了一种抗议那爱情之毒的状态。他开始热血沸腾。这种情况下，那代表着他的"我"陷入了对代表着玛拉的"你"的疯狂追逐中。他在布拉格的街上找到她，将她拽回她母亲身边。他发现她声名狼藉。他看见她站在一个男人的家门口，他出于同情带着她一起，然后又轻蔑地将她拒之门外，她在他的窗前泪眼汪汪地站了几个小时。弗雷德里克绝不会脱掉传统德国青年的皮囊。在他的眼里，那古老的贞操观念，仍被神圣的光环圈绕；可是，不管他多么频繁发现玛拉行为不端，不管他如何屡屡在想象中抵制她，或者如何运用自身的道德力量去摧毁她在他心中的印象，她那金色的面庞，她那娇弱而白皙的少女般身体，都能穿透每一副帘子，每一道墙，以及他努力隐藏着那不管祷告还是诅咒都无法驱走的邪魔时的每一种想法。

一点以后不久，弗雷德里克晃晃悠悠地下了床。这一次，他并不是从打盹儿中被梦境似的幻觉惊醒。下一瞬间，他就撞上了床铺。很显然，天气变糟了，罗兰德号在大西洋上艰难地航行。

 第十五章

　　五点零几分时，弗雷德里克已经在甲板上了。和昨天一样，他坐在那张椅子上，正对着通向餐厅的升降扶梯。为他服务的乘务员，是来自马德格堡的一位善良又有耐心的年轻人，他给他上了茶和土司。这是对弗雷德里克的特惠。

　　每隔几分钟，海水就会溅上栏杆，冲刷甲板。水流从升降扶梯门口的遮蓬上突然倾泻而下，淋湿了马克思·潘德的小副手，他这会儿还在站岗。桅杆和索具上覆盖着冰柱，雨雪交加而下。这样的景象，各种喧嚣，各种哀鸣，各种呼啸，加之桅杆和索具上那怒号的海风，以及翻腾的海浪，好似这沉寂而阴冷的黎明要永远延长它的存在，而白天也迟迟不到来。

　　他用大茶盅暖着手，然后从船边望向船外，眼看着船时而好像要径直下沉。他的双眼洋溢着光芒。他感到它们深深镶嵌在眼窝里。经过了前

几天的艰难后，尤其是昨夜，很自然他会感到受伤，而且身体上和心灵上的创伤都有。一阵空虚袭来，他待了片刻，肯定的是，与他晚上那连续的意象闪过脑海的感受相比，这是一种好的感觉。然而，那猛烈而湿润的海风，和嘴唇上咸咸的味道，让他感到振奋。他微微颤抖了一下，然后坐下来，把头埋进上翻的衣领中。不久，他就有了一种愉快的昏昏欲睡之感。

但他也不是没有觉察到，在这翻腾的海浪之上，那漂浮的宫殿竟是这般迷人。航行的途中也不乏美好与力量，汽船一路劈开那旋转着的深绿色浪峰，沉稳，安宁，无畏。他崇拜罗兰德号，他赞美它，而且就像对活人一般对他充满了感激。

继他之后来到甲板上的是三个孩子，两个女孩儿，一个男孩儿，五到十一岁模样。一名热心的乘务员帮他们搬来了椅子，还热情地带他们坐下，一次带一个。在船上，孩子们都很受宠。他们坐在那儿，前后摇晃着，毫无畏惧地看着那阴沉可怕且旋转着的长浪，看着那恐怖的暴风雨。

刚过七点，一个穿着船上制服的瘦高男子慢慢靠近弗雷德里克。弗雷德里克在前一天见到过他，还对他那冷酷的气场非常感兴趣。他正在抽雪茄，就像弗雷德里克第一次见他那样。他神情中透着一股深远的漠然，他看上去完全沉浸在香烟中。似乎不经意地，他挨近弗雷德里克的凳子，碰了碰他的帽子，说：

"冯·卡马赫尔医生？"

"是的。"

"这里有一封你的信。"他说着从上衣口袋里抽出信来，"是昨天由法国的领航艇送来的。我之所以没有交给你，是因为我在乘客名单上找不到你的名字。我叫林克，负责船上的邮务。"

弗雷德里克谢过他。他在信上看到父亲的笔记。那时，与其说纯粹好奇，不如说出于友好，他向他询问天气什么时候会好转。而他的回答，只是一个晦涩的英语单词，一个耸肩和一阵缭绕的烟雾。

弗雷德里克将信放进胸前的口袋里，他感到心脏跳得更加温暖，不再那么混乱了。他闭上了眼睛，不让热泪留下来。在他如此柔情的心境下，威廉医生找到了他,也许这位同行的接近感动了他。

"我睡得像一只熊。"他说。从他那健康的面色,以及那边伸懒腰边打呵欠的样子就可以看出,那一夜的睡眠让他彻底振奋,"可是,天气很糟糕。"他补充道,说着坐在了弗雷德里克旁边。

"恭喜你,"弗雷德里克说,"我一夜眼都没合上。"

"服一些巴比妥吧。可是不管怎么样,先和我一起下去吃早餐吧。你最好多走走,不要停下来。因此,我建议你,吃过早餐后,和我一起去统舱。我会清楚你头脑中的东西,不会让你无聊的。那里还有有趣的女人。可是,在去之前,我们一定要去一趟吸烟室。"

第十六章

先生们吃过早餐——炸土豆,炸肉排和火腿蛋,烤比目鱼和其他鱼类,除此之外,还有茶和咖啡——然后,走进了统舱。

在统舱里,为了防止摔倒,他们得迅速抓住支撑着舱室垫板的栏杆。当他们的眼睛习惯了统舱里的暗光后,他们看到一群人在地上呻吟着,啜泣着、哭号着、尖叫着。这样的天气不适合打开舷窗,二十个俄国籍犹太人家庭呼出的气息,再加上各种行李和孩子,空气已经被严重污染了,弗雷德里克几乎无法呼吸。母亲们张着嘴,闭上眼睛躺着,一副半死不活的样子,她们手里还抱着婴儿;看到他们干呕得全身抽搐,真是恐怖。

"来,"威廉医生看到弗雷德里克脸上的表情就像要晕过去了一般,于是说道,"来,看看我们多么快活。"

可是和他一起的威廉医生和红十字会的护士一有机会就去帮帮他们。

他给那些情况严重的人们要来了葡萄和滋养品。那些物品是从头等舱和二等舱的储藏室里得到的。

他们艰难地挪动着位置。到处都是同样惨不忍睹的景象，人人都想逃离贫穷和那恼人的迫害。即便是那些还能站起来，能找到一席立足之地的面色苍白的人们，都被绝望笼罩着，脸上尽显痛苦与悲惨。

在上百位移民中，有一些漂亮的少女脸庞。这异样的环境造成的烘热给女孩儿们的面容增添了不少魅力。医生们的眼神与那些女孩儿的眼神撞上了。这场景激起了某些感触，而且他们轻易可感。此刻，巨大的压力和极大的危险使得这一切更加妩媚，同时还营造了一种人与人之间的意义深远的平等感。在这害怕与紧张期间，随时都可能触发大胆的跳跃。

威廉医生指着一个年约十一岁的俄籍女孩儿给弗雷德里克看。她神色黯然，身形美妙，如蜡像一般透明。威廉医生看到女孩儿挑衅般地怒视着弗雷德里克，他说他第一眼就被震慑住了。

走得更远一些，弗雷德里克听到有人叫他的名字。那是威尔克，可那与他今早在甲板上见到的威尔克不同。他一边骂天骂地，一边从床垫上站起来；这个动作他做起来很困难，因为，首先，统舱里摇晃得厉害，其次，显然之前他一直在借酒浇愁，喝着威士忌。威廉医生严厉地斥责了他。很明显威尔克是个讨厌的家伙，甚至是个威胁，对于大家来说都是这样。他醉醺醺地，产生了幻觉，以为有人在追赶他。他衣服上的破布和奶酪，以及面包屑一道混合在床垫上，他右手上还拿着一把小折刀。

威廉医生不知道他和弗雷德里克很熟。而他的告诫也丝毫没起作用。威尔克喊道他的邻居抢劫了他，还有乘务员，水手和船长。弗雷德里克拿下他手中的刀，以军人般的语气对他说话，还粗鲁地碰着他颈子上的伤疤，提醒他已经缝过一针了，而且也只能勉强活命。他这招起作用了，威尔克似乎有些后悔。弗雷德里克给了他一些钱，可是正如他交待的，不是去买威士忌，还说他会尽力帮他，可是他要听他的话，要行为得体。

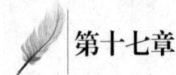 第十七章

弗雷德里克感到自己刚从可怕又令人窒息的地狱里逃出来。

他们困难地穿过湿润而空旷的甲板，一再被拂过的海浪冲洗。为了稳住步伐，他们不得不抓住栏杆。甲板上空无一人。汽船不知疲倦地辗进，拍打着海水，好似在孤军奋战。而这个可怕的场景，使弗雷德里克得到了放松，使他恢复过来。

他走到了女士客厅，在那儿看家里的来信，他还差点儿把这事儿给忘了。一些不晕船的女士们聚集在这里，她们懒懒地躺在椅子上，看上去无精打采的样子。大厅里十分豪华，还可闻到涂漆的味道。其中还装饰着一些镶金边的镜子，还有一台巨型钢琴，在那里，脚步声被柔软的地毯隔绝。里面的主色调是蓝色。

弗雷德里克舒服地坐在一张蓝色的手扶椅上，然后打开了信封。里面

还有一封母亲写来的信。可是他急切地想要知道父亲对于自己所行的感受和看法，于是首先打开了父亲的信。

亲爱的弗雷德里克：

我不知道你是否能收到这封信，也不知道你是在哪儿看到它。也许你要到纽约才能收到。接受你老父母对你此行的问候吧，你的这趟旅程对我们来说真是意外。可是，我们已经习惯了你给我们带来这样的意外，因为我们已经很长时间得不到你的全部信任了。我是一个宿命论者，也不想责备你，让你厌烦；可遗憾的是，自从你长大后，你的思想和行为就发生了很大的变化。真是莫大的遗憾啊，天知道。要是你偶尔听听我的——可是，就像我说过的，说"如果"之类的话又有什么用呢。

我亲爱的孩子，既然命运让你遭受如此折磨——我一开始就告诉过你安杰拉的家族有病——至少昂起你的头颅。我尤其恳求你——别把细菌研究失败的破事放在心上。你知道的，我告诉过你，我没把他们说的关于细菌的事当真。为什么呢，因为佩藤科弗尔参与了整个伤寒杆菌的培育过程，自己却没有受伤。

依我看，去美国也不算坏想法，也不一定就不行，我知道一些人，他们在这里落魄了就去美国，回来时已经是百万富翁，遭人嫉妒，被人讨好。我毫不怀疑，经历了这一切后，你已经认真权衡过自己该走哪一步了。亲爱的弗雷德里克，我请求你注意点。贪心不足蛇吞象。首先，你要摒弃那博爱的观点。每当我对你说你花费太多金钱、时间和事业在你的博爱观点上时，你总是不相信我。也不要沾染什么乌托邦主义，哪怕是沾一点边。俾斯麦已经不在了。反对社会主义者的特殊法律已经被废除了。你听说了吗，一些坚持无政府主义的家伙们又吃了炸弹——在巴黎，离圣拉扎尔车站不远的咖啡屋里，其中还有一些无辜的民众，有七八人被炸死了。我亲爱的孩子，那时你就在巴黎。上帝保佑，你现在还处在不满状态，不要去做这些铤而走险的事。

原谅我。那是笔误。可是在远离火线的格里茨，即便是理智的人，一旦遇到麻烦，也会开始想象。像你这样有才能的人，早就该成为军中的官员。

愿上帝伴你左右。记得回信给我们。我相信，你会凭借你的才能，在那里扎根，一展宏图。小心提防艺术和那些边缘兴趣，你不能靠他们生活。你知道吗，大公任命布梭为他的副手了？那孩子看上去前途无量呢。

旅程愉快，有时也想想你挚爱的父亲吧。

弗雷德立刻叹了一口气，带着极大的同情和苦涩无声地笑了笑，然后将信折起。

"'我不知你是否能收到这封信，也不知道你会在哪里收到它……'"他重复着，还在心中加上一句，"或是它会怎样到达你手中。"

他站定了一会儿，凝视着苍穹。

过了一会儿，他看到了那个傲慢的美国人，他前一天在吸烟室里惹恼了他。他正在和一位年轻的女孩儿调情，她懒懒地躺在安乐椅上，表情冷漠，弗雷德里克听说她是一名加拿大人。他看到那个美国人，摆弄着一小盒火柴，他仔细地把火柴堆起来，然后在那个易燃的屋子里点燃它们，弗雷德里克看到这景象时，简直不敢相信自己的眼睛。一名乘务员走上前来，礼貌地说，他有责任制止他这样做。而那个冥顽不灵的家伙轻蔑地说：

"走开，白痴。"

弗雷德里克抽出母亲的信，可是在看信前，他短暂地想了想发生在那个美国青年头脑中的事。

亲爱的儿子：

愿母亲的祈祷与你同在。一年来，你经历了不少，也受了不少苦。一开始我要给你说些好消息，让我给你说说孩子们的情况吧。他们非常好。他们和墨豪普特牧师一起生活得非常快乐。阿尔布雷克特很聪明。伯恩哈德，你知道的，像他的母亲多一些，所以一贯是个安静的孩子。可他好像变得更活泼，也更健谈了。牧师家和农场的生活似乎令他很开心。墨豪普特牧师说两个孩子都很有天赋。他已经开始用拉丁文给他们上课了。小安玛利怯怯地问起我她妈妈的情况，可尤其问到你。她经常提到你。我告诉他们，纽约还是华盛顿有一个医药代表会，他们会研究出怎样结束那可怕的疾病。我亲爱的孩子，快快回到亲爱的欧洲的怀抱吧。

  我和宾斯万格医生长谈了一阵。他跟我说你妻子的病是遗传的。那种病不可能根除，随时都会复发，那是迟早的事。他还说起了你的工作，亲爱的孩子，他认为你不会就这样允许自己被打倒。他说，再经过四五年的努力工作，就会弥补你的失败。

  亲爱的迪特里希，听听你老母亲的话，相信你那逝去的亲爱的父亲吧。我想你是个无神论者吧。你可以嘲笑你的母亲。可是相信我，我们离不开上帝的帮助和仁慈。偶尔也祈祷祈祷吧，这没有什么坏处。我知道你因为安杰拉的缘故没少责备自己。宾斯万格说你大可放宽良心。要是你祈祷，相信我，上帝会把一切罪过的想法从你那疲倦的灵魂中消除。你才三十岁，我已经七十岁了。我以比你多活四十年的经历，告诉你，你的生活还会有转变，直到有一天你想不起自己现在遭遇的一切。你会记住事实；可你再怎么也不会记起那些如今纠结于心的痛苦感。我是一个女人，我喜欢安杰拉。而我也能客观地看到你们好好在一起。相信我，也曾有些时候，她能让男人们神魂颠倒。

  信的末尾都是一些慈母亲切的关怀之语。弗雷德里克想象自己站在母亲床边的缝纫桌前，他在心里亲吻着母亲的头发，她的前额和她的手。

  他抬起头时，听到乘务员一再告诫那个美国人，而那美国人用熟练的德语说：

"船长是头驴。"

这句话产生了电击般的效果。下一瞬间,另一堆火柴又被点燃了,在这萧条而可怕的黄昏燃起了晃动的火焰。

弗雷德里克在心里切下了那个年轻人的大脑和小脑,然后对其进行结构性解剖,他严格遵照解剖学原理,就像他在现实生活中经常做的一样。他寻找着"愚蠢"的中心,这毫无疑问占据了这位美国人的整个灵魂,尽管程度不轻的"放肆"还在他头脑中占有一席之地。弗雷德里克禁不住笑了。在这样的欢乐中,他意识到那个小英吉格·哈尔斯特伦不再控制着他,也许,比如,比那个敖德萨的黑犹太人的控制还要少,他也只是在十五分钟前第一次见到她。

这时,冯·凯赛尔船长进来了。他轻轻点了点头,以示招呼弗雷德里克,然后自己在一名女士身旁坐下,很显然,他们是认识的。那个美国纨绔子弟和那漂亮的加拿大女子交换了眼神。她闷闷不乐地坐在安乐椅上,脸色苍白,却不乏娇媚。弗雷德里克把她看成那不常见的南方美——直直的鼻子,鼻孔微微颤动,有着深重而高贵的弓形眉,黑色一如她的头发,她那精致、传神而抽搐着的双唇下留着一抹阴影。

那个美国年轻人不顾船长的出现,又准备玩那个危险的游戏,这场面非常刺激。

冯·凯赛尔船长长得虎背熊腰,他似乎与这精美的客厅不搭调。他平静地和那位小姐说着话。从他脸上的表情可以看出,这天气让他担心。突然,火柴点燃了。这时,船长那冷静的伯纳德式脑袋微微转了一下,接着一个不容置喙的声音响起来:

"把火熄了!"

弗雷德里克从没听过像这样尖锐威严而又如此可怕的命令。那个美国人脸色变白,并且一眨眼工夫就将火熄灭了。而那个漂亮的加拿大女人则闭着眼睛。可是船长却好像什么都没发生过一样,继续和那位女士说着话。

第十八章

不久,弗雷德里克来到了理发店刮胡子。

"可恶的天气。"理发师说道,尽管船摇晃得很厉害,可他还是稳稳地操着剃刀。他看上去像个聪明人。弗雷德里克不得不再次听《诺德马利亚》的故事,里面讲了龙卷风进入女士客厅,将钢琴卷在空中。

这时,一名平凡的,来自农民阶级的女仆进来了。她看上去非常健康,却一点也不聪明。理发师给了她一瓶科隆香水。

"自我们离开库克斯港后,那是我给她女主人的第十五瓶香水了。"她走后,理发师说道,"她的女主人是一个带着两个孩子的离婚女人。名字叫利布林太太。她非常神经。罗萨并不好过。她每个月只有五美元,却要全天听候利布林太太的差遣。她还得全权负责照顾孩子们。我们离开库克斯港不久,利布林太太就来做头发。你该听说她是怎么对待那女孩儿的。她提起她时，没有一点感激之意。她说那个又蠢又懒的东西不值二等舱的船票。"

有好几次，弗雷德里克都听到他对面船舱里斥责声与孩子们的哭声混杂在一起。他甚至一度确切地听到拳头击打在耳朵上的声音。

"她还打罗萨吗？"理发师问道。

"是的。"

很明显，那个女孩儿就是他对门邻居的仆人。

弗雷德里克徜徉在他的专用椅子上，愉快地听着那个活泼的理发师说着闲言碎语。理发师的话使他转移了那些讨厌的想法。而那个已经随船航行数年的理发师，绝不是他所处阶级中的平平之辈。他简略讲述了当代的造船业，其宗旨是，不要为了提高航速而建造轻汽船。

"总之，"他说，"花这么大精力在做记录上真是遗憾。这如薄饼一般的巨大船身怎能随时都与那浩瀚的海洋抗衡？看看它要运载怎样的巨型发动机，要消耗掉多少煤。可罗兰德号是一艘不错的船。它是在格拉斯哥，在约翰·埃尔德公司的园子里建成的。它自1881年就开始运行。它的发动机是混合蒸汽发动机，有三个汽缸和五千八百马力。它每天要消耗一百一十五吨煤。汽船每小时行驶十六结，排水量达四千五百一十。船上有一百六十八名工作人员。"

理发师对这些都了如指掌。接着，他以一种厌恶的口吻说着，好像这事儿给他造成了什么麻烦，他说每一趟往返纽约的航程中，罗兰德号的煤仓里都会拖上一千三百吨无烟煤。他说，慢速行驶，既安全又舒适，船开快了，又危险又浪费。

要是那个小船舱静止不动，那么在灯光照耀下，它会是一个不错的地方。可不幸的是，墙壁随着发动机的跳动一摇一晃，地板也随着海水的涨落一起一伏，海水时而还如狼似虎般愤怒地拍打着舷窗。壁橱里的瓶子也在咯咯作响。

理发师说："为慢速行驶而建造的重型船只，不该被排列成这样。"

接下来，他提到了那个小人儿，那个染了头发的女孩儿，她是跳舞的。她要在这里待上一个多小时,直到他把全部的皮纳&罗杰牌香水给她看了。理发师说着咯咯地笑了。

"在海上航行中,"他说,"男人们有机会认识最奇怪的女人。"他接着又讲了几件事,如他自己所说,是他亲眼目睹的。每个故事中的女主角都是色情女子。

"你只要问问我们的医生,"他说他是老式的庸医,还干过许多丢脸的事,"最严重的一次,"他继续说道,"是关于一个美国女孩儿。他们发现她躺在一艘救生艇上。她被那些船员们侮辱了,他们一个接着一个,可是到后来却怪在她头上。"

弗雷德里克知道,理发师所指,除了英吉格外,再没有别人。她曾在他此刻靠着的这张椅子上坐过。一股涌流从椅子的坐垫传到他的身体里。他的心开始无规律地跳动,一瞬间又停止了,接着又疯狂地跳动。让他恐惧的是,他发现玛拉之于他的力量还未被破除。

他跳起来,摇了摇身子。他感到自己必须洗一个冷热水浴,让那刺人的水流顺着脊椎流下,将他里里外外洗个干净,驱除他血液里那污秽的毒。

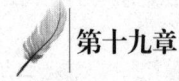

第十九章

　　理发店在靠近船尾的位置，人们在附近可以透过玻璃窗看到汽缸和活塞。弗雷德里克吃力地爬到散步的甲板上，往下窥视着拥挤不堪的吸烟室。尽管和一大堆吵闹的人一起挤在一个狭小的空间，这让他感到厌恶，可他来这儿是为了逃离他思想中那种疯狂不羁。威廉医生给他留了一个位置。

　　"医生告诉我你在统舱里，还给一个叫黛博拉的漂亮女孩儿留下了可怕的印象。"船长顽皮地笑着说。

　　弗雷德里克笑了。他要了啤酒，谈话一开始就很愉快。

　　那些玩牌的人手里拿着牌，坐在角落里。他们都是些商人，身材都很魁梧。他们吃过早餐后就一边喝着啤酒一边玩牌，除了睡觉的时候，甚至从上船开始就是这样。屋子里的谈话内容对他来说毫无吸引力。即便是天气也无法引出讨论的话题。他们似乎对船的摇晃和呼号的海风浑然不觉。

船颠簸得很厉害,弗雷德里克不得不抓住最近的事物。船侧向左舷,又翻下右舷;接着,侧向右舷,又翻下左舷。有时候,弗雷德里克感到左舷和右舷几乎就要镶嵌在一起了;每到这种时候,罗兰德号的龙骨就会漂浮在海面上,而舰桥、桅杆和烟囱就会淹没到水下。就算一切都完蛋了;可是那些玩牌的人,在他看来,仍会继续泰然自若地玩牌。

哈尔斯特伦弯着修长的身子探进吸烟室。他那明晰、冷淡又苛刻的眼睛四处晃荡着,寻找着座位。那个没有手臂的人讽刺地对他品头论足了一番,可他却毫不理会。他客气地尽量远离斯托坐下,然后从衣兜里掏出一小袋烟,装进一根短小的荷兰烟管里。弗雷德里克首先想到的是:

"阿赫莱特纳到哪里去了?"

"你女儿感觉怎么样了?"威廉医生问道。

"哦,她现在只是有一些难过。我想,天气会转好的。"

于是屋子里的所有人这时开始讨论起天气来。

"船长,"有人问,"昨晚我们差点儿撞上一艘弃船,这是真的吗?"

船长笑了笑,皱起了眉头,并没有回答。

"我们现在到哪里了,船长?昨天晚上起雾了吗?我看到雪下起来了。昨晚至少一个小时内,我每隔两分钟都会听到汽笛鸣叫。"

可是对于船上的管理和航行是否顺利的问题,冯·凯赛尔船长总是简短而冷漠地回答。

"听说船上有运往华盛顿国库的金块,这是真的吗?"

冯·凯赛尔笑了笑,吐出一圈薄薄的烟雾,在胡子周围散开。

"那是运往纽卡斯尔的煤。"威廉说。

于是,这伟大的主题,重中之重,成为泛泛的话题。当然,每一位旅客,都直接在脑中为自己描绘了一幅财运的蓝图,小到每一分,或是试着进行精良的算计。与伟大美国的银行公司、英国银行和里昂信贷银行里的资本以及所有美国百万富翁的财富相比,他们都变成了计算器。就连那些玩牌的人也会关注一会儿。

美国当时正值经济萧条时期,正如那些政治经济家们宣称的那样,那是一场危机。于是，危机的起因成为讨论的话题。在场的美国人中，碰巧大多都是民主党人，于是他们就将罪责推向共和党人。坦穆尼老虎尤其成为了咒骂的目标。他们不仅控制了纽约市，还把他们的成员推向最有权势的地位。每一个坦穆尼派的人都知道怎样剪羊毛。最终，美国人们全部都被敲诈了。据说高层已经大范围腐朽。上百万美元被充配给海军，可若是真能建成一支海军，那就是巨大的成功了，因为钱还没来得及用上正途，就滑入了那些爱好和平的美国人衣兜里，而他们最不在乎的就是海军。

"我不愿意葬身于美国。"斯托尖声说道，"坟墓里又阴沉又烦闷。"他这番话引来了一阵笑声，在笑声的助长下，他又继续说笑，"美国人就像鹦鹉，他们不停地念叨着两个词，美元和生意，美元和生意，美元和生意。这两个词已经深深地植入了美国文化中。美国人甚至不知道英国人的愤怒从何而来，他们竟认为生活在美元之邦是一件可怕的事。美国人从拥有的美元数量出发，来看待一切，甚至他们的同胞。不能以美元计算的东西，他们都会对其视而不见。于是接下来就出现了卡内基公司想要以那令人作呕的店主哲学来震慑我们的现象。你觉得他们会切掉世界上的一部分美元，然后再大张旗鼓地将那切掉的美元还回来，以此促进世界发展吗？你认为他们分给我们一些钱，我们就会将莫扎特和贝多芬，康德和叔本华，席勒和歌德，伦布兰特，伦纳德，迈克尔·安杰罗——总之，就是我们的一切财富和智慧——扔下船吗？"

第二十章

船长邀请弗雷德里克到他的小屋，让他在他的家庭相册里写上几句话。他一路指给他看航海屋和操舵室，其中一个水手正往大副方向转动巨轮，大副的声音从舰桥上的话筒中传来。弗雷德里克看了看巨轮前方的指南针，看到罗兰德号正处在西南偏西的位置。船长希望天气好转，这样他们就能往更南方向航行。舵手的注意力丝毫没被分散，他那黄铜色的、饱经沧桑的脸不偏不倚地对着指南针，饱经风霜的脸上，他的海蓝色的眼睛锁定在西南偏西一线。尽管邮轮动荡的幅度很大，可是指南针的正面从来都没有偏离水平位置。

当他们到达他的船舱，那个帅气的金发碧眼的德国人变得更健谈了，他的眼睛如同驾驶室水手一样。他坚持让弗雷德里克找个位置好好坐下来，并递给他一支雪茄。他谈到了自己的生活。弗雷德里克从他口中得知他未婚，还有两个未婚的姐妹和一个弟弟以及他的妻儿。他们这一大家子的照片分别对称地挂在墙上，其下是一张红色的长绒毛沙发。他们都是值得尊敬的对象。

弗雷德里克没有忘记问他那陈规老套的问题：

"你从事你的职业是因为你喜欢它吗？"

"告诉我陆上哪儿能找到同样工资的工作，我会毫不犹豫地换工作。当人上了年纪，航海对他来说就没有什么吸引力了。"

船长那粗犷的声音极为悦耳。在弗雷德里克听来，就像台球碰撞的声音。

"我弟弟有了妻子和孩子。"他说。当然，尽管他的语气中没有任何伤感的迹象，可是从他发光的眼睛里可以明显地看出他是多么崇拜他的侄女和侄子。他指着每个人的照片，最后坦率地说，"我弟弟真是令人羡慕。"然后，他问弗雷德里克是否是冯·卡马赫尔将军的儿子。他说他参加了1870年和1871年的运动，当时弗雷德里克的父亲是首席炮兵团的陆军中尉。他满怀敬意地说起他。

弗雷德里克在船长的小屋待了半个多小时。他在那儿，船长似乎特别高兴。他那威严的外表下竟掩藏着如此温柔的灵魂，真是让人震惊。在那柔弱的灵魂展露之前，他总是猛抽着雪茄，同时久久地看着弗雷德里克。渐渐地，弗雷德里克发现有某种磁铁在这个金发碧眼的巨人的心中使劲拉着。黑森林和图根森林不断在他脑中交替，弗雷德里克在心里想象着这样一个为人称赞的人在他舒适的农舍前修剪女贞树篱，或是手里拿着刀走在玫瑰丛中。他能觉察到这位船长宁愿与世隔绝地生活在绿叶和绿色松针的海洋里，他相信他一定希望永远湮没在繁茂的森林中，远离世间一切海洋的喧嚣。

"也许夜晚从不曾到来。"船长用幽默的口吻说道。他站起身，将巨大的相册放在弗雷德里克面前，"现在我要把你和这笔墨一起锁在这儿，当我回来的时候，我想在此页中看到一些优美的语句。"

弗雷德里克·冯·卡马赫尔翻开相册。这里面明白无误地灌注了对莱园、醋栗灌木、鸟语花香和蜜蜂的嗡嗡声的向往。弗雷德里克想,在海上旅行的凄凉和重大责任的压力下,必须让船长的灵魂开放,让它注意这一切。似乎要等到某一个时间,在这和平而简朴的家里,让这个时间来检验这个经历这一切风险的人过去的斗争和苦难。在那个避风的港湾里,有着甜美的记忆,记忆中满载着知足感。

弗雷德里克自己那包括了农场和孤独原木小屋的寂静主义理想浮现在他眼前。但他并不是自己生活在其中。小魔女玛拉会和他一起住在里面。他的思想已经在痛苦中攀升至另一片更为孤独的领域,在那里,他自己就是一名隐士,他祷告,他只喝白水,他以草根和坚果为生,有时也吃鱼和其他自己捕捉到的动物。

船长回来时,他和弗雷德里克互相道别,他在书中发现:

你在海洋之上,在海浪之巅,担起船长之职,有一天,你会失去你的热情,让船长好好休息,待在寂静的花园里。你会看见他那鼓动人心的英勇作为。用那艺术性的语言,描绘你每日面临的危险,透过宇宙的空间,向你宣读感恩之言。

署名是——

旅行家弗雷德里克·冯·卡马赫尔

第二十一章

弗雷德里克一只手抓抓他的帽子,另一只手紧紧地抱住栏杆,从船长的船舱上那有风的高度下到甲板的走廊上。当他经过大副的小屋时,门开了,冯·哈姆和阿赫莱特纳一路说着话走出来。阿赫莱特纳脸色苍白,神色忧虑。

"我已经为哈尔斯特伦小姐租了船长的客舱。我不忍看到她在自己的船舱内如此痛苦。"他对弗雷德里克说道。

风吹得更猛烈了。甲板上一名乘客都看不到。水手们在检查救生船。巨大的海浪拍打着船身,然后倾斜着嵌入。海浪疯狂地在空中翻滚,像白色珊瑚一样悬停一瞬,继而像成千上万个浪头拍打在甲板上,而甲板早已被淹没。风将烟囱里冒出的烟吹散到海天一线处的混沌景象中。弗雷德里克扫了一眼甲板前方。他那发热的头脑中浮现出了那个犹太女人的样子,接着是无赖威尔克。而此刻，甲板前方被海水湿透，除了警戒人员外，人无法站立其上，他们在锚杆不远处的船沿观望。

通向舱梯的门和舱梯之间是一个正方形空间，这里有一排栏杆，一些人待在这里享受新鲜的空气，还可不被海水淋湿。当弗雷德里克通过这扇门下到甲板上时，他看到一群脸色苍白的乘客聚集在这里。那里还有一把椅子空着。他坐下来。幻想着自己正聚集在一群有罪的人中间。

"那个可怜的罪人当然就是图森教授，那贫穷的著名雕刻家。"弗雷德里克从这人低垂的帽子和巨大的披肩断想道。他时而和坐在旁边的人交谈几句，那人可能是枢密顾问拉斯。弗雷德里克曾经在一个巾长家举办的晚宴上见过枢密顾问，可他对他的样子只是依稀有些记忆。服装制造商拖沓着脚步从他的船舱里走出来，天知道他是如何像尸体那样躺在椅子上。除此之外，还有两个人在一旁交谈，一个又矮又胖，脸看上去有些吓人，另一个又高又瘦。

高点的那个正在向另一个人展示海底电缆，他拿着错综交织的麻、金属和杜仲在手里传来传去。从他们断断续续的话语中，弗雷德里克了解到，他曾于1877年在欧洲和美国之间航行的汽船上当电气工程师。在公海的工作持续几个月都没有中断。他花了数个月，监督汽船的修建，尤其是金属板的铆合。他说起了海底的电缆高原，从爱尔兰延伸至纽芬兰，如此命名是因为它充当了跨大西洋电缆的主要支撑。

他说铜线电缆的中心，被称为它的灵魂，其余地方几乎有人的拳头那么厚，像一个巨大的锚链，而它仅是作为一个保护灵魂的鞘。弗雷德里克产生了一种如身临海洋深处般可怕的精神幻觉，他看着这巨大的金属巨蟒，无头也无尾，匍匐在沙底，其上布满了海洋深处的神秘生物。在他看来，即便是对于这无生命的大块缆绳来说，如此深切的孤独也让人感到毛骨悚然。

然后，他想知道为什么电缆两端的人类在接收到第一批传输的消息后会如此欢腾。也许他们的欢乐还有一些神秘的原因。真正的原因不可能是他们这样就能够通过电报以一分钟围绕地球周长二十倍的速度传达"早上好，史密斯先生"或"早上好，布朗先生"，也不是因为如此他们便能将全球的八卦新闻掺杂进脑中。

正在思考之际，他从椅子上滑下来，弗雷德里克与电气工程师、正在打瞌睡的制造商、一位女士医生、一位女士艺术家一道被摔倒在栏杆上，而对面一排的乘客，包括枢密顾问和教授，又被摔在他们之上。这是一件好笑的事，可据弗雷德里克观察，似乎没有人觉得好笑。

他们试着起来坐好。一名一贯勤劳的乘务员出现了，似乎是来安抚他们，他从船上那取之不尽的商店里拿来玛拉加葡萄挨个递给大伙儿。

"我们什么时候能到达纽约？"有人问。其余所有人的眼光都立刻惊讶而又警觉地看向提问者。一贯有礼貌的乘务员只是尴尬地笑了笑，并没有回答。在他看来，从某些程度上讲，答案将会成为命运的挑战。乘客们也有同感。事实上，在这种情况下，在这童话故事般的景象中，他们的双脚是否还能踏上那坚固的土地仍然未可知。

电气工程师正在对着那个矮胖的人说话，他的举止有些奇怪。很短的时间内，他看起来神色慌张，他那小而锐利的眼睛看向桅杆顶部，而桅杆不断地在空中划出巨大的弧线（从右舷到港口，再从港口到右舷），接着又翻进海浪里，蔓延进更高更大的浪涛中。他的脸上充满了惊慌。弗雷德里克正要暗自嘲笑那可怜的蹩脚水手太过怯懦时，却听到他说，不到一个星期前，他驾驶着纵帆船进行了为期三年的环球之旅，最终安全到达纽约，还打算从纽约出发，再进行同样时长的航行。那位小先生是航船上一位经验丰富的船长。在他的五十年生涯中，他三十多年都待在世界各地的水域中。

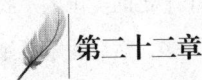

第二十二章

　　弗雷德里克想起了那位胆怯的船长,他的个性似乎与需求极不协调,不论他对于这份严肃工作的需求是积极的还是消极的,都不协调。他不知道什么能使人永久地困在婚姻和生活中的一切责任和束缚里。接着,他站起身来,茫然地游荡在罗兰德号上。

　　海上旅行时那不由自主的懒散,尤其是在恶劣的天气状况下,乘客们将邮轮绕完一圈后又继续绕着同一个圈子。因此,弗雷德里克从舷梯上下来,又上去,再下来,然后在大部分吸烟者们都不会光顾的那间吸烟室里的皮椅子上坐下,前一天,那个没有手臂的人还在这儿吃饭。

　　汉斯·福伦伯格进来了,问他是否是能在这里抽根烟,并且开始抱怨天气。

　　"谁知道这件事情到最后会怎样?"他忧郁地说,"也许我们到不了纽约，反而被载到纽芬兰的某个地方。"

弗雷德里克对没有发生的事漠不关心。他注意到年轻的福伦伯格只是为了刺激他，而年轻的福伦伯格发现弗雷德里克·冯·卡马赫尔不受他的刺激。于是他又开始了另一个话题。

"你知道船上有两名牧师吗？他们上船时，你应该在库克斯港。水手们都快疯了。我跟随着他们，我是说，水手们，到了甲板上。当时他们是如何诅咒他们的呀！可怕极了。司炉把船上有牧师的事告诉了机器房里的所有人。他们说你不可能让优秀的水手们不胡思乱想——有牧师在船上，势必会出问题。"

"你的女郎怎么样了？"弗雷德里克问道。

"我的女郎快将她的灵魂吐出来了——若她有这样的灵魂的话，两个小时前，我扶她到床上休息。英国女人已经变成了一个十足的美国人。我很羞辱地告诉你！我用白兰地摩擦她的额头。她喝了好多，然后我解开她腰际的扣子，她似乎把我当成了获得她丈夫特许的男按摩师。这些事无聊极了。此外，在她的房间里，我的灵魂开始通过我的胃升腾，诗情画意荡然无存。她给我看了她在美国的深爱的丈夫的照片，说不定她在伦敦还有另外一个。"他被晚餐的哨声打断了，哨声从舷梯底部传来。哨声湮没在沉重的空气和怒号的海浪中，听不到回响。

"还有，"他最后说道，"她派人去请威廉医生。"

我们眼前所能看到的，只有船刚开出时那弥散的海雾，以及像墨汁那么黑的天空。四下里刮着阴冷潮湿的风。我们感到沉重的乌云压在头顶上，感到乌云有意降下一场大雨。海面上有风，天气又阴冷。

餐厅里一片沉闷的景象。船长和罗兰德号上的高级船员们也不见了踪影，在这样恶劣的天气状况中，他们需要坚守各自的岗位。餐桌上放了木质的容器，避免碗和盘子四处滑动。但是，盘子仍然老是被摔碎，这就要求乘务员们有高超的上餐技巧，特别是上汤。厨房和瓷器屋里不时传来响亮的碗盘摔碎的声音。餐桌上只有十二个人，其中包括哈尔斯特伦和威廉医生。过了一会儿，那些玩牌的人像往常一样大声阔步地走进来。尽管天气如此可怕，乐队也没有停止演奏。乐声似乎带着一定程度的轻佻，几乎是挑衅的，音乐短暂的间歇时，罗兰德号便会微颤一下，就像触上了暗礁。统舱里人们的惊慌感变得非常强烈。到处都是那划过怒号的海浪之上穿透了餐厅的尖叫声，盘子的咔嗒声以及乐队的喧哗声。

甜点时分，哈尔斯特伦从房间的另一端离开，他一路平衡着身体向弗雷德里克和威廉医生走了过来，并请求允许在他们旁边的凳子上坐下。他似乎一直在喝威士忌，因为他已经卸下了一贯的沉默。他还谈到水疗和健身操，并称自己为江湖郎中。他说，也正是因为这健身操，他女儿才走上了跳舞之路。他还详细阐述了一些狂妄的哲学理论，而且越说越狂妄。他是一个恐怖的无政府主义者，一个白人奴隶贩子，是一名冒险家。无论如何，他支持那些无政府主义者、拉皮条的人，或冒险家。他趾高气昂地争辩着，完全以自我为中心，他把这些人称为有才智的人，而其他人都是没有大脑的生物；然而他的哲学表现出一些与弗雷德里克·冯·卡马赫尔的新理念相似的地方，如今弗雷德里克已经进入生命中的一个新阶段。

"美国，"哈尔斯特伦说，"是著名的流氓居住地。要是你在美国扎营，那么你将拥有世界上最漂亮、最舒适的监狱。在美国能获得生存和胜利的形式自然是当流氓，他们是文艺复兴时期的大傻瓜。事实上，这是一种能在世界范围内取得胜利的形式，有一天，你会看到美国这个大流氓将整个欧洲，包括英国，抓在它的魔掌下。欧洲从某种程度上讲也有着文艺复兴理想和文艺复兴时期的野心。然而，可以这么说，它正马不停蹄地使自身变得激进化。而在这个方面美国却是遥遥领先。欧洲的凯萨·波吉亚家族与戈洛肯霍·拉·彼得迈亚一道坐在咖啡厅里以无辜的韵调向他们的犯罪天才表露情感。他们全都看起来病恹恹的，好像理发师抽干了他们血管里的血。如果欧洲想拯救自己，她唯一的希望，便是遵循一个原则——就是让那些冒险家、贪污犯、欺诈犯，捣乱的房主，小偷，或是杀人犯听任美国的摆布。再说说那些进入美国港口的德国、法国和英国的船只，它们已经在欧洲的特殊保护之下了。接下来你就会看到欧洲如何迅速将山姆大叔远远甩在身后。"

医生笑了起来。

"天才什么时候才会做有道德的事呢？即便是天地的创造者也不知道如何去做。他造就了一个不道德的世界。每一种高形式的人类智力活动都是摒弃了道德的。若是一个历史学家，不去做他的研究，而去进行道德说教，那么他会是什么样子呢？或是一位伟大的政治家，触犯了十大戒，那又会怎样呢？而若是一名艺术家，要是他也去说教，那么便成了傻瓜和无赖。那么，请你告诉我，如果人人都能做到有道德，那么还要教堂来做什么呢？那样一来，世界上就不会有教堂了。"

瑞典人的眼中，散发着鲁莽之光。他的言论造成了一种奇怪的印象。即便他说得似是而非，弗雷德里克·冯·卡马赫尔也被他的魅力折服。他急切地寻找父亲和女儿之间的相似之处，或者，更准确地说，他是观察而非寻求。然而，非常明显的是，他女儿的形象活生生地嵌在他的灵魂中，让他备受折磨。正如那位瑞典人所说，他一直徘徊在厌恶与仰慕之间，他也一直在问自己，哈尔斯特伦是否如亚瑟形容那样是个君子，是一个软弱而且懒散的人。

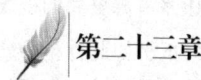第二十三章

"他们从桌前站起来,通过舷梯走到甲板上,哈尔斯特伦突然对弗雷德里克说:

"我的女儿在等你。在船上,我们有一位朋友,阿赫莱特纳先生,他是一个温和的人,可他有很多钱,他生来就有那么多钱,甩都甩不掉。因此他用他的钱使其中一位官员将甲板上的豪华客舱让给我女儿。不幸的是,因为这样,有时他却遭来我女儿的彻底厌恶。"

当走进相对宽敞的客舱甲板上时,他们发现阿赫莱特纳坐在椅子上,椅子摇晃得非常厉害,而玛拉则浑身裹得严严实实,伸出双脚躺在沙发上。她立刻示意他的父亲把阿赫莱特拉出去,因为他让她感到厌烦,而对于弗雷德里克,她似乎有着某种特殊的青睐。于是哈尔斯特伦和阿赫莱特纳只得乖乖地退出去,而弗雷德里克,不管他愿不愿意,都得坐在那帆布

椅上。

"我能帮你什么呢？"他说。

"但是，如果你不想这样做，"她补充说就是给她拿一瓶香水，或是之类的东西，而这些事问女乘务员是最好不过了，"但如果你不想做就不做。不做也没有关系的。事实上，如果我这样就让你厌烦的话，我倒宁愿一个人坐在这儿。"

弗雷德里克意识到这个开始是多么愚蠢而尴尬。

"我想我可以为你做任何事，而且这一点也不让我感到厌烦。"

这是事实。他和英吉格单独待在她的船舱内，邮轮也不再晃动得那般厉害，他如此迷恋和她这样待在一起。渡海的痛苦，让她那美丽的少女般的脸上增添了几分苍白。女乘务员应她的要求帮她解开了头发，她的头发就像浅色的瀑布一般洒在枕头上，这浅色的瀑布，让弗雷德里克的视线无法转移。她的头上装饰着一顶漂亮的皇冠，要他如何抵御如此神圣的魅力？对于弗雷德里克来说，她就像一只色彩艳丽，姿态优美的蝴蝶；好像那些赤裸的农奴在船下铲煤，辛苦劳作，大汗淋漓，仅仅是为了服务于这位孩童般的维纳斯，好像船长和其他船员们都是她的骑士，而其他水手都是她的随从，好像统舱里满是献身于她的奴隶，仿佛罗兰德号正骄傲地载着这个从《一千零一夜》的童话故事中走出来的女孩儿穿过咸咸的沙漠。

"我昨晚给你讲我的故事，伤了你的心吗？"她突然问道。

"我的吗？不！在这你不幸陷入其中的生活里，你才是受伤者。"

她嘲讽地笑着看着他，从身旁一盒糖果的盖子上抽出一团粉色的东西。从她的表情和笑容中，弗雷德里克感受到了她那冷冷的气场。他也是一个男人，面对如此嘲弄，他腾起了一阵生理上的愤怒，他的血液都涌到了眼睛里，他不由自主地握紧了拳头。他那血气方刚的性格是不是也需要这样的狂躁。这是他的朋友们所熟悉的现象。

"你这是怎么了？"英吉格扯着那团粉色的东西低声说道，"我可不怕像你这样的修道士。"

她的这番话仍然无法让弗雷德里克那激越的愤怒冷静下来。然而，他加倍努力地用他的意志掌控着他的感情。若他不能成功地控制自己,那么他可能更像巴布亚黑人,而不是欧洲人了。他有可能变成人类中的野兽,并且有可能被扔到海里,正如他自己清楚地感觉到,他身上不管是自己掌握的还是被别人施加的文化都大有裨益。他可不想变成瑟西马棚里的另一种动物。

如果英吉格就是那罪恶灵魂的化身,那么很少有男人的感情能逃过她的眼睛。她知道弗雷德里克是在与什么对抗,她也知道他已经赢了。

"哦,我自己也想再当一次修女。"她说,并开始以一种虚实结合的口吻谈起在修道院里度过的那一年。"我也想转好,可是并没有好转多少,我信奉宗教。深信不疑。我可以毫不含糊地这样说。那些我不想和他一起向上帝祷告的人,对于我来说就是讨厌的人。也许,最终,我会成为一名修女,但并不是因为我的虔诚。"她并没有意识到自己是严重地自相矛盾。"噢,不!我不会那么虔诚。除了我自己,我不相信任何人任何事。生命是短暂的,人死后就什么都不会发生了。人应该享受生活。那些将自己的独自欢愉剥夺的人,同时也是在自欺欺人。"

她接着说起了她的母亲。弗雷德里克为她的仇恨以及她所提到的她的超凡脱俗感到震惊。

"我本来可以杀了她,"她说,"然而,或者只是因为她是我的母亲。"她脸上的纯洁表情不见了,此刻的她变成了一副丑陋的,令人厌恶的模样。"跟着爸爸就不一样了,但总把他拖在身边我也感到非常恶心。"

这时女乘务员走进来。她兴高采烈地对英吉格说:

"在这儿待着比在下面好,不是吗,小姐?"

她把她的靠垫加高,理了理盖在她身上的东西,然后离开了。

"那个愚蠢的家伙也已经爱上了我。"英吉格说。

"我为什么坐在这里?"弗雷德里克想,大约是试图以最礼貌的方式躲开这个小家伙的白眼。为什么总有一阵遗憾之浪向我席卷而来?我因为她没有问的那些事而感到遗憾。为什么当着个孩子在这儿时,他不由得会想起洁白、纯洁和无辜?她显得清纯脱俗,她的每一个反复无常的运动,以及每一句话都加深了那触动人心的无奈的印象。

"一切爱都是遗憾。"叔本华这一句他认为真实的和自相矛盾话闪现在他的头脑中。他拿起她的洋娃娃，并试图以最亲切的方式，让英吉格·哈尔斯特伦了解，认为生活只是玩玩具的人会遭到生活的惩罚，那是他从病人那里学会的。

"你的洋娃娃，"他说，"实际上是食肉的野兽。假如在它们把爪子伸进你的皮肤，用獠牙撕碎你之前，你还没意识到它们是野兽，那么你就有麻烦了。"

她没有回答，只是简短的笑了笑。她抱怨胸口有些疼痛。

"你是医生，给我做一下检查好吗？"

"那是威廉医生的事。"弗雷德里克回答到。

"好了。"她说，"如果我在痛苦中，你作为一名医生，可以阻止疼痛，但你却不希望这样，你的友谊还没到这个程度吗？"

早就意识到，她那较弱的体质很难再借与贷之间保持平衡。每一个瞬间它都存在失去平衡的危险。

"如果我是你的医生，"他说，"我应该送你去和德国乡村牧师或是美国农民住上三年。但老牧师或老农夫及他们的妻子和女儿外，我谁都不让你见。我不会让你去看一出戏。正是那该死的节目表演使你从生理上和心理上都遇到了麻烦。"

"我就是个浑蛋，"他想，"这里明明有给她的药。"

"你想当农民吗？"

"为什么这样问？"

"因为你已经是一名牧师了。"她笑道。

他们之间的谈话被船舱后面传来的一阵鹦鹉般的尖叫声打断了。直到弗雷德里克不去理会它。

"还会怎么样呢？你是从哪儿得到那个东西的？"

她又笑了。

"巧克力！巧克力！"弗雷德里克站起来说道，"我比遇到的大多数人都喜欢动物。"

鸟儿在不停地尖叫："凤头鹦鹉！"直到弗雷德里克对这叫声充耳不闻。

在此期间，罗兰德号陷入海洋中深深的波谷里，就像一个大型的机器照常运转，破雾而行。其下警笛声怒吼。

"雾？"英吉格惊呼道。她脸上的一点血色都已经消失，这时脸色已经显得过于苍白。"但我从不害怕。"她立刻补充说，立即放了一颗小糖果在嘴里，鸟儿毫无知觉地踩在女孩儿那美妙起伏的胸脯上。她让它唱"平安夜，圣善夜"和一些著名的舞厅乐曲，还边讲着动物园的故事。

每一刻弗雷德里克都不得不为她做点什么，而她正在热情地描述自己之前养的爪哇岛的小猴子，他问自己是医生，护士，或是美发师，还是女乘务员，或是管家，又或者是否英吉格·哈尔斯特伦到最后会把他当成一个信差。

他渴望站在露天甲板上。

不久后，阿赫莱特纳神色匆匆地走进来，脸上带着质疑的表情，英吉格拒绝了弗雷德里克的殷勤。她瞥见他的目光中带着些许憎恨。弗雷德里克站在门外的大雾中，门的旋钮仍然在他手上，在他看来，这就是绳子和链子，拴住了他这个被奴役的人，将他拖回女孩儿的沙发上。

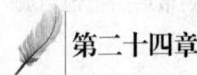

第二十四章

"我将会怎样呢?"弗雷德里克问自己。他几乎没有听到那个年轻人汉斯·福伦伯格绕过身旁时那大声的招呼。汉斯·福伦伯格并不是没有发现弗雷德里克·冯·卡马赫尔身后关上的是谁的门,他手里还握着旋钮站在那里,此时他还处在留恋和依依不舍的状态。

警报发出了震耳欲聋的轰鸣声。它这猛烈而可怕的嚎叫就像是从野兽胸中撕裂而来,就像他最初在供应船上听到的那样。其间带着某种威慑的力量,同时向人们发出严肃的警告。弗雷德里克每每听到这声音便会感到一阵威胁。同样,他的灵魂就是那弥散的雾和邮轮的反映,它们挣扎着进入未可知的世界。他走到栏杆处看着船所在的地方。他能够迅速辨别罗兰德号此时正在破开水面。

"人类的勇气完全就是野蛮吗?"他想。从船长到水手,大家能防止螺旋桨轴在任何时刻断裂吗？螺杆不断上升并且在空气中发出嗡嗡声。谁能阻止那些容器发生碰撞？谁又能避免在雾中被淹没？接下来会发生什么呢，海浪会将罗兰德号打翻到一边吗？如果发动机坏了又会怎样？如果锅炉不能承受这不平衡的压力会怎么样？接下来，在这一带水域遇到了冰山会怎样。假如风暴愈演愈烈又会怎样。

欧洲文明实现的成就是巨大的。问题是，某些手段的目标根本就不值得使用这些手段。多么伟大啊！所以只能得到吞吞吐吐的回答。确然的是，当代大众的生活中充满了冒险精神和英雄主义，比一百五十年前一个勇敢冒险家的还要多。

弗雷德里克走到甲板上吸烟。他发现那些玩牌的人们，以及威廉医生和亚瑟·斯托教授，还有另一些先生们聚在一起享用午后咖啡。

"喂！"当他出现在门口时，他们喊道。

这个房间闻起来有股强烈的咖啡和烟草的刺鼻气味。在瞬间，弗雷德里克打开门的那一瞬间，屋子里烟雾缭绕。

"怎么回事，先生？"弗雷德里克问。

"你给那位跳舞的女孩儿做手术了吗？"有人喊了一声，"帮她取了左髋关节以下两英寸处的痔？"

弗雷德里克的脸色变得苍白，他什么也没说。哪怕他说一个字，结果都有可能变成丑闻，甚至引发公海上的一次决斗。

他在威廉医生身旁坐下，假装之前的那些问题与他无关。医生威廉提议玩国际象棋游戏。弗雷德里克答应了。在玩的时候，他的羞辱和怨恨也停滞了。他偷偷向外瞥了一眼那个说话的人。

"有一些人，冯·卡马赫尔医生，"亚瑟·斯托以高扬的声调说道，"他们去美国时就把高尚的情操留在了欧洲，虽然这不能减少船票的价格。"

他所指向的那个男人并没有做出任何回答。

"但是，斯托先生，"一个从汉堡来的老人说道，弗雷德里克显然清楚他在指什么，"我们不是在女客厅，我们不会遭致笑话。"

"我不喜欢开玩笑，"斯托说道，"但是这关乎眼前这人，特别是当事情与女人有关时，一切就不一样了。我还是不太赞成他们，他们的行为有失检点。"

"噢，斯托先生，"来自汉堡的那个人叫道，"一切该怎么样就怎么样。我并不是在对谁说教，这里又不是教会，何况我们还在海洋上，天气还这么糟糕。"

"更何况也只是说说，并没有提到谁的名字。"另一个人说。

这时，美国猿人插话了。

"若是斯托在纽约，"他冷冷地说，"那么他每天晚上都会去帮韦斯特和福赛特的忙。"

"一些美国年轻人总以他们的面孔为傲。"斯托反击道。

"就在著名的巴里森的妹妹出现那一会儿，在她唱完那首《久久回旋》后，斯托抬起他的手开始祷告。"那个美国人面不改色地说。他说完最后几个字时，下一瞬间那位瘦高的年轻人就出现在了门外。

亚瑟·斯托知道他像傻瓜一样沉浸在痛苦中，这令他非常开心。但是，就像弗雷德里克一样，他不理会这些挑逗，或是他引发的笑声。

"人们错得非常离谱。"他转向图森特教授说道，图森特教授就坐在他身边，几分钟前有人才向他引荐了他，"若是人们认为杂技演员间的道德比其他行业松懈，那么这绝对是一个错误的假设。表演者要达到很高水平，就得有很好的控制力，如果他想达到高峰的话必须禁欲。有人认为，松散的生活中能有这些这些杂耍演员们每天都在试图提高的惊人的壮举吗？该死！这是令普通凡人惊讶的东西。为什么，我们每做一件事，都必须实行禁欲，必须保持贞节，并耐心地付诸日复一日的努力，从事危险的工作。一般的商人，谁又能明白其中的滋味呢。"他继续赞颂杂技演员。

"我可以问你的专长是什么吗，斯托先生？"福伦伯格问道。

"我的专长，只要你知道怎么做它，做起来就很容易。但是，年轻人，如果你我之间要进行一场决斗，那么你就得做出选择，选择与你分开的是你的眼睛，或是耳朵，或是牙齿。"

"他可是如卡弗那般优秀，"有人说，"他可以接连三四次从纸牌中抽出王牌。"

"这正如其他技艺的展示一样。但是，先生们，即使一个拥有武器、用脚持枪、用脚趾扣动扳机的人也能够不需要克制和耐心就做成这些事。"

"有人说你小提琴演奏得可与萨拉萨蒂媲美。"汉斯·福伦伯格说。

"并不是的。何况我也不需要，我天生就擅长拉小提琴。但我喜欢音乐，观众们也会为我的表演疯狂。"

这时，凯赛尔船长走进来了。他进来时，大家都异口同声地发出"啊！"的声音。他开门时，一阵阳光的海浪倾洒进来。

"气压上升了，先生们。"

雾也散了，此刻在吸烟室里的人们也意识到罗兰德号正空前顺利而舒适地航行，其速度也非常乐观。

这简直太好了。船长离开时，没有关门，有人顺势将门拉拢。那个躲在角落里处于半睡半醒状态的人，如今晕船症状也有所好转，他缓慢地伸直了身子，揉了揉眼睛。汉斯·福伦伯格和其他一些人立刻来到甲板上。威廉医生和输掉游戏的弗雷德里克，随之也赶上来。

第二十五章

两名医生沿着长长的甲板踱步。此时的空气非常温和。船也在移动着，推动着浅浪缓缓向前。甲板上呈现出一种惬意的景象，让人为之一惊。人们不断抬起帽子，给别人让路。乘务员们把天气转好的消息带到了沉闷的船舱，那些晕船的人们也缓步走到甲板上。甲板上谈笑声络绎不绝。那些之前将自己关在罗兰德号里面的女人们见到这番景象，好像每一刻都感到惊喜。这只是一月份一个普通的星期六下午；可这里出现了一种比圣诞夜还欢乐的节日气氛。

汉斯·福伦伯格从身旁路过。他对着每一个人开着玩笑，还拼命与他那刚从晕船中恢复过来的女郎调情。她结识了一个朋友，一个戴着皮帽子穿着皮大衣的女人，她有着一头美丽的浅发，看上去像瑞典妇女。她似乎被福伦伯格那无聊的笑话和蹩脚的英语逗得很开心。她褪下皮手套，并且交替用它拨弄着他的肚子、他的心和他的嘴。那名美国年轻人正在和一名加拿大人交谈，他看上去傲慢却很精神。那个小家伙似乎冷得发抖，但她穿着优雅的及膝加拿大黑貂外套。弗雷德里克和那个服装生产商打招呼，乘务员正在帮着他走上甲板来。他生不如死地躺在船舱里，乘务员只是喂他些葡萄酒。

英吉格站在她船舱的门前，她吸引了众人的目光，门是打开着的，如此多羡慕的眼光满足了她的虚荣心。

"如果可以的话，威廉医生，让我们像这样站在卢比肯河这一边。那个小女孩儿让我有些烦恼。你能告诉我当我走进吸烟室时为什么会招致那些指桑骂槐的话吗？可以肯定的是，作为一名医生和一名有着自由思想的人，我对那些事莫不关心。"

"哦，"威廉试图以一种轻松的语气安抚弗雷德里克，"可能是因为汉斯·福伦伯格看到你走进哈尔斯特伦小姐的船舱，于是在吸烟室里说了什么吧。你也知道他一贯喜欢那样恶作剧。"

"我要打他的耳光。"弗雷德里克说。

"麻烦的是，小女孩儿让大家都起了疑心。最坏的谣言总是围绕着她。所有的人，无论是乘务员、消防员、水手，或是小船员都在关注着她。还有那腻人的阿赫莱特纳！我向你保证，你这样做的话，全船上的人，船舱里的乘务员们和高级船员都会偷偷地嘲笑她，阿赫莱特纳以及其他所有人都会怀疑到她头上来。"

"难道你不认为这是诬陷吗？"

"为什么，你和我都是医生。我一点也不在乎。"

弗雷德里克笑了。

他突然说：

"你说得对。我的想法与你的一样。我要像周日下午祷告的牧师那样将那虚构的德国式亚当扔到海里。"

他们俩都笑了。他们的心情在这欢乐气氛的伴随下，变得喜悦。

造成这种快乐感觉的一个主要原因就是，船舱里所有的乘客在他们那寂寞的如坟墓一般的船舱里，经过那煎熬挣扎的无数小时的痛苦的恶心和失眠之后，学会了欣赏活着的价值。仅仅是活着，仅仅是活着！这呼声响彻进每一个脚步，每一个微笑，每一个字里，也湮没在海水中。已经没有人在乎他们带上船的东西，无论从欧洲来的还是从美国来的。活着就是最大的福利彩。他们知道阳光总在风雨后，他们对自己说："如果更糟变成了最糟，你会心甘情愿地忍受面包和盐，锄头和菜园，那么世间便再没有人比你快乐。"

那些人都很高兴有彼此在。他们准备毫不犹豫地将犯下的各种罪恶向大家坦白，若是在陆地上，这些事连他们自己都不会宽恕自己。他们的欢乐融化了人与人之间因为传统差异而形成的障碍。他们有一种如释重负的感觉，他们尽情地在这自由的空气中呼吸。

遵照船长的吩咐，乐队在甲板上奏起了音乐；乐声响彻了整个罗兰德号。半个小时以来，看起来好像一些云彩飘浮在蔚蓝的天空，邮轮上的人和海洋一道跳起了方舞。

不一会儿，海浪就形成了一个滑稽老人的模样。老人那可怕的面孔即可变得欢乐起来。他甚至让他的木偶和成群的飞鱼围着罗兰德号跳舞。说不定，按照上帝的旨意，一会儿还有鲨鱼喷出来。事实上，几分钟内，甲板前方的移民们就喊道："海豚！"

那位先生一刻都不能丢下英吉格。

"绞架蜘蛛，你知道的。"当他们走进她时，威廉说道。

"怎么会这样呢？"弗雷德里克有些吃惊。

"你知道吗，绞架蜘蛛就躲在蚂蚁窝的附近。它躲在叶片的尖上，当蚂蚁打下面经过时，它就往它的头上吐一缕蛛丝。蚂蚁一刻不停地反抗。它纠缠着，直到浑身无力，于是最后蜘蛛就把它吃得精光。"

"如果你看到她跳舞，"弗雷德里克说，"你会更倾向于让她去扮演那被蜘蛛缠绕的蚂蚁的角色。"

"不知道是哪一个人曾说过，"威廉说，"女性最弱的时候却也是她最强的时候。"

英吉格拥有了一种新的感觉，这感觉要归咎于林克先生，他是主管邮件的高级船员，他养了一只可爱的小狗，一个白色的羊毛球，还不到男人的两个拳头加起来那么大。北极熊正对着那只猫用可笑而尖锐的声音疯狂地嚎叫，而此时林克先生正把猫举到了鼻子前。

"得到你的允许，林克先生，我们今晚才可以睡个好觉。"威廉说。

"我一直都睡得很好。"那人冷静地答道。他的右手放在猫那柔软而沉重的身体旁边，手指间还夹着点燃的香烟。

听到猫狗的叫声。弗雷德里克的耳朵就像针扎一样。英吉格笑着吻了吻那嚎叫的小东西。

威廉开始说话了，他讲述了林克先生在库克斯港和纽约之间要做的大量的事务。

"请看这里，冯·卡马赫尔医生，"他说着打开附近的一道门，通过这道门可以看到一个深邃的地窖，数以千计的大包小包快要将地窖填满了，"林克先生已经将这些东西安排妥当。"

"除了信件以外。"林克先生平静地补充道。

"绞架蜘蛛。"弗雷德里克想。他看起来就像那只拼命逃脱的蚂蚁。它被金色的长蛛丝缠绕着。

"林克，"当他们继续散步时，威廉说，"是一个特殊的家伙。他值得你去了解。二十年前他从一个与小哈尔斯特伦小姐一类女人那里遭受厄运。自那时以来，他便沿着全球的海域寻求面对死亡的机会，更别说试图自杀了。你应该听他讲讲。可要让他开口也很难，因为他不喝酒。除非你和他一起度过了三四次旅行，不然你就别想。人们总爱谈起宿命论，但大多数人的想法仅仅是纸上谈兵。而林克却将这种想法付诸实践。"

甲板上的生活越来越倾向冷漠和世俗的一面。弗雷德里克看到这么多来自柏林的素未谋面的人，感到非常吃惊。图森特教授自我介绍了一番，并把弗雷德里克引见给他的妻子，而他的妻子此时正舒展开躺在邮轮的椅子上。他们所谓的对话引发了一些病态的萌芽。

"我进行这趟旅行是受一位朋友之邀，"图森特有些不屑地解释道，并提到一个著名百万富翁的名字，"即便我在那儿接到了命令，我不允许自己被说服在美国安家。艺术方面的兴趣还有待提高。"面色苍白的贵族男人，表情中略带折磨地解释着他的希望和麻烦，而他那漂亮的妻子脸上却露出厌倦的讽刺。图森特教授也经常有意无意地说美国就是美元之地。

乘客们在那无拘无束的欢乐之后，便开始跳舞。带头的是一贯活泼的柏林人汉斯·福伦伯格。乐队开始演奏施特劳斯的圆舞曲，他同那个穿着毛皮大衣的女人开始跳起舞来。其他一些男女也效仿他们，在晴朗的天空下，一段欢乐的时光开始了，直到日落后才结束。

音乐家们带着闪亮的黄铜乐器大张旗鼓地走下甲板，乘客们将他们留下了，一眨眼的工夫，一切又恢复了原貌。于是舞曲又想起来，甲板上的气氛甚至比之前更为欢乐。

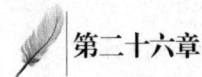

第二十六章

威廉医生被叫走了,一会儿后,弗雷德里克成功地离开图森特和他的妻子。他仍然是一个人。明澈的天空,蔚蓝的大海,光滑如镜,这一切奇迹般平静下来,音乐、舞蹈、阳光,母亲写来的珍贵、贴心又包容一切的信——如今还在他的衣兜里——这唤起了他的生机愉悦的活力。

"生活,"他对自己说,"要么这样,要么那样,生活就是这样的时刻,要么满载痛苦,要么全是快乐,要么光明要么黑暗,要么阳光灿烂,要么乌云密布;在我们审视过去或将来的那些时刻,这些东西要么变亮,要么变暗。光明中的存在应该比黑暗中的存在包含更多事实吗?""不,不应该。"这是来自他一切内在和外在的答案,这使他充满了青春的。如孩童般的欢乐。

弗雷德里克懒懒地摘下帽子,解开了他的轻便大衣,双臂弯曲着站在栏杆旁。他看着海。他感觉脉搏在跳动,他的耳朵里充满了维也纳华尔兹那柔和悦耳的声音;整个舞厅灯火辉煌,生机盎然。他曾受过苦,也曾让别人受过苦。他接受了那些让他受过苦的人,和那些他伤害过的人,将他们与幸福联系起来。

就在这时,英吉格·哈尔斯特伦和高大的冯·哈姆一起出现了。弗雷德里克听到她说她不跳舞,跳舞是一种平淡乏味的乐趣。于是他离开了栏杆,并以一种特有的强势的德国方式将她从那个美国年轻人身边带走,这使他吓了一跳。很明显,这个敏感且有着异国情调的女人很高兴在周围跳着舞的人群中挽着这个征服者的手臂,她的胸部起伏,而且有些抽搐。

舞曲结束时,他很乐意地将她还给那个心生嫉妒的年轻的美国人。

斯托一如既往地由他的贴身侍从带领着。

"我的私人陆地和海外邮轮。"他对弗雷德里克说。

弗雷德里克坐在轮船的椅子上,心血来潮地和斯托聊起了天。

"如果天气继续这样,"斯托说,这时他的贴身侍从已经熟练地帮助他坐在椅子上,"那么我们星期二便可以达到霍博肯。但是如果天气一直这样就好了,船长告诉我,我们现在正以每小时十六海里的速度全速航行。"

弗雷德里克吓了一跳。如果这样,那么到了星期二,和英吉格小姐生活在同一屋檐下的日子就要结束了。

弗雷德里克为在吸烟室里发生的事感到深刻的羞辱。他知道没有其他方式逃避这种印象,除了一种鸵鸟策略。为此,他通过和威廉医生说话而将这种羞辱看清。他那细腻的感觉和敏感的神经,已经不再那么强烈地疼痛,他看那件丑事就像梦游者看待那些将他绊倒让他清醒的事物一样。半个多小时以来,他对那小恶魔的激情变成了厌恶和反感,直到现在他突然不得不承认,自己竟难以想象和她分离后会怎样。

"那个跳舞的小姑娘很是调皮。"斯托说,他仿佛能猜透弗雷德里克的心思,"没有经验的人落入她的圈套,这似乎一点都不趣怪。我觉得她就像年轻的巴里森姐妹,那个唱着'露西久久逗留'的女孩儿,男人们要跟她打交道,必须有所防备。"

"我全然不能明白,"弗雷德里克撒谎道,"我不知道我和她如何能被怀疑,我对她一点儿都不感兴趣。"

"老天爷,冯·卡马赫尔医生!谁和她在一起能不被怀疑呢?"他脸都不红一下,笑道,"我自己也被怀疑了。"

弗雷德里克受伤了。他斜看了一眼那个没有手臂的躯干,一想到自己的荒谬和可笑,他的灵魂就感到一阵羞辱。

斯托继续讨论着通常情况下的男女之事。他,那个没有手臂的胡安,给弗雷德里克宣读了一篇如何对付女人的演讲。他开始吹嘘起来,这是与他优雅的品质不相符的。他的才智也伴随着他虚荣心的增长而直接降低。他似乎要向人们施加这样的印象——他是一个多么成功的男人。

一名女仆带着两个孩子走过。弗雷德里克如释重负般吸了一口气,因为她使斯托转变了那令人厌恶的话题。

"对了,罗萨,"他说,"利布林夫人怎么样了?"他总习惯闯入每一个人的世界。从他的侍从那里得知,她认识罗萨,也知道她此番航行的目的。那位难伺候的夫人脾气很暴躁,理发师跟弗雷德里克讲过她,他对她也还有些印象。罗萨牵着那个五岁女孩儿艾娜·利布林的红色手臂,她看上去很高兴。

"她不会到甲板上来,她在算命,还有玩桌灵法。"

在巴尔克的眼里,罗萨似乎受到了绝对的青睐,他从她手中接过那个十一岁的孩子齐格弗里德·利布林,然后帮助她让两个孩子安全地坐在邮轮椅上。

"疯狂的女人真让人受不了。"斯托说道,"其实夫人还叫乘务长普丰德先生助罗萨一臂之力。"——罗萨,不管天气好与坏,都在不知倦怠地无私奉献地日夜为她做事。她最不好的一点就是,总对她百依百顺。

 第二十七章

音乐声仍然继续着,太阳依然从多云的天空照下。航行的人们在干燥的甲板上,带着最欢乐、最超然的心情,面对着广阔无垠的大海悠然起舞。乘务员走向弗雷德里克,他带来了另一名工程师,威廉医生要他传话给弗雷德里克让他马上下去。工程师带着弗雷德里克爬下铁梯,朝机器房走去。那温热而浓重的汽油味儿几乎使弗雷德里克不能呼吸。而往下的阶梯似乎永远都走不完。

发动机在四周运转。弗雷德里克瞥了一眼那圆筒状的东西,压缩蒸汽在里面推动活塞像抽水手柄那样上下起伏。活塞与沿龙骨和船尾运转的大轴相互配合,轴的旋转推动螺旋桨旋转,从而带动邮轮在大西洋上穿越。

邮轮带动油罐和废物在旋转的铁块里转进转出。轻擦一下那些飞转的轮子或是离它们旋转的圈子再近一英寸,都能致死。这里是邮轮的心脏和

灵魂,这是力量的当代奇迹,以往任何时代都不能产生这样的奇迹。钢铁般的灵魂,钢铁般的心脏。就好像正在下到地面以下,进入古老的火与冶炼之神的作坊,那个坡脚的神,直到我们这个时代才完全展示出他的神技。

继续往下走,便来到了有着许多手拿铁铲的、赤裸的奴隶的地方,只见煤飞进锅炉下的白热里,进入一排焰火中。弗雷德里克感到自己仿佛进入了火山的中心。周围弥漫着煤气味儿和残渣等燃烧的味道。不断打开的炉门吐着白热。罗兰德号的内部有这么大的火焰,它怎么能做到不让整艘船化为灰烬?与这火海战斗,维持对它的检查,并让它穿越海洋和风暴,这是怎样的成功啊;它要这样在海上航行三至六千英里,不论天气好与坏,还要隐藏在船下,确保不造成任何危害。

弗雷德里克喘着气。这巨大的热量让他的脸上和脖子上冒出了汗。他全神贯注地看着新奇的这一切,完全忘记了自己是在二十英尺的海面下,周围还被海水包围着。突然,他发现了威廉医生,并在同一瞬间看见一个完全赤裸的、像尸体一般的人,他白色的身体上覆盖着黑色煤粉。他已经停止了呼吸。

一会儿,弗雷德里克便充当了全权负责的医生,他手里拿着威廉医生的听诊器,开始听那人的心脏。他的伙伴从头部到脚都被煤熏黑了,他一直忙着铲煤并打开炉门再砰一声关上。他几乎不曾瞥一眼他的伙伴,只有当他们停下来大口喝啤酒或睡时才向这边瞄一眼。

"这差不多是在三分钟前,"威廉医生说,"他发生了事故。那边那个刚刚洗过澡的男人,就是来接替他的。"

"当时他正在将煤铲进锅炉里,"那个叫来弗雷德里克的工程师大声地叫喊着,他要让自己的声音盖过铲煤声和门撞击的声音,"他的铁铲飞到了十二英尺之外,差点儿打到管煤人。他是在汉堡被雇用的。当他登上船时,我就在想,'如果你能回复健康就好了,我的兄弟。'"他开玩笑说,"如果我的心脏没问题的话。我为他感到难过。他想穿越大池塘,那是他唯一能做的了。他想,不管怎样,他想再见见他的兄弟,那是他在世的唯一亲人,或是他的其他什么人。他们已经十四年没见面了。"

"死了。"弗雷德里克在长时间检查过他的心脏之后说。即便过了一会儿听诊器已被取下,可仍然看到他那蓝色的皮肤上留下听诊器的圈印。他的下巴垂下。他们把他安放好,弗雷德里克用手帕抬起他的下巴。"他跌了一跤。"弗雷德里克说。实际上就是这一摔使得这个奴隶丢掉了他的性命。他的太阳穴上有一道明显的伤痕。"可能是心脏病,"弗雷德里克说,"是过度操劳和这热量的缘故。"他看着这个死去的人,和在炽热熔炉的映照下的他的队友们那黑而发亮的颔骨。心中想起第五条诫命,你不可杀人。单从字面上去理解,我们该怎样做呢?

医生来到了甲板上,几个男人将受害者抬了上来,那个奴隶苦工,此刻还留着因那可怕的职业而流下的汗珠。他的头上搭着手帕,看上去就像患有牙痛病。他们把他从下面抬上来,在甲板上找了个地方将尸体放下。

医生威廉不得不通知船长。甲板上没有人,音乐已经演奏到最后一小节。红十字会姐妹们帮忙把他抬放在床垫上,一会儿,船上的高级船员们就围拢上来,带头的是船长,连同乘务长和医生,一并聚集在尸体周围。

凯赛尔船长下令让将他死亡的消息保密,还特别要求两名医生不要提起。经过一番例行公事后,他们还签署了文件。这让他们忙到天黑,这时,第一声晚餐的哨音从头等舱经过舷梯传来。

 第二十八章

弗雷德里克回到他的船舱，换下了他在锅炉房里穿的那套灰色西装。他穿上条纹裤、黑色背心和黑色礼服。他出现在餐厅时，里面已是一番热闹喧腾的景象。几乎所有头等舱里的女士们都出来了。弗雷德里克坐在他的座位上观察，他们中的许多人走到门口时都要鼓起勇气。然后带着迷人的微笑走进来，他们会战胜晕船的恐惧，尤其是在这餐厅里，然后最终跨过门槛走进来。

整个船上除了墙和舱顶有轻微的震动外，其他地方都未能觉察到震感。音乐响起了，穿着制服的乘务员们不用努力维持平衡就能给每一位顾客上好汤。

"这是一场正式的晚宴。"船长坐下来，欣慰地看着餐厅里的景象说道。

当英吉格挽着动作笨拙且相貌平平的阿赫莱特纳的手臂走进来时,鱼已经上来了。看到她那迷人的打扮,弗雷德里克感觉就像要沉到地板下去。理发师把她的头发束成可怕的发缕,而她那窄小的肩上,披着西班牙式牙披肩,好像那可怜的卡门,从桌子的一端走到另一端都招致别人的嘲笑。

"致命的绿色丝袜!"弗雷德里克想着,将一条鱼连骨头一并吞下。

"为什么她会穿那些青铜色的拖鞋呢?"

"请拿一些粉笔来,给那位小姐,"其中一个人说,"她要给我们跳紧绳舞。"

桌子周围都是一些恶作剧的表情和言论。女士们先生们都将鱼和酒噎住,把餐巾放到嘴边。并不是所有的言论都是低音。其中那些玩牌的人们,喝着香槟,讲着笑话,在谈论英吉格和阿赫莱特纳时声音特别响亮。

弗雷德里克能相信自己的眼睛吗?他的心为之一震。那可怜的小家伙向他走来——站在他的身边,带着某种亲密感——噘起嘴说:

"什么时候你会再来看我呢?"

弗雷德里克做出了一些无足轻重的答复。

她的衣领是立着的,赤裸的颈子上环绕着金链子和珍珠,接着她朝船长走去。弗雷德里克还从未经历过这样令人痛苦的羞辱。英吉格看不到,也感觉不到。然而,阿赫莱特纳感到很不高兴,于是试着带她走开。最后,她离开这个讨厌的人,说:

"拜托,你又笨又蠢!我不喜欢你。"船长所在的角落爆发出一阵长长的笑声,这一笑使大家都放松下来,除了弗雷德里克。

"我保证,"弗雷德里克说,试着以干涩的讽刺口吻说,"我不知道我做了什么值得你这么区别对待,或者我之后要怎么做才对得起它。"

接下来他们开始讨论其他东西。

天气晴朗,这是一个宁静的夜晚,因而餐厅里也充满了欢乐的气氛。他们吃着、喝着、笑着,还一边调调情,他们高兴地意识到,他们这群逝去的十九世纪公民,就要迈向更宏伟的二十世纪。

第二十九章

晚饭后,两名医生来到了威廉医生的船舱,坐在一起讨论现代文明的结果。

"我很害怕,非常害怕,事实上,"弗雷德里克说,"人类该拥有的在世界范围内的通信手段,确实拥有了。至少到目前为止,我没有看到迹象表明,机器的巨大工作能力会减损人类的劳动力。也没有人会否认,如此规模庞大的现代机器奴役制,是迄今为止最为壮观的奴役制。不可否认的是,它是奴隶制。这个机器时代是否已从人类苦难时代脱离出来?不,非常断然地说,没有!它增强快乐感或是增加快乐的机会吗?不,仍然不是。"

"这就是为什么三四成群的文化人,"威廉医生说,"都是叔本华的信徒。现代佛教也正在迅速发展。"

"是的。"弗雷德里克说，"因为我们是生活在这样一个世界，这个世界一直都在给自己营造非凡的印象。因此，它变得越来越无聊，无聊得可怕。中产阶级的知识分子开始占据重要地位，他们比以往任何时候都要中庸。同时，它也开始变得厌烦。一切理想主义形式，一切伟大的信念都站不住脚。"

"我承认，"威廉说，"大工业公司，也就是所谓的文明，对于一切东西都很吝啬，除了人类生活和人类中最好的东西。它并没有赋予它们价值，就让它们自顾腐朽。但我想有一点是令人安慰的——在我看来，文明拥有一点好处，那就是它将我们一劳永逸地与过去的野蛮分开。因此迫害就永远不可能出现了。"

"你确定吗？"弗雷德里克问，"你不觉得奇怪吗，伴随着最伟大的科学成就，伴随着伽利略、柯普乐、拉普拉斯；伴随着波谱分析和能量守衡定律；伴随着基尔霍夫和本森；伴随着蒸汽、电力、天然气，那些最古老最陈旧的迷信还存在，并且和过去一样有着强大的力量。我也不能确定我们没有可能回到恐怖的达芬奇密码时代。"

威廉医生之前邀请了乘务员，这会儿他已经走进来了。同时，马克思·潘德也出现了。

"冯·卡马赫尔医生，我觉得我们必须喝一点香槟。"阿道夫转身对着乘务员说，"来一瓶波马利。"

"他们在香槟窖里挖了一个大洞。"阿道夫说。

"当然了！所有的人都在庆祝他们昨天和前天的死里逃生。"

潘德受船长的命令带来了奴隶的死亡证书。该文件在药柜里保存得很好。潘德离开后，威廉告诉弗雷德里克关于死者的一些不可思议的事。

他的名字叫里克尔曼。刚开始，他的口袋里装了一封信。信上写着：

亲爱的妈妈：

    我已十六年没见你了。我已经忘了你的模样，亲爱的妈妈。我身体不太好，但我必须去美国看你一次。非常可悲的是我在这世界上竟没有一个亲人。亲爱的妈妈，我只是想看看你，我真的不会成为你的负担。

香槟酒上来后，他们很快就喝完了一瓶，接着又上了第二瓶。

"我这样无节制地喝酒，你不要感到惊讶，"弗雷德里克说，"今天，我的神经需要它来麻醉。也许，借助这一剂良药，我就能睡上几个小时。"

此刻已是十点半了，两名医生仍然坐在一起。葡萄酒让两人之间产生了亲密感，他们都属同一行业，彼此也已经非常熟悉。能向他表露心事，弗雷德里感到非常高兴。

他说他已经进入了太过偏好先入为主观念的世界。为了理想，他回绝了父亲给他安排的军事生涯，开始进行医学研究，他认为这样才更能为人类服务。他被欺骗了。

"一名真正的园丁，花园里应该种满了健康的植物；而我们的工作是一个致力于在腐烂的植物中研究病菌。这就是为什么我要对抗人类致命的敌人——细菌。当然我也承认，研究细菌学需要面对的枯燥、病人，辛勤的工作，这些都不能满足我。我并不具备惊人的能力，而这是搞学术研究的人所必不可少的。十六岁时，我想成为一名画家。我在解剖台上写诗。我现在最想做的是一名自由作家。从这些你就可以看出来，"他讽刺般地笑了笑说，"我毁了自己的生活。"

威廉不同意这一点。

"可是我，"弗雷德里克说，"在我所处的年代，算得上是一个聪明的孩子，这一点我不觉得羞愧。当代最有才智的人们都处在内部发酵的状态。每一个有意义的个体都是与人性整体相分离的。当然，我所指的只是在领先的欧洲的角逐中。我代表着教皇和卢梭，威廉和罗伯斯庇尔，俾斯麦和美国百万富翁的精神和对于消除贫困的热情，这是阿西尼的圣弗朗西斯科的荣誉。我是我所处时代中最疯狂的挑衅者，也是最疯狂的反动者。我鄙视美国主义，然而我见证了美国的伟大扩张，见证了开拓者们的功劳，这就类似于赫拉克勒斯在积垢的桌上做出的一份伟大作品。"

"这里讲得太混乱了！"威廉喊道。

他们碰了碰杯。

"是的。"弗雷德里克说，"但如果它造就了一个舞蹈天堂，或者，至少，一个舞蹈明星就好了。"

"你可要当心舞蹈明星。"威廉笑着看看弗雷德里克说。

"若是某人的血液里中了那该死的毒，他能怎么样呢？"

在香槟的作用下，突如其来的坦白对威廉来说，就像于弗雷德里克那样自然。

"'地窖的洞里曾经有一只老鼠。'"威廉引用道。

"当然，当然。"弗雷德里克说，"但要完成的是什么呢？"然后他把谈话题引到了大众层面的问题，"若是一个人连理想都失去了，那么他还能坚持什么呢？我的过去是一张白纸。我已经淹死在了德国的海洋里。德国是非常强大的联合帝国？它不是上帝和魔鬼的产物——我正要说皇帝和教皇仍然会争吵？你会承认帝国主义是超过了千年的统一原则。人们都说，'三十年战争'粉碎了德国。我应该说是千年的战争，其中三十年战争是最为糟糕的进程，其间发生了宗教纠纷。当时德国没能统一成一个整体，其结构分布非常奇怪。它的所有者，或者说是它的居民，只是在很微弱的程度上拥有它。信徒们面临着整体结构被摧毁的威胁；直到他们有能力将其赎回。在这种情况下，就只剩下一堆废墟。他们会尖叫着撕扯自己的头发，因为德国地下室里没有可怕的蓝胡子的房间。悲哀啊，蓝胡子房间的门打开时。我们就可以见证'三十年战争'的血腥和残忍，那就是一个屠宰场——我们可不会为这个干杯。就让我们为健康，为了美国那讽刺的坦率，剥削者的理想，以及其宽容和水准干杯。"

"是的，干一千次杯。"弗雷德里克说。

于是他们为了美国而干杯。

一个二等船舱里的女乘务员领着一名俄罗斯籍犹太女人上来了。那女人拿着手帕捂着鼻子和嘴巴。她的鼻子已经流血一个小时了。

"哦，"她说着从门口往甲板方向退了一步，"我打扰你们了。"但威廉医生坚持要她进来。

　　原来，这并不是乘务员来找威廉医生的真正目的。她在他耳边低声说了几句别人听不懂的话。他请弗雷德里克原谅自己，让他照看犹太女人，随后和女乘务员一道离开了船舱。

第三十章

"你是医生吗?"俄罗斯籍犹太女人问道。

"是的。"弗雷德里克说。

他并没多说什么,只是她趴在沙发上,往她的鼻子里插入一个棉球,并且使用其他方法来阻止血液流动。他把大门打开,让烟雾飘出去,使得新鲜的咸咸的空气流进来。女孩儿静静地躺在沙发上;和弗雷德里克想找一本威廉的医学书籍来看。

"我想,到目前为止,你可以吸烟了。"她说,她发现弗雷德里克心不在焉地点了几次烟,然后想起什么似的,又熄灭了。

"不,"他说,"我不会吸烟了。"

"你至少可以给我一根香烟,"她说,"我很无聊。"

"没错,"他说,"病人应该无聊。"

"哦，我不是病人。"

"patientia是拉丁语中的'patience'，我亲爱的年轻小姐。只要你不耐烦你就不是一个有耐心的人。"

"如果你让我抽一支烟，那我就会说'是的，你说得对'。"

"我知道我是对的，现在别提你抽烟的事了。"

"但我想抽烟。你真没礼貌。"她说着固执地踢了踢她的高跟鞋。

弗雷德里克命令她安静，她再次把脚从座椅上搭下来。他带着故意夸张的严厉表情看着他。

"我不是你的奴隶，你明白吗？你以为我是来自敖德萨的吗，那里有足够的命令，你遇到的每一个陌生人都会给你下命令？"她抱怨道，"我很冷。请把门关上。"

"如果你希望的话，我会把门关上。"弗雷德里克着起身去关门，带着某种顺从的意味。

早晨，在统舱内，弗雷德里克和底波拉意味深长地相互看了一眼。然而，现在也许是因为，酒精还麻醉着他的血脉，他希望威廉医生快些回来。他离开的时间也太长了。一段时间内，女孩儿静静地躺着。弗雷德里克认为有必要检查她鼻孔里的卫生棉条。当他这样做时，他看到她眼中的泪水。

"怎么啦？"他问，"你为什么要哭。"

她突然开始用她的手臂和拳头打他，称他是一个狡猾无情的资产阶级，并想跳起来；但她屈服于弗雷德里克的威慑，于是温柔地换回躺着的姿势。而弗雷德里克则在椅子对面的软垫沙发上坐下。

"我亲爱的孩子，"他轻声说道，"你行为古怪，随意践踏那些尊贵的称号。但我们不讨论这个。你很紧张。你变得兴奋。你的血管中没有血，即便你有较强的体格条件，你的神经，经过此番航行的艰辛后，尤其在统舱内，会变得大不相同的。"

"我不会坐头等舱，从来没有坐过！"

"为什么不呢。"

"因为，想想备受煎熬的普通大众，坐头等舱旅行是一件低俗的事。

去读妥耶夫斯基，读托尔斯泰，读克鲁鲍特金！我们正在像动物一样被追赶。我们正在被迫害。我们死在哪里都无所谓。"

"你知道吗，我看过他们所有人的作品，克鲁鲍特金，托尔斯泰，妥耶夫斯基。但不要认为只有你才是地球上被迫害的人。我也在被迫害。我们都在被迫害。"

"哦，你坐在头等舱里，你不是犹太人。我是犹太人，你知道什么是俄罗斯籍犹太人吗？"

"这就是为什么你和我现在正要到一个新的世界，"弗雷德里克说，"到美国，到自由之地。"

"的确！"她说，"我和自由！我知道我的命运。你不知道我曾经遭遇过什么，我是那些可耻的剥夺者的受害者！"

女孩儿喊道，她和英吉格一般模样，黑头发、黑眼睛，只是种族有所不同，弗雷德里克觉得自己是明显变得心软。他的怜悯心在滋长；他非常清楚，公开表示同情是爱的最可靠来源。所以他再次强迫自己转变成排斥、反对的态度。

"现在我只不过是一个医生代替另一个医生给你看病。你落入剥削者手中，关我什么事呢，我又能怎么办呢？此外，所有你口中那有智慧的俄罗斯人——都令我讨厌。"

她跳了起来，想逃走。他先抓住她的左手腕，再抓住她的右手腕。她带着蔑视和憎恨的表情看着他，可他情不自禁被女孩儿的美吸引。她脸色泛黄。她身形娇美。与此相反，英吉格的脸，与之相比，似乎不登大雅之堂，甚至算得上粗糙。这是高贵的种族，尽管有些凋零，但在那一刻更加诱人。

"啊！放开我，放开我，我说！"

"我对你做了什么？"弗雷德里克问。一瞬间，他真的震惊了，不知道自己这么对她是否错了。他喝了香槟有些兴奋。如果有人进来了，会怎么想？甚至数百年前，那个从约瑟夫手里逃脱的波提泛的妻子，是借助诽谤的手段逃脱的吗？"我做了什么？"他重复。

"没什么，"她说，"除了你习惯做的那些事。你侮辱了一个没人保护的女孩儿。"

"你疯了吗？"他问。

突然，她回答："我不知道。"在这一瞬间，她脸上那憎恶的表情已经融化了，变成了完全的顺服，弗雷德里克这样的男人的心也有所变化。他忘了自己。他不再是自己感情的主宰。

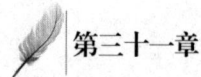# 第三十一章

那奇怪的相识、相知、相爱再到永别的场景出现在我的梦中。威廉还没有回来,在那个客人逃开很久后,弗雷德里克来到了甲板上,广阔无垠的海洋上,星光在空中闪耀,这样的景色净化着他。他既非天生是唐璜,也不习惯当唐璜,这使他大为吃惊,在他看来惊人的冒险似乎是天下最自然的事。

甲板上空无一人。另一个男孩儿在庞德守卫的地方。温度降到了冰点以下,索具上盖了厚厚一层白霜。

他站着靠在栏杆上,亿万年来地球上的生命和死亡痛苦地出现在他眼前。他的内心因之产生痛苦。死亡在开始之前就一定已经存在了。

死亡,死亡!这已经是极限了,他认为,无尽的麻烦、希望、愿望、享受——享受,就要给新的愿望,占有的幻想、缺失的真实、痛苦、冲

突、相遇和离别让路;一切不可掌控的过程都与煎熬、再煎熬、又煎熬有关。让他欣慰的是,一路非常顺利,因而他的黛博拉和她的同伴们或许都迷迷糊糊地睡着觉,一度从生活的疯狂中解脱出来。

在等待医生威廉,同时专注于这些思考中时,弗雷德里克不由自主地偏离甲板的边缘,他看到离烟囱不远的地方有一块黑影,它在墙角瑟瑟发抖。那东西看上去很奇怪。他走进一看,原来是一个男人躺在地板上睡着了,他裹着大衣,帽子遮住了眼睛,他的头枕在一张照片上。弗雷德里克确信这是阿赫莱特纳。为什么他不在床上睡而要躺在这冰冷的地上呢?弗雷德里克找到了正确答案。

英吉格的船舱不过三步之遥;他是忠于她的、有着三种职能的狗,看家狗,冥府守门狗,得了狂犬病的爱嫉妒的疯狗。

"可怜的家伙!"弗雷德里克大声说,"可怜、愚蠢的阿赫莱特纳!"他感到真挚,甚至慈悲的同情;一切被恋人欺骗的悲哀,都体现在他的身上,我们从尼采和叔本华追溯到释迦牟尼,他的弟子阿南问曰:"师傅,我们该怎么和女人相处呢?"答曰:"控制住不去见到她,阿难,因为女人把自己内在的一面藏起来了。它就如水里游离的鱼一样深不可测。对她来说,说谎就是真相,而真相就是说谎。"

"喂!你在这儿做什么?"威廉医生轻轻地走上前说。他手里拿着一些小心包裹着的东西。

"你知道躺着的是谁吗?"弗雷德里克说,"是阿赫莱特纳。"

"他想盯着那个船舱。"威廉讽刺地说。

"我们得叫醒他。"

"何苦呢?"威廉说,"稍后我们去睡觉时再叫他吧。"

"我现在就要去睡觉了。"

"那先来我的船舱一趟吧。"

他们来到医生的船舱里,他将一个人体胚胎放到桌上。

"她已经达到目的了。"他是指那个二等舱的女孩儿,在他看来,她不过是为了摆脱负担,逃避耻辱才进行这次旅程。

看着这小小的物体，弗雷德里克不知道被生下来和永远不被叫醒，哪一个更好。

　　之后，他又来到甲板上，他扶起阿赫莱特纳，扶着他去了他的船舱，虽然他处于半睡半醒状态，却还反抗着，说着一些莫名其妙的话。

 第三十二章

他立刻就睡着了,但是当他醒来时,才凌晨两点。船还在顺利地向前,他能听见螺旋桨在水下有规律地转动。当代生活中的巨大身体危机就是发烧,而旅行和失眠往往会使发烧加剧。弗雷德里克深知自己天性,当他发现自己这么快就被掠夺了平静的睡眠时间后,感到非常惊讶。

那么他之前的睡眠就算平静吗?他躺在床上,瞪着眼睛,他看到灵魂中那巨大的黑色空间打开了,在那无底的深处,另一种混乱的生活已经诞生了——其中有许多折磨人的幻影,最熟悉的人和事和全然全陌生的人和事一并出现。他努力地回想着他的梦。

他梦见他与阿赫莱特纳手拉着手晃荡在黑烟中,那黑烟从罗兰德号的烟囱向后蔓延过海面,飘得好远、好远。他和那个俄罗斯籍犹太女人一起费力地拖着死去的司炉里克尔曼,将他拖到女士船舱;他用自己发明的方

法，用血浆让他起死回生。他平息了俄罗斯女人和英吉格之间的风波，她们相互扭打，侮辱对方。他和威廉医生一起坐在他的船舱里，此外，瓦格纳曾经做过这样的实验，是通过玻璃球上的光照观察一个仍处于胚胎发育中的生命体。同时英吉格的美冠鹦鹉学着阿赫莱特纳的音调粗粝地叫个不停：

"我已是一个拥有完全独立的财产的人。我来这一趟是为了赚钱。"

他回忆着这些事，在这样的效果下，弗雷德里克真的又做梦了。他突然起身，愤怒地打了汉斯·福伦伯格一拳，说："我要揍你。"不久之后他又在吸烟室了，他在那里进行着第三次和第四次布道，他将那个亵渎他和英吉格之间圣神关系的人打倒在地。而这时，船长来了，他说要埋了司炉。甲板上有一个死人。弗雷德里克走出吸烟室，看到尸体就躺在棺材里。可那并不是司炉里克尔曼，而是他那遭罪的、被疏忽的妻子安杰拉，她依然是神志不清、歇斯底里的样子。这不是在吸烟室的入口处，而是在胡舍伊尔山的普莱森堡，在他那舒适的房前。冯·凯赛尔船长站在花园修剪他的女贞树篱。这虽是晚上，却有满月照耀在他家房前那寂寞山谷的草甸上。安杰拉站起来，弗雷德里克带着她进了屋。她拒绝了。此刻，意识到精神上与她分离的他感到无限悲伤，这悲伤比他任何醒着的时候还要深刻、还要痛苦。

"我是母亲，"安杰拉说，"但孩子不是你的。"

他拥抱她，哭泣着，想要将他拉回屋。她温柔而有力地反抗着，她说自己被禁止入内。他看到她慢慢地、疲惫地在月光下穿过操场。

"安杰拉！"他追着她喊道。

"对我来说太难了，"她说，"因为将你从我身边抢走的不是死亡，而是生活。"

弗雷德里克大声咆哮着。他的胸口好像压了一块大石头。他听到了海水的急流声。他看到洪水涌过所有的山谷，再漫过所有的山峰，从四面八方滚滚而来，一浪高过一浪。月光倾泻下来。他看到安杰拉爬上了一艘停着的小艇；潮水将她和小艇一道卷走。洪水淹没了他的家。

他又开始游荡了，和阿赫莱特纳手拉着手，在黑烟中穿过浩瀚的海洋。接着，又是那艰难地拖曳，他们在克鲁鲍特金那年轻崇拜者的帮助下，将赤裸的、死去的司炉拖上拖下。英吉格和黛博拉之间的争吵，他关于弗伦堡的布道，以及吸烟室里的人们，这一切不断重复出现，而且每一次重复都会加剧他的痛苦。在威廉医生的船舱里看到的玻璃球里的侏儒又出现了。灯光照耀在它身上。他感到痛苦万分，无力抵抗那些幻觉的纠缠与追逐，他那渴望平静的、被困扰的灵魂突然起而造反，于是他大声说道：

"点燃理智之光，点燃理智之光，上帝保佑！"

他从床上站起来，看到了那个女仆罗萨，她稳稳地拿着燃烧着的蜡烛，照着他。她微微躬下身，说道：

"你一直在做梦。你没事吧，冯·卡马赫尔医生？"

这时，门开了，罗萨不见了，船安然航行着。还是他弄错了？难道罗兰德号不再如之前那般平稳了吗？他专心地听着，听到水下的螺旋桨不断发出呼呼声。没有抑扬顿挫的吆喝声从甲板上穿透下来。接着，就是往海里倒煤时发出的咔嗒声。弗雷德里克看了看表。此时已是五点。自他第一次醒来，已经过去三个小时了！接着，又是那大堆灰烬滑入大西洋时发出的咔嗒、轰隆之声。这倒煤的不就是死去的司炉里科尔曼吗？弗雷德里克听到孩子的哭泣声，以及邻舱那歇斯底里的邻居发出的哭泣和抱怨声，最后是罗萨的声音，她正努力哄齐格弗里德和埃拉安静下来，埃拉是一个多话的小女孩儿。齐格弗里德焦急地乞求带他回到罗肯沃德的祖母身边。利布林太太在骂罗萨，说她没有看好孩子。弗雷德里克听到她说：

"你们简直就是在践踏我的神经。我希望你们三个沉到海底去。看在上帝的分儿上，让我好好睡觉吧！"

第三十三章

在这些意向的包围之下,弗雷德里克又一次睡着了。他梦到他和女仆罗萨,以及小齐格弗里德·利布林一起在一条救生艇上,救生艇摇摇晃晃地行驶在平静的、泛着微光的绿色海面上。奇怪的是,船底有一块金砖,或许这就是罗兰德号要运往华盛顿的金砖。划船的是弗雷德里克,船开了一会儿后,他们就到了一个明亮而热闹的港口。那也许是亚速尔群岛,或是马德拉群岛,又或是加那利群岛上的港口。在离码头不远处,罗萨就翻出了船,牵着小齐格弗里德的手踏着水朝陆上走去。人们欢迎着他们,不一会儿他们便消失在港口前排那雪白的建筑中。让弗雷德里克高兴的是,在大理石阶梯上接他的人就是他的老朋友施密特,就是他要去美国拜访的人。在回答千奇百怪的问题时,他总说去拜访朋友是他此行的主要目的。他很高兴在梦中见到他,分别八九年后,如今在一个白色的热带小镇相遇，这使他非常惊讶。

施密特是荷兰人。他和弗雷德里克曾同窗共椅；后来又在布雷劳斯圣莫达拉的高中一起待过两年，又于格莱夫斯瓦德尔、布雷劳斯和苏黎世的大学一起待了几学期。在常识交流中，施密特向弗雷德里克灌输了一些边缘知识和人道主义热情。施密特骨子里也有一种冒险精神，那是遗传他的父亲，他父亲是一名荷兰人，如今葬在康涅狄洛州梅里登的教堂里。

"你来了真是太好了，"彼特·施密特说。弗雷德里克感到他好像早就在等他了，"你的妻子，安杰拉，刚刚乘了一艘小艇过来。"

他的朋友悄悄带着他来到港口附近的小旅馆。一种前所未有的安全感向他袭来。在餐厅里吃午餐时，老板就坐在对面，转动着大拇指，彼特·施密特说：

"镇子并不大，可是你能通过它看出国家的风貌。人们在这里安居乐业，不愿迁徙。"

自然，在那个奇怪又安静的城市，在这炫目的阳光下，能说的话寥寥无几。一种新的、缄默的内在情感变得明晰。然而，弗雷德里克说：

"我一直将你视为我们命运的良师。"他这样说是想感谢这位朋友神秘的存在。

"是的，"彼特·施密特说，"可这才是一个小小的开始，尽管这已足够揭示这表面之下所隐藏的东西。"

出生于岑纳的彼特·施密特，如今带着弗雷德里克离开了港口。那是一个非常小的港口。一些古老的船只半沉在水中。

"1492年，"彼特·施密特说。四百周年纪念日，那是罗兰德号上的美国人最常讨论的话题。那个荷兰人指着两艘半沉的帆船说其中的一艘就是"圣马利亚"号，克里斯托弗·哥伦布的旗舰，"我就是和克里斯托弗·哥伦布一起来的。"他说。

这一切都不足以启发弗雷德里克。彼特·施密特说那些慢慢腐坏船只的木头叫作圣木，是用作葬礼的，因为它蕴含了知识的灵魂，这也并不神秘。在远处的海面有第三只船，船的左舷处有一块大的黑色裂口。

"它沉了，"荷兰人说，"它载了好多人。"

弗雷德里克看着船。他不怎么高兴。他本想问一些关于海上那艘陌生却又奇怪般熟悉的船的问题；可荷兰人走开了，他转向一条狭窄而弯曲的、还有一条陡峭阶梯的街道。

这时，弗雷德里克的一位已经去世十五年多的老叔叔，悠闲地吧嗒着烟管朝他走来。他刚从他房间入口处的凳子上起身。

"你还好吗？"他问，"我们都在这儿，我的孩子。"弗雷德里克知道老人的"我们都在这儿"指的是谁。"我们过得很好，"那个生平就没有被好运垂怜过的人，咧嘴笑着继续说道，"和你一起在上面那阴暗的环境中时，我过得并不好。首先，我的孩子，我们有圣木。"他说着用烟管指着屋内，幽蓝的火焰在壁炉里跳动着，"此外，我们还有造光者。我就不耽误你了，还来得及，但你得快点儿。"于是弗雷德里克说了"再见"。"胡说！"他的叔叔叫道，"在那下面的人们还会说那些无聊的'你过得怎么样'和'再见'之类的话吗？"

他们继续走上街道，彼特·施密特带着弗雷德里克穿过一些房屋和庭院。在一个多角落的园子里，一艘有着"远航船"标志的船只，让弗雷德里克想起了汉堡和纽伦堡的一片远古地区。

"这里的一切都看似普通，"彼特·施密特说，"可是这里的古代模型应有尽有。"他指着仓库小窗边，成堆的咀嚼烟草和皮鞭中，那艘远古船只模型。

船，船，只有船！看到这最后一只船，弗雷德里克的头脑中似乎开始了一阵轻微而痛苦的抵抗。他知道自己正看着一个前所未见的、包罗万象的标志。带着全新的感官和清晰的思维，他意识到这个小模型身上，包含了人类灵魂的奇迹和冒险。

"哦，"船用杂货商打开小店的玻璃门，门上挂着各种各样的商品，他开门时，它们便撞得咔嗒作响，"哦，你在这儿，弗雷德里克？我还以为你在海上。"

弗雷德里克认出这个杂货商就是乔治·塞缪尔森，他在南阿普顿还收到了他的告别信。他戴着一顶破旧的帽子，穿着属于一名去世已久的糖果制造商的晨衣，他自小就认识这个糖果商。尽管这一切都布满了谜，可是他与朋友的这次相遇，仍有一切自然合理的成分。金翅雀为这个小店带来了生机，"它们是金翅雀，"罗斯姆森说到，"去年冬天还栖息在胡舍伊尔山上，你知道的，那差点儿要了我的命。"

"是的，我记得，"弗雷德里克说，"那时我们会走进一根裸枝或是一棵树，走到树下时，他们仿佛自己摇起来，飘落成千上万片金色的叶子。于是我们就说那预示着金山。"

"哦，"船用杂货商说，"准确说我咽气时是一月二十四号一点三十分。我刚收到你从巴黎发来的电报，要我免除债务。在商店的后面，那些东西中，有我祖传的皮大衣，它——我绝不会抱怨的——影响着我。我写信告诉过你，如果可以，我希望自己在下面能够被人看见。看吧，我在这儿。尽管我好些了，而且我们都处于一种基本安全的欢乐感中，可就算在这里，一切也并非清晰明了。你遇到彼特·施密特，我很高兴。在这个国家，你可以好好指望他。你们还会相见的，在纽约，在1492年的四百周年纪念日上。好家伙！美国那个小发现，到底有什么意义啊？"衣着奇怪的罗斯姆森说着将那小型的船只从橱窗上取下来。

这又叫作圣玛丽亚。"这下，你要小心了。"他说。弗雷德里克见那个老糖果制造商拿出一个又一个模样相同，但大小各异的微型船。"不要慌，"他一边从圣玛丽亚里边拿出更多的船，一边说着，"不要慌。越小的才越好。如果我有时间，我们会拿到最小的，也是最后的，上帝最杰出的作品。这每一艘船不仅载着我们远离星球的边缘，而且载着我们远离自身感觉的有限屏障。它们中的每一个都能够载着我们穿越边界。要是你感兴趣，"他继续说道，"我店里还有其他商品。这是船长的树篱剪子。这里有一个坠子，戴上它就可听到一重天和银河里的声音。这是南北回归线。可是你没有时间了，我不能耽误你。"

杂货商将它们关在门后；可是它们看到他鼻子撞到了玻璃上，诡异之处在于，他好像还在卖什么东西，他将手指拿到唇边，他的唇就像鲤鱼的唇。他嘴里似乎说着什么话。弗雷德里克听到了圣木、造光者，甚至还有他叔叔说的"和你一起在上面那阴暗的环境中"可是彼特·施密特用拳头砸在玻璃门上，将罗斯姆森那绣花的帽子扯下来，从里面拿出一把小钥匙，示意弗雷德里克跟着他走。于是他们离开了屋子，走进一片开阔的丘陵地带。

"问题是，"彼特说，"这非常麻烦。"

他们跑了几个小时。天黑了，他们就点燃一堆火，在风中摇摆着的树上睡觉。天亮了，他们就开始游荡，直到太阳藏进地平线。最后，彼特打开了矮墙上的一扇小门。墙的另一边是花园。一名园丁正在里面结藤。

"你过得怎么样，医生？"他说，"太阳升起来了，可是我们知道自己为什么会死。"

再近些看他，弗雷德里克认出他是那个死去的司炉，他站在那奇怪的花园，或是葡萄园，抑或是仙境里，太阳的红光照耀在他脸上，他友好地笑着。

"我宁愿做这个，也不愿铲煤。"司炉指着手里用来结藤的线绳说道。

于是他们仨人走了好长一段路，来到花园中荒芜的地块，那里一片黑暗。风开始肆虐，花园里的灌木和树丛就像海边的碎浪花一般嗖嗖作响。司炉向它们示意，它们就围成圈蹲在地上。接着，好像司炉空手从衣兜里掏出一小块燃烧着的木头。他把它凑近地面，照着一个圆洞，就像土拨鼠或者兔子的洞穴。

"圣木，"彼特·施密特指着那发光的木炭说，"接下来，弗雷德里克，你就会看到那些蚂蚁似的小精灵，它们叫作夜光素或者夜灯。而它们却傲慢地称自己为造光者。可不管它们叫什么，不得不承认的是，是它们将藏于地下的光囤积起来，将它们播种在土地上，其中的土壤是特别准备好了的；它们长成后，结出的果实，比金条和金块要大上百倍，于是那些造光者就把它们储存起来，留在最最黑暗的时刻使用。"

另外，事实上，弗雷德里克从裂缝往下看，他仿佛看到了另一个世界，地下的阳光还照耀其上。一大群小精灵，也就是造光者们，用镰刀割着草，它们砍下草茎，捆成堆，装在马车上，然后存进仓库里。许多精灵将光从地上割除，就像切金块一样。毫无疑问，这金块就是萦绕在弗雷德里克梦里的运往华盛顿铸币厂的金块。

"那些造光者们，"荷兰人彼特·施密特说，"最能刺激我的想法。"

就在这时，弗雷德里克醒了，司炉的声音在他身后传来：

"很快就会有许多人跟着我来。"

 第三十四章

弗雷德里克醒来的第一件事就是看表。他朦胧地感觉到自己睡了一天一夜。他怀疑地盯着手上的表,接着又把表凑到耳朵边去听,证明表没有停。没有,它还在走。于是,从他醒来,已经过去了六分钟,或者最多八分钟。

这个事实,再加上他那怪异而清晰的梦,让他惊讶不已。记忆之中,自己从未做过如此条理分明、逻辑连贯的梦。难道那些梦不只是梦吗?罗森姆斯已经死了吗?他的朋友,遵守了承诺,选择在下面能够被人看见吗?弗雷德里克的身体掠过一阵奇怪的颤栗。在激动之余,好像自己被光荣赋予了什么启示。他从床上的网袋里拿出备忘录,匆忙记下那个船用杂货商死亡的时间和日期。"一点三十,"他清楚地听到罗森姆斯的声音,"一月二十四号,一点三十分。"

罗兰德号又开始轻轻摇晃了,还一边发出巨大的汽笛轰鸣声。那雷鸣般的咆哮不断重复着,这预示着将会有大雾,预示着船又会摇晃,或许还有新一轮暴风雨,还要经历艰难的时刻,这让弗雷德里克感到烦恼又焦躁。他头脑中的冒险经历,过度到事实中不乏冒险的经历。他从梦中醒来,发现自己被困在一个狭窄的船舱里,船正穿过公海,那是一艘载满了许多人的噩梦的船,可它却没有因那般负荷而下沉。

五点十五分时,弗雷德里克已经来到了甲板上。雾升起来了,海面呈铅灰色,海浪不大也不小,海天处呈现黎明之光,这是个阴沉的早上。甲板上空空如也,这一切营造出沉郁孤寂之象。乘客们全都躺在床铺上,船上一个船员都看不见。好像那艘船是无人驾驶。

 第三十五章

弗雷德里克站在计程绳旁边,计程绳绞进了翻腾着的巨大尾波中。即便在这可怕的黎明,那饥饿的海鸥也一路跟着船,时而飞进,时而后撤,时而又哀嚎着俯冲进满是泡沫的尾波中,就像那些受煎熬的魂灵。这不是幻觉,但是弗雷德里克几乎无法将它从梦中区分。他的神经非常脆弱,梦境带来的惊讶渗透了他的全身,这部分向他展示着,这海洋撑起的奇怪废物无不比他的梦神奇。海洋就这样在数百万年的盲眼下摆弄着海浪,而它自身也无不比那些纪元盲目。因而,自宇宙初创,就有了这样一说:"创世之初,上帝创造了天地。地是空虚混沌,渊面黑暗,神的灵运行在水面上。"

弗雷德里克一阵颤抖。他曾经是和一个幽灵或是一群幽灵,也就是鬼魂,生活在一起吗?这一刻,难道他不是离那本以为不可移动的坚实土

地、离那被叫作现实的东西更远了吗？在这种心境下，难道他不曾相信神话，不曾相信水手们的迷信、幽冥飞船和妖怪之说吗？那隐藏在低矮灰沉天空下的、浪涛无垠的海洋是什么？一切是否从海洋中升起，又都沉回海洋深处？是否有某种力量在弗雷德里克的幻想中向他展示出沉没的亚特兰蒂斯？如果不是，那又是为什么？

他正在经历一种意义深远而神秘非凡的时刻，体验着一种令人害怕却又充满快乐的恐惧。海洋上，一艘废弃的船只漫无目的地往前摇曳着，也不知它从何而来。灰白惨淡的天空重重地压在海洋上。而弗雷德里克独自一人在那里。但凡有生命的物体，在那样孤独的氛围中，灵魂都会出现幻觉和异象。人类总会面临深不可测的孤独。这孤独让他体会到一种伴随着被遗弃之感的崇高感觉。船尾站着一个人，正值黑夜与黎明交替时分，他那无形的、发着光的命运之线将两块大陆隔开，他正等待着新一轮少受磨难的生活，那种生活来自阳光中，数百万英里外，一颗奇异的星星从地球上陨落。这一切，对于弗雷德里克来说都是奇迹，他几乎势不可当地被禁锢在奇迹的牢笼里。突然一阵绝望袭来，他感到自己永远无法摆脱那些谜语和奇迹的令人窒息的压迫，于是有了跳过栏杆的冲动。

紧接而来的是一阵胆怯，一个良心败坏之人的胆怯。他四处窥探着，生怕被发现一般。他用手抹了抹眼睛和前额，因为他感到那个死去的鲜血淋漓的司炉就坐在附近的一圈绳子上，坐了好久。他感到胸口沉闷，好像有什么东西在将它往下拉。他听到了什么声音。他看到妻子安杰拉正绞着双手。突然，他认为她生病，自己难逃罪责，他是一个罪人；在他看来，自己对英吉格·哈尔斯特伦的念想让他加倍可鄙。他的思想开始混乱了。他心中漾起一阵绝对的轻信感，他感到良心的声音正在将他处死。他以为要用自己的生活来赎罪，要牺牲自己，不然，罗兰德号和它所载的人们将会沉没。

就在这时，弗雷德里克听到一个有力的声音：

"早上好，冯·卡马赫尔医生。"

那是大副冯·哈姆，他正要到舰桥上去。在人类声音的健康之美面前,那些萦绕他心头的幻想立即逃遁了,于是弗雷德里克的灵魂又恢复了清醒。

"您是在做深海研究吗?"冯·哈姆问道。

"是的,"弗雷德里克笑着说,"我要探测沉没的亚特兰蒂斯。你看天气怎么样?"

那个大汉穿着他的油布长雨衣。他指着气压计。弗雷德里克看到气压大幅下降了。这时,乘务员阿道夫过来找弗雷德里克。但是他的船舱里没有人,他给他带来了烤干面包和一大杯上好的茶。弗雷德里克坐在前一天坐过的那张凳子上,对着升降扶梯。他呷着甘润的茶,还用杯子暖着手。

不等他喝完茶,海风又开始在四根桅杆的索具上肆掠了,一阵凛冽又顽固的海风吹得船往右侧翻。弗雷德里克开始在心里盘算,像是要估量即将会经历的痛苦。他突然渴望再次与远在美国的老伙伴彼特·施密特相遇。他以为自己摆脱了英吉格,更确切地说,她在他那宏伟的亚特兰蒂斯梦中并没有出现。他希望和她在一起的航程结束得越早越好。

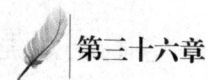

第三十六章

当弗雷德里克和威廉医生一起吃早餐时,整个船身又开始晃动了,一瞬间又像是撞上了岩墙。低矮的船舱里昏暗不堪,舱内四处透着光点,光点疯狂地跳动着,一瞬间跳到浪峰上,一瞬间又坠入涡流中。一些犯险走到桌边上的人想要就当前那毫无乐趣可言的情景开玩笑。

"我胸口产生了一种感觉,就像小时候坐秋千飞得太高一样。"

"卡马赫尔,我们在魔鬼的大锅里。我们要经历的事与已然经历的事根本不可相提并论。"

某个地方传来了这个词,"暴风",一个可怕的词,尽管它似乎并未给罗兰德号留下印象,可它还是毅然坚定地乘风破浪而行。它的目的地是纽约,正加速向前航行着。

弗雷德里克想到甲板上去,可上面看起来很糟糕,于是他就站在扶梯上阶,在遮篷下躲着。海面似乎上升了,因此,勇士罗兰德号就好像在深谷里倔强地航行。人们会情不自禁地感到,每一瞬间,深谷似乎要在头上合拢,而且似乎永远决定着这艘虔诚船只的命运。穿着油布雨衣的水手们正爬到高处将松散的东西扎紧。巨大的海浪已经涌到了船上。咸咸的海水在甲板上滴落、流淌。同时,好像这些都还不够,天空竟下起了雨和雪。索具也发出咆哮之声,时而沉缓,时而高亢。轮船就在那威严肃穆的天气里,在那永无止境的呼号下,在翻腾的巨浪中蹒跚而行,像发了疯似的,盲目地陶醉其中,那凄婉喧腾之象,一个小时又一个小时地延续着。正午时分,这一切变得更糟了。

午餐的哨声响起来,却极少人回应。女医生和女画家旁边大约汇集了十个男人。哈尔斯特伦在弗雷德里克和威廉医生所在的桌子上坐下来。女士们就坐在不远处。

"难怪,"弗雷德里克说,"难怪水手们都很迷信。这可怕的天气足够让一个人相信魔法。"

"或许还更糟。"威廉说。

"女士们听到了他的话,抬起头来,眼神中带着惊恐。"

"你说会有危险吗?"她们其中一个问道。

"生活中处处有危险。"他微笑着说道,"问题只是你害不害怕。"

不可思议的是,这时候,乐队像平常一样奏起了音乐,更重要的是,他们奏的还是《凯旋进行曲》。这一切造成的结果是,人们一开始轻微战栗了一下;随后大家都忍不住笑着这明显的讽刺。

"那些音乐家们都是勇士。"弗雷德里克说。

"总的说来,"哈尔斯特伦说,"我们当今那冷酷的幽默是一大笔资产。如果音乐家们按规则来,那么他们就会在鲸鱼的口中或是肚子里演奏《乡下姑娘》和《我的姑娘汉纳》。如果他们不这样的话,就没有好日子过了。"

"哦,上帝,要是桌子能稳一些,要是人能坐稳,要是床铺不再摇晃该多好啊!人类拥有这些时,却不知道它们有多么珍贵。"弗雷德里克说,他还特意提高音量喊出来,声音高过了船外的喧嚣和船上的音乐。人们笑着,而海洋将他们抛到了九十英尺高的浪尖,抛到雾、暴风雨和雪中,这又使他们更为惊讶。大家瞬间就沉默了。就连管弦乐队都猛地停下来,而乐谱中并没有这样的停顿。吃过午饭后,弗雷德里克爬上扶梯,他看到亚瑟·斯托在那人迹罕至的吸烟室里镇定而欢乐地吃着午餐,<u>丝毫不为天气所扰</u>。于是,弗雷德里克走上前去和那个奇特而诙谐的怪物攀谈起来。他正用拇指和食指夹着刀叉切鱼肉。

"我们的'老马车'有些晃悠,"他说,"如果我们的锅炉靠得住,那么就没什么可害怕的。可谁又说得准呢。就算暴风现在还没来,它也迟早会来。我才不管呢。看上去比实际情况更令人沮丧。我们还能做什么呢!为了向开普敦、墨尔本、布宜诺斯艾利斯、旧金山和墨西哥的人们展示,一个有着坚定而积极的意志的人有多少能耐,即便大自然与他作对,他也能穿越世界上的一切暴风、飓风和台风。你们那些坐在柏林的温特加登,或是伦敦的阿尔罕布拉的商人,做梦都没有经历过那个表演者在还来不及站稳之前所经历的事。"

弗雷德里克感到一阵悲惨。尽管他的梦还萦绕在脑际,而英吉格,或是他那有病的妻子,又或是那个俄罗斯籍犹太女人,还存在他的灵魂中,然而他感到一切感觉都渐渐掩盖在另一种感觉之下,那就是,四面都是那野蛮危险的明显威胁。

这时,汉斯·福伦伯格走了进来。他的脸上毫无生气。

"船上有一具尸体。"他说,他的语气暗示着司炉的死和那狂躁的暴风有着因果关系。很明显,汉斯·福伦伯格已经没有了生活的趣味。

"我也同样听说了,"斯托说,"我的仆人巴尔克告诉我说,死了一个司炉。"

弗雷德里克假装对这件事不在意。他惯于诚实地检查自己,他发现尽管那件事对他来说已非新鲜,可是当福伦伯格说起时,他仍然一番战栗。

"死者已死。"斯托说,他此刻正胃口满满地瞄准他的烤肉,"司炉的尸体不会给我们带来麻烦。可是昨晚有人看到了弃尸。那些尸体,船上的尸体，非常危险。海上不平静时，根本看不见他们。"

弗雷德里克又问了一些关于弃尸的情况。

斯托说："五年之内，在大西洋北部发现的浮尸，大概有九百七十五具。肯定实际数目比这要多出两倍。最危险的要数那种铁桅杆的四桅纵帆船，阿瑞斯菲尔德。它从利物浦航行到旧金山，途中遇到船上起火，于是船员们就把它抛弃了。要是我们撞上那些玩意儿，那么就没有人会去讲故事了。"

"你不能穿过舷梯，"福伦伯格说，"隔离壁是关着的。"

这时，汽笛又开始咆哮了。弗雷德里克还在这咆哮之声中听出了轻蔑与挑衅，可是某些东西让人回想起了尤塞斯瓦列斯的英雄罗兰德号那被破坏的号角。

"还没有危险。"斯托安抚他道。

第三十七章

斯托的仆人领着他离开,回到他的被窝里午睡,他走了好久,弗雷德里克还待在那个罕无人迹的吸烟室里。这屋子给人一种怪异的印象。可因为它非常黑暗,才显得隐秘;而在当前的情势之下,他需要一个人清静会儿。他甚至开始过早预计会发生最糟糕的事。他认为最好做好准备。这里,墙边上围着一张皮质沙发。他跪在上面,可以透过舷孔,看到海面上那声势浩大的骚动景象。在那个位置,他看着海浪惊人地连连击打着苦苦挣扎的轮船,这时,他的生活从脑海中闪过。

阴郁笼罩着他。毕竟,他渴望生活,还远没有做好死亡的准备,尽管他偶尔会想到死亡。一些类似后悔的感觉向他袭来。"为什么我会在这儿,为什么我不停下来去想想,集起所有理智的意志力量,避开这毫无意义的旅程?要我说,就让我死了吧;可不是死在这儿,死在这远离故土

的海洋的荒漠中,死在远离大众的地方。这对我来说是一个特别可怕的诅咒。在坚固土地上的人们,在家里的人们,在群聚之处的人们,丝毫无法体会这一点。"那么此刻,英吉格对他来说,又是什么呢?已经无关痛痒了。他摇着头,不得不承认,此刻他担心的只有自己。逃离那野蛮的命运,着陆到某一个海滨,这是多么美丽的希望啊!任何一片土地,任何岛屿、城市和被雪覆盖的村庄都是一座伊甸园,是一个奢侈的美梦。要是还能踏上干燥的土地,还能呼吸,还能看到一条活跃的街道,仅仅这些,都会让他感激不尽!他咬着牙。在这里,呼救有什么用呢?上帝的耳朵怎么会出现在这里?如果真会发生那等极端的事,如果罗兰德号和它上面的众多人要翻沉,那么见证这一切的人,即便他自己幸免遇难,也将永远不会快乐。

"我不会看到这些的,"弗雷德里克想,"我会跳下船,避免看到这一切。要是真会发生这样的事,那么我的朋友和亲戚都不会想到我。'汽船罗兰德号沉没'就会出现在报纸的标题上。'哦!'那样一来,柏林、汉堡和阿姆斯特丹的读者们就会发出这样的感叹。他呷了一口咖啡,抽着雪茄,舒服地往后躺着,又开始回味有关灾难的细节,那些细节或是他亲眼目睹的,或是他胡编乱造的。报社该要多么欢呼叫好啊!那可是一阵轰动!读者也会越来越多!我们看着马杜莎的眼睛,她告诉我们世间负载人类生命的真谛是什么。"

弗雷德里克试着与一幅静物画抗争,画面上是这样的风景:罗兰德号雄赳赳地向前行驶着,汽笛在暴风雨中沉闷地鸣叫,而这一切竟出现在海底。他看到那艘大船躺在玻璃棺材里。它的客舱里灌满了水。那有着胡桃木镶板、众多桌子和装饰着软垫的转椅的巨大餐厅,也灌满了水。一只巨大的珊瑚虫,水母和像蘑菇一样的红海葵钻进了乘客们正在经过的舷梯。令弗雷德里克恐怖的是,罗兰德号上那穿制服的尸体——乘务长和乘务员们,围成圈四下漂浮。若不是它如此恐怖,若不是它如此确切地位于可能的范畴内,这幅画面看起来还有些滑稽。想想潜水员们讲的那些事!想想他们看到的沉没的船里,船舱和舷梯上的场景;人们扭作一团,不管是乘客还是水手都伸直了双手,直立着,像活人一样,又像是在等着他们。从海底近看那些守卫和管理人员的衣服,看那些陌生的船东,商人,船长,乘务长,淘金者,贪污犯或者冒险家,他们的身上都爬满了珊瑚虫,甲壳纲动物,以及各种各样的海洋虫类,它们寄生在他们身上,直到那残破的衣物下除了尸骨外已无丁点皮肉。

弗雷德里克看到他自己也在下面,他也在那些数月大小的腐朽的幽灵之列,在沉没的罗兰德号那可怕的住所里游荡,在那可怕的维纳塔中,每个人带着惊恐的神情默默地走过,每个人的心中似乎都掩藏着一阵痛苦,而他则弯下头,伸出手臂,或是张开嘴,将头往后缩,以此表达痛苦。也或是他厌恶地拧着双手,时而摊开,时而又伸出手指。

锅炉房里的技帅们好像仍在慢慢地慢慢地操控着汽缸与驱动轮;然而,他们操作的方式与之前不同,因为重力法则似乎不再有效。其中一名技师操作非常反常,就像一个熟睡的人掉进了轮辋和满是铜绿的活塞连杆之间。弗雷德里克幽幽地朝司炉们走去,他们有的手里还拿着铲子,尽管他们无法举起来。他们自己也漂浮着,可是他们手里抓着的铲子并未搅动。一切都完了。他们不能点燃白光之火,因而不能使这艘巨轮正常运行。统舱内的景象惨不忍睹,男男女女连同小孩儿在内,簇拥成堆,蜷缩在一起,左右颠簸着。就连从烟囱里钻出来的鲨鱼猫都不敢挤在他们中间。那些人也似乎在说,Noli turbare circulos meos。所有人都奋力地想着,沉浸在深刻的沉思中——他们有足够的时间来沉思——沉思这生命的谜题。

事实上,他们待在那里,好像只为了沉思。那些绞着手或是伸出手指,或是手趴在地下,或是用指尖站着的男男女女,用脚擦过舱内衬板,全都陷入了沉思。图森特教授一个人在那边,他从舷梯处向弗雷德里克游过来,他的举止有些怪异。他举起右手,好像在说:"艺术家是永不会腐朽的。他必须摆好自己的姿态。他一定要寻求生命的新篇章。他若是在意大利得不到荣誉,就会前往法国,像达芬奇那样,或者移民到自由之国。"

"我想要活着,只要活着,没有别的,"弗雷德里克想,"像加图前辈一样,将来我宁愿沿着某一条路,用一年步行时间走完三天航程。"

为了避免和那些肿胀而发青的沉思者待在一起,他离开了那萧条而肃穆的吸烟室,他的头开始痛了,他的眼睛变得沉重,他拖沓着脚步来到甲板上,甲板上风暴骤然,雨雪混沌,咸咸的泡沫朵将他灵魂的负重驱散。

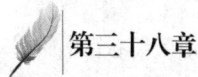
第三十八章

  在舱梯顶部的那个位置,弗雷德里克又遇见了昨天的那群人——图森特、害羞的帆船船长、女艺术家、女医生、高大的电气工程师,还有一位昨天没来的美国上校——他们一起紧挨着坐在汽船的凳子上。这位美国上校在这种遍布世界的高大人种中,算得上英俊。现在他正忙着给别人讲覆盖了全美国各个地区的铁路里程,他的话引发了旁边那位欧洲至上主义的电气工程师的愤怒。他们在辩论中已然忘却了天气。双方都争着说出一些令人难以置信的里程数据,同时还自吹自擂自己国家铁轨的优点。

  "我们现在的速度怕只有一半啊,"图森特对弗雷德里克说,"天气变化这么快,真是诡异!"

  "确实。"弗雷德里克回答。

"当然,"图森特先是苍白地扮了个鬼脸,然后笑了起来,"我不知道怎样才叫飓风,但是那些海员说这样的风暴就是飓风。"

"也许是吧,"害羞的帆船船长说,"如果它袭击的是我们的船尾而不是船头,也许就没那么糟糕。像现在这样的话,罗兰德号每个小时最多能走三英里。现在要是我在我的纵帆船上也遭遇了这样的风暴,我们会连收帆的时间都没有。我们应该已经迷路了。谢天谢地,在这种现代汽船上,情况就好多了。尽管如此,还是我的四桅船要舒服得多,鬼都晓得,我宁愿待在四桅船上。"

弗雷德里克忍不住笑起来。

"至于罗兰德号,"他说,"我宁愿待在——比如,慕尼黑的宫廷啤酒屋(Hofbräuhaus)。你的四桅船对我来说还没有罗兰德号上的客舱有吸引力。"

汉斯·福伦伯格晃晃荡荡走了进来,跟他们说大浪已经卷走了船尾的一艘救生艇。就在那时,一股弧形的巨浪斜飞过左舷船首。

"啊!"所有人都在大叫。

"真是壮观,太漂亮了。"弗雷德里克说道。

"这就是飓风。"女艺术家一遍遍地重复着。

"相信我,"他们听见那位上校又开始吹嘘了,"就单说从纽约到芝加哥的。"

"那是尼加拉瓜瀑布。"图森特说。

海浪把船体冲刷得干干净净,拍打在气窗和烟囱上,溅了进来。天气很冷,罗兰德号一直都艰难地航行着,这是一段历经了冰雪磨砺的、值得称赞的旅程。帆缆上挂着一根根的冰柱。聊天室、栏杆和物体的边缘,都布满了玻璃般的钟乳石。甲板很滑,每前进一步,都是一次冒险的尝试。但是,当英吉格打开船舱门时,门外吹进来的风只是抚弄着她长长的浅色头发,弗雷德里克即刻决定冒险一试。她把他拉进她的船舱,里面有两个小孩儿在给她作伴。

"我让他们进来跟我待在一起,因为这个船舱里很是舒服。"

女孩儿子的反复无常和卖弄风情总能消磨去形势的严峻。弗雷德里克已然忘却了他为了这个女子所遭受的罪,就在不久前,他还曾将生命都赌在了这个尤物身上。

"冯·卡马赫尔医生,跟我说说,外面的情况危险吗?"

她似乎并没有在意他那闪烁其词的回答。他吃惊地发现,在和那两个被宠坏的、痛苦无助的小孩儿玩耍时,她精力万分充沛,而且异常坚决,与昨天的表现截然不同。她请求他去帮她找父亲。

"你知道,万一发生点什么,我希望他在我身边。"

"你觉得会发生什么?"

她没有回答他的问题,而是让他在经过49号船舱的时候喊罗萨上来一趟。

"我的小客人一直喊着要她。如果她过一会儿再不上来的话,我就没办法让他们安静了。如果真是这样,她就得回去继续她那愚蠢而多愁善感的主妇生活。"你觉得阿赫莱特纳这样的男人怎么样?"她继续说道,"他四仰八叉地躺在船舱里,边哭边喊:'啊,我可怜的母亲!啊,我可怜的妹妹!我为什么不听你的话呢,妈妈!'等等。真不敢想象,他是个男人啊!真是可怜的家伙!"她接着说,但是语气变了,"真是感天动地啊!"她紧紧地抓住床架,让自己不至于笑得前仰后合,发出声来。

弗雷德里克将他小小的罪恶埋藏于石山之下。英吉格在那一刻被感动了,她和爱情一同站立在那里,拥有着绝无仅有的力量。这样真诚的勇气和真诚的幽默,加上那款款柔情,他从不认为这是她故意为之。他紧张而且疲劳,有些不能自持,被她深深吸引,他感觉到自己身上的意志力已经悄悄溜走。但是就差那么一点,他差点儿就俯下身去,亲吻她那藏在拖鞋里的小脚。

突然,英吉格想要走过甲板,下到船舱去安慰阿赫莱特纳那头蠢驴,弗雷德里克的惊异也就此消退。弗雷德里克不会让她去的。他对自己先前的那阵害怕感到羞耻,他感觉自己就像个可悲的懦夫,他需要完全地控制好自己。在这样的情形下,他扮演的是一名严苛导师的角色,是负责保护英吉格的守护天使,严厉,但却像慈父一般和善。虽然她嘲笑他,但是她绝不会让他自行其道,而让自己不高兴。

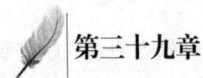 第三十九章

弗雷德里克对两个小孩儿非常友善，他还问了孩子们的名字，而他们也很快就和这位刚认识的叔叔说起了知心话。埃拉·利布林是一个五岁的女孩儿，她正坐在凳子的末端，用布盖着脚，英吉格把她的玩具娃娃给了她，而齐格弗里德则舒服地躺在床上，他正和假想的伙伴一起玩着枯燥乏味的纸牌游戏。

"妈妈离婚了，"埃拉说，"爸爸总是和她吵架。"

"是的，"这时，齐格弗里德将他的牌丢到-边，好像恍然大悟一般，弯向坐在埃拉身旁的弗雷德里克，说道，"有一次，妈妈拿起一只靴子朝爸爸扔过去。"

"可爸爸力气很大，"埃拉说，"有一次，他搬起一个椅子，把它摔得粉碎。"

虽然英吉格感到恶心,可她还是忍不住笑了。

"这两个孩子可真有意思。"她说。

"有一次,爸爸将一个瓶子扔到墙上,"齐格弗里德继续说道,"因为巴雷叔叔经常来看我们。"

孩子们像小万事通一样,讨论着关于"愉快婚姻"的各种细节。

"罗萨说,让爸爸离开我们,都是妈妈不好。"齐格弗里德说。

"我也这样认为,"埃拉说,"我认为都是妈妈不对。"

"罗萨说妈妈什么也不做,只知道看小说。"

"罗萨说,"埃拉插嘴道,"如果妈妈不总是躺在床上,她就会轻松许多。"

"罗萨说……"

"罗萨说……"

这样进行了好一阵。退役军官兼杂耍演员的仆人巴尔克领着罗萨来到了甲板上,就像带领他的主人一样。他们两人都是面颊通红,一副满意的样子。这时,弗雷德里克问道,罗兰德号接下来是否能顺利航行。

"哦,一切都好,"巴尔克笑着说,"只要不出什么意外的话。"

"巴尔克,"罗萨说,"背着齐格弗里德。"

巴尔克照做了,与此同时,罗萨用那红彤彤的手臂将埃拉抱起来。

尽管他们对英吉格感到厌烦了,还不断吵着要找罗萨,可这时,他们却恳求罗萨让他们待在这儿。

"就让他们在这儿吧。"英吉格说。

罗萨谢过她说:"他们最好还是离开,"她说,"他们晚上只吃牛奶和面包卷。我立刻就去拿。"

"你的手臂是怎么回事?"弗雷德里克问,它看上去就像被猛兽抓过。

"哦,没什么,"她说,"我的女主人不知道自己在做什么。她因为晕船和害怕已经失去意识了。"

第四十章

飓风一连几个小时凶猛地吹着。每隔一会儿,它就会一阵又一阵越发狂暴地拍打着邮轮。

弗雷德里克艰难地走到理发师的店里,尽管船一直在摇晃,可他还是奇迹般为他刮好了胡子。

"人必须得向前走,"理发师说,"一旦停止工作,就什么也不是了。"

他说着,突然又停下来,将刮刀从弗雷德里克的喉咙处拿开,这时,他变得脸色苍白。于此同时,弗雷德里克那还堆着泡沫的脸上也显露出吃惊与惊恐的表情。轮机室里的铃声响彻整个邮轮,这是船长通过传话管从舰桥上下达命令的标志。从那以后,发动机的运转就变得缓慢,甚至几分钟内就停了下来。在这样的天气下,在离陆地一万五千英里的海域,在大西洋的中央,这件事故,不仅影响了弗雷德里克和理发师,还影响着船上每一个有知觉的乘客,甚至所有船员。邮轮突然停止,引发了一阵骚动,这就越发衬托出轮船的静止与无力。到处都是哭声,女人的尖叫声,以及上下舷梯的匆忙脚步声。这时,一个男人将门撞开,愤怒地吼道:

"为什么停下来了?"

弗雷德里克擦干了脸上的泡沫,伴随着各种询问、摸索,穿过摇摇晃晃的人群,他匆匆来到了甲板上。

"我们漂浮起来了。"大家都在说。

"螺旋桨坏了。"

"龙卷风!"

"哦,"一个穿着晨衣的女孩儿,艰难地走上甲板,对着弗雷德里克说,"我不担心我自己,一点儿也不,可我那可怜的母亲,还在斯图加特。"

"怎么回事?怎么回事?"一时间有二十个声音在询问那个值班的船员,而他则耸耸肩,跑开了。

乘客们像羊群一般挤上了升降扶梯的上端,于是弗雷德里克只能让到另一边,他通过船尾,再穿过一个狭窄的通道,继续向前走。他加快了步伐,虽然表面看似很镇定,可心中却带着紧张甚至害怕。

走到第二间船舱时,一个英俊的年轻人赤脚站在船舱外,挡住了他的去路,年轻人穿着衬衣和裤子。他正试着扣扣子;可是因为太过紧张而没能扣上。

"怎么回事?"他对着弗雷德里克喊道,"这些人都疯了吗?最开始死了一个司炉,接着又是船漏水,或是什么螺旋桨坏了。船长是怎么搞的?我可是官员,我一定要在2月25日到达旧金山,决不能耽搁。这样一来,我就难办了。"

弗雷德里克想要快点过去,可是这个人挡着他的路了。

"我是一名官员,名叫冯·科林科悍马。"弗雷德列克也对他说了自己的名字,"那就是有牧师在船上的缘故。"年轻人卷着胡子,以普鲁士式的口吻继续说道,"如果得不到救援,那么人们就会翻进海里。船长在想写什么？"他继续吼道，突然，船身一阵摇晃，将他甩到墙上，几乎将他抛回了船舱，"我可不是要丢了官位，丢了事业，登上这艘该死的——"

可是弗雷德里克已经跑开了。此刻，船上一片沉寂，邮轮像死物一般；周围静得可怕，时而可听见舷梯上传来匆忙的脚步声。通过薄薄的墙，隐约可听到对面传来众人的低语。船舱的门乒乓作响，而且门一开，就会传来果断的破裂声，显然透露出船舱的主人的迷乱和惊恐。让弗雷德里克感到害怕的是那连续不断的电铃声，就像新的车轮锁扣发出的吱嘎声。同一时间，在各个船舱内，那些花高价乘坐此船，并且享受了优质服务的人们，同时按着电钮。没有人想见识大西洋那不可抗拒的力量，没有人希望遇到飓风，看到螺旋桨损坏，或是遭遇其他事故。他们以为按下电钮就有人能将他们救到安全的陆地上。

"谁知道呢，"弗雷德里克想，"他们还在那按电铃，说不定甲板上都已经在放救生用具了，邮轮正驶向海面，载着乘客们往下沉呢。"

第四十一章

可是,谢天谢地,他来到英吉格的船舱时,船还没有沉。不知受什么驱使,他来到了英吉格·哈尔斯特伦的船舱。除了孩子们,她的父亲和威廉医生也在那儿。

"人们真是胆小得可怕。"威廉医生说。

"说得容易;可究竟是怎么回事呢?"弗雷德里克问。

"一个轴承太热了。需要一点时间来冷却。"

爬上升降扶梯的人们不断呼喊着船长。

"船长还有其他的事要做,才没有时间来回答这些愚蠢的问题。"威廉说。

"我觉得该让人们安静下来,向他们解释一下,"弗雷德里克说,"对于像我这样不识水性的人来说,不知道发生了什么事,着实让人感到恐惧。"

"为什么要告诉他们？"威廉反驳道，"即便情况很糟糕，也应该瞒着他们。"

"好吧，那，"哈尔斯特伦说，"瞒着他们。派船员来告诉他们我们一切安好，我们就要被淹死。"

不久后，船长果然叫了几个船员上来，告诉乘客们，一个轴承太热了，很快发动机就会回归运转，正如威廉医生说的那样。

"有危险吗？"船员被问上数千次。

"没有。"他斩钉截铁地回答。

为了让船舱里的空气纯净一些，英吉格微微打开了门；从她的船舱内，看着巨大的罗兰德号无助地漂浮在海洋上，这番景象与船员的回答极不相符。

"无须隐瞒我们正在裸磁极上飞驰的真相。"哈尔斯特伦说。

"船上的油漏进了海里。"威廉医生透过开着的门，指着潘德和几名水手说。他们正往上拉着装满油的油袋。沉重的海洋像移动的大山一样，汹涌的海水激起层层巨浪，这些节奏荒谬又可笑。每一刻，逝去的罗兰德号，都在发出长长的信号，听起来就像是呼救声，而不是警示声。这声音从海山上升起，当它沉没进海浪的波谷中时，才似乎有了一些安全感。这艘巨大的邮轮似乎不知道要去往何方。愤怒的海水时而将它推往右舷，时而又将它推向左舷。这巨大的船只，什么都没有，只有那难以驾驭的体积。它缓缓地往前，接着，又往后缩，突然那可怕的海洋，就像成千上万只白色的美洲豹一样，跳过绿色的山边，淹没了围栏。

"糟了！"威廉在关门时说道。弗雷德里克的神经进入紧张状态。这不只是一种比喻的感觉，这种感觉就好像小提琴的弦拉得过紧。

"这让你紧张了吗？"哈尔斯特伦问。

"有一些吧，"弗雷德里克说，"我不否认。人拥有力量和智慧，可不能两者兼用，特别是当危险迫近时。"

"紧急危险吗？"威廉问，"不，我们还没到那一步。首先，发动机很快就会运转；其次，就算不得不漂流，我们也能在接下来的一周内依靠我们的智慧。"

"你说我们的思想轻松是什么意思？"哈尔斯特伦问道。

"暴风是从西北方向吹来的。这么大的船，是不会翻的。这样一来，我们最有可能被风吹到亚速尔群岛，那里的邮轮会带领我们进港。或是我们被吹往更南端，那么，一周后，我们就可以一览泰纳里弗峰盛景了。"

"多谢你的泰纳里弗峰。但我要去美国。我女儿在那儿还有合约。我们有责任要去那里。"

"这样漫无目的的一个星期，足够破坏我的神经系统，"弗雷德里克说，"我不适合这样消极的英雄主义。要是起作用的话，我宁愿多做些事。"

"你没有读过《皮袜子故事集》吧，"威廉嘲讽地说，"你知道吗，美国印第安人就非常敬佩这种消极的英雄主义。想想他们将战俘绑在树桩上烧死。"

"没事，"弗雷德里克说，"对我来说没有圣桩。只要我听到螺旋桨坏了，听到我们就要漂流，我的神经就无法容忍。我会跳进海中。正因为这样我才反对使用救生用具。除非给我十次，不然我都不会用。何必延长死亡的痛苦呢？"

 第四十二章

几个小时过去了。灰色的天日沉进了更灰暗的黄昏中。大海那震耳欲聋的喧哗从未停止。弗雷德里克和其他人一样,徒劳地等待着发动机再次运转那一刻,等待着这艘无助的船能恢复它的航行。每个人脸上都带着绝望的焦虑,看着那巨大膨胀之间的间隔是长还是短。有时他会产生迷信的幻想,他幻想着自己正在遭受迫害。尤其难忍受的是被困在统舱里的移民们哭泣声,这声音不一会儿又从甲板穿透而上。他们哭泣着尖叫着,祈求上天保佑,像是被恐惧、暴怒和生理的疼痛折磨至疯。

然而,就像什么都没有发生过一样,晚餐的哨声依旧通过这艘漂流的船的舷梯,通过这宏伟而无助的方舟传来,一如往常。电灯从舷孔透进来,照亮了这方舟,并将结冰的罗兰德号变成一座仙女的宫殿,然后悲哀地作为海浪的玩物。

弗雷德里在想，谁还能冷静地，谁还有勇气，或是欲望去吃晚餐。可威廉喊道："来吧，先生们！"这时，罗萨过来照顾孩子，她浑身湿透了，却一副毫不畏惧的样子，这里也待不下了。美冠鹦鹉发出尖厉的叫声，艾拉正在哭泣。这孩子有些倔强。英吉格试图安慰她，而罗萨却更加起劲地责备她。

"你要我待在附近吗？"弗雷德里克离开时问道，"您愿意让我听从您的差遣，对我来说具有莫大的意义，英吉格小姐。"

"谢谢，冯·卡马赫尔医生，你一会儿再来吧。"

他竟这么自然就为她提供帮助，而她也接受了，这让弗雷德里克感到非常惊讶。

这时，一个意想不到的变化减缓了大家的激动，它像一条慰藉人心的溪流流过弗雷德里克的肌肉和神经。罗兰德号上的墙壁和地板开始微微地颤抖，这表示她的心脏和脉搏又开始跳动了。这是力量的节奏，是通往目标的节奏。英吉格像孩子一样欢呼，而弗雷德里克咬紧了牙关。复原的生活，复原的前景和希望，以及那重振的身体和松懈的神经，让他感到十分脆弱，还差点儿流下泪来。他咽下这种情感，来到了甲板上。

这里的场景已然转变了。罗兰德号无限欢乐地呼喊着跨向黑暗中。那可怕又愤怒的女巫，用大锅煮着沸水正等待着他。罗兰德号再次劈开黑暗的山，冲到山巅，又疯狂地坠入深深的峡谷；在此期间，螺旋桨疯狂地在涡流空气中旋转。

林克先生坐在他船舱被照得很亮的门槛处，边抽烟边抚摸他的宠物猫。

"我们又开始出发了，真好。"弗雷德里克走过时忍不住这样说。

"为什么？"林克镇定地说。

"就我个人而言，"弗雷德里克说，"我宁愿全速航行，也不愿意无可奈何地漂荡在海面。"

"为什么？"林克又说。

下边的舷梯上，即使船在纵摇，可是气氛仍然非常活泼愉快。每个人似乎都忘记了他们的恐惧。乘客们说笑着，抱着最近的静物，摇摇晃晃地走进餐厅。厨房附近的瓷器发出震耳欲聋的响声,尤其一些碗盘被打碎时。

弗雷德里克的衣服都湿透了,他鼓起勇气去他的船舱换衣服。为他服务的乘务员阿道夫过来帮他,还给弗雷德里克讲了当发动机停止运作时,三等舱里发生的恐慌。一些怀里抱着孩子的妇女们本来想直接跳入到水中。其他移民们费了好大力气才制止了她们。正当一个波兰女人要纵深跳下去时,一名乘务员和一名水手抓住了她的脚。

"在这样的情况下,你不能怪那些人们胆小,"弗雷德里克说,"他们不那样做才奇怪。谁敢说当脚下的土地开始下滑时,他还能直立着?如果有人这样说,要么就是他在撒谎,要么就是他的感觉连动物都不如。"

"是啊,"乘务员说,"可要是我们就这么胆小,还能有什么办法呢?"

于是弗雷德里克开始了那热烈的演讲,当他还是个无薪的大学教师时,他这番演讲可赢来了不少听众。

"但你不同,"他说,"你是得到了支持的,而且同时还得到了回报,你认为那是在尽自己的责任。我们的乘客处于恐惧中时,厨师已经煮好了汤,打整好了鱼,准备好了蔬菜,准备好焙烧、切割和涂猪油等。"乘务员笑着说,"但我向你保证,有时烤比吃要容易。"弗雷德里克继续庄严地演讲,但也正是因为这样严肃,才显得有些许顽皮。

第四十三章

晚餐开始了,虽然天气没有任何好转,可是许多乘客仍然聚集在了餐厅里。乘务长普丰德像往常一样,以庄严的姿势站在壁炉台和门口处的地方,他的白头发卷曲着,一经理发师的打理,若说不像后脑扎着辫子,那就是洛可可时期的假发了。站在这里,最能方便他指挥服务员,而且还可将整个餐厅尽收眼底。

乐队正在演奏加纳的《父亲的胜利》。接下来便是吉列特的《离球》。在演奏苏佩的《快活的强盗》中的序曲时,那些玩牌的人踏着步子走进来,像往常一样,他们是推迟到游戏结束才进来。每一张餐桌上的人,都喝了许多酒,因为酒能壮胆,能麻痹神经。乘客们为罗兰德号干杯。他们为它而高兴。他们都能感受到那巨大引擎的愉快节奏,世界上没有任何音乐能比得上这样的节奏。他们跳着沃尔斯特德的华尔兹,伴随着一阵如释重负的感觉,他们还在讨论着刚刚逃过的危险。

"我们托起了危难的信号。"

"火箭已经发射了。"

"他们已经准备好了救生圈和救生艇。"

"为什么,他们甚至还把油滴入水中。"

船长和高级船员们都不在,于是到处都是这样的言论。

他们说:"从早上开始,船长就在舰桥上,没有离开过。"

突然,舷孔从外部被照亮了,伴随着"哦!"的惊讶声,大家的刀叉从座位上掉下来。"船!""汽船!"大家都惊呼着并且蜂拥至甲板上。在那里,那是一艘宏伟的船,其上千灯闪烁,那是一条当代最大的班轮,它就在不足十五码的海域碾进。"俾斯麦王子,俾斯麦王子!"人们从认出这艘邮轮的高级船员和船员那里听说那是"俾斯麦"号,于是惊叫起来。"呜哇!"船上顿时响起一阵高声的喧嚷。"呜哇!"弗雷德里克喊了一声,威廉喊了一声,图森特教授也喊了一声。每个人都在喊着"呜哇!"——包括英吉格、女医生和女艺术家。他们挥舞着手中的餐巾和手帕。统舱里也传来同样的欢呼声。两艘船鸣笛以示招呼。他们可以见王子俾斯麦甲板上的乘客在向他们招手,除开暴风的喧嚷,他们还能隐约听到对面人们的欢呼声。

王子"俾斯麦"号是一种双螺旋桨汽船,其中一艘刚刚结束了它的破纪录航行,它用时六天十一小时二十四分钟就穿越了大西洋。大约有两千人,如今正从纽约航行到欧洲。两千人!这么多人可以从正厅前排到边座,坐满两个柏林剧院了。

罗兰德号和"俾斯麦"号生动地交换了旗语。然而,整个宏伟景物,从出现到消失,持续时间只有三分钟。在这段时间里,那沸腾的海洋上充满了光亮。"俾斯麦"号还没有消失,借着舞动的雾光,乐队来到甲板上演奏。在罗兰德号上,他们奏起了三小节颤栗着、渐弱的国歌——《万岁胜利者的桂冠》。一会儿后,罗兰德号又一次独自在海洋中,在夜里,在暴风雨中,在暴风雪下航行了。

此刻，乐队以双倍火力，演奏起了卡尔的四对方舞曲，节庆之声，还有一首纪斯勒的快步舞；而乘客们带着双倍的食欲和活力，又坐在餐桌前。"像仙女一般！"他们说。"辉煌！""雄伟！""巨大！"——这些话，让德国人的脸上留下持久的欣喜。

就连弗雷德里克也有了一种骄傲和安静之感。他感到，在那种气氛中进行一次维持生命必需的呼吸，这一行为之于当代人们的心灵，就如同空气之于肺。

"不管我们如何抵制那种思想，"他对维廉说，"不管昨晚我是怎么责骂现代文化，一睹眼前的景象，都一定会给人们留下深刻的印象，一定会渗透进人们的骨髓。如此绝妙的神秘自然力量的产物，被人的大脑和双手连结在一起，在创造的基础上创造，这样的奇迹居然能成真，实在是不可思议。"他们碰了杯。屋子里到处都是酒杯相撞的声音。"铸进那巨大的有机体中的，是何等的勇气和气魄，要对抗那千百年来人类都望而生畏的自然力量，需要多大的勇气啊！从龙骨到桅杆顶部，从船首斜桅到螺旋桨，这是怎样的一个智慧和勇气的结晶啊！"

"所有这一切，"威廉说，"不到一百年就实现了。因此，这还只是发展的开始。尽量客观地说，科学或是技术的进步，是永恒的革命，也是对人类环境的唯一有效的改革方式。没有什么能阻碍这已经开始的发展。它是不断的、永恒的进步，是的，它就是进步本身。"

"它是人类的智力，"弗雷德里克说，"它几个世纪以来一直处在被动状态，如今突然变得活跃。毫无疑问，人类的大脑，还有，社会产业都进入了一个新的阶段。"

"是的，"威廉说，"从某种程度上讲，人类智力已经在古代有所活跃，但它已经和人类在镜子里战斗得太久。"

"那么，让我们希望吧，"弗雷德里克断言，"人类与那些意象、骗子、南海岛医生和魔法师战斗的最后时刻，已经不远了；那些千百年来，靠捕获人类为生的掠夺兵和见利忘义的海盗，会在文明的远洋航船面前突然下帆，那航船的船长就是智力，而他唯一的乘务员就是人类。"

晚餐过后，弗雷德里克和威廉爬到了甲板上的吸烟室。

"很难理解，"当他们进入那烟雾弥漫的小船舱时，弗雷德里克说，"轮船怎么能在这样的暴风雨中、在这样漆黑的夜晚安然航行？"

牌桌上，玩牌的人们坐着，抽着烟，喝着威士忌和咖啡，还一边往桌子上扔牌。他们对于一切都漠不关心。弗雷德里克要了酒，然后继续活跃着他的思维。他的头很痛。他几乎无法使它直立在那同样疼痛的颈子上。他的眼睑因疲倦而疼痛；可是当它们低垂下时，他的眼睛似乎要发出一阵来自体内的痛苦光芒。他的每一根神经，每一块肌肉，每一个细胞都在警觉。他没有睡意。几周，几月，几年，怎么就在他眨眼之间流逝了！今晚，从他在南阿普顿登上罗兰德号，已经过去三天了，这只是一年中的一段时间，可是，这每一刻都是永恒。它的开始遥寄远方，在生活于久远年代的生命完结之时，在一片他与之长久分离的土地上。

"你累了，冯·卡马赫尔医生，"威廉说，"所以，我还是不邀请你去后甲板上参加司炉的葬礼了吧。"

"哦，我要去。"弗雷德里克说。他迷恋上了一种渴望，这种渴望并不是要自己不错过任何事，而是要去品味残渣，甚至去品味对这被分离的颠簸徐行的人类世界片段的最为苦涩的印象。

# 第四十四章

医生们到达时,他们正往司炉里克尔曼身上裹帆布。船舱里只有一盏灯,因此光线不甚明亮。弗雷德里克想起了他的梦——那个死去的司炉手里拿着剪刀站在葡萄藤下,还带着彼特和他去看造光者。他的表情发生了巨大的变化。他的脸上不再有血肉之色,整张脸看起来就像是用黄蜡凿刻而成,他的头发、眉毛和胡须都粘在了一起。他的嘴角扬起一抹狡黠的微笑;当弗雷德里克带着奇怪的兴趣和好奇走近检查他时,他好像在说:

"圣木!造光者!"

当死者的脸上被盖上了,他的整个身体被缝进了粗布里,水手们要把这个木偶捆起来,却难以控制它,因为甲板太滑。

"这样一个茧真的能变成蝴蝶吗?"弗雷德里克在想。

整个过程,一卷绳子,惊人的杂技,其中的荒唐不少于可怕。然而,

虽然这包裹着的东西只是不朽灵魂的凡体,可是要将他扔进这可怕而孤独的海洋里,也不免让人感到无尽的悲哀。

由于是狂风暴雨天气,要将尸体扔向船外也并不容易,又因为不可能在摇晃着的且时而还被海水冲洗的甲板上举行仪式,于是乘务长叫在场的少数几个人——冯·凯赛尔船长不能离开舰桥——为亡灵默哀。接下来,他们是这样做的——司炉的四个伙伴,间断性摇摇晃晃地,蹒跚着,气喘吁吁地,把那个包裹着的东西抬到栏杆处,一声令下,他们就让它滑入大海。

威廉医生给弗雷德里克道晚安时这样说道:

"你要尽力睡着。"

他们分开后,弗雷德里克就在甲板上找了一处庇护,他就在那里过夜。他想直面着风和天气,在极冷的空气中,绑在桅杆上的弧光灯发出苍白的光芒,其下是一片幽暗,他就躲在那片幽暗中。他一想到要在那压抑的船舱里,舷孔关闭着,在那闷热而污浊的空气中过夜,就不由得发颤。可这不是他来到甲板上的唯一原因。真正的原因是,要是发生危险,他在这里,就可以靠近英吉格·哈尔斯特伦。他坐在烟囱帽旁边,背靠着发热的墙,他把帽子拉下遮住脸,还将下巴埋在衣领下,他突然苦涩地笑自己——前一晚,他就它就是在这个位置发现阿赫莱特纳的。

弗雷德里克的耳朵越过一阵激流。他看到桅杆上的灯光滑出巨大的弧光。他看到海浪有规律地拍打着船身,海面上是沸腾的起泡的海水,他听到风吹动索具发出声响,那邪恶又顽皮的袭击,像老虎突然发出呼噜声,然后猛扑过来。接着,那声音在弗雷德里克看来就像走失的小孩儿在啜泣,此刻他清楚地看到一群小孩儿在死去的司炉棺材旁边哭泣。接着又出现了造光者。于是他立刻抢过一个拿到英吉格·哈尔斯特伦的船舱;可是英吉格正在着装准备跳那著名的舞蹈。那只大蜘蛛已经挂在花上了,它正织着蛛网,后来它就要用这蛛网来纠缠玛拉。于是弗雷德里克要了一把扫帚,他想要将蜘蛛扫开,阻止她跳舞。这时,服务员拿着一把扫帚过来了,他端着水,水还溅出来了。接着又一个人出来了,接着是第三个第四个,直到这一切被激流冲走。然后,弗雷德里克从一场梦中醒来……梦中,他正在学习巫术。阻止洪水的重要咒语还在他的嘴边。海浪奔腾着,他又睡着了。此刻他的脚下又出现了一条湍急的小溪。阳光照耀着,这是一个晴朗的早晨。小溪的一边是他的妻子。溪旁的森林里,英吉格衣着美丽地出现,她那轻盈的头发经过了一番装饰,她的身体赤裸着。这晴朗的风景,好像是在亚当和夏娃被逐出伊甸园之前,而英吉格那纯洁的裸体也是这风景的一部分。弗雷德里克拉起他妻子的手——她对着他亲切地笑着——然后又拉起英吉格的手——她看上去纯洁而温顺——把她们连在一起。他对英吉格说:

"你应该行光明之路;我要将你净化。"

可是天色已暗,森林也已经黑了,幽灵似的月光在树上方升起,并像大水一般可怕地流淌着。弗雷德里克沿着这暗地的边沿奔跑,一个声音突然回响起来:"莫伊拉!莫伊拉!"一块黑影从林边腾起,像是被什么黑色的东西困住。那是一只大鸟,它尖叫着:"莫伊拉,莫伊拉!"然后弗雷德里克逃走了。他被吓到了,好像那可怕的巨鸟在追赶着他。

"莫伊拉,莫伊拉!"于是,他拿出便携式小刀,以便防卫。

他醒来时,发现自己躺在自己的床铺上,衣服也没有穿好。有人发现了他,而他在前一晚发现了阿赫莱特纳,并把他扶回他的船舱。可是这叫声:"莫伊拉!"仍然可怕地在他耳畔回响,使他想起了古老的命运女神帕尔开。

第四十五章

仍然是在天亮以前,他又睡着了。这一次醒来,他发现自己在走廊里和一些在值班中的乘务员讲话。他渐渐发现自己只穿了一件衬衫式长衣,而且一定是睡着的时候走出来了。什么,他得了梦游症!他感到非常惊慌与羞辱,只好让其中一名乘务员帮助他回到船舱。

他发现他的船舱里灌进了大约三英寸高的水,水是从一根漏管上漏下来的。他爬到床上,挤进被窝里,生怕自己被从木板间的洞里扔出去了,这个方法还是他自己想出来的。

六点过后不久,他已经坐在甲板的长凳上了,他用茶盅暖着手。天气非常可怕。这个冰冷的早上沉寂绝伦。大海更加狂怒了。夜幕的降临造就了另一种新的黑暗。汹涌的海水和呼啸的海风震耳欲聋。弗雷德里克的耳膜开始疼痛了。尽管非常慢,但是船仍然挣扎着向前。

突然——弗雷德里克不知道耳朵该往哪里听——海浪的喧嚣之上，他听到了阿里尔的音乐，开始庄严而宁静。那是教堂颂歌的旋律。他几乎被感动得流下泪来。他想起了这是周日的早晨，即便是在暴风雨中，管弦乐队也拿出器具开始演奏起虔诚的音乐，迎接新一天的开始。

乐队在吸烟室里演奏，就在去升降扶梯的半路，乐声就从那里飞向甲板。一切都重重地压在弗雷德里克的灵魂中，混乱不堪，然后在这严肃且质朴而无罪的音乐前消失。这让他回忆起了童年时代，那些满是纯真与期待和幸福无比的早晨；每逢周日、假期、父母的生日，他都会被军歌大合唱吵醒。与那样的过去相比，今天又是什么呢？这其间又有些什么呢！多少付诸东流的努力，觉醒，苦涩的认知，多少热性攫取而来，后又失去的财产，多少流失的爱与激情；多少聚合悲离；多少苦苦挣扎；多少被玷污的纯洁；多少争取自由和决心的努力，终究变得无力，终被盲目地监禁。

他在上帝面前，真就是一个如此重要的人，能够带着如此苦涩而精练的惩罚去拜访他？

"我要疯了！"汉斯·福伦伯格出现在升降扶梯的入口处叫道，"我受不了了，我要疯了。"

然而，汉斯·福伦伯格和其他乘客们，尽管已极度疲倦、恐惧、绝望，尽管他们把每一分看作生命最后时刻，可是他们同样经历着那可怕的紧张，一小时又一小时，从早晨到晚上，又从晚上到早晨。

大多数人看起来连一个小时都坚持不了啦。

可是罗兰德号到达纽约还需要三天。

第四十六章

星期一时,天空中出现了些许阳光,可暴风雨并未减小。依然很可怕。甲板上那些没有订牢的东西都在移动。间或从统舱里传来的尖叫声,听起来更像是野兽在屠夫刀下发出的声音,而不是人声。星期一的晚上痛苦依然持续。船上没有一个人闭上眼,除了那些失去知觉的人们,或是晕船的人们。

星期二的黎明时分,头等舱的人们被一个声音惊吓住:

"危险!"那是一名乘务员从他的船舱里发出的声音。

弗雷德里克穿着衣服在床上躺了一会儿,这时乘务员打开门,按照指示严肃地说:"危险。"与此同时,传达这尽可能简短而意味深长的消息的乘务员,打开了电灯。弗雷德里克起身坐好,他被漏管里滴落的水惹怒了,那水随着小船的摇晃,一会儿从屋的这一边流到那一边。起初他不确定自己是真的听到了这个词,还是他那脆弱的神经产生的幻觉。每天晚上,他焦躁不安地打盹儿时,他的神经都会被猛然拉紧,这只是突然一阵摇晃或是尖叫造成的。但是现在,当他清楚地听到乘务员敲着其他船舱的门,他听到门打开的声音,听到了那个词,"危险",这声音还会重复几次,这时,他又多了一层感触,这感触使得他当前的状况发生了明显的变化。

"很好。"他不急不忙地说;好像有人要他参加一场游戏一样,他小心地穿上厚外套,走进了舷梯。

这里一个人也没有。

"很好。"他一直在想,"这看不见的力量如今就要爆发出它们极致的野蛮,而我们人类就是它们的玩物。"

他并不是从睡眠中被惊醒;他只是从上百个梦境中恢复了清醒。此刻,在这空旷的走廊,这一切在他看来,又是他那混乱头脑产生的让人难以置信的幻觉;正要回到船舱,这时他第一次意识到,发动机的节奏和螺旋桨搅拌的声音再也听不到,也感觉不到了。突然,他感到这艘大船被乘客和乘务员们遗弃在大海上,独自漂流,只有他一人错过了救援。可这时,一名穿着丝绸睡衣的乘客昏沉沉地从身边走过,于是弗雷德里克就问他:

"你知道是怎么回事吗?"他问。

"哦,没什么。"那人说道,"我只是在找我的乘务员。我渴了。我要一杯柠檬汽水。"说完他便摇摇晃晃地从弗雷德里克身边走过,回到了他的船舱。

"蠢驴!"弗雷德里克在心里喊道,这竟然又是他的幻觉,他讨厌再这样。然而,这沉默可怕地压在他的身上。一种野性的本能涌了上来,他情不自禁地突然冲向前方,只是来到了甲板上。

这时,他对面走来了什么人,还问他要到哪里去。

"让开!"弗雷德里克说,"不关你的事。"

可是那讨厌的像尸体一样的家伙,并没有让开,他因为晕船,浑身显得很邋遢。

"这里的乘务员们全都疯了吗?"他叫道。

一阵电铃声在弗雷德里克的耳边猛烈地吵嚷着,接下来,挡住他去路的蹒跚的幽灵增加了十倍二十倍,拥挤在了一块儿。

"怎么回事儿!怎么回事儿!我们要沉了!"

"乘务员!乘务员!"一个声音喊道;又有一个声音在喊,"船长!船长!"

"什么服务态度!"有人责备道,"这里一个乘务员都没有。他们是什么意思?"铃声开始猛烈地响起来。

弗雷德里克转过身来,跑下那无尽的走廊,来到船尾。没有人挡住他的路。他从轮机舱的窗户边跑过。汽缸和活塞已经停止了搅拌。从轮船的底部,从锅炉和火炉里冒出的水,飞溅着穿透吱嘎作响的墙壁。

"是锅炉爆了吗?"弗雷德里克想,他忘了如果是锅炉爆会有人通知,而且也会冒烟。

于是他马不停蹄地跑着,穿过了邮室,通过二等舱,来到了船尾。他在飞跑的过程中,突然想起,在巴黎的轮船公司办事处时,他们告诉他,如果快一些,他还能在南安普顿赶上罗兰德号,那时候,他是多么开心。为什么他如此不耐烦,为什么他如此害怕错过这艘船,还毅然投向了命运那张开的怀抱?因为可怕的事已经发生在罗兰德号上了,这是赤裸裸的事实。

在二等舱的门口处,他走进了理发店。

"起火了!"理发师说,"撞船了,水已经涌进了理发店下面的货舱。"

铃声一直没有停下。理发师正拖着两个救生用具。

"你要两个做什么?"弗雷德里克问道,说着拿起一个,迅速离开了。

 第四十七章

他来到通往后甲板的门口,可是门打不开。从船的位置可以看出,事情已经无可挽回地发生了。轮船的左舷高翘着,而右舷只在水面以上十到二十英尺。船尾也比船头低出了许多,往前爬过甲板会是一场无望的冒险,尤其是海水还不断冲刷着它。

不管怎么样,他必须穿过刚才经过的走廊,返回到船的前部。

不到十五分钟后,他来到了通往甲板的前方入口,就在通向餐厅的升降扶梯的上端,他竟无法说出自己是怎么走过那挤满人的扶梯,还没被打死,没被挤死,没被踩在脚下。他的手和前额受了伤,他用尽全力抓着门柱,还一边和威廉医生高声说着话。威廉医生抓着他,两名医生冒着死亡的危险,爬到了舰桥上,他们就挤在左舷的甲板室里。他们看到一个巨大的东西从曙光中升起,在头顶疯狂地飞过。下一瞬间,他们腰部以下就都

湿透了,要不是使出浑身力气抓住栏杆,就要被冲入海中。

舰桥上,一切看起来和往常没什么差别。冯·凯赛尔船长显然非常镇静,他身体前倾,和高大的冯·哈姆正戴着双筒望远镜观察着大雾。警笛在呼啸,情势已如箭出弓。二副站在船长的右边,三副刚刚收到命令:

"剪掉绳子。放出救生船。"

"剪掉绳子。放出救生船。"他重复着命令消失了,准备去执行。

对于弗雷德里克来说,这一切都不真实。像这样的时刻,可以肯定的是,在他的想象中是完全可能发生的;但现在他意识到自己还从未真正面对过它们。他知道事实就无情地摆在眼前;然而,他还是无法相信那就是事实。他正告诉自己应该试着登上一艘救生艇,这时,船长的蓝眼睛瞥了他一眼,但很显然,他的眼神中并没有许可的意思。船长用那优美的声音发着命令,远远的,就像台球碰撞的声音。

"女人和孩子去右舷。"

"女人和孩子们去右舷。"这声音就像一个近在咫尺的逐字的回音。

这时,马克思·潘德走向了船长。他想出了一个高尚的主意,就是要给船长一根安全带。可是,冯·凯赛尔船长把手伸向帽子。

"不,谢谢,我的孩子,我不需要。可是那里——"他从衣兜里掏出一支铅笔,在一张纸上匆忙地写了一行,然后把纸交给潘德:

"跳上救生船,另外,如果有机会,代我问候我的姐妹们。"

风涛拍打着左舷,巨大的浪潮升起又跌落,翻转着巨大的船只。对于这出晦涩的戏剧,他感到深沉的冷漠,他试着从这冷漠中回过神来,却未能得逞。突然,他感到恐怖,可他又将这种恐惧压下去了。他不能在自己和其他人面前表现出怯懦。然而,他跟着医生威廉,而威廉医生则紧跟在马克思·潘德的身后。

"我们一定要登上一艘救生艇。"威廉医生说,"毫无疑问我们正在下沉。"

下一瞬,弗雷德里克就来到了英吉格的船舱。

"快点!"他叫道,"人们已经在准备跳船了。"

他让船舱的门开着，他们看到近处潘德和两名水手正用斧头砍着被冻结的索具，一艘救生艇就拴在索具上。

英吉格问起了她的父亲。还问起了阿赫莱特纳。

"现在除了你自己，你已经来不及想其他人了。现在无法到甲板上去。上去肯定会死的。"弗雷德里克解释道，"快穿衣服！快穿衣服！"

英吉格一言不发地照着他说的做。直到一名乘务员经过她的船舱，依旧用简短的话说："危险！"

"危险！怎么回事？我们正在下沉吗？"她叫道。

可是，弗雷德里克已经抱起了她，正要将她抱上救生船，而船马上就会被砍下，落尽下面混乱的场景中。

"女人和孩子到另一边！"三副威严地指挥着。

他的命令不只是针对英吉格，还有女仆罗萨，她使劲拖着她的女主人和两个孩子，满脸通红，就像提着一大堆商品的家庭主妇，生怕错过了有轨电车。

"女人和孩子到另一边！"三副以普鲁士式的口吻重复着。幸运的是，他这一次出现，又带来了另一艘船，而人们已经开始争抢了。

时间已经刻不容缓，尽管两名水手坚决反对，可弗雷德里克、潘德，和威廉医生还是让英吉格安全下到船上。这样做时，弗雷德里克的声音也变得很大，也带着普鲁士气势。他动用蛮力，成功地将孩子们、利布林夫人和罗萨送进了救生船上，就像水手们砍下救生艇所用的力量一样。这可不是件容易的事。弗雷德里克听到自己叫着，吼着，喊着，他反过来对着水手们大吼大叫。尽管没有一丝希望，尽管他肯定地意识到局势已无法挽救，可他还是挣扎着努力着。一切都结束了，一切都完蛋了。如果他之前不这样想，接下来发生的事就会让他信服。

第二只船下到水面了，三名水手跳了下去。它在海面上摇摇晃晃地前行。还有另外八九个人也随即跳了下去——弗雷德里克看到了熟人。船上人满后，不一会儿船就消失了。就像变戏法一样，载着十几个人的船，跳着舞，进入了雾蒙蒙的空旷海面，还有浪花从它身上翻过。

慢慢的,深灰色的黎明天,变成了轻灰色,并且渐成冷漠之像。雾消散一些后,弗雷德里克一度产生了令人惊愕的幻想,他在一个绿色的山谷中,地上草叶繁,鲜花遍地,风雪卷起花瓣一同飞扬。接下来就出现了山,那凶猛的风推动着山向前逼近,并在山谷处闭合。那沉重的玻璃似的雨点碎裂开来,巨大的碎片像舌簧一样有力地打在罗兰德号的两根桅杆上。

锅炉已经熄灭了,这场灾难性的事故甚至连呼救的机会都没有了。那悲哀的船身还气势恢宏地昂起船首耸立着。信号弹飞上了天,危难的信号迅速从船首发出;面对着这无情的天气,一切语言都失去了效力。

统舱里已经平静下米。可是左舷上连续不断地发出奇怪的声音,就像乡村集市里雪橇和旋转木马的喧嚣。一阵似蜜蜂嗡嗡叫的声音确切地穿过呼啸的暴风雨,引起女人们一阵疯狂而慌乱的尖叫。弗雷德里克想起了黑眼睛的黛博拉——她也难逃一死。他还想起了威尔克。

这时,那位忠诚的男仆巴尔克出现了,他拉着亚瑟·斯托的衣领。接下来,威尔克也出现了。他已经喝醉了,还一边叫骂着,好像发生的这一切是一场闹剧;而他此时正连拖带拽地将一名女工带上甲板,他将斯托和威尔克推到一边,然后将女工安全送到船上。

英吉格则吵闹个不停,说是要找父亲和阿赫莱特纳。可是,他们都没有上来,而巴尔克和威尔克则用一根绳子将斯托送到了她的身边。

在离弗雷德里克三十英尺的地方,一个男人站在客舱门口,他正小心地往回退。他抽着烟,难以想象地镇定:"情况糟透了,是吧,林克先生?"弗雷德里克走向他,说道。

"为什么?"

"你不觉得我们完蛋了吗?"

林克先生并没有说话,只是耸了耸肩。

"怎么回事?怎么回事?"有人在他的耳边叫道。

"没什么。"他一边抚摸着他的猫一边说。

与此同时,巴尔克和威尔克将威廉医生也送到了救生船上。

"下边那个女孩儿,喊着她的父亲,喉咙都喊破了。"巴尔克说。

于是，弗雷德里克决定不管付出什么代价，都要去甲板下面找一找。或许他能幸运地发现哈尔斯特伦和阿赫莱特纳，甚至救出他们其中一个或者两个呢。当然，危险就是，有可能他还没来得及返回，船就开走了。

他甚至已经走到了那不经常使用的吸烟室。可里面也是空的。突然，威尔克站到了他身旁。

"假如你要找什么人，我会帮你。"那个农民说道。

于是两人一起下到了升降扶梯。餐厅前方没有人，餐厅里也没有人。餐厅倾斜得就像一个锐角。一堆盘子和银器挡在了门口。

"哈尔斯特伦！阿赫莱特纳！"弗雷德里克喊了又喊。

威尔克沿着长长的扶梯走下客舱。可是涌起的海水已经将好些地方都堵塞了。

"快走，快走！"弗雷德里克边喊边跑。他这是在逃生，他生怕错过了救生船。

第四十八章

一会儿,他来到甲板上,翻过了栏杆,上到小船上。他们想要将船开走。与此同时,弗雷德里克跳上了小船,抓住柄舵,还一边申辩,并且大声和三副争执。

他无法丢下胡舍伊尔山的威尔克不管,他多么勇敢地跟着他到甲板下,可现在还没有出来。而此刻他看到了他,他正慢慢从扶梯口下到栏杆上。

"威尔克!威尔克!"他叫道,"跳到船上!"

"就来了,就来了。"威尔克回答了几声。可是接下来,他做的事让弗雷德里克想要责骂他,因为在小船上的每一个人看来,此举愚蠢而无用。他发现了一些救生艇,正在从各个方向将它们丢进水中,以便从船上翻下的人们可以不顾一切挣扎着活命。

救生船并没有等他。在三副的命令下,水手们开始划船。这一时间内,海洋也眷顾他们,于是他们很快就远离罗兰德号三十码了。

他们看到另一艘船,或是一块漂流的废弃物,钻进了罗兰德号的侧面,并且在轮机舱附近形成了一块大的裂口。海水并未淹没整个裂口,因而他们可以看见冒着泡的海水流进船舱里。弗雷德里克以为自己听到了海水那贪婪的吞咽。看着这一切,所有的恐惧漫上心头,这时弗雷德里克强烈想要为这勇士罗兰德号哀痛,并且难以抑制住不大声叫出来。这时,大雾逼近了,湮没了那致命的创伤。

接下来,大雾短暂地消散了,这场灾难发生了难以想象的转变。船上的二十几个人从令人眩晕的高处看向甲板后部,那几乎在海平线上的地方。他们害怕得尖叫着,因为他们以为下一瞬间,他们就会被像蚂蚁一般拥挤在那里的人们挤下船去。

直到那时,弗雷德里克才完全意识到灾难降临了,那超乎人类想象的灾难。他看着那些黑色的拥挤的小蚂蚁,他们无助地上上下下,撕扯着,扭打着,拼命地逃生。几群男男女女扭打在一起。那些还没放下的救生艇看上去就像摇晃着的深色葡萄枝,从那葡萄枝上,时而掉落一颗葡萄。

大雾再次湮没了船只。然而一个声音在无情海浪的沸腾和咆哮之上,在飓风那金属碰撞般的声音之上响起来,弗雷德里克并没有即刻将这声音与甲板上的壮观景象联系起来。一会儿间,弗雷德里克的思绪飘到了远方家乡附近的一个地方,那是一个湿地密布的草场,成群的候鸟经过时就在那里停歇。然而,透过大雾,他耳朵听到的并不是欢乐的鸟叫,而是人类的叫喊,是那些遭了超乎一切想象般恐怖之事的人类的叫喊,他认为,再大的罪行都不值得这样赎罪。此刻,透过那无数的令人惊骇的印象,他已清楚地感到,那载着他灵魂深处的感觉的信息的船只碎裂了。

可是,突然,一场八九百个无辜人类拼死挣扎的场景渗透进他的灵魂最深处,引发了他的尖叫,接下来,整个救生船上的人也开始尖叫,就像奉命一般。那尖叫声中,带着恐惧、愤怒、抗议、哀求、号叫、诅咒和绝望。

这些尖叫根本换不来仁慈的倾听,天堂的耳朵是听不见的,意识到这点,人们的恐惧又增强了。弗雷德里克眼光所到之处都是死人。那深绿色的如山一般的海浪冷漠地翻滚着。他们的航程平稳得有些残忍，没有干预，没有阻碍。他闭上眼睛。等待着死亡。有几次，他感受到了胸口衣兜里父母的来信，好像他需要它们作为通向黑暗之地的通行证。他不敢再次睁开眼，因为他已无法承受救生船上女人们的抽搐，以及罗兰德号船尾那令人惊骇的拼搏。

海洋发着怒，天气冰冷。海水在船边冻结了。船上只有女仆罗萨不停地帮助别人，孩子们、利布林夫人、英吉格和亚瑟·斯托。渗进来的海水已经漫及了膝盖，巴尔克和她争相将其舀出去。

从弗雷德里克的偶然一瞥中，与此同时发生在罗兰德号甲板上的事，并不符合他对于人类天性的认识。那些他具体看到的事与往日在餐厅里闲谈兜风，微笑寒暄，相互问候，并且优雅地切着盘中鱼肉的绅士小姐们大不相同。他发誓他看到了一个厨师的白色身影，他拿着长刀，从那些高贵的头等舱的乘客中一路砍出来，以前他还为那些客人们做饭。他还看到一个司炉，一个黑人家伙，他击打一个抓住他的女人——也许她就是那个漂亮的加拿大女人——并且把她扛起来，扔进了海里。他还清楚地看到，一些乘务员仍英勇地维持着秩序，可是他们卷入了争斗的人群中。其中一名乘务员满身是血，挣扎着，叫喊着，帮助一个女人和她的孩子上了救生艇，可是救生艇翻了，然后没进海里。

"父亲！我的父亲！"英吉格突然喊道。可是，她的叫喊不过是被风吹走的一个微弱呼吸。她指着某个地方，弗雷德里克茫然地看着她所指的地方。这时，大雾再次升起来，形成了一道空隙，从空隙中仍可整个看到那艘沉没的轮船。有人站在栏杆上，挥舞着白色手帕。谁也无法认出那是谁。可是弗雷德里克认出了一个人，那时汉斯·福伦伯格，仿佛拿着望远镜观察那般准确，他看到他像疯子一样，像松鼠一样敏捷地从甲板上的一处跳到另一处。

舷窗从船头到船尾形成了一道斜线，里面仍然有灯光透出来。时而听到一声沉闷的射击声，像火箭升上高空，并且形成一道微弱的光线。可是，不一会儿，舷窗里透出的璀璨光芒很快就熄灭了。那放纵的海水好像厌恨人类的行为，正等待着这件事的发生，它从另一边扫过甲板。那一瞬间，邻边的海水里挤满了人，他们游着，尖叫着，挣扎着。

突然，谁也不知道为什么，救生船再次划近了罗兰德号，经过那里时，那些发狂的，半沉没的，绝望的人们抓住了它。于是，一场野蛮而残忍的搏斗开始了。

弗雷德里克目睹了这一切，可是又仿佛没有看到。尽管这一切就发生在他的眼皮下，可是在他看来，这就好像发生在很遥远的地方。他打到了什么东西。那时一只手，一条手臂，一个人头，还是一个湿漉漉的深水怪兽，它以一种非人类的声音尖叫着。突然，它又被一双隐藏的行刑者之手拽了回去，随即消失了。弗雷德里克看到了罗萨那发红的拳头和利布林夫人，以及英吉格那紧拽的小手，是怎样不顾一切从冰冻的船边松开那些同类的手或手臂的。水手们用他们的桨开出了一道路，一路溅起殷红色的鲜血。

船上没有人注意到三副不见了，巴尔克代替了他的位置，船尾还躺着一个长头发的年轻人，他已经没有了生命迹象。

仆人巴尔克当上了指挥之职。为了找些事做，也为了不让船翻掉，弗雷德里克和威廉每人抓起一只桨和水手们一起划。

几分钟过去了，大雾又升起来。小船和遇难船只之间，滚过一道又一道海水形成的山谷。这时，罗兰德号，北德国轮船公司的快速邮轮，已经什么也看不见了。

第四十九章

当天下午,一艘来自汉堡的结实的贸易船船长看到一艘小船漂浮在长长的海浪上。天气清明,船长看到船上的人挥舞着手帕。于是,半个小时内,遇难的罗兰德号上的幸存者们一次一人,艰难地吊上了贸易船。

小船上一共有十五人,三名水手,一名船员,他们的帽子上还有著名的罗兰德号的标志,以及两名女子,一名显然是来自统舱,一个仆人,一个穿着天鹅绒背心的大约三十岁的长头发男子,和一个没有手臂的男人,那个掌舵的人,其他两人和两个孩子,那是一男一女,可男孩儿已经死了。

小孩子承受的艰难和恐惧,在其他人身上也产生了同样的效果。除了女仆罗萨,他们看起来好像已经没有希望恢复知觉了。一个全身打湿的男人——那是弗雷德里克——他正试图将一个失去意识的全身打湿的女人拖上舷梯,但他已经没有力气了,他踉跄着,商船上的水手从他的手上接过年轻女人,帮助他上甲板,他的每一块骨头和肌肉像得了风湿病一样酸痛。他试着说话,却只能发出嘶嘶的喘息声。在甲板上,他呻吟着,发出一阵无感的笑声,他伸出那冻得发紫的双手,他的嘴唇也冻紫了,那积满污垢和海水的脸上,他深邃的眼睛狂热地闪烁着。此刻,他只想把浑身弄干,温暖起来,再清洁一番。

罗萨跟在他后面。她把一个昏迷的小女孩儿交到大副的手上,准备再次下降回到船上的时候,发现道路被挡住了,巴尔克和一名贸易船上的水手正拖着断臂的演员亚瑟·斯托上来。他全身滴水,两眼发呆,流着鼻涕,他的眼皮变得红肿,而他的鼻尖则呈蜡白色。他很多次想要从那哆嗦的牙齿间说出些什么,最后终于吐出:"朗姆酒!热的朗姆酒!"

在救援过程中,共同的意志似乎把巴尔克和罗萨两人拉到了一起,他们就像两个老队友。他们再次下去救利布林夫人——她趴在船尾,情况十分糟糕。

"她死了,孩子也死了。"贸易船上的水手们说,他们想首先救另一个女人,那个统舱里的乘客,她的喉咙还在哆嗦,听起来很吓人。可是罗萨大吼一声,说利布林夫人还没有死。

"她已经发青了,"水手们说,"她吞了太多的水。"

可罗萨不罢休,于是水手们只得先救起利布林夫人。

他们把那个失去意识的女人送到甲板上时,罗兰德号上的一名水手脚都冻僵了,在整个漫长而可怕的漂流过程中他都没有发出一点声音,这时他却突然开始痛苦地吼叫。

"闭嘴!"他的伙伴吼道,"别像个老女人。"

接下来被抬上去的就是他,此刻他只是在痛苦地呜咽。他之后被抬上的是一个穿着天鹅绒背心的男人,接下来是威廉医生,马克思·潘德和其他两个船员。最后,小齐格弗里德·利布林的尸体也被抬上船。

当时一个穿着荒谬长着长头发的男人到达甲板,他动作很滑稽。一会儿他直立,挺胸,像一个新兵,下一个瞬间深深地鞠躬,或瞄准,犹如狩猎一般;每时每刻都保持着大叫:

"我是一名艺术家。我付费住客舱。我在德国很有名。"——还有意提高了声音说,"我是雅各布·弗莱施曼。我是一个画家,来自福尔特。"

他时不时可怜地扭动着,吐出大量的海水。水从他的衣服上滴下来,在他站的地方形成一个水洼。

威廉医生已经完全失去了说话的能力。他所能做的就是不停地打喷嚏。

同时,乘务员为弗雷德里克送来了热茶,一名水手充当船上的理发师和护士,他正试图挽救利布林夫人的生命。不到两分钟,弗雷德里克感到恢复到能为当前的情景做些什么了,于是加入到英勇的救助工作中来。

吞下几杯白兰地后,威廉医生在最高技师温德勒先生的帮助下,试图使齐格弗里德·利布林恢复过来,即便成功的概率非常小。

利布林夫人躺在长长的红木餐桌上,那本来是以前的餐桌,船已经开始运送乘客了。这个女人的表情难看而忧郁,她的脸颊、喉咙和前额上长着丑陋的深紫色斑块,使她变得很丑,她还很年轻,在沉船之前,甚至还很漂亮。在她身体露出的部分,他们明显的发现她身上有相同的深色坏疽斑点,虽然不太密集。她的身体已经水肿了。她有可能是在同伴们没有注意时,窒息而死。最后,船里漫进了几英尺的水,而罗萨则一直陪在那个快死去的男孩儿的身边。

当弗雷德里克和水手护士将利布林夫人的身体正面朝下放在桌上时候,水从她的鼻子和嘴里流了出来。她的心停止了跳动,已经没有了生命迹象。正如弗雷德里克所料,她无意识地躺在水中已经有一段时间了。他掰开她的嘴,强制把她镶有黄金的牙齿分开,把她的舌头放好,并除去黏液,因为黏液已经阻塞了气管。船上的厨师用热毛巾擦她的身体,弗雷德里克试图通过将她的胳膊和腿拿起又放下,给她进行人工呼吸,就像手动打气筒一样。

红木桌子占据了很大一部分位置,它在唯一的大厅里吱吱作响。他们在后甲板上,光从上面照下来。大厅两侧是由红木大门做成的十二间特等舱,每边六个。转眼之间废弃的大厅变成了一个医学实验室。

一名水手已经脱去英吉格·哈尔斯特伦的衣服,将她那弱小的如闪亮的珍珠母一般的身体放在横占了整个屋子的靠墙沙发上。在弗雷德里克的指导下，他用毛织布揉着她的身体。罗萨也为埃拉·利布林做着同样的事，她是第一个躺在床上的人。乘务员正在铺着那十二张床，等第二个人做好准备，英吉格就已经躺在温暖的被窝里了。牙齿还在抖动的亚瑟·斯托，是下一个上床的，这要多亏了他忠实的仆人。

雅各布·弗莱施曼给救援人员带来了造成了许多麻烦。当一个水手好心地对他说话，试图给他脱衣服的时候，他疯狂而怒不可遏地喊道：

"我是一名艺术家！"

乘务员和巴尔克只得紧紧地抓住他，使劲把他弄到床上去。威廉医生则放弃徒劳去救助齐格弗里德，转而带着他的皮药箱过来，给画家注射了一针吗啡。

水手已经克服了痛苦的挣扎，他被抬上了甲板，他的脚冻得厉害，以致他的靴子只能一点一点地脱下。他咬紧牙关没有尖叫出来，只是发出低沉的呻吟，直到他们把他放在床上；他才说要嚼一口烟草。

那个来自统舱穿着破衣服的女人也被放到了床上。她只是说，她和妹妹，四个孩子，丈夫以及她的母亲一起前往芝加哥。那时发生的一切，似乎都未能穿透进她的意识。

弗雷德里克裸露着上半身，做着利布林夫人的救助工作，只有理发师在帮他。这对他是好的，因为这能让他出汗。最后，当他用尽了力气，威廉医生就来换他。他步履蹒跚地走到最近的小屋，小屋的门是开着的，他倒在凌乱的床上，已经筋疲力尽了。

第五十章

一会儿,"哈姆波特"号上的船长布托先生进来了,他来到大厅里迎接和祝贺两位医生,尽管他们已极度疲惫,却仍毫不松懈地救助利布林夫人。

大厅里也挤满了人,四处都是人们呼吸出的酸甜味。船长派了一名水手去给弗雷德里克拿来干衣服。

他们一边继续努力着一边轮换着,威廉医生和弗雷德里克对罗兰德号遇难的事做了一番简短的叙述。船长布托惊呆了。虽然在他航行的过程中,天气也不是特别好,但也不算非常坏。大多数时候,就像现在一样,都是顽固的风和猛烈的浪。他的船从汉堡载着农具到亚速尔群岛的菲亚,再从那里载着橘子、酒、油和奶酪开往纽约。

对于事故发生的原因,弗雷德里克和威廉也不能说出多少。威廉说,早上六点之前，他就被像铃铛一样的声音唤醒。他当时处在半醒半睡的状态，还以为这是吃饭的信号，直到他想起罗兰德号上的开饭信号是小号。

弗雷德里克认为罗兰德号有可能是被废弃船只或者岩石撞坏了。但是，船长说，岩石是不可能的。因为这些水域里没有岩石，罗兰德号也不可能被强流推到有岩石的地方，因为如果是这样，救生艇也不可能在如此短的时间内划出来。船长前不久还在汉堡看到过冯·凯赛尔船长，他对他赞赏有加，说他是最有经验的最值得信赖的德国商船船长。他还说，如果轮船没被拖到港口，而是沉了下去，那么这可能是近十年来发生的最大的灾难。

离开之前，布托船长邀请两名医生完成任务后一起吃晚餐。

一个半小时过去了。医生们正要试图放弃救助利布林夫人，可是这时她的心脏开始搅动，胸部也开始起伏。罗萨高兴极了，难以抑制住激动之情，她甚至感到她的脚底也有了温度，她一直用那坚硬如熨斗的手掌为她搓着脚心。获救的女人被放到了床上，还用热水瓶温暖着，就像一个早产的婴儿。

两名医生的伟大成功——就如起死回生一般——给在场的人们留下了深刻的印象，弗雷德里克和医生威廉，也突然相互握起手来。

"是的，"弗雷德里克说，"它真切地发生了。这绝对是我生命中发生过的最不可能的事情。问题是，我们究竟是为了什么呢？"

 第五十一章

"哈姆波特"上的餐厅是一小块方形铁墙的小屋,其唯一的家具是一张方形的桌子和围着桌子的三面凳子。一旦有人坐上去,他旁边就不能过人了;船上的高级船员们聚在一起用餐,他们有序地坐好,船长第一个入座。

医生威廉和弗雷德里克出来吃晚饭时已经七点了。他们见桌上有一个冒着热气的汤碗和一盏欢乐地燃烧着的油灯,"哈姆波特"不是用电照明的。

像所有事故受害者一样,两名医生也是受关怀的对象,他们被安排坐在最温暖的墙边,这面墙将船舱与轮机舱隔开来。船长布托给他们递上热汤,轮机长温德勒先生,是一个矮胖的海员,他为了活跃幸存者们的气氛,在烤肉上来前,小心翼翼地讲着一两个笑话。他来自莱比锡附近的林德诺,其他船员则取笑他的低地德语。

"不要说话，"船长对威廉和弗雷德里克说，"吃，喝，睡觉。"

起初他们都倾向于接受他的建议，可是，在用餐过程中，水手切下一大块烤肉，接着船长又切下一大块，然后，他们把肉放在红葡萄酒里蘸，这之后，他们的精神头就一点一点地上来了。

巴尔克出现在门口，显示出了"哈姆波特"上的水手们对罗兰德号上水手们的盛情款待。尽管在这种情况下，他要去睡觉也情有可原，可他在没有得到威廉医生和弗雷德里克的指示下，他并没有动，而是站着军姿，手放在帽边，等待着命令。

"哈姆波特"上的水手护士和另一个水手被派去值夜班，因为从罗兰德号上来的人们需要休息和睡眠。

尽管弗雷德里克和威廉医生的精神明显好转，但他们从来没有提到沉没的罗兰德号。这件事太大太可怕了，它离幸存者们如此近，除了水手们，没有人能淡定地提起它。它像是他们灵魂中的一块重物。然而威廉和弗雷德里克也只是说了他们在救生艇上的事和罗兰德号在沉没以前，在没有遭遇其可怕的命运之前发生的事。

"船长，"弗雷德里克说，"你不知道死而复生是多么令人惊讶。想象一下，一个人，生命中的至亲至爱离他而去，他的喉咙在吱嘎作响，他受了涂油礼，而死神，死神，附在了他的血肉和躯体上。我感到死神仍在我的关节里。然而，我此刻正安然坐在这里，在这愉悦的灯光下，几乎是在朋友和亲戚围成的圈子中。然而，我坐在最舒适的家里，带着冷漠，却不能只将你们视为——"他们是船长、技师、水手和大副——"如此的微不足道的人类。"

"当我们看到'哈姆波特'时，"威廉说，"我正在写遗愿和遗嘱。你看我不会像我的朋友冯·卡马赫尔医生那样那么早就失去了希望。当你的船渐渐从针头大小变成了成熟的豌豆那么大，我们所有人都声嘶力竭地叫喊着。而当你的'哈姆波特'变成胡桃般大小时，我们知道你已经看到我们了，你的船在我的眼里就像一块巨大的钻石或红宝石，而你所在的东边，比西边更加阳光灿烂，那里的太阳还照耀在海平线之上。我们像看家狗一样嗥叫着。"

"这对我来说总算个奇迹,"弗雷德里克说,"这样的夜晚过后,竟能迎来这样的早晨。数百天流逝了,我却没有什么记忆。但在这一天,仿佛经历了整个夏天和整个冬季。我感到,仿佛第一场雪过后,就迎来了第一朵紫罗兰。"

威廉讲述着天主教牧师们登上了罗兰德号后,库克斯港的水手们是多么激动。然后他提到了一个梦,他的老母亲在他航行的前一晚,梦到多年前出生却只活了一天的孩子以大人的样子出现在她面前,他提醒她不要让他出行。

"她恳求我不要去,"他说,"但是,我是一个开化的人,我只是为她的担心而笑她。"

一说到关于这茫茫大海的迷信,水手们都爱听,于是这个人又讲起了他所知道的预言的梦,一些实现的预言,以及一些将死或是已死之人的征兆。这是在说弗雷德里克的朋友写来的最后一封信。他从背心口袋里掏出信传下去,整个航程中,信都放在那里。

他们于是读起了这封信:"在那生动而闪烁的狂欢的梦里,你总是在一艘公海的船上摇晃。你是要去旅行吗?"当然,这可不只是引起一阵兴奋,这简直是刺激,他们读到:"在那伟大的时刻后,你是否在下面被人看见,好让你能再听到我说话。"

布托船长带着微笑怀疑而急切地问,他的朋友是否真的让自己在下面能被看到。

"这只是发生在我的梦中。您自己判断吧。我也不知道。"弗雷德里克说,他的声音仍然嘶哑。通常情况下,他不会像这样提及这占据了他大部分的思想的梦境,从在一个神秘的港口着陆开始到以劳动者的光结束。他描述了他的朋友,彼得·施密特,并说彼得已经派他的灵魂在大西洋的一半处迎接他。他提到了1492,提到了哥伦布的旗舰"圣玛丽亚",但这一切主要是与老船用杂货商罗斯姆森说话的方式呈现,他还详细地描述了商店的橱窗里的陈设,商店本身,和金翅雀的叫声。还说他掏出笔记本,记下了老船用杂货商神秘地对他说的话：

"一月二十四日一点十三分，我咽下最后一口气。"

"这是否是真的，"弗雷德里克说道，"尚待证明。然而可以确定的仍有这么多——假如梦里的一切不是我想象的产物——那么就是我的灵魂能够看到下面世界的边界，我能接受即将到来的灾难的暗示。而关于罗兰德号，我的朋友彼得·施密特在港口指给我看了一只船舷破裂的船，说它载着很多人——这就意味着，它要载着他们到另一个世界去。而关于我最终获救，我那乔装的朋友，罗斯姆森说我应该很快会和彼得·施密特一起在纽约庆祝1492的四百周年纪念日。但梦境终归是泡沫。我想通过纯理性主义，通过精神生理原因，不难解释这一切。"

在"哈姆波特"这个小家庭聚会散场的夜晚，他们再次倾力甚至庄严地碰了杯。

第五十二章

弗雷德里克经过了十一个小时的睡眠后,于第二天早晨醒来,多亏了那适量的巴比妥。医生威廉担起了夜间照顾罗兰德号上的乘客的责任,并说服身体更为虚弱的弗雷德里克服下药物。太阳明亮地照耀着他那百叶门的小船舱,他听到碟子和盘子发出的平静而欢乐的哗啦声。起初,他没有回忆起前一天发生的事,还以为自己是在快速邮轮罗兰德号上。他困惑不解地伸手敲敲红木白叶门,接下来,医生威廉的脸就活泼而清晰地出现在他面前。

"除了来自统舱的女人,病人们都度过了一个美好的夜晚。"威廉医生说,并且给他说了具体的情况。直到他快要讲完时,他注意到弗雷德里克没能明白过来自己身处的环境。威廉笑着帮他回忆一些事,而弗雷德里克开始伸手揉他的太阳穴。

"某种虚妄的，"他说，"不可能发生的事在我的脑海里回旋。"

不一会儿，他与威廉医生一起坐下来用早餐，他们吃着喝着……然而，对于沉没的罗兰德号只字未提。

英吉格·哈尔斯特伦清醒过来后，又睡着了。理发师和叫作弗利特的水手护士，帮她锁了门。亚瑟·斯托还躺在床上，劲头十足地开着玩笑，而他的忠实的仆人巴尔克，喂他吃东西，或是让他自己用脚吃。从他那高亢的假声可以判断，那恐怖的灾难在他来说，只不过是一场戏剧性的事件。

"这个，"他说，他脱离原来的主题和冒出几句风趣的咒骂，"使我损失了一千美元，它让我不能参加头几天在纽约的演出。"他用流利的英语诅咒着整个德国的商业同业公会，尤其是"哈姆波特"，"可怜的小鲱鱼桶！最高速度不超过每小时十海里。"

画家雅各布·弗莱施曼从十四小时的平静睡眠中醒来。他在床上吃过早餐，按了铃，让乘务员进来照顾他。别人能听见他大声地连篇累牍，虽然失去了原本打算在美国出售的油画，素描，版画，是难以弥补的损失，但轮船公司无疑要付责任，他一到了纽约，就会去找轮船公司办事处，直到他们赔偿他的全部损失。那时候他们就会知道他是谁了。

罗萨虽然眼睛哭得通红，却显得异常高兴，她在女主人的船舱和餐厅间来来回回，而那位夫人，此刻还在不停地抱怨。大家决定保守齐格弗里德·利布林死亡的秘密，这是件容易的事，因为她说自己还没有恢复到可以见孩子的程度。而这个女人的死而复活本来就是一件不可思议的事。弗雷德里克早餐后对她进行了专门的检查，他发现她只是隐约记得自己失去了知觉。她说她做了一个美梦，当她被叫醒时，感到很失落，她还试图抵抗被召唤到现实生活中，不让自己从那神奇的小岛——真正的天堂中被召回，她在梦中就一直待在那里。

利布林夫人很漂亮。她因疼痛而抱怨着，在弗雷德里克的命令下，她露出了身体。他发现她身上有蓝色斑点，那是在救生艇上跌跌撞撞造成的，而他在救生艇上，也弄得头破血流，手脚冰凉。

"我亲爱的夫人,"他说,"忍住你那轻微的不适吧。我们都死了,我们不值得被赋予第二次生命。"

十点前不久,布托船长走进餐厅,和先生们握手,问他们睡得可好,并告诉他们舰桥上整夜都加强了警惕,以便能发现更多的罗兰德号上的幸存者。由于风还从西北方向吹来,所以这是可能的,若是罗兰德号没有沉没,那么"哈姆波特"是有可能发现它的。

"事实上,"他说,"我们看到一条废弃的船只,但船上绝对没有人。这是一艘以前的弃船,是帆船而不是汽船。"

"也许这就是害了罗兰德号的凶手。"威廉医生说。

船长叫两位医生来过,他们和罗兰德号上的水手正在那里等着他们,关于他们搭救罗兰德号幸存者的事,他们需要的简短的叙述来提交给纽约的代理。大家聚集在这里,在此期间,再没有谁提起那场巨大的灾难。

潘德,拿出了冯·凯赛尔用铅笔写给他妹妹的纸条。所有人都被这匆匆几句话感动了。这表明,水手们的心脏和神经要经受多大的考验啊!提到这个或那个人或事件时,潘德和三名水手突然歇斯底里地哭起来。当被问及他们是否认为罗兰德号会在水面坚持一天时,他们都说"不会"。有一名水手,他从发出就第一声警报开始到登上"哈姆波特"号,都以同样的勇气同样毅然的方式说着一句话:"船长,这就像是审判日。"

聚会解散时,弗雷德里克感到非常有必要单独待一会儿。

"这就像审判日。"这句话一直尾随着他。是的,这是审判日!最残忍的审判也无法超越那些在沉船事故中丧生的人所犯下的罪行。奇怪的是,前一天晚上,弗雷德里克还能笑出来;可是今天,他觉得自身的重量变成了黄铜,压在自己身上,这绝不是铁制面具,不似沉重的外套,而是像重金属石棺。

他认识一个人,一名接近中年的建筑师,过去发生大地震时,他一直待在伊斯基亚岛。建筑师正和好朋友们一起坐着喝酒,这时,地下的滚雷迎来了灾难。片刻之后,天花板和地板开始爆裂,深渊吞噬了五六个人,他们都是充满希望、快乐生活着的男女。而他在深渊的边缘仍然毫发无损。纵然多年过去，他仍无法带着最初的信心，踏上任何一块土地，或是一块岩石，不管它有多么坚固；在他看来，每一块天花板，每一道墙壁都可能掉下来，将他压倒。他顺着街道上的墙壁摸索着前行，恐惧向他袭来。连空旷的地方也使他头晕目眩，偶尔一个过路人看到他的无奈，然后将他当成盲人带到城市广场，这样的情况也屡见不鲜。

弗雷德里克感到沉没的罗兰德号给他留下了阴郁的后遗症，一团黑色的密云钻满了他灵魂的空隙。每当从云中照下光芒，点亮了他所目睹的那些好像仍然呈现在他眼前的恐怖画面，他就必须克服战栗。

为什么向他昭示审判日的力量，不是作为一场幻觉，而是事实呢？为什么他们要偏心，要让他和其他人逃脱毁灭呢？他这只小小的蚂蚁，这能承受巨大恐惧之人，能够引导自我，实现崇高的目标吗？他违背了道德吗？他应该受到惩罚吗？但是，这样的残杀太过可怕、太过骇人！事实上，只有他自己能感觉到这巨大的事件是怎样完全驱逐自我的。不！起作用的一直都是那聋哑的力量。

然而，在面对人类的悲剧，面对那无情的可怕力量，看向死亡之眼，他所经历的东西，使他心中的某些东西变成了坚硬的岩石。如果这场灾难是永恒之神指使的，那又意味着什么呢？若不能阻止灾难的发生，那么永恒之神的力量又在哪里呢？徒留一个被剥夺了骄傲和尊严的，趴在那伟大的未知跟前，任其差遣的卑躬屈膝的奴隶。

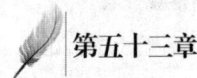 第五十三章

在罗兰德号上,时间行走如蜗牛,而在"哈姆波特"号上,时间则以双倍的惊人速度向前迈进。这段时间内,尽管天气清明而温和,可以上到甲板上,可两名女士仍躺在床上。利布林夫人的反应表现为周期性发作兴奋和伴随着强烈恐惧的心悸;而英吉格·哈尔斯特伦则睡意十足,看来使用吗啡已无必要。两名女士都没有发烧的迹象。可是那手脚被冻住的水手和从统舱来的女人则发起了高烧。

那个移民在谵妄状态下,想从床上跳起来,因此,在医生的指示下,布托船长叫罗兰德号上的一名水手和"哈姆波特"号上的一名水手轮流看住她。

每次弗雷德里克去照顾那个可怜的家伙,他就想要让她苏醒过来。从她自己的嘴里,他得知她失去了在罗兰德号上的所有亲人,她的丈夫,三

个儿子和一个女儿——年龄在七到十八岁——还有姐姐和她的母亲。起初她发烧的时候，昏迷的意识中出现的是罗兰德号上的事，她的丈夫，孩子和姐妹。后来她像似变成了一个孩子，在父母家里，重温着儿时的生活。那里有燕窝，牛，山羊，草甸，还有一个起着巨大作用的挡雨的草堆。

"她会在那些幻想中死去吗？"弗雷德里克想着。

这时，亚瑟·斯托由他忠实的仆人领着上来，而雅各布·弗莱施曼则或在甲板上转悠，或躺在椅子上。斯托需要一些按摩，需要加垫板，医生们忙着照顾他时，他就在一边愉快地叽咕着：

"我总说杂草是不会被消灭的。鞣制的皮革不受海水浸透。而我就像蚂蚁一样，能在水中待上一周，不会死去。"

由于罗萨的坚持不懈的努力，埃拉成功摆脱了重感冒。她穿着清洁干燥的衣服，看上去可爱又俏皮，小姑娘从船只的每个角落窥探着。

船长允许她在机舱自由走动。她甚至让她到螺旋桨轴管上去。她成了船上每一个人的宠儿，大家很快扮演起了母亲的角色。

英吉格经过约五十小时的卧床休息，最后出现在甲板上，她裹着弗雷德里克的大衣。

这个失去了父亲的精巧的家伙，得到了船上所有男士们的同情。潘德为她搬来一个装熏鲱鱼的盒子，作为她的凳子，当她坐下来和弗雷德里克说话时，他就站在不远处，等待着她的命令。即便是弗利特、水手和理发师都向她展示出特别的热情。

在"哈姆波特"上最常听到的就是对弗利特的呼叫。

这个来自勃兰登堡的矮小人儿，一个从爱冒险的人成为庸医的水手，他的个性遇到了意外的收获。利布林夫人、英吉格、手脚被冻坏的水手、弗莱施曼、斯托，甚至巴尔克和罗萨，都在呼叫他——罗萨白天就在厨房里帮忙，里面有一个精明的老厨师。

当然，医生们也不停地使唤他；这是最自然的事，甚至他的崇拜船长，为他刮胡子也是他的职责。他深知这一点，此外，既然遗憾之火已经煽起，他放弃了最初做看护的想法，于是便不分昼夜地为那些病人服务。

弗雷德里克问他同样的问题,这个问题他问过罗兰德号上的每一个船员:

"你愿意做一名水手吗?"

"是的。"弗利特是第一个毫不犹豫地这样回答的人。

第五十四章

"哈姆波特"上那一小队特殊乘客们的意外到来,使得船长和船员们都格外激动。那是一种庄严感与激动感的结合。医生们不得不一再讲述他们被发现和获救的过程,一会儿对船长讲,一会儿是水手长,一会儿是大副,一会儿是厨师,一会儿又是机械师。那是一个永不变味的故事,船员们带着热切的神情听着那被一再讲述的故事,医生们由此意识到即便对于这些老水手们来说,此次海难也是一件惊人的事。在他们的航海生涯中,谁也不曾遇到过这样的事。

"当布托船长让我看向望远镜时,"温德勒说,"他眼睛的颜色就像新鲜乳酪一样。我以为自己看到了一艘船,还在思考之际,下一秒就听到船长说:'看清楚了,船上还有人。'那时,我感到脚都软了。"

船长讲述着他当时的情形,他说他看到救生艇突然进入望远镜的视野,然后立刻就消失了,他说他当时脚都软了,接下来他擦了擦镜面,又开始继续搜索。他本来都要离开舰桥了,因为他再也没看见那个小斑点,他以为那只是幻象,可是为了大家的安全,他又环视了一周,这次,他令"哈姆波特"号停下来,掉转头,因为他在船后又看到了救生船,而且它正离得越来越近。大副也通过望远镜看到了救生船,而且他还看到上面载着人。于是他们把温德勒也叫上了船。他通过望远镜,看到船上的人挥舞着白色的帕子。

"我的孩子们看到那一切时,"布托船长说,"他们就像疯了一样。致使我不得不对他们使用海员术语。他们甚至想翻过桥栏跳到水中,游到你们的船边。"

英吉格徜徉在舒适的邮轮凳子上,而弗雷德里克则坐在她面前的轻便折凳上。在罗兰德号上,每当危险加剧,弗雷德里克就感到她是属于自己的,而且永远不会离开。在威廉医生的影响下,"哈姆波特"上的所有人都将弗雷德里克视为那个小舞者的救星和爱人。大家都想见证他们那被神的旨意特许的浪漫爱情故事的发展。而英吉格对弗雷德里克的态度也是心照不宣地顺从,她将他视为自然监护人。

海上空气清新,海水的运动也很平稳。突然,经过了一阵弗雷德里克强加于她的沉默后,英吉格问道:

"真是缘分让我们在'罗兰德号'上相遇的吗?"

"世上根本没有所谓的缘分,或者,一切都是缘分,英吉格。"他只是闪烁其词地回答。

英吉格并不满意,于是继续追问,直到他说出了自己在南安普顿登上不幸的罗兰德号的真正原因。

"这么说来,你是为了我,"她说,"才让自己的生命悬于一线。而且,你反而又救了我。"

这番简短的对话使得两人的关系更贴近了。

那些幸存者,除开弗雷德里克和英吉格两人,他们重获新生的意识已经进入了活跃状态。离罗兰德号沉没不到两天时间,那些经历了野蛮而恐惧事故的人们，已经沉浸在了极大的欢乐中。亚瑟·斯托也许从未讲过这么多笑话，也许还从未有过这样一些观众，其中包括船长，大副，水手长，温德勒，罗萨，巴尔克，以及罗兰德号和"哈姆波特"上的水手。

弗莱施曼迷迷糊糊不由自主地跟着斯托亦步亦趋。他皮肤黝黑，天鹅绒外套被咸海水浸透了，他大言不惭地评论着阿道夫·门泽尔，柏科林，理伯曼和其他著名的德国大师时，样子十分搞笑。他总是以那些失去的财富为例子，来扩展他的绘画理论。而斯托对这个无赖天才对他绘画的描述也并不感到厌倦，弗莱施曼说，失去那些作品是与罗兰德号有关的最大的灾难。威廉医生则通过让弗莱施曼讲述他获救的过程来嘲弄他，而当时英吉格并不在场。可是，在那名艺术家的头脑里，那是一件能为自己争光的事。因为一切不幸的事已经彻底从他头脑中消失了，包括罗萨和英吉格像卷毛狗一样哭号着将他从海里拖上来这件事。

他对他丢失的画作的估价，和他想要从轮船公司那里得到的赔偿金额，已经人所共知，而且在两天半的时间内，就从八百美元变成了六千美元，就像股票和基金。而且没人能说它还会飙升到什么数额。

弗雷德里克设法从船上弄来一些画纸，还不怕辛苦地给"哈姆波特"上的每一个人画漫画肖像。可是，他不会去打扰弗雷德里克和英吉格，因为他们已经什么也不需要了，他知道那样做只会激怒弗雷德里克。

"我很惊讶，"他曾经毫不客气地对他说过，"经历了这么严肃的事后，你还能做这么肤浅又无聊的事。"

"我性格坚强！"弗莱施曼简短地说。

"你不觉得，"弗雷德里克继续说，"哈尔斯特伦小姐讨厌你这么一直看着她吗？"

"不，"弗莱施曼说，"我不这么认为。"

而英吉格也站在弗莱施曼这一边，这让弗雷德里克更为愤怒。

第五十五章

不久后,此时温德勒已经没有值班了,他手里拿着棋盘走过时,叫弗雷德里克到利布林太太屋里去。两位医生当中,她只信任他,至于为什么,他也不知道。

"冯·卡马赫尔医生,"威廉医生快速瞥了一眼英吉格说道,"你又把我排除在外了。"

至少每隔二十分钟,利布林太太都要叫弗利特,至少每隔一小时,弗雷德里克·冯·卡马赫尔就会坐在她的床边。奇怪的是,那位年轻的科学家并没有曲解威廉医生和其他人因那件事而开的玩笑。他发自内心同情那个可怜的女人,并且真诚地帮助她。

他们还没将齐格弗里德的死告诉她,可是,因为只有埃拉过来找她,她也难免产生怀疑。每当她请求弗利特和罗萨带齐格弗里德去见她时,迫不得已时,他们就会告诉他孩子生病了。

"我亲爱的齐格弗里德怎么啦?"每当弗雷德里克走进船舱,她就会拧着手叫道。接下来,她就倒回枕头上,僵硬地躺着,用手遮住眼睛。

"哦,天啊,天啊!"当她知道了这个不容否认的事实后叫道。不等到弗雷德里克说话,她就开始静静地哭了起来,伤心欲绝。

一个半小时后,弗雷德里克回到甲板上,他发现那个小小的胖机械师正在和英吉格下象棋。

"画家和我已经让英吉格小姐笑了三次了。"机械师说。

"我知道你去了哪里,冯·卡马赫尔医生,"英吉格说,"她知道真相了吗?"

"知道了,"弗雷德里克回答,"我希望她快点好起来。"

英吉格想要下到利布林太太的船舱。她眼里涌出了泪水,她的眼眸里由内自外透着光芒,她说她最适合分担这个失去了孩子的母亲的悲伤了,因为她也失去了自己的父亲,他们遭遇了同样的不幸。弗雷德里克因他们告诉英吉格这些而生气,于是用尽一切威慑力阻止英吉格这会儿去见利布林太太。

 第五十六章

第二天,接近正午时,威廉医生和弗雷德里克扶着利布林太太来到了甲板上。她这一出现,给那些自她从救生船被拖到"哈姆波特"上来后就没见过她的人们留下了恐怖的印象。尽管水手们都非常急切地要从英吉格·哈尔斯特伦的眼里读出她的喜好,可是他们还来不及想象,就离利布林太太远远的,并且羞怯地瞥见她,好像在怀疑她是否是真的人类。

利布林太太裹着毯子,穿着船长的外套,舒服地坐在英吉格对面的甲板上,因为她想一个人待会儿。她久久地看着平静的大海,接着,她要弗雷德里克过来陪她,并对他说:

"很奇怪我感到自己做了一场噩梦——只是一个梦而已——那才是奇怪的地方。不管怎么努力,我都无法完全相信自己,可是当我想起齐格弗里德,才明白这场梦竟是现实的写照。"

"我们不能沉溺于虚幻的忧思。"弗雷德里克说。

"我知道,"她继续不看他,"我知道自己就没做过什么对的事,可是,该受到惩罚的是我,为什么是齐格弗里德,为什么偏偏活下来的是我?"沉默了一会儿后,她开始讲述自己的过去,她讲起了与丈夫的矛盾,说他欺骗了她,她们的婚姻并不是建立在爱情的基础上。她告诉弗雷德里克,她天生具有艺术家的潜质,她还说,在她十一岁时,鲁宾斯坦见了她的作品后,曾预言她前途无量。"我虽不懂厨艺或育儿之事,但我爱我的孩子们,若不是这样,我又怎么会和我的丈夫争他们呢?医生,我向您保证,要是能和齐格弗里德互换,我随时都愿意。"

弗雷德里克说了各种安慰的话,都不是肤浅之谈;比如,他所谈到了死亡和复活,以及那伟大的赎罪,一切死亡,甚至包括睡眠。

"如果你是一个男人,我会向你推荐歌德。我要对你说,'反复去读《浮士德》第二部分的开头。'"

"我们所经历的那些,难道没让你感到救赎与净化吗?"

"我感到,"女人抬起头说道,"自罗兰德号沉没以来,好像我之前的生活已经离得好远好远,一座无可逾越的山横在我的过去与现在之间。可是,让我一个人待着吧,医生。你已经烦了。别耽搁你陪那位美丽朋友的宝贵时间。"

事实上,弗雷德里克宁愿与利布林夫人谈话,而不是英吉格。要说他厌烦了,那也是对英吉格。

"哦,"他说,"别担心。英吉格·哈尔斯特伦总是有人陪的。她不需要我。"

利布林太太说:"我母亲劝我不要带走孩子,让孩子们和她待在一起。要是我听了她的话,齐格弗里德如今也就还活着。她完全有权重重谴责我。我又怎么去面对齐格弗里德的父亲?他千方百计要让孩子们回到他身边,还写信来,甚至请了律师。"

"没有'如果'和'假如',已经发生的事不可能更改了。对渺小的个人和那脆弱的生命而言,这件事太过可怕。"

弗雷德里克最终没有说出他的梦，他梦到罗萨将齐格弗里德搂在怀里，跳下船，逃到白色大理石砌成的哥伦布港口的码头，施密特就在那里接他，而圣玛丽亚号就是从那里启航。他的梦带着某种支持宿命论信念的东西，他要是说出来，也许利布林太太会感到宽慰；但罗萨仍然活着，齐格弗里德却死了。此外，他的灵魂中一直回想着哈姆雷特的话："宇宙中的事物，远比想象中要多。"他可不想让利布林夫人变得更加迷信。

过了很久，他才走到甲板上，他听到有人叫他。

"喂，神父忏悔！"他们喊道。

"来，坐下，我的救命恩人。"英吉格说："天气越来越清明了。"

弗雷德里克稍微平静下来，但他的语气中充满了命令与不协调的幽默：

"利布林太太是鲁宾斯坦的学生。在这次旅程中我还没见过哪个女人值得我这样与之交谈呢。"

"你要学会理解一切对你的尊重。"威廉医生说。

"别管他。我的恩人很生气。"英吉格说。

很显然，她有时也敬畏弗雷德里克。

第五十七章

小英吉格和弗雷德里克之间除了会发生争执之外,他们还会共享精神上的欢愉,乃至快乐。天气仍然晴朗,恐怖已经沉淀到八百英里的海洋中。罗兰德号上的乘客们每一分钟都过着自己的新生活。船上载着供女士们享用的货物,包括亚热带水果等,船的承载能力能达到两千吨。英吉格和其他先生们玩的时候,总喜欢把橘子当球玩。比起那将罗兰德号吞没的可怕而狡猾的大海,承载着"哈姆波特"号的大西洋似乎是另一个地方。"哈姆波特"号像一艘摇进天堂的轮船,轻轻地向前进行。有时还会以每小时十节的速度航行。布托船长庄严地宣布,这些幸存者给他带来了好运。他们出现的那一刻,他变得平静而安详,就像一位年过八旬的英国校长。

"是的,"斯托说,"可是你这个英国校长首先就拿人类的生命来献祭。停下来,看一看,听一听!不要太早相信他。他消化完后,胃口就更加好了。"

航行快要结束时,虽然船上还有尸体,可是"哈姆波特"上的欢乐气氛未见消减。人们可以随意上到舰桥。英吉格白天时总是在那里和温德勒下象棋,或是看着弗雷德里克赢了机械师一盘又一盘。很自然这不包括船长在内,全体船员都感到自豪,他们脸上都洋溢着骄傲的神情。这高兴之情融入进了"哈姆波特"上全体人员的心里,幻化成自然的光芒,汽船到达纽约海港时,即便是在正午,也能看到它被自身的光环围绕。

他们就来迎接"哈姆波特"号的引航船的编号打了赌。当船出现在附近时,上面赫然印着"25"。结果是亚瑟·斯托赢了。他赢了一大笔钱,几乎笑得哽咽了,而雅各布·弗莱施曼则嫉妒不已。

与其他乘客一起待在这小小的汽船上,被迫听他们讲着各种笑话和重复的故事,弗雷德里克心里感到很不耐烦。不像其他人,他还未从之前的遭遇中回过神来。他的灵魂麻木了。他失去了对过去和将来的感觉,甚至失去了对英吉格的激情。灾难发生的那一刻,似乎将他身上的线扯掉了,而那些线连接着他与之前生活中的人和事。每当看到英吉格,他都会浮现出一阵不可抗拒的责任感。在那些天里,那个处于温柔认真阶段的女孩儿,好像在等待着他的告白。

"你们都想和我玩,"她曾经说过,"可是没有人会和我来真的。"

弗雷德里克自己也不明白。哈尔斯特伦不在了,阿赫莱特纳也为他那有失尊严的狗一般的爱受到了惩罚,而那个受惊的女儿内心深处也经历了一番改变。他时常看着她意味深长地凝视自己。每当那时,他都会觉得自己是个悲剧性人物,他不得不承认,那个曾经想要用无限的激情财富来驾驭这个女孩儿的自己,如今已变成了一个两手空空的破产家。他激越的爱之洪流已经满涨,他该说些什么,他该打开对面的水闸;可是一切水都已流光,一切资源都已干涸。于是他采用简明而霸道的方式将自己灵魂中的乏味掩藏起来。

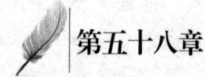
第五十八章

二月五日，距罗兰德号驶离不来梅十三天，距弗雷德里克登上罗兰德号十二天，那时引航船正带着"哈姆波特"号出发。与俾斯麦的记录之旅相比较，这趟旅程尤为漫长。弗雷德里克想起这期间的经历，白天也好，晚上也好，一切都是那么不可思议。在"哈姆波特"上，他晚上不再做梦了。他灵魂中发生了一场爆破，它将一切意象从他灵魂中清除。

二月六日，早上十点前，利布林·埃拉坐在望远镜下，欢快地逆转着双腿，这时，布托船长站在她身后，他看到了陆地。这个消息让船上的乘客们一阵兴奋。那个宣布此消息的船员，一下子就不见了，他多少知道他这简单一声："着陆！"给这位陌生人带来了怎样的影响。弗雷德里克关上门，他心中涌起一阵空洞而沉闷的抽泣。

"生活就是如此，"这样的想法闪过他心中，"不是一个满脸惊恐的船员来我的船舱警告'危险',就像法官和刽子手对死刑犯下的死亡令?"这时,响起了牧羊人那平静的芦笛声,然而,雷声尚未停息。直到他的抽泣结束,他才感受到一阵喜悦,好像生命再一次成功地靠近。一道感觉燃起了他心中的火焰,这时,一大群军队伴随着乐声行进,军队的上空旗帜招展,那是一支由不可对抗的士兵组成的军队,他站在他们的队伍中,安然回到了家。生命从不曾如此顽强而绚丽地向他奔来。我们一定要在黑暗和混沌最深处领悟到,照着地球的太阳,最是光辉灿烂。

罗兰德号上的其他乘客都被这一声"着陆!"感染。利布林太太甚至开始召唤罗萨和弗利特了。

"天啊,你这个无赖!"亚瑟·斯托对他忠实的仆人说道,"天啊,我们终于又可以感受到陆地了。"

这时,威廉医生朝弗雷德里克的船舱里窥视。

"恭喜你,冯·卡马赫尔医生,"他说,"我们看到了克里斯托弗哥伦布和亚美利哥维斯普奇。没有行李真是方便,我们该为此感到高兴。"

突然,那个胖胖的小机械师温德勒先生从弗雷德里克的肩后看过来。

"医生,"他无助地绞着手叫道,"你快到甲板上去。你的受护人眼睛都哭肿了。"当然,他指的是英吉格。

弗雷德里克来到甲板上时,她还在哭。他的安慰并没有起作用。他从没看到她哭过,她现在的状态,连他自己也很少出现,这激起了他的同情和怜悯,然而这是一种不受他之前激情所感染的父亲般的关爱。

"不是我的错,"她突然说,"我父亲丢了命不是我的错。我也不该对阿赫莱特纳先生负责。我尽力劝阻过他不要来。"

弗雷德里克轻抚着英吉格的手。

"向阿赫莱特纳致敬,可若是要我为逝者哀悼,我首先想到的是'罗兰德号'上的英雄们,冯·凯赛尔船长,他的大副冯·哈姆和那些救人英雄们,他们都是了不起的殉职者。他们的牺牲是世界的损失。第一眼看到他们,我就相信,上帝绝不允许他们毁灭。"

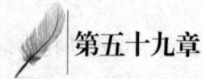

第五十九章

"哈姆波特"一路返航,将孤独的大海抛诸身后,它已经进入到船只活跃的水域,正往港口驶去。此时,桑迪胡克的灯塔已经可见了。

虽然英吉格和弗雷德里克都不能平息他们灵魂中的激动,可是进入海港后,他们仍对这变幻的风景着了迷。这是一种惊人的奇观,惊讶接着惊讶,每一瞬都带来不同的体验。

一艘巨大的白星邮轮慢慢地朝他们驶过来,当然,上面还有铜管乐队。它正要出航,而"哈姆波特"已经返航回来。那艘巨大邮轮的甲板上,人群如蚂蚁一般密集,营造出一种欢愉的节日气氛。谁知道等待着他们的又是什么呢?当他们看向小小的"哈姆波特"上的少数乘客时,丝毫没有迹象表明那次事故的重大与可怕,没有迹象表明他们就是前不久事件的幸存的见证者。

当"哈姆波特"号驶进纽约港,朝海湾峡驶去时,那使罗兰德号上的乘客坐立不安的情感,代表了对家的告别,对海上危险的告别,同时是对坚实土地的迎接,是对稳定的人类文明的迎接。

这是众所周知的,平常的,母亲的包围,人们就从这包围里周转,从这里踏上生命之旅。若是没有这个包围,人类至今在自然面前还会显得手足无措。

因此,他们体验到了一种归家感,其间还夹杂着特有的梦幻般的感觉,那就是——他们乘上卡戒的木筏渡过了冥界之流后,来到一个陌生的世界。

在那里,可怕的孤独在海面上和海洋上空盘旋,在那样的孤独中,人类就可看见一切,包括上帝和世界都未曾见过,未曾听说,并且被它们遗忘的东西。

在这拥簇的蚁穴中,要想获得幸福,就得忘却过度时期的凶残——像昆虫一样的人类,他们的感官和智力是从与世隔绝的领域获得。

航船一艘接着一艘,轮船的汽笛长鸣,成群的海鸥有的俯冲进水里,捕食鱼类,有的或是在微风中四处飞行。

另一艘汉堡-纽约一线的快速航船,在诺顿点与他们擦身而过。

巨大的船只被某种神秘的力量驱动着,毅然平静地前行。还能听到船上的锣鼓声,那是召唤甲板上的人们到餐厅去。

"现在,"弗雷德里克从包里掏出手表,说,"是欧洲时间,六点十五分,天还没亮。"

布托船长同检疫站交换了旗语。哈姆波特停了下来,让卫生高级船员们上船来。经过了良久协商后,统舱里那个生病的女人,以及齐格弗里德的尸体被带下了船,其间他们还传唤医生们来了解具体情况,经过了利布林太太的同意带走齐格弗里德的尸体。弗雷德里克以为,利布林太太待在船舱里,是因为不想看到这痛苦的场景。一个半小时后,"哈姆波特"号就全速航行,经过港湾峡,直往上湾驶去。

游人们总是喜欢在船到达前,用望远镜观看法国赠送的礼物——自由女神雕像。即便是弗雷德里克,当他看见女神站在她星形踏座上,高耸出水面时,也在心里向她致敬。他从远处看她,自然也就没那么大。她似乎给正在向他发送一个条好消息,那是关于未来的消息,那消息直入他的心田,哪怕他此刻情绪异常,也能使他心胸开阔。

"自由!"这个词可能会被滥用,但它并没有失去任何魔法与承诺。

第六十章

此刻,在弗雷德里克看来,世界好像已经疯了。"哈姆波特"进入了狭窄的港湾,该流域被摩天大楼被名副其实的巴别塔和无数奇形怪状的渡船包围着。这样的场景,若不是如此盛大,定会显得荒谬。在这样一个生命的洞口,文明在咆哮、喧嚣、嚎叫、冲刺、运动和旋转。这里是白蚁的殖民地,它们过着眼花缭乱浑浑噩噩的生活。不可思议的是,在那样的错乱与嘈杂中,每一分钟都有可能发生冲突,有可能倒下,有可能被杀死。在那喧哗与骚动中,人们如何还能平静地追求事业?

在这最后的时刻,"哈姆波特"上的乘客们都已自愿将心灵合一了。弗雷德里克在灾难中并没有失去他的现金,他说服英吉格·哈尔斯特伦在着陆的头一天不要拒绝他的帮助。他们达成一致,在纽约不要失去联系。"哈姆波特"在码头停靠前,当然有许多生动的告别与祝福场景,这是再自然不过。

大城市里的狂热与躁动，数百万人在这里工作，接受着复兴与改造。这是一个旋涡，人们无法抵抗，于是掉进其中。它不去思考，不去渗入，那一层不变的过去。这里就是当下，只是当下。

亚瑟·斯托似乎已经有一只脚踏进了韦斯特&福斯特的舞台。很多人都在谈论英吉格进入剧场的事。她和斯托是同时签约的，当然这已经过去了。她说她心系父亲的死活，也许不能舞蹈了；而亚瑟·斯托则说如果有时间，他今晚就会登台表演。

"我已错过了两个晚上。"他说，"每晚可以赚五百美元。此外，我必须工作，我不能与大众脱节。"

他劝英吉格最好还是去，这是为她好，他还举了一些为了完成工作，而忍受巨大痛苦的人的例子。他说他认识一名学者，他的妻子死了，他还坚持发表演讲；一个喜剧演员，他的妻子跟别的男人跑了，他还坚持在台上讲笑话。

"这是我们的职业，"斯托继续说道，"不仅是我们的职业，还是每个人的职责。不管喜不喜欢，无论是快乐或痛苦都得尽自己的职责。每个人都是悲喜剧演员，或许，他又没被误认为是这样的演员，就像我们一样。在经历了那些后，我们所做的，对我来说就是一次胜利，我会毫不发抖地站上舞台，面对三千观众。"

斯托越来越像一个能随机应变的大话王，虽然不讨厌，却完全缺乏智慧。"如果你没有更好的事情做，"他对医生说，"你可能会来韦斯特&福斯特看我和我的小花蕾。工作！工作！"这是在说英吉格——"我很希望你能下定决心学舞蹈。工作是良药，工作是一切。悲叹过去是没有用的。此外，"他严肃地说，"别忘了，股票在美国蓬勃发展。演员一定不会拒绝这样的机会。只是等待着，看我们一踏上陆地会如何被记者包围。"

"怎么会这样？"弗雷德里克说，"你不知道罗兰德号沉没的细节都从检疫站拍电报给纽约了吗？看看那些伟大的摩天大楼，那幢有着炮塔的就是世界性建筑。我们已经上了新闻，上百万张报纸都会事无巨细地重点报道我们。接下来的四五天,纽约的男男女女就都会争相为罗兰德号的幸存者庆祝。"

在类似的谈话中,"哈姆波特"已经到达码头,提前离开了。这完全陌生的人群中,看到人们突然流露的情感,真是不可思议。利布林太太哭了,弗雷德里克和威廉只能顺从地接受她那泛滥的吻和感激之词;一片叫号声中,她在弗雷德里克和威廉医生的手上吻了又吻。不用说,女士们也交换了亲切的言辞。对弗利特的赞美声滔滔不绝;布托船长和温德勒,事实上所有的船员都被赋予英勇的救援者之名。医生们和斯托称罗兰德号上的水手们为:"我亲爱的战友!我们的英雄!"

大家约好了再碰面,威廉医生还约了布托船长和温德勒,甚至那个衣衫褴褛的画家弗莱施曼后天中午见面,地址在霍夫曼酒吧,他们约好一起参观这个城市。

可怜的画家雅各布·弗莱施曼,他被这疯狂的城市弄得有些糊涂了,说话也弯弯转转的。他不会说英语,他的钱也不多,他失去了唯一的资本——他的画。尽管带着明显的焦虑,他还是小心地与那些人相处着,他们是命运扔给他的,而且他们并没有拒绝自己的请求。他们答应帮他。就连亚瑟·斯托都提供了帮助和建议。

"如果你找代理公司时遇到麻烦,"他说,"打电话给我,我会把你介绍给我的朋友,《国家报》的老板。"

第二部分

 第一章

一会儿后,弗雷德里克感到自己的身后正是坚实的码头。他的大脑经过一阵轻微的转绕。码头上的人群正在欢呼。在这呼喊和喧嚷的人群中,英吉格唯有紧抓他的手臂,就像要面临另一种被湮没的危险。突然,他发现自己碰上了一个矮小的日本人——换句话说,他第一眼就像是个日本人——只听他说:

"冯·卡马赫尔医生,你怎么样啦?你不认识我了吗?你怎么样啦,冯·卡马赫尔医生?你不认识我了吗?"他接连而快速地重复了好几声。

弗雷德里克试着记起了这个男人。可是,这些欢呼声如雷贯耳,两边的人都在和他握手,报童在他的身后、头上,甚至就在他的鼻子下方挥舞着报纸,他几乎都不知道自己是谁。

"你不认识我了吗,冯·卡马赫尔医生?"日本人故作奸诈地笑着重

复道。

"天啊!"弗雷德里克叫了出来,"我总算想起来了。你是威利·斯奈德斯。你怎么会在这儿?"

在不莱梅做研究的那几个学期,他给一个男孩儿当家教以补贴工资,那可够他受的了。男孩儿的父亲是一名家具制造商,他出大价钱请老师给儿子单独授课。弗雷德里克的学生是一个善良的小伙子,一个搞笑的淘气包,他很快就成为了他忠实的小弟。昔日的顽皮大王如今已长成了大人,弗雷德里克在那堆欢乐的日本人中将他认了出来。

"你觉得我是怎么到这儿来的?我稍后就跟你解释,"威利再见到他的老师,鼻孔欢乐地张翕着说道,"最重要的是,你订好房间了吗,对了,要不要我带你从这堆记者中溜开?还是说,你就想接受采访?"

"天啊,我可不要!决不。"

"那就跟我走,"威利喊道,"有一辆出租车在等着我们,我们直接坐车去我那儿。"

接下来,弗雷德里克介绍了英吉格。

"我一定要看到这位年轻的小姐安全到达旅馆。但即便那样,我也不忍心把她一个人留下。"

威利很快就看出是怎么回事儿了,可这并没改变他的计划。

"哈尔斯特伦小姐也可以和我们一起。那样她会比住在旅馆舒服得多。唯一的问题就是,她吃得惯意大利餐吗?"

"意大利面和意大利面酱对我来说都不是问题,"弗雷德里克从英吉格眼里看出了情愿的意思,于是说道,"所以,我会跟着你的引导,就像当年你跟着我的引导一样。"

"好极了!向前进!"威利止不住喜形于色。

离开码头时,他们看见托斯仍然被记者包围着,他以令人难以想象的速度抽动着下巴,向人们讲述着他自己和他在沉没的罗兰德号上所扮演的角色。他们穿过人群,正要走进出租车时,一位老先生顾不上刺骨的寒风,气喘吁吁地向英吉格·哈尔斯特伦走来:"非常抱歉,打扰一下,我来自韦斯特&福斯特公司。"他摘下帽子,用手帕擦了擦帽子里边的箍带,"他们叫我——叫我——我是坐马车来的——马车还在等——"他已经累得不行,说不下去了。

"今晚哈尔斯特伦小姐恐怕不能出场了。"

"哦,哈尔斯特伦小姐看上去没什么事呀!"

"看这儿。"弗雷德里克就快要发怒了,他说道。

韦斯特&福斯特的代理人将帽子放回他的光脑袋上。

"要是哈尔斯特伦小姐今晚不去跳舞就大错特错了,"他说,"我受托给她带钱来,还有一切她需要的东西。我的马车就在那边。而且我们已经在阿斯特给她订好了房间。"

弗雷德里克开始生气了。

"我是一名医生,"他猛然一声说道,"作为一名医生,我告诉你,哈尔斯特伦小姐今晚不能跳舞,几个晚上都不能跳。"

"你会赔偿哈尔斯特伦小姐的经济损失吗?"

"我会怎么补偿不关你的事,也不关韦斯特&福斯特公司的事。"

弗雷德里克以为他已经解决了问题,可是那位代理人被惹怒了。

"先生,你是谁啊?我只想和哈尔斯特伦小姐谈事情。你有什么资格掺和进来?"

"我想我今晚可能跳不了舞了。"英吉格插嘴道。

"一旦你走上舞台就不会有这种感觉了。经理夫人有一封信给你。她的仆人在阿斯特给你准备了一切你需要的东西。而且,她完全供你差遣。"

"我们彼得罗尼拉也很不错,"威利·斯奈德斯插嘴到,"哈尔斯特伦小姐,你只要告诉她你需要什么,她就会在五分钟内给你送到。"在不断的诱惑之下,他把英吉格扶上了车。

"很好,那么,"代理人断然地说,"你违反了合同,我得提醒你一下后果。还有,我必须要你的地址。"

威利·斯奈德斯喊出了一个第107街上的地址。代理人便潦潦草草地在笔记本上记下来。

载着英吉格、弗雷德里克和威利，出租车穿过马车和卡车，从霍博肯开往纽约。渡口的报童扔进一张《阳光》日报的印刷本，全篇报纸都刊载着对这场事故的描述。作者很可能是卫生部的官员或布托船长。当威利·斯奈德斯开始说起罗兰德号时，弗雷德里克朝英吉格点点头，示意他不要说下去；可是她自己却注意着报纸上的报道，还问他们是否是第一批将这个消息带去纽约的人。

"罗兰德号延误了三天多，"威利解释道，"那时，我们已经开始有所警觉了。随后又公布了来自不莱梅的乘客名单，很快，你的名字，冯·卡马赫尔医生，也出现在了报纸上，同时，你的父亲也拍来电报说你已经离开巴黎到南阿普顿乘罗兰德号了。我一直坚信只是那糟糕的天气使你延误，而且我每天都会去轮船公司办公室咨询。也就是在那里，我获知罗兰德号沉没的消息，还得知'哈姆波特'会去搭载第一批获救的乘客，其中就包括你。"注意到英吉格脸色苍白，威利故作轻松，带着确信的神情说道，"还有许多人，一定会很快得救。"

这无数的渡船、拖车和汽船告诉你此时的交通是多么的糟糕。黑压压的人群挤满了渡船，宛如浮于水面的空中楼阁，其上是类似手推式的熨斗，随着隐形的活塞上下攒动。

船在迅速开走的过程中，所有的交通工具伴随着大批向前踏步的人群一齐向前移动，发出巨大的轰隆声。

"这个城市，"弗雷德里克想，"拜金。"这种想法主要是因为周围那耀眼的广告，和那些快节奏的搞笑言论。凡是他眼睛转向的地方，都是怒视着他的大幅广告牌，巨大的字母，大而华丽的彩色海报和正指向某些东西的巨大手指和手掌。一辆装扮得就像来自马戏团一样的马车，由十二匹马拉着从身旁开过，上面有二十个黑人高举着广告牌。那是一场贪婪的竞技，以一切易被觉察的方式进行着，充满了野蛮且无耻的欲望，可也正是因为这样，此番过程才不乏精彩。然而，其间没有伪善，都是真真切切的坦言相告。

出租车在一个电报局门口停了下来，弗德里克给他的父亲拍了电报，

"我一切安然,身体健康。"英吉格也给在巴黎的母亲拍了电报,"我没事了。可父亲仍生死未卜。"英吉格写字时,弗雷德里克借机告诉威利·斯德奈斯她可能在灾难中失去了她的父亲。

好几次,报童都从弗雷德里克鼻子下方扔过一张报纸,还一边叫喊着这轰动性的事件:"罗兰德号沉没咯!罗兰德号沉没咯!"他还会喊出标题:"罗兰德号离开不莱梅,差错迫使她返航。罗兰德号再次出航!风雨不断!船员丧命!九百人葬身鱼腹!女仆见义勇为!弗雷德里克·冯·卡马赫尔医生造就奇迹!"弗雷德里克很惊讶,他回想着,却什么也想不起来。"小孩儿在救生艇上丧生!'哈姆波特'上的布托船长发现了遇难者!生还者名单通报!断臂的射击冠军亚瑟·斯托在忠实仆人的帮助下上了救生艇!"报纸上连续一周不断为新旧大陆的读者们提供最新的轰动性新闻。

出租车向百老汇辗进,纽约的主要干道延伸数英里,大道两旁车水马龙,形成了两条不间断的链子。当时,车身下的电缆延绵不绝。百老汇的交通拥堵不堪,而当车子穿过另一条热闹街道后,再转入一条看上去冷清的街道,这对比就更加惊人了,那里一路就如乡村般安静。

后来,车子停了下来,威利·斯德奈斯扶英吉格下车。客人们发现自己身处一栋低矮的独户房子前,屋外还有一排阶梯,这房子绝不与该街区的其他房子雷同,那些房子的设计大都一致,同样高同样宽,就连细节方面也大同小异。在德国,弗雷德里克只是在工人的住房区才见到过这么单调乏味的建筑,而在这里,这竟成了贵族住房区的标志。

到了黄昏时分,弗雷德里克和英吉格终于可以在他们的屋子里享受到私人空间了。屋子装饰很简单,而且四下都很干净,里面亮着灯,地窖的火炉传来阵阵热气;地上铺着红砖而非木板。彼得罗尼拉,那位意大利老管家,负责服侍英吉格,她像母亲一般无微不至地照顾她。两人用意大利语混合着英语必要地寒暄了一阵。然后,在带英吉格进了自己的房间且为她准备好一切之后,彼得罗尼拉走进大厅招唤一名仆人,要她负责房子的另一处。弗雷德里克听到了她的声音,于是将头伸出门外向她询问英吉格的情况。

"小姐没有脱衣服就倒在沙发上睡着了。"她说。

弗雷德里克察觉到照顾英吉格让彼得罗尼拉有些心神不宁,而英吉格睡得特别沉。她的身体,经过几周的折腾,已经开始抗议了。彼得罗尼拉和仆人帮她脱了衣服,将她放到床上,整个过程她都没有清醒过来,尽管她偶尔也会睁大她那忽闪的海绿色眼睛。

第二章

弗雷德里克洗漱后,同威利·斯德奈斯一起走到楼下的地下室。这里有一个整洁的小餐厅,里边放着一张八人的餐桌。和其他屋子一样,餐厅的地面也是砖,此外,半墙以上挂着粗麻布。接着粗麻布,沿屋摆放着狭窄的架子,上面陈列着各种家用器具,以长酒杯为主。像此地的其他事物一样,桌布也出奇干净。

与此同时,威利也不失幽默地、绘声绘色地向弗雷德里克讲述着这间极为舒适的屋子的特点和用途。这里租给了一群德国艺术家,他们中的支柱人物是一位名叫理特的雕刻家。威利赞美里特是一名天才。对于和他同时代的人来说,他在新大陆的事业生涯已经进入了非凡的阶段。他的赞助人包括阿斯特、古尔德和范德比尔特家族;他包揽了芝加哥博览会建筑的大部分户外雕刻。威利把里特称作"魔鬼级别的人物",还赞扬了他的

"聪明"。

餐厅的角落里、大厅中，以及楼梯平台处都挂着理特作品的复制版。威利把它们夸上了天；弗雷德里克也着实欣赏它们。餐厅角落里那巨幅浅浮雕好似一群唱歌的男孩儿，也许里特是按照他主顾的建议，以著名的卢卡·德拉·罗比亚浮雕为原型来塑造这幅作品的，他的主顾也许是范德比尔特家族的人或是阿斯特家族的人。从风格上讲，其作品之庄严与新颖远超当时德国的任何成品。

另一个入伙这座房子的人是理特的朋友，他在工作上协助他。和理特一样，罗布科维兹也是土生土长的奥地利人。该群人的第四个成员是一位来自西里西亚的画家，叫作弗兰克，他是一个一文不名的怪人，然而他的同伴们对他的天赋却有着极高的评价。正是好心的威利·斯德奈斯，在偶遇他的这位西里西亚同胞后，将他从那简陋的住所拖到这俱乐部之家来，为此，他可没少好言相哄。

"等等，看疯子弗兰克要怎么做，"威利用他那奇怪的声音说道，那种声音是有着喉音和鼻音的美式英语与他朋友的奥地利式德语口音的混合，"他就像疯狗一样乱叫。他能够让你笑得左偏右倒——也就是，要是没有把晚餐送到这无理取闹家伙的房间里时。"

事实上，弗兰克是第一个走进餐厅的人。威利的唇舌不停地蠕动着，而那个怪人只是无力地同弗兰德里克握了握手，什么话也不说。尽管三人是一国同胞，可弗兰克的出现——他和威利一样，穿着晚礼服——给这无拘无束的气氛增添了几分尴尬；虽然威利已经借给弗雷德里克一套西装，也订好了裁缝，可弗雷德里克仍为装束不得体表示抱歉。

"没错，里特就是一个十足的形式主义者。"威利说。

这时彼得罗尼拉走进来，用啰唆的意大利语汇报说，那可怜的尊贵又可爱的小姐已经在床上睡下了，而且呼吸也很平静、很规律。

"你可以放一炮，乓！乓！就在她的窗外，她都不会醒来。"她说。然后她拿出一张报纸，问先生们是否听说了罗兰德号沉没的消息，以及那些为数不多的生还者。当威利扩张着鼻孔，带着那特有的半严肃半开玩笑的表情介绍说弗雷德里克就是那些生还者之一时,她突然笑出声来,这可把三名西里西亚人的其中两位逗乐了。当她确定威利并未开玩笑后,便盯着弗雷德里克看,说不出话来,接着她竟流下了眼泪,还亲吻了他的手。然后她就跑出去了。

稍后,罗伯克维兹进来了,他是一个高大且安静的人。他已经听说了弗雷德里克最近的遭遇,于是亲切地和他打招呼。

"里特刚乘坐马车过来。"他说。

于是他们看向窗外。弗雷德里克只见一辆精美的两轮狗拖车上坐着一名英俊的马车夫,他穿着黑色的号衣,正要驾车离去,而那纯种的灰色东西,感受到了缰绳勒紧的力度,也一边跳着晃着。

"这马车夫!"威利说,他那闭不上嘴和言行失检的缺点得到了他朋友们善意的包容,"他是奥地利军队中一名过气的军官。他因欠下赌债而逃了出来。我不知道他是自己从军队跑出来,还是被赶出来的。不管怎么说,他对里特的服侍好得没话说。他事无巨细地告诉他午宴和晚宴该穿什么,打网球和高尔夫该穿什么,以及骑马和开车该怎样穿;他教他领带怎样打活结,告诉他什么时候该拿黑色烟管,什么时候该拿白色的,还告诉他该戴什么颜色的手套,打什么颜色的领带,系什么样的袖扣,穿什么样的袜子。总之,他教会他要成功在这上层生活中立足该注意的一切事情。"

就在这会儿,博尼费修斯·里特走进来了,在美国,他时运兴旺前程无限,他年轻精干英俊儒雅,就像亚西比德。弗雷德里克立即被他的言行举止他那光芒四射的亲和力,他的无邪气质,以及他的快乐和平凡的热心所折服。新大陆里的气氛轻松而热情地像这位和蔼的奥地利人敞开。

晚餐上来了,在喝着美味意大利汤的同时,谈话如火如荼地展开了。威利·斯奈德斯作为代表给大家斟酒。很显然,他是多么以博尼费修斯·里特为傲,他又是多么自豪能够在这异国他乡,在这样的屋子里向他的这些朋友们,介绍他昔日的老师。这伙人很快打成了一片;戴着白帽子,穿着白围裙的仆人上完餐后,四人为弗雷德里克和他女学生的救人之举向他敬酒。紧接着是一阵短暂的尴尬,因为弗雷德里克要求一番发言。他那苍白的学者的脸仍然显露着艰难经历的深刻印记。

"我是来，"他说，"和一个朋友一起继续他于几年前开始的研究。你知道他的，威利。他就是彼得·施密特，那个医生，住在施普林菲尔德，曼切斯特。"

"他如今在梅里登，离施普林菲尔德只有一小时的车程。"

"是吗？"弗雷德里克说，"我还以为他在施普林菲尔德。可那不要紧。我在柏林和巴黎的时候，也和我的一些科学家朋友们交换过意见，那是在于南阿普顿乘上罗兰德号之前。大家都跟我说罗兰德号是最上乘的交通工具。让我惊讶的是，我在船上遇到了这位正在享受你们热情招待的小姐。她准备和她的父亲一起去美国。我们很幸运。慌乱发生后，我们十分顺利地上了救生艇，可是我们不得不丢下这位年轻小姐的父亲。我忘了说，我早在柏林就认识了哈尔斯特伦先生和他的女儿。就这样，命运将我们联系在一起，我认为自己要对哈尔斯特伦小姐负责，不管是作为一名医生还是作为一名普通人。她是一朵艺术的奇葩，是一名舞者。"

接着，威利·斯德奈斯诙谐地叙述了一番遇上韦斯特&福斯特公司代理人的事；随之谈话就转向了广大艺术，尤其是在美国艺术上。

"每年有上百万美元，"博尼费修斯·里特说，"花费在所有艺术项目上，独绘画就有一大笔资金。同时，当今存在一类有着清教徒血统的人，对于他们来说，一切艺术形式都是对撒旦的憎恶。例如，有一群虔诚的社会栋梁，一群破坏分子，他们是拥有特定权利的市民，他们的目标是清除污秽，维持纯洁。这导致近来纽约阔少俱乐部的成立，而且还摧毁了一些举世无双的艺术瑰宝和杰作，其间甚至包括提香的维纳斯画像。"

"此外，这里的业余爱好者们，"罗博克维兹说，"说到他们的艺术收藏，真是有趣。你看看他们是怎样挂画的。一家费城的百货商店里陈列着'耶稣画像'。古尔德家族的人们将林布兰特挂在那舒适万分的浴室里。当然，对于那些挂在旅馆墙上和楼道间的佳作，我自然无话可说。纽约最大的酒吧间有一整套芭比桑画派的学院风格米勒画像，库尔贝的作品、巴斯琴·勒帕热和道比尼的作品——都挂在酒吧里。"

"我去那儿的唯一原因,"弗雷德里克说,"就是每天去那儿喝威士忌和汽水。"

里特、斯德奈斯和罗博克维兹爆发出一阵笑声。

弗兰克长着一副吉普赛人的模样;于是,正如弗雷德里克对自己说的那样,超乎他和威利·斯德奈斯的想象,又出现了两种非欧洲类型。虽然比弗雷德里克大一岁,可是骨骼瘦削顾长精干的弗兰克看起来要年轻七八岁。他总在拨弄着眼前那一绺儿头发,每当他拨开,那一绺头发又掉在他的额前,垂及他的鼻尖。他大口地喝着酒,一直保持微笑。当其他人笑他阐述艺术与威士忌的关系时,他也只是笑笑。

一阵似乎多年都未体会过的安全感向弗雷德里克袭来。他一直以来对艺术家们都颇有好感。他们的谈话他们之间的友情都深深吸引着他。如今这样的事实又增强了这种好感,那就是本以为在这异国他乡会遭遇冷淡的对待和完全的孤立,可是相反,他在这儿受到了热情的接待,这个圈子的人们竟然敞开胸怀迎接他。整个过程他们都在欢乐地碰杯,并且享用正式的餐宴,尽管他们的晚礼服并不那么正式,弗雷德里克时而会问自己,他所经历的那些可怕的事是否真的发生过。他此刻是否真的在与古老欧洲相距三千英里的纽约?这不是他的家吗?在自己国家的过去十年岁月里,难道他从未有过像在这儿一般的自如感受?生活的巨浪竟这般朝他拍打过来!每一分钟都有一波新的浪潮翻滚过他的双脚——翻滚过这个从毁灭中侥幸逃生的人。

"我衷心地感谢你们,先生们,同胞们!"他说,"为了你们对我的热情款待。我其实并不值得这样。"他举起酒杯,大家都和他碰了杯。突然,连弗雷德里克自己都感到吃惊的是,一阵坦白的浪潮漫过了弗雷德里克,这让他觉得自己是个"遇难者",这个词的两层意思都与自己契合,"我过去经历了不少;罗兰德号的沉没的悲剧并不是那么可怕,我倒愿意将它看作我先前生活的标志——旧世界,新世界。我已经迈出了踏向伟大城池的步伐,已经感觉到类似新生命的东西在我体内滋长。"

"我不知道自己该做什么。"他并不觉得这是自我矛盾的说法,"我当然不会再去搞医学,也不会以细菌研究为业。也许我会写书。我也不知道要写什么类型的书。我想得最多的一件事就是复原米罗的维纳斯的主干。我已经在头脑中构思好了一个关于彼特·费舍尔和亚当·克拉夫特的作品。可就我所知,我只能写一些关于怎样使用人工肥的东西。因为我正考虑买一些土地,种些树,退隐乡间,耕作,牧牛。然后,我还会写一些浪漫主义故事,一生的浪漫故事,也许写成后会像一部当代哲学。那样一来,我该接着叔本华未完成的内容来写。我是指那整天在我脑海中打转的《作为意志和表象的世界》里的话:'一些东西隐藏在我们身后,却无法接近我们,直到我们摆脱了这个世界。'"

大家怀着敬意听着那个历经了迟来的动荡期的年轻学者发言。他提到人工肥,这使大家爆发出一阵欢乐,他讲完后,几位观众便开始鼓掌。

"摆脱这个世界,那是弗兰克做的事,冯·卡马赫尔医生。和他讲讲,弗兰克,你是怎么到美国来的。"威利说。

"或者讲一下你徒步流浪去芝加哥的事。"罗博克维兹说道。

"要么,"里特说,"讲讲你在波斯顿的冒险,两名警察不可思议地错认了你的情况,用警车将你带到了监狱。"

"他们这样才好呢,"弗兰克说,他还一边笑着拨弄着额前的头发,"要是他们不带走我,我肯定会感冒。"

让弗雷德里克不解的是,弗兰克的每一句话都引发了一阵笑声。

"弗兰克是天才中的天才,"威利悄悄对弗雷德里克说着,一边往杯子里掺着吉安蒂红葡萄酒,"他还是世界上最怪的人。弗兰克,"他叫道,"难道你不是身无分文来到美国的吗?"

"要钱来干什么呢?"弗兰克无比闲适地带着天真的笑容回答道。

"你是以一名司炉的身份过来的吗?"

"是……是……是的,"弗兰克说,"那时我受雇去当司炉。"

"可你从来不干司炉的活?"

"是呀,我可没力气来干那个。"

"可是,你在船上做什么呢?"罗博克维兹问道。

"我吗？我就是在航海呀。"

"当然，可是你在工作。你必须做事赚钱呀。"

"我和大副一起玩六十六。"

终于，弗兰克的故事被挖了出来。他在船上时，是通过给乘务长画肖像，日子才过得那么潇洒，而且在美国领土着陆时，他衣兜里还有五十美元，尽管一天后，那五十美元就分文不剩了。

"钱财乃身外之物。"弗兰克说。

第三章

　　这时,一名戴着白帽子,系着白色围裙,看上去干干净净的服务生过来上菜。接着,厨师西蒙·布莱姆拉亲自端着甜点和奶酪进来,顺便询问晚餐是否合先生们的胃口。从主人和厨师之间的熟悉程度可见,他们之间的关系非常好。他们还一起说着意大利语。艺术家们在美国的意大利小插曲为他们增添了许多欢乐的气氛。

　　"现在,来一曲吧,伙计!"威利突然安排厨师,"西蒙·布兰拉比先生,现在请你为我们表演一曲吧!还要cantare,明白吗?Ma forte not too mezza voce!"他说着从餐柜上拿下一把曼陀林,并将它塞到厨师的手臂里。

　　"Signor Guglielmo è sempre buffo。"厨师说道。

　　"就是——buffo,buffo。"弗兰克用拳头敲着桌子喊道。他已经开始痴痴地笑,看上去将"buffo"当成了"唱"。

"Cosa vuole sentire？"布莱姆比拉问道。

"Addio mia bella Napoli。"威利提议道，"要么你喜欢什么就弹什么，布莱姆比拉先生。"

"'like'是什么意思？"弗兰克说，"我经常听到这个词。"

"你相信吗，"威利对弗雷德里克说，"那头笨牛来这儿都一年多了，却一个英语单词都不会。"

"Deutschland, Deutschland über alles。"弗兰克开始唱到。

"天啊！"威利说，"他的牙痛又犯了。"

"Ich weiss nicht, was soll es bedeuten。"弗兰克还接着唱。

"可我知道！"威利叫道，"安静！当弗兰克开始唱歌，罗博克维兹开始打呵欠，里特开始将酒倒在桌布上，那么，我们很快就要躺在桌子下去了。"

厨师优雅地坐下来，拿好曼陀林。他戴着白色的亚麻布帽子，穿着白色的亚麻布背心，系着白色围裙，在这群着装得体的年轻男子中间显得有些滑稽可笑。威利·斯奈德斯往他的玻璃杯里倒进vino nero，他以弹序曲的方式拨了几声，尽管他正在犹豫是否该打断弗兰克，开始弹奏。他那在炉火映照下熠熠闪光的脸，带着谦和的神情看着弗兰克，等着他停下来，并且用意大利语恳求他继续唱歌。最后，弗兰克并没有回应他，而是站起来，指挥似地、滑稽地看了他一眼，他将手中的叉子当成指挥棒挥舞着，他以动人的韵律敲响一曲伴奏，挑逗着听者们的神经。他是个优秀的歌者，在曼陀林演奏上也是一介神手。他演奏了一些著名的街头乐队的歌曲，在意大利到处都能听到这些歌曲，尤其是在那不勒斯——《再见了，美丽的那不勒斯》《缆车之行》《前天，我来到皮蒂格罗塔》《裁缝女的菊花墙》，他还唱了一些更为庄重的歌曲，比如《每晚在我的阳台下都会听到这首爱情之歌》。

厨师弹奏的旋律无疑让他想起了自己的家，尽管对于他来说，记忆中的颜色并没有艺术家们那般光彩迷人——不管他们是否身在意大利。弗雷德里克将头后仰，同时闭上了眼睛。餐厅里弥漫着烟的香味，电灯像是在迷雾中发光。弗雷德里克的思绪飘得好远好远。他的手臂懒懒地耷拉在身旁，他手指间的Simon Arzt牌香烟已经烧到了烟屁股部分——整个历险过程中，他那银色的烟盒都毫发无损地待在他的衣兜里。

他的头脑中涌起意大利的海岸和蓝色海湾，还有那棕色的Doric temples of Pæstum和阿马尔菲、苏莲托和卡普里岛的悬崖。他就如同站在波西力波海角。他和多恩医生一起在动物园区的凉廊里进行深海研究，那次研究是由汉斯·冯·马格里斯授权的。在罗马，弗雷德里克和汉斯·冯·马格里以及奥托一起坐在一大堆酒瓶前，而奥托已经在柏林组织路德教会纪念活动时死去。他看见自己在古罗马朱庇特神殿的医院探视身患疟疾的病人，或是和聋哑的雕刻家一道在平西奥山上沐浴着阳光散步，他还和他一起去听午后场音乐会。艺术家说他的耳朵并没听见音乐，可是他能感觉到它，或者只是感觉到了鼓在他腹中敲响，他笑了。

在那段生活中，弗雷德里克经历了一场危机。然而，他对歌德"意大利之旅"的专注，他与艺术家之间的交流，以及他对崇高艺术的多元印象，使他偏离他的科学。可是有一天，他偶然遇见了冯·索恩夫人和他的女儿安杰拉。于是他们订婚了，如今是时候转变职业了。安杰拉很漂亮，在那些日子里，他大声地为她朗读歌德的作品中的章节，或是温克尔曼作品中那鼓舞人心的段落，又或者为她背诵荷尔德林的作品，或是给她讲有关罗马教廷的杰作，每一天都有新花样，绝不重复，充满了傻傻的浪漫。他们从科尔索的珠宝商那里买来了订婚戒指。戒指在哪里呢？他已经从手上摘下来，就像他的其他物品一样，那枚戒指也永远沉没在罗兰德号的船舱里。

弗雷德里克再次有了热浪从胸前涌进眼中的感觉。这一次，那种感觉非常柔和，那是一种和谐感，一种对于遗失的幻想的哀婉。若是从此以后他真的要开始一个新纪元，那么他生活的第二个纪元绝不与那充满了无罪感和靠幻想维持的第一个相似。弗雷德里克开始怜惜自己。他几乎要流下泪来。因那顽强的信念，和那无比确切的幸福渴望最终让他醒悟过来。

每当布莱姆拉弹完一首后，在掌声与喝彩期间，彼得罗尼拉走了进来，对着威利·斯德奈斯耳语了几句，然后威利又小声对弗雷德里克说了什么，于是他立刻站了起来，离开了餐厅。威利也和他一道出来。

彼得罗尼拉的话还在耳边，只见一位先生和一位打扮得富丽堂皇的夫人急匆匆地赶往英吉格的房间。弗雷德里克和威利刚赶到，就看见那位夫人正试着摇醒英吉格。

"上天保佑！孩子，"她说道，"你醒一醒。"

弗雷德里克和威利认出了韦斯特&福斯特公司的代理人，于是将他拖到客厅，小声而不失威慑地和他说话。他们和他说了一些语气强硬的话，可他只是耸耸肩。他们质问那位夫人有什么权利闯进来，她说她是纽约一个最大的剧场经济公司的老板，在她的促成下，韦斯特&福斯特经济公司和英吉格·哈尔斯特伦的父亲达成了协议，他还提前收了一千美元。

"时间就是金钱，尤其是在纽约，"她说道，"即便哈尔斯特伦小姐今晚不能跳舞，她也必须开始为明天作准备。我也愿意帮她，可我还有上百件这样的事要处理。要是哈尔斯特伦小姐明天会出场，那么她即刻就得跟我走。"——她提到了纽约的格尔森——"以便他们能连夜为她准备服装。地点就在百老汇大街上，一辆出租车正等在门外。"

夫人就在房间里说着这番话，还故意不压低声音。有好几次，弗雷德里克和威利都打断她要她调整一下声音。

"哈尔斯特伦小姐不会去跳舞的。"弗雷德里克最终说道。

"真的吗？"代理人说，"那她可要吃官司了。"

"哈尔斯特伦小姐是未成年人，"弗雷德里克说，"而她的父亲，也就是和你签合同的人，也许在罗兰德号沉没的灾难中丧生了。"

"可我，"代理人说，"并不想白白损失一千美元。"

"哈尔斯特伦小姐生病了。"

"很好，那我就给她找医生。"

"我自己就是医生。"

"是德国医生吧，我想，"她说，"我们只信赖美国医生。"

也许，若是不管她怎么吵闹，甚至摇晃，英吉格都一直沉睡着，那么这位拥有男人般才智、男人般精力和男人般声音的美国女人一定会不达目的誓不罢休。最后，弗雷德里克毫不含糊地决定不让代理人碰她，并且要她暂且出去。此外，威利还想到一个好主意，而且直到后来弗雷德里克才明白这个主意所蕴含的深远意义。他说，要是代理人还不停下来，他就会在社会界宣扬她们虐待儿童，因为哈尔斯特伦小姐还不满十七岁。

"先生，"夫人说，很显然她吃了一惊，气势也软下来，"要知道福斯特&韦斯特公司和我都已花费巨额进行了为期四周的广告。我还将广告打到了旧金山。既然哈尔斯特伦小姐碰巧成为罗兰德号上的生还者，而且还失去了她的父亲，她就已经成为本次上演期的轰动。要是她现在出场，三个月内她就会带着五千多美元返回欧洲，比合同上写的金额还要多。你要为这巨大的损失负责吗？"

代理人和他的陪同离开后，威利想起了她说的那些数目庞大的广告。几周来，所有的广告牌上所有的脚手架上，以及所有在造建筑的空闲处都张贴着写有"玛拉——蜘蛛的牺牲者"字样的海报。有时候他们还会展出一张真人大小的舞者画像，画上的人看上去还像个孩子，好似得了白化病一般，眼睛红得像兔子的眼睛，倾泻而下的头发呈橘黄色。此外，还有一只气球般大小的蜘蛛蜷伏在它的蛛网上。海报是由纽约最优秀的海报画家布朗创作的。

"现在仍可见满街都是这些海报，"威利斯德奈斯说，"想想我总是莫名其妙地盯着它们看，还真是有趣；如今英吉格小姐和你竟然在这所房子里。生活总会制造离奇的情节。我要你相信，当看到那些海报时，我千思万想都没有想到你，冯•卡马赫尔医生。我也没料到，它们于我，会比其他一般歌舞表演广告更具意义。"

当弗雷德里克和威利回到餐厅时，厨师已经走了，罗博克维兹和弗兰克又开始了那老掉牙的争端，拉斐尔和米开朗琪罗谁更伟大。威利愤慨而不失幽默地讲述了他们与"亚马孙族女战士"之间刚发生的战斗，以及韦斯特&福斯特公司坚持让哈尔斯特伦小姐当晚参加演出的事。这激起了艺术家们的骑士气概。于是他们一致声称，即便是全纽约人民都来围攻他们,他们也不会交出那个可爱的被监护人。"

弗雷德里克看看表。已经十点过了。他想起亚瑟·斯托临别时说的话,"十点半时,我就该在灯光照耀的舞台上了。"弗雷德里克和艺术家们讲起了亚瑟·斯托;于是威利·斯奈德斯主动提议大家一起去韦斯特&福斯特公司观看那位断臂演员的表演。

第四章

里特借给弗雷德里克一件自己的晚装,他穿着非常合身。另外,不到半小时,这伙人就已经坐在了韦斯特&福斯特公司的包厢里了。允许抽烟喝酒的大厅里观众满座。威利估算了一下,大概有四五千人在场。大束弧光像清冷的白月光一样照着烟雾。

弗雷德里克和他的朋友们入场时,一个女人和一位苗条的西班牙斗牛士正在跳舞。场上的音乐有些激昂,剧中角色和演员立刻俘获了艺术家们的注意。该舞蹈是幽默加天真与野蛮的离奇混搭。看着西班牙斗牛士跳舞,弗雷德里克感到如同置身于塞维尔的竞技场;而看着那女孩儿跳舞,又仿佛与科林斯海湾临近,或是站在基克拉迪群岛上。于是他立刻决定离开西班牙,跟随着女孩儿来到她的家乡希腊,在那儿,她是他的克洛伊,而他,则是她的达佛尼斯。年老的牧羊人坐在献给潘的松树林里醉酒。他从高处的牧场俯瞰远方的爱琴海,看海浪无声地拍打着岩石遍地的海岸线。

管弦音乐变成了潘的笛声,此时,韦斯特&福斯特公司,浓重的烟味和那被五千人的呼吸染浊的空气好似荡然无存。松林里的沙沙声,是春天纯净的呼吸。牧羊女的舞蹈,像是跟着羊儿们滑稽的跳跃而学,又或是从潘那里遗传所得。这就是生命中那青春那狂野且欢乐洋溢之舞。

"所有的音乐,"弗雷德里克想,"都源于一人同时歌舞。脚步引领着喉咙发声的节奏;若是舞者自己不唱歌,那么她听到的就不是为舞蹈伴奏的音乐,而若是她跳舞时没有伴奏,能看到她跳舞的我们,仍然能听到她的歌声。我从女孩儿的舞蹈中听到的旋律,其田园牧歌式的纯真,可与莫扎特、贝多芬和舒伯特笔下的同类风格媲美。"

舞者是西班牙人。她很少飞跃,只是顽皮地摇着头,好像沉浸在自己的欢乐中,并不在意观众和那位斗牛士,而斗牛士则时而揽过她,将她举在空中。她的舞是无罪的,毫不耽于声色。一舞跳罢,弗雷德里克和他的朋友们疯狂地鼓掌,然而,大多数观众都只是勉强地拍拍手。

"这对于一般人来说,只是鱼子酱。"弗雷德里克说。

她退场后,一个身着红号衣的男仆走上舞台,他端上来几个凳子,并把它们间隔有序地排列开。直到他离开后,拿着一支小步枪和一把小提琴再次回到舞台,弗雷德里克才认出那个勇敢的士兵巴尔克。紧接着,斯托上场了。场上顿时爆发出一阵热烈的欢乐声,好像永远停不下来。他穿了一件夹克和一条黑色天鹅绒齐膝短裤,戴着蕾丝胸饰和蕾丝袖扣,穿着黑色丝袜。他那泛黄的头发梳直了立在大脑袋上。他颧骨宽大,鼻子大而扁平,他带着专业的笑容面向观众。掌声滔滔不绝,那无臂的身躯恰到好处地鞠了一躬。

弗雷德里克看到了那个同样无助的男人,他躺在救生艇的坐凳上,浑身被海水淋湿;他回想着,为了不让船颠覆,水手们、巴尔克、威廉医生和他,还有女士们、罗萨、利布林夫人和英吉格做出了怎样拼命的挣扎。过去与现在有着多么不真实的对比啊!而为什么斯托会受到如此的尊敬呢?

大众心理已跃然纸上。那些掌声意味着什么呢?"我们感谢上帝救了你。你这个无臂之人能活下来,可那成百上千拥有健全双臂的人们却死去了,而你此时正波澜不惊地出现在舞台上。我们一定要尽情欢乐;能用成千上万个把戏逗弄我们的你获救,总比那些汤姆、迪克和亨利之类的人获救要好。此外,我们还要弥补你所遭遇的一切困难。还有,因你的技艺和救援,你就是一位身价翻倍的名人。"

躁动还未平息。观众们敬仰的那个人,理所当然被湮没在掌声的海洋里。最终,一个身着晚礼服的人走上台来,示意有话要说。场上安静下来,他宣布让世界冠军亚瑟·斯托发言。接着,斯托那尖锐清晰的男孩儿似的声音穿透了整个剧场,甚至传到了最后一排。

弗雷德里克四处张望,"我亲爱的纽约人民""热情好客的美国人""宜人的美国海滨""哥伦布"和"1942"。他听斯托说过那个写着"1942"的广告牌,1942是美国诞生的年份。他识别着这样的句子"生死无关紧要,远航必不可少""从黑暗通向光明"等。斯托的发言完全缺乏振奋力。

"诺亚方舟,"他说,"还不够用。地球表面的三分之二都还被水覆盖着。五湖四海的交通工具可以被洪水吞没,然而人性不能沉没,因为上帝已在天空中挂起了彩虹。海洋是英雄品质的摇篮,它所起的作用是结合,而非分离。"

冯·凯赛尔船长的名字在大厅里响起。弗雷德里克仿佛看见那死去的英雄在了无星辰的天空下,在汹涌的黑色海水里挣扎。表演者尖锐的声音之上,他听到船长的声音响起来:

"我的弟弟有妻儿。他真让人嫉妒,冯·卡马赫尔医生。"

精彩的发言结束后,响起了疯狂的掌声,弗雷德里克这才回过神来。

亚瑟·斯托此刻已坐在一张椅子上,而巴尔克,那个穿红的号衣的救人英雄则将小提琴放在另一张凳子上,准备替主人脱鞋。斯托脚上穿着黑色袜子,指尖外露。他用赤裸的右脚托住拉琴,然后用左脚熟练地往上涂着松香;这壮观的场景在观众中掀起一阵涟漪,众人惊讶,纷纷耳语。管弦乐队奏响了巴赫的《序曲》,而斯托伴随着这序曲拉起了古诺的《福哉马利亚》。他拉奏的曲调优美,让观众们神魂颠倒。思及那可怕的灾难,他们顿然陷入了一种伤感而带有宗教性的情绪。而弗雷德里克则因厌恶而发抖——罗兰德号的沉没被利用了。

慰藉人心的是斯托终于拿起了豌豆步枪。弗雷德里克和艺术家们对于巴尔克此刻所扮演角色的欣赏绝不亚于斯托。主人射击时,他就站在十五英尺外,漫不经心地为斯托拿着卡片,以便他瞄准。而斯托每一次都能打穿卡片的中心。

第五章

第二天早上,他醒得很晚,醒来后他发现一切都已风平浪静。床不再向前倒,杯子和水盆不再咯咯作响,地板没有向下倾斜,头上的墙也停止了前后摇晃。阴沉的冬日灰光通过窗户照进来,却并未造成阴郁萧条之象。

他按了铃,彼得罗尼拉走进来。她说,小姐已经醒了,脸色也好多了,而且她已经用过了早餐。她交他一封给威利·斯德奈斯写的便条,上面详细地写着他在午前不同时段的行踪,还写了他十二点十五分会回来吃午餐。

弗雷德里克又洗了一次澡,这是他在十二到十四个小时内第二次洗澡了。他们准备了干净的内衣裤和几件博尼费修斯·里特的崭新的西装供他选择;他坐下来吃早餐,犹如一个"重生"的人。彼特罗尼拉亲自端来早餐。上餐时,她告诉他所有人,就连仆人们也都出去了。之后她也出去了，几分钟后她又回来，询问他是否还有其他需要。

"没有了，谢谢。"

于是，她请准外出一个半小时，去替小姐买些小装饰。不一会儿，弗雷德里克就看到这位能干的管家全身裹得严严实实，跨过前门，走进那湿漉漉的人烟稀少的街道。

观察了一阵后，他开始有些不安，于是他点燃一支烟，若有所思地眯着右眼，同时咬着双唇。房间里空无一人。因而他甚至可听见自己的心脏拍打着肋骨。紧接着，对于难以预料的生活的感慨又深刻印上心头。像这样一次偶然，一番境遇，是他几周甚至几个月来都未曾想到过的，当然没想到的是这会发生在人潮汹涌的纽约。他从城市和蒸汽机的喧嚣中，从大西洋的咆哮中，纵身跃进沉默的墓穴。一阵遗弃与忘却之感油然而生。在那个有着四百万人口的城市，人们各自奔波劳碌，亦或被责任牢牢束缚，从而蒙蔽了双眼，堵住了耳朵，听不到也看不到路边的一切风景。

弗雷德里克看看表，时值十点十二分。他的不安加剧了。他甚至坐也坐不稳。他体内的每一条神经每一个细胞都被从四面八方袭来的无形力量触动着刺激着。这种穿透墙壁穿透地板穿透屋顶的力量，竟没有一种固定的名称。我们称为磁性、自然力和电流。说到电流，弗雷德里克刚有过一场关于它的独特经历。他试着在打开的壁炉前镇静下来；每当他用钳子触碰金属，就会有小火花噼啪地冒出。屋子里的一切事物都好像带了电。哪怕他用指尖轻轻扫过壁炉前的毯子，都会看到微弱的火光，听到细小的爆破声，就像小鞭子在啪嗒地抽打着什么。

"就是他们，"他笑着想到，"造光者。"当他绞尽脑汁回想自己是在哪本童话书中读到过那些小精灵，想着想着，他想起了自己在罗兰德号上做的那个梦："造光者，你们在做什么呀？"他问了几声，接着伸手去抓火花，就像某人无聊且不耐烦地伸手去抓苍蝇。在他看来，仿佛这些不计其数的撒旦的孩子正像这些跃动的火星一样刺痛着他的血液。他们阻塞了他的呼吸。于是他起身，走出大厅。

他在那里走动了一会儿，不知道做些什么，还一边尽可能小声地敲着墙砖。他向厨房看去，确定里边没有人，厨房就像餐厅一样设在地下室。接着，他轻轻地走下大理石石阶，来到下层，他在那里尽一切可能地阻止某一种激情的升起，这种激情几乎要掠夺他的一切感觉。他在努力压抑着这种感觉来到了书房，那是一间布置温馨的屋子，还装备着一些用以读写的附属品。墙上挂满了古罗马的建筑学视图和皮拉内西的雕版画。可不管是台伯河畔的城市也好，塞利西亚墓冢的坟穴也好，亦或是罗马圆形大剧场和帝沃利的神庙，都没能真正抓住他的注意。

他此刻又走出了屋子，尽管还在犹豫着要不要走上一楼。他举棋不定地在那站了一会儿，双手抓着栏杆上的木柱，他把头埋进手间，整个身子好像冷得发颤。后来，他抬起头，眼睛定定地盯着前方。他看起来好像变了一个人。

就在那一刻，弗雷德里克明白了他身体的那激昂的语言，于是他决定满足它的需求。抛开他心中郁积的痛苦，抛开一切内心的冲突，苦涩信念和自责，抛开荣辱，怜悯和犹豫以及迟疑，此刻他心中涌现出的是身体中那被压抑的未被满足的需求。在这所房子里，在这寂静的早上，一种强大且不可战胜的力量突然涌现出来。即便最顽固的阻碍思想它也能越控。可弗雷德里克的思想并没有阻碍它。相反，他那清楚且坚定的意图支持着它，增强了它，同时赋予它不可战胜的力量。于是他走进了英吉格的房间，她穿着彼得罗尼拉买回的晨衣坐在敞开的壁炉前，正在烘干她那浓密深长而又轻盈的头发。

"哦，冯·卡马赫尔医生！"她小声惊呼道，那闪烁的海蓝色眼睛盯着那个几乎闭着眼站在那儿困难地呼吸着，却一句话也说不出来的男人。如被催眠一样，一丝无药可救般自暴自弃和彻底消融的神情滑过她的脸庞。

看到她的表情，弗雷德里克愈发不能控制自己。最后，他不得不扑灭那一团折磨着他的猛烈而贪婪的火焰。伴随着那如野兽般的嘶哑的呼喊和饥渴难耐的狂怒，他深深陷入了那慢慢地慢慢地冷静的爱潮。

 第六章

彼得罗尼拉回来时已接近十一点了。和她一起回来的还有一个跑腿的男孩儿和一名浅发年轻人，他的穿着并不符合俱乐部屋住民们的优雅风格。他脚上穿着沉重的鞋子。他在大厅里等着，一边用健壮的左手甩着淋湿的雨伞，右手摇着一顶破旧的毡帽，他还娴熟地吹起了口哨，同时跨着大步来回走动，发出吵闹的脚步声，全然一副在自己家的样子。

彼得罗尼拉叫唤着弗雷德里克。欢迎之情切之欲出，他们其中一人两步并作一步地走上楼梯，另一人则以两倍的速度走下楼。他们亲吻了对方，用力地握手。

弗雷德里克这位早间来访的客人正是彼特·施密特，他曾在罗兰德号上梦到过他。而他在报纸上生还者名单上看到弗雷德里克的名字，于是从离纽约几小时行程的梅里登的家里赶来看他的老朋友。报纸上还刊登着弗

雷德里克的地址,该报的记者是通过与明星英吉格·哈尔斯特伦的关系得到这个地址的。

一阵风风火火的问候完毕,弗雷德里克问的第一个问题是:"我说,老家伙,你相信心灵感应吗?"

"心灵感应?一点也不相信。"那个荷兰人回答道,他笑得厉害,"我还不到三十岁,身心都很健康。我可不是傻瓜。我可不希望有哪位斯莱德先生像莱比锡的老罗纳一样让你的头脑转了向。你是来主持神智学或唯心论会议的吗?如果是的话,那么我们的友谊就要说拜拜了,老伙计。"

这语气是这两位朋友在大学期间习以为常的。再次听到这样的话,也让两人极感耳目一新。他们之间不拘泥于俗套。他们之间也并没有因后来的阻隔而生疏。

"你也算经历了一两件事儿吧!"弗雷德里克证实了报纸上关于他见证了罗兰德号的沉没的说法后,他的朋友说道,"我以为你已经在德国结婚生子,以为你会专职医学研究,业余去搞科研,千万没想过要来这对你毫无吸引力的美国。"

"真奇怪,不是吗?"弗雷德里克说,"我们突然就发现自己来到了一个做梦都没想过要来的地方,而且还是以最出乎意料的方式,在最出乎意料的时间到来!就好像八年前那真真切切的生活瞬间就变得烟消云散了,不是吗?"

由于他们两人都是好游荡的专家,所以施密特提议去纽约街上走一走。于是弗雷德里克去询问英吉格的意见。他得知接下来的几个小时内她都要和服装师待在一起。她只说希望午餐时间能见到他。不久,两位朋友就走在了中央公园的沥青大道上,他们走在白茫茫的草坪间,经过那覆盖着白雪的裸枝下,任周围那疯狂的城市将狂欢与骚动填满整个空气。

尽管他们已有八年未见,可是他们说起话来,就像只分开了半小时。很快,他们就各自将八年来发生的重要事情都向对方讲述。弗雷德里克从他结婚时说起,那时他还通知了施密特。他以混合着心理效应和精神危机的幻想般的口吻——尽管他是在陈述事实——讲述着自己的故事,毫不偏离事实。他也并不介意对他的朋友讲述自己是如何辗转漂泊。他早期生活中，最初也是最终的成就是学会了听天由命，尽管经过了早上那一番折腾和见到了最好的朋友后，他的声音清新而有活力，丝毫不带屈从命运的伤感。

相反，彼特·施密特叙述自己的情况时非常简略。他只说自己结了婚，仍没有孩子，他说他的妻子有些水土不服，对父母和瑞士山水思念成疾，她是一名医生，整天忙着助产之类的事。

弗雷德里克说，思乡之情也许是身在美国的所有德国人的通病。那个荷兰人拒不承认，而弗雷德里克发现他朋友身上那些特质让他看起来就像一位见多识广永不气馁的思想家。作为一名思想家，他对美国人民的未来抱着乐观的态度，也正是因为这样，他才不承认——从精神层面上说，大多数美国居民都还没有扎根进自由之土。

一名报童抱着一大摞报纸，他看到这两个德国人一路边说笑边比画着在公园里走，在这个时刻，这样的场景并不多见。他朝他们走过来，递给他们一些报纸。彼特·施密特一贯爱看报，于是买了一些。

"你看看，"他说着打开这巨大的纸张，"'罗兰德号'，'罗兰德号'，还是'罗兰德号'，全栏全篇都是'罗兰德号'。"

弗雷德里克紧紧抱住头。

"我真的在罗兰德号上吗？"他惊呼道。

"看来千真万确，"施密特说，"这白纸黑字上写着呢。'弗雷德里克·冯·卡马赫尔医生上演了英勇的奇迹。'这里还有你的照片。"

《世界》杂志的高手用寥寥数笔描述了一个年轻人背着一个只穿了件便衣的年轻小姐从半沉汽船的甲板上通过一条绳梯走进救生艇，他和成千上万个如他一般的人并无两样。

"真是你做的吗？"彼特·施密特问。

"不是，"弗雷德里克说，"船上发生的细节我已记得不太清楚。"弗雷德里克站定，脸色苍白，他试着回想，"我不知道，"他说，"对于这样的事件来说，最可怕的是什么。是那些真切发生的事情，还是逐渐消化和遗忘它的事实。"他仍旧站在路中央,继续说道,"让人记忆最深刻的,是事件本身的荒谬性,是那种愚蠢的无意识感觉,和那无与伦比的残忍。我们只是从理论上懂得自然的残忍;可是为了生存,我们就要忘记这种残忍的真实程度,忘记那令人毛骨悚然的事实。当代最文明开化的人类在一定程度上,在灵魂的某些方面仍然相信着诸如包容一切的上帝之类的东西。可是,这样的经历给予了这'某种程度'和'某些方面'一记无情的重击。从罗兰德号上下来,我灵魂中的某一处就看不见听不见,也麻木了,至今都还没恢复过来。这残忍太过极端,以至于只要它还清晰存在于某人的头脑中,他很快就会向上帝祈祷或是为人类和人类的将来祈祷,又或是祈祷自己能生活在乌托邦,或是做其他诸如此类的事,好像在碎碎的念一些自己明知道是可耻的谎言的事。当这般可怕而空虚的不公正事件发生在无辜的人们身上且无法解脱时,我们对于人类的尊严对于那神圣的命运又会有怎样的感伤呢?"

弗雷德里克的脸色变得非常难看。一阵剧烈的恶心感涌上心头。他睁大瞳孔,眼睛里出现一种奇异的恐惧神情。他轻轻地颤抖着,警觉性地猛然抓住他朋友的胳膊。他头脑里闷闷地转着,他感到脚下的土地开始起伏。

"我之前从未听说过这样的事。"他说,"我想这场灾难给我留下了某些东西。"

所幸的是,他们附近碰巧有个凳子,彼特·施密特扶他的朋友坐下。弗雷德里克的手失去了知觉,他身上冒起了冷汗,他突然感到一阵眩晕。他清醒过来后,花了好长一段时间才辨清周围的事物。他说着一些对其他人说的话。他把他当成他的妻子,接着又当成他的孩子,接着是他那穿着齐整制服的父亲。他彻底清醒过来后,就请求他的朋友替他保守秘密。彼特·施密特也承诺会保密。

"依我看,"他说,"你那过度折腾且超额负载的神经在抗议了。它们在复仇,同时也在自救。"

"尽管我从父母那里遗传了强壮的体质,"弗雷德里克说,"可是,从去年夏天开始,就有数不清的事折磨着我,以至于好长时间来我都几欲崩溃。我知道这还不是最后一击。若不是经受慢性的折磨,我就有理由高兴了。"

"哦,"施密特说,"你或许还会遭受两三次打击,可你只要平静地生活上几个月,那些打击就不会重现。"

正如弗雷德里克自己说的那样,从晕厥中醒来,就像环球旅行后返回。他穿过了地球的中心,去到了倒挂着的地球的两极。

"我感到自己就像死而复生,"他说,试着让他的朋友明白他刚才体会的那种状态,"就像睡着了一样。在梦中的开始部分,我感到自己就像一块千百年的花岗石。醒来时,我就站在那无尽深渊的阴影中。我看到了下面的风景,巨大的山洞,石头的天堂和那宏伟的阿德斯堡洞穴。好像有什么东西将我举起。这种感觉,唯一能让我将其与之匹配的便是潜水员从一万英尺的海下慢慢地升向越来越明亮的海域时的感觉。我感到自己正奋力从洞穴中上来。我又重过了一遍从婴儿到现在的整个有意识的生活。你可以想象,看护、军政府、死记硬背的测验、坚信礼、生日、婚礼、病床、终塌混杂在一起是什么感觉。最后,我又经历了一次罗兰德号沉没的整个过程。尽管我全身瘫软,可你叫我的时候我还是听见了,然而,我看到你从小港口的旅馆中走出来,哥伦布的旗舰就是在那个港口腐坏。"

"很好,很好,弗雷德里克瑞斯·雷克斯,"彼特·施密特安抚他道,弗雷德里克瑞斯·雷克斯是弗雷德里克在大学时期的绰号,"没关系,"彼特继续说道,他的语气清楚地透露他将弗雷德里克的梦看作他神经被过度折腾的症状,"别想了,什么也别想了,老伙计。让你的神经细胞歇一歇吧。"

弗雷德里克要彼特相信他感到自己就像一个刚来到新大陆的人,而且休息得比过去几年都要好。在他们继续往前走的过程中,彼特试着只去谈论弗雷德里克出现这种情况的机械和生理原因。又一会儿,两个好朋友又恢复了他们愉快的谈话,开始谈论其他事情。从那时起,彼特·施密特就非常小心地绝不在弗雷德里克面前提罗兰德号沉没的事。

 第七章

"我们快走到里特的工作室了,"施密特说,"要是你喜欢,我们可以进去待一会儿。"

弗雷德里克同意了,同时他再次请求他的朋友不要提他神经受刺激的事。

"我将晕厥的时刻推延到和你待在一起时,可真够狡猾,又或者狡猾的是在我们之上的操纵者。"他说。

在接下来的几个小时内,有好几次,施密特都感受到弗雷德里克明显相信着宿命和迷信,它们自横渡大西洋的旅程中就紧紧依附着他。

博尼费修斯·里特的工作室所在的街道就与中央公园毗邻。他们走到第一间屋子,只见一个戴着自制的圆形纸帽的人正在塑一座石膏人像。他的帽子上,工作服和裤子上,甚至是工作服下露出的裤子部分和拖鞋上都沾满了黏土涂料。部分或者整体的模制遗容,古代雕像的铸件和人体解剖

习作挂得满墙都是。那个工作者去通报有人来访时，这个从上半身裸及髋骨处都展示出运动员般发达肌肉的模特，开始和弗雷德里克和彼特说话。

"为了糊口，还有什么不能做的呢！"他说，"我来自皮尔纳——"他用圆润的萨克森方言将它发成"比尔纳"——"还有，对于像我这样的人来说，在这该死的纽约，这一点都不算玩笑。刚开始我以专业大力士为生。可是后来我的老板生意失败了，我就不得不丢弃我的装备，我的铁棒，我的砝码和一切工作所需的东西。我的腹部能承受一千二百磅的重量。"

里特传话来要先生们去他的私人工作室。他们过去时经过一间屋子，看到里边一个高贵的女士正在塑造一幅差不多已经完成的作品。走到下一间屋子，三四个石匠正在里面当当地锤凿着大小各异的大理石块。在这间屋子里，有一座旋转式铸铁楼梯通向一间带天窗的狭窄工作室，博尼费修斯就在那里接待弗雷德里克和彼特。

光是看见这位年轻大师那瘦长而优雅的身形就让人感到愉快。先生们进去时，他就将左手从浅色的工作服衣兜上放下来，扔掉手中那正燃着的香烟，然后热情地和他们打招呼，他竟像个女孩儿一样红了脸。他带着他们来到旁边的一间小屋，小屋里只有一扇窗子，窗上安着来自法国教堂的有污迹的老式玻璃。低矮的天花板是由经年橡木制成的，墙上镶嵌着木板，镶到大约六英尺高的地方。一张沉重的橡木桌，再加上其三面的凳子，就占了整间屋子的一半。屋子前方尤其被一个精美的纽伦堡式火炉挡住了，火炉上贴着珍贵的、上了复古绿釉的代尔夫特瓷砖，它足以表明古老的陶瓷技艺多么精湛。威利·斯德奈斯在码头附近的店铺里偶然发现了这文艺复兴时期的精美瓷块，而且只花了一百美元就替里特买到手。

"这里是一个属于祖国的温馨角落。"里特说，"威利安排了一切、收齐一切布置，还参与了整个装饰过程。"

尽管这间屋子看起来就像圣哲罗姆的单人小室，或着，更贴切些，像是伊拉姆斯的书房，可它却丝毫不像德国小酒吧里昏暗的密室，哪怕一个穿着蓝色罩衫的年轻人——他是石匠的助手，或许还正好是酒窖的看守——拿来一瓶陈年的莱茵酒和几只彩色的葡萄酒杯，也还是不像。

这群朋友仿佛回到了那远逝的诗意般美好的学生岁月。弗雷德里克仍然处在兴奋的状态，有些肆无忌惮。他相信时机，他要将自己的过去和将来下注在时机上。屋子里照进的暮光唤起了年轻时代的欢乐回忆。他再次遇到故友，还结识了一个和他一样远离家国，且有着同样热烈性情和沿用着同样德式习俗的新朋友。他舒适地偎依在窗边的角落里，像一个正打算在旅馆休息的人，他和其他人碰杯，喜极而叹。

"一坐下去我就不想起来了，里特先生——可是，"他补充道，"我想先看看你的作品。"

"不急，"里特高兴地说，同时拿出一本装订在猪皮单封面里的相册，他要弗雷德里克和施密特在上面写上他们的名字。接着，他打开了一个非常实用的靠近门口的柜子，拿出一个木雕人像，那是提尔·里门施耐德的德国圣母像，那柜子正是威利的设计之一。人像的脸蛋亲切可人，与其说是圣母马利亚，还不如说是活生生的德国格雷琴。

"威利·斯德奈斯告诉我，"里特说道，"那是他从一个海关官员那里买来的，他的父亲是奥克斯福特的一名细木工。这塑像来自那里的市政厅，后来经由他父亲修复。他让塑像焕然一新，广大奥克斯福特民众欣然接受这被美化和活化的雕塑。如此，威利·斯德奈斯。那可不是我的功劳，"他笑着推断到，"可有一件事能够确定，那可是正宗的里门施奈德的作品。"

出自乌兹堡大师之手的这可爱的雕塑，散发着鲜活的魅力，它与这间小屋的气氛一道，唤起了德式家庭里最深切的力量与美丽——小屋装饰得如此温馨而有感染力，容易触发古老的记忆，彩色酒杯里的莱茵酒闪烁着金绿色的光芒。然而实际上，这美丽，对于当今德国大众来说，是难以理解的，因而也是不存在的。

"每当我模仿蒂尔曼·里门施耐德的作品时，"里特说，"我从陶伯河畔的罗腾堡开始，下到陶伯河的山谷，穿过克里格林根，如此前行，远到乌兹堡。我很自信能一眼认出他的每一件作品，尤其是他的圣母像。它们几乎完全脱离了哥特式风格，而且在他所处的时代，能像这样完美表现出女子那红润皮肤,姣好面目和迷人体态的木刻家再无他人。他作品中的女子原型选自乌兹堡及其附近那些可爱的女孩儿,她们个个都可爱迷人。这是维特·斯托。"他说着从一个放满了画作集的架子上拿出一个画集,"维特·斯托在人物性格塑造上要胜过里门施奈德;他有着能赶超或者至少可与伦布兰特不相上下的激情。"里特将几幅这位大师的作品的复本铺陈在他们面前,向他们讲述那些启迪着他一切作品的不幸与严肃。"然而,"他说,"里门施奈德却不赞同他,就因为他绝然与他不同。"

"哥特式风格的顽固性抵抗。"弗雷德里克说,"中古基督教的噩梦时期,它对痛苦的可怕揭露,以及它之于痛苦的热情,都不得不为市民那清楚而健康的眼光让路。它的风格清晰,衣装流线浑然天成,有罪的肉体开始绽放——"

"蒂尔曼·里门施奈德的画像无可超越,从古至今,无可超越,我是说,那堪称极品。"里特反复说道。

威利·斯德奈斯吵吵闹闹地走进来。他是直接从他室内装饰公司的办公室赶过来的。

"我说,里特,"他边和他握手边说道,"要是你认为我不渴,那你就大错特错了。"他看了看瓶子,"见鬼去吧!在没有我的帮助下,那个卑鄙小人竟然打开了那二十个约翰内斯堡酒瓶中的一个,那些酒瓶是那个来自芝加哥的运送猪肉的工人在他替他驼背的女儿作画时带来的。好吧,一个打开了,另一个也随之跟上。先生们,这不是小小的狂欢之地吗?"说着指向那来自美因河上的奥克森福特的马利亚,"她难道不是一个精美的小人儿吗?那定然不是出自帕佩之手。我自己只收集日本作品。"事实与他的表象甚为相符,"我现在只是一条可怜的狗,可是我想要在四五年之内拥有必要的资金,而且我还会继续热心地收集日本作品。在雕刻艺术上没有任何民族可与这些人媲美。可现在我想对你们说件事。"他转向里特,"有了你的慷慨的允许,我这就去叫罗博科维兹,我还会叫伊娃小姐,刚才我经过她屋子时,她说她想见见罗兰德兒上的英雄。"还不待众人回答,他就走出了屋子;一会儿后,里特的合伙人罗博科维兹和学徒彭斯小姐就出现了。

一阵例行的招呼过后,小小的圣母马利亚又被作为迎合众人口味的理由开启了一场讨论,这讨论刚因新人进来而被打断。威利将这近三英尺高的雕像举到墙面各块镶板上,试试把它固定在那些地方是否合适。他最终选择了一处地方,马利亚就被暂时固定在那里。

石匠的助手又拿了一瓶昂贵的烈酒和一些酒杯,以及一些大的代尔夫特盘子和一摞三明治。尽管弗雷德里克和彼特声称他们待得太久,要回去了,可是又一阵欢乐之浪漫过这群人,并让他们留下了。半小时过去了,又一个半小时过去,接着一个小时过去了,那些新朋友们仍然喝着德国酒,仍然讨论着那于他们所有人来说如此亲切的永恒话题——德国艺术。

"永远耻辱的是,"弗雷德里克说,"创造古希腊艺术的精神不能和意义深远的德国艺术——那以亚当·克拉夫特、维特·斯托和彼特·菲舍尔的作品为标志的全新精神——相结合。"

"冯·卡马赫尔医生,"彭斯小姐问,"你之前做过雕刻吗?"彭斯小姐的德语说得很标准。她父亲是荷兰人,母亲是德国人,她父母在伦敦定居时,她还是个三岁的孩子。

"冯·卡马赫尔医生各方面都才华横溢。"威利代弗雷德里克说道,"我可以证明。"威利自幼就对收藏表现出明显的热情。他的宝贝中包括一些所谓"啤酒报"的副本,那是德国学生们阅读取乐的幽默纸页。他收藏的报纸上还有弗雷德里克画的插图,既有幽默风格又有严肃风格。

"我才华横溢?"弗雷德里克红着脸惊讶道,"哪有的事,威利。彭斯小姐,我请求你,别相信那个狂热学生的话。即便我真的有才华,报纸上那些插图也不能证明什么。事实上,我曾经也有过一些艺术创作。我为什么要否认呢,就像所有十六到二十岁之间的傻孩子们一样,我也涉猎过绘画、雕刻和文学?我曾经还因为热衷于当演员而被我的父亲洗脑。后来,我想将一切抛开,去从政,去参加一个甚至都没存在过的政党——德国社会党,以变革社会。我倒是让你看看我有多轻狂,有多少艺术才华。可是我热爱艺术,我想,此刻的热爱比之前更为强烈,因为这世界上,除了艺术之外,如今一切事物对我来说都是有问题的。我倒宁愿雕刻像这样一个木制玛利亚"——他指着里门施奈德的雕塑——"而不愿让罗伯特·柯达和赫尔姆霍茨滚进我的生活里。当然,我只是纯主观地说。我也知道柯达和赫尔姆霍茨有多么了不起,而且我对他们也崇拜至深。"

"瞧瞧!瞧瞧!我们都是怎么了,弗雷里德克斯?"彼特·施密特站起来叫道。尽管艺术家们非常喜欢和尊重彼特·施密特,还会询问他的意见,可是每当他和他们在一起,总免不了一场关于艺术和科学哪一个在人类文化领域处于优先地位的激烈讨论,当然彼特是赞成科学的。"如果你将那雕塑扔进火中,"他说,"它会像木头那样燃烧。木头也好,其上注入的不朽艺术也好,都无法与火抗衡。一旦它烧成了灰烬,理所当然地,它对世界进程来说也就毫无意义了。世界上满是伟大的神和圣母,就我所知,他们绝不会将任何一束光线照进那最黑暗无知的夜晚。"

"我并没有反对科学的意思,"弗雷德里克笑着说,"我只是在讲述一个动荡不安之人对于艺术的热爱。所以别激动,彼特。"

"要是你真对雕刻感兴趣,"那个只关注弗雷德里克的彭斯小姐说,"那么为什么你不立刻在这儿跟着里特先生学呢?明天就开始。"

"我虽谈不上对木雕有多了解,"里特高兴地说,"但是,我全凭冯·卡马赫尔先生的差遣。"

"我离不开我的小马利亚,我的木制圣母!"弗雷德里克喝得有些兴奋,他站起来,举杯说道。其他人也笑着随他一道站起来;他们为小马利亚干杯,然而每个人对于弗雷德里克一下子提到俱乐部里那个女孩儿都有着秘密的心思。

杯酒流转,弗雷德里克变得更加大胆:"我希望能被允许用我神圣的才智和凡人的手,正如歌德所说,来做一些雄性对雌性能且必须做的事。"

他将手做成杯状,好像要盛酒,"我感到我的马利亚就像小人儿一样躺在我的手心。她活生生地在那儿。我的手心非常温暖。它们就是金色的贝壳。

想象着我那一掌大小的马利亚,她那充满活力的象牙色,想象着她身上那些红润的斑点。想象她穿着戈黛娃的衣装，还有她那流光溢彩的头发，等等。"弗雷德里克开始即兴作诗。

"大师说：'到我的工作室里来。'他双手拿着一个雕像，像是对着造物主——上帝！他那悸动不已的心开始狂跳。'正如你所知，我曾见过活生生的她。'等等。

"我手上拂过金色的细浪，清凉而甜蜜的唇，还有——

"我不再说下去。只是想说我要用德国的椴木雕刻那个马利亚，我要赋予她生活中的一切色彩，这样我也就死而无憾了。"

弗雷德里克那激情的流露迎来了剧烈的掌声。

伊娃彭斯是个年过二十五的漂亮姑娘，她的长相令人印象深刻，或许还带些男性特征。她的德语有些生硬，一看就像是个吹毛求疵的人以至于她的舌头对于她的嘴来说太厚了，就像鹦鹉的舌头。她那浓密的头发从中间分开，垂到耳际。她身形亭亭优雅，还很匀称。弗雷德里克说话时，甚至他说完话后，她都用那敏锐多思的大眼睛饶有兴致地看着他。

最后她说：

"你真该尝试做一下。"

伊娃属于那种在男人堆里受欢迎而且永远不会被讨厌的聪颖，适合做朋友的女人。她的眼睛与弗雷德里克相触，那位年轻的学者以一种混合着玩笑和礼貌的口吻回答她：

"彭——彭——"

"彭斯，"威利提示他，"来自伯明翰的彭斯小姐。"

"来自伯明翰的彭斯小姐，你可说到点子上了。如果世界因为损失了一个蹩脚的医生，多了一个不靠谱的雕刻家而变得贫瘠，你可要负责啊。"

天色已暗，他们在桌上的枝形吊灯上点燃了三根用上好蜂蜡做成的大蜡烛。

"我不反对。"施密特几度插入他们的讨论说道，"我不反对你们尝试靠神圣的才智和凡人的双手来帮助高尚品种进行改革；据我所知，独以神圣才智的手段，也就是所谓的以理智的手段。同样，如果你们允许，那也是一个目标,是医药科学的终极目标。也许会有那么一天,必须在人类之间做出人为的选择。"艺术家们爆发出笑声,可是施密特不觉脸红地继续讲着,"还会有那么一天,更为美好的一天,像我们这样的人会被认为是……好吧,就最极端地来说,被认为是非洲的布什曼人。"

 第八章

蜡烛已燃到尽头,这小伙人决定散场。这就像半个假日,石匠比往日提前结束了工作,其他屋子里也暗沉沉的,空无一人。艺术家们用蜡烛的余炬为众人照明。经过一间工作室时,罗博科维兹揭开了部分为芝加哥展览会准备的、覆盖着黏土的巨大石膏铸件和模型,他们分别代表了商业、手工业和农业以及诸如此类的领域。它们在墙上和天花板上投下巨大的阴影。

"你不能根据大的雕塑得出艺术的结论。"里特说,尽管那些塑像生机勃勃,而且还不失迷人之处。

"这一切都为了1492纪念日、为了芝加哥展览会准备的,"威利说,"一艘海盗船正从挪威驶来。克里斯托弗·哥伦布的最后一个后裔,一尊八字脚的西班牙人塑像,将会被展出,还有一个巨大的汉堡,那是受美国

人青睐的东西。里特以猴子般的速度拿下了这笔大订单。有很多雕刻家申请了雕刻许可,可是里特在他们还没将黏土打湿前,就送去了所有雕像的草图。"

"那时我在布鲁克林的小工作室里,"里特说,"我连续四十八小时手上都没离过黏土。我并不太在意这些塑像。展览过后,它们就只剩下照片了。"

"这就是美国人。里特,请你给我们一些华盛顿纪念品吧。说不定在你的背心口袋里正好有一些已经做好的。"

"没有,不过今晚八点三十五分的时候,我可以给你一个。"

"他能做到,"威利拍着他的偶像说,"所以他才在美国生活得如此习惯。"

一伙人紧接着来到里特真正的工作室。那里有一些灵韵大不相同的作品。参加芝加哥展览会的大型雕塑透露着商业化的痕迹,可是在这里,一切作品都是纯艺术的。这里有一幅与俱乐部屋里那幅浮雕——那是一幅尚未完成的作品—— 一群站在巨大的脚手架上唱歌的女孩儿——成对的作品。弗雷德里克见那是一群唱歌的男孩儿。要是这些作品被放到德国展览,毫无疑问,它们会具有划时代的意义。一尊老妇人的半身像颇有几分多纳特洛的风格。屋子里的一切事物都证明了这位年轻的大师心灵手巧。一条还挂着黏土的饰带,上面刻了牵着山羊的丘比特,跳舞的农牧神,迈娜德斯和骑着驴的西勒诺斯,他们延续着酒劲的欢愉,在为庆祝葡萄收获而狂欢,一群摘葡萄的男男女女也边剪摘着边踏着步子喝着酒,喝得酩酊大醉。另一座没有完成的塑像是中年的海神尼普顿站在一个泉眼前,他欢乐地笑着看着自己手中的大鱼。另有一个完成了的圣乔治的石膏模型,明显是来源于它那精美的模型——弗洛伦萨国家博物馆里多纳特诺的圣乔治雕像。这些作品表明里特在希腊和多纳特洛的作品之间找到了一些美妙的介质,并且开创了一种能完全展现自我的风格,而且还表现出在前人基础上的独立创新。

屋子里的这些作品一律属于一位美国富豪的乡间府邸,他非常喜欢这位年轻的雕刻家和他的作品,并且小心守护着不让他的创作流入他人之手。他将自己视为十九世纪的梅第奇。他在长岛的占地辽阔的大理石宫殿已经耗费了数百万美元,尽管那只是他自己和妻女的私人住所。里特全权负责他房子和花园的雕塑和雕刻装饰,而且他还可以自由发挥。在美国竟允许这样的事发生!要是在"我们的国家",天赋就像美元那样容易创造,那么将会发生比伟大的意大利文艺复兴更为轰动的第二次文艺复兴。

这位年轻人那非凡的好运让弗雷德里克感到兴奋不已。让他尤为羡慕的是他的成功与回报得到了统一。当他将这些一挥而就的丰富作品和年轻人那欢乐从容的性情与自己此时的举棋不定、心烦意乱相比较时,一阵从未有过的感觉涌上心头,他感到自己就像一个被驱逐的人,那是一种气馁与挫败之感。

"你浪费了你的生命,浪费了你的时光,你永远都无法找回自己的损失。"

一个带着嫉妒和苦涩谴责的声音对着那个无名的人响起,问他为何不能找到类似的路,及时走下去。

里特在欧洲的生活过得很痛苦。他在从军时遭遇了残酷的灾难,使得他开始反抗,后来甚至逃亡。如今,在美国待了七年后,他不得不承认,是那场灾难将这棵小树苗移植到了最适合它生长的土壤。在新的环境中,里特的天性得到了平凡和协调而平稳的发展,就像一棵生长空间辽阔且阳光充足的树。命运赋予这位来自天才之域的年轻王子无尚的高贵,以此弥补他在军事生涯中的卑微。

里特突然对弗雷德里克说:

"我听说图森特,那个柏林雕刻家,也在'罗兰德号'上。"

彼得·施密特在一边让艺术家们不要提到那场灾难,他告诉他们弗雷德里克对于这场灾难非常紧张,提到它会给他造成不良影响。可是他的提醒被抛到九霄云外去了。

"可怜的图森特,"弗雷德里克说,"希望在这里找到金山,尽管,你可以说,他只是一个幻想家。"

"但是，我要你相信，"罗博科维兹说，"他也是一个很了不起的人。尽管他很成功，可总是很穷。他有一个太好社交的妻子，而且与一些比他富有得多的朋友交好，这可够他受的。他的这种时髦并不正常。要是他来到美国，他也许不会管他的妻子，会成为一个完全不同的人。他想要做的只是创造，是工作。他最想做的是加入一级工匠之列，挽起衬衣袖，站在脚手架上。他曾对我说，'要是你在纽约碰巧看见一位与我相似的泥瓦匠，他坐在人行道上就着一厅啤酒吃午餐，那么千万不要犹豫，相信那就是我，也不要为我感到难过，要祝贺我。'"

"还有一个人，"弗雷德里克想，"他将自己深深隐藏在他所处时代的传统纨绔风气之下；另一个像我一样的人，一直努力在'是'和'好像'之间做出明确的决定，却始终做不到。"

 第九章

里特的马车在门前等候。他要弗雷德里克和施密特坐着它去火车站，以便施密特坐火车返回梅里登。两人挤进车内，驯马者就在他们旁边，或者说是侍从，总之就是里特的马车夫。马儿跑得飞快，这繁华新都市的街道旁，那喧嚷的风景，再一次从弗雷德里克眼前一闪而过。

里特介绍说他的马车夫名叫柏布先生。他戴着一顶棕毡小圆帽，棕色手套，还穿着一件短款棕色骑马装。他的下巴很厚，鼻子棱角分明，还长着深色的绒绒的胡子。他算得上一个英俊的男人，或是青年，因为他脸上始终挂着孩童般的天真。他和里特差不多同岁。他驾着这精美的马车穿过车马混杂的街道时，脸上始终挂着微笑，一副乐在其中的样子。

虽然这个城市的建筑和工程多不胜数，可它们并没有什么特别的风格，单调又无趣，匆忙与喧嚣，"商业"气息，以及对美元的追逐，将专

业性的艺术推进大胆的尝试中;例如那摩天建筑,或者说是高架铁路,那无栏的铁轨高踞头顶,火车隆隆地朝两个方向开去,然后在转角处陡然弯曲,就像一条发光的蛇,它在狭窄的街道上歪歪曲曲地前行,站在高楼上层的人们甚至能够用手摸到它的车厢。

"疯了,疯了!"弗雷德里克惊呼道。

"也不全是,"施密特说,"在其后面,一切都很理智很实际,而且道路上的所有障碍都被扫除了。"

"若他并非如此壮观,那该有多可怕啊!"弗雷德里克越过这喧嚣之声叫道。

报童还在叫喊着罗兰德号遇难的消息。

"这是什么?那又是什么?"弗雷德里克想,"我正在生活中颠沛流离。那件事怎么能困扰我呢?"

街道上交通太过拥堵,马车不得不停下来。他咬着唇,摇着头,口中唾沫飞溅,他还一边四处看着,好像要用他那火焰似的眼睛审视那位年轻奥地利官员的心脏和缰绳。被迫停下来的过程中,弗雷德里克得以看到那推挤着蜂拥而上的人群对那成堆的报纸有多么痴迷。

"纽约人民狼吞虎咽地抢报纸就像牛狼吞虎咽地吃草一样。"弗雷德里克想着。上帝多么值得赞扬啊!在施密特从一个小男孩儿——他冒着生命危险穿到马车跟前——那里买来的《世界日报》上,一些新的消息抢了罗兰德号的风头——"宾夕法尼亚的矿井发生爆炸,三百名矿工死亡。""位于十三层高楼中的工厂失火,四百名女工在火焰中丧生。"

"我们这类人大批涌入后,"弗雷德里克说,"煤变贵了,小麦变贵了,油也变贵了,可人却像垃圾一样便宜。柏布先生,你不觉得我们的文明已经达到一百零六度了吗?纽约难道不是疯狂之家吗?"

可是那个英俊的年轻人,沿袭着奥地利军官的作风,以独有的优雅姿态将手放到帽子上,坚定地笑了笑,那是发自嘴角的快乐微笑,而他的答案并不是赞同。

"我热爱生活。人们在这里真真切切地生活。欧洲若是没有了战争,它就会感到无聊。"他用英语说道，这清楚地证明了他与古老大陆之间的距离有多么遥远。

在火车站里，他们站在火车旁边的站台上，施密特以德国人的方式握着弗雷德里克的手，急匆匆地对他说：

"好了，老伙计，你一定要快些来梅里登看我，梅里登是个小地方，你在那里会比在这里复原得快。"

"我可不会兼做自由代理人。"弗雷德里克宿命般地微微一笑，回答道。

"为什么不呢？"

"我还有事，还不能脱身。"

施密特带着亲密的随性问道：

"是与那个木制马利亚有关的吗？"

"或许正是那类事吧，"弗雷德里克回答道，"可怜的小家伙失去了父亲，失去了她天生的保护者，那么既然我救了她——"

"那么是真的有便衣女孩儿和绳梯这回事儿喽！"

"是，也不是。改天我再给你详细讲述。现在只要记住我的话，会有那么一个突然的瞬间，以一种最为惊人的方式，你会发现自己要对某个同类承担某种责任。"

彼特·施密特笑了。

"你是说，在拥挤的大街上，一个女人走向你，要你帮她抱一会儿孩子，可是她走后就再没回来？"

"找个时间我会把一切都告诉你。"

火车的车厢很长，装饰得也格外雅致，它开始慢慢向前移动，尽管什么信号也没有发出，没有呜呜声，没有铃声，也没有口头指令。火车一点骚动也没有，就不顾一切地开出了站。周围只有彼特和弗雷德里克在相互道别。彼特站上了台阶，再次和弗雷德里克握手。

"我希望很快能见到你。"他们两人都温和地说道。

第十章

弗雷德里克回到家时,才获知有几名记者和其他人来过这儿,说是要问他些问题。弗雷德里克看到记者的名片中有亚瑟·斯托的,于是推断是韦斯特&福斯特公司的代理人把他的地址说出去了。此外,还有一封经理人写的信,上面属着一个德国名字——莱曼,他发现弗雷德里克不在,于是留下一封铅笔写的信,他在信中邀请弗雷德里克在纽约、波斯顿、芝加哥以及其他一些城市召开医学讲座,还让他开出条件,前提是在每一次讲座中他都要提到罗兰德号沉没的事,还要加入自己对此次事件的感受。

"还有吗?"弗雷德里克想,他感到恶心,尽管他不得不承认自己事实上已经出名了。

他要彼得罗尼拉传话给英吉格,问她是否愿意见他。彼得罗尼拉带回消息说，英吉格愿意十五分钟后和他见面。"皮托雷·弗兰克夫人和她在一起。"管家补充道；这句话让弗雷德里克的血液冲到了头部；尽管他想要换洗一番，可是他不等彼得罗尼拉回来，就三步并作一步往楼上冲去。他大声地敲着英吉格的门，却无人响应。然而，他打开门走进去，看见那个吉普赛画家正坐在英吉格的旁边。电灯下的桌子上，有一大张纸，弗兰克在上面用铅笔画着什么，弗雷德里克走近时才发现上面画的是服装设计草图。

"我说十五分钟后。"英吉格歪着脸慢慢地说道。

"我想什么时候进来就什么时候进来。"弗雷德里克说。

弗兰克不慌不忙地站起来，热情地和弗雷德里克打过招呼，然后向门口走去。

"我不想打扰你。晚安，冯·卡马赫尔医生。"她咧嘴笑着，见弗雷德里克生气，她有些高兴。

"里戈！"英吉格在他身后喊道，"你说过明天还会再来。"

"那个男孩儿在你的屋子里做什么，英吉格？"弗雷德里克有些严厉地问道，明显是在生气。"还有'里戈'？'里戈'是什么意思？你们都疯了吗？"

尽管她从未见过他以这样的语气说话，可她似乎并不介意，而且还很恭顺地说：

"那你又为什么待那么长时间才回来？"

"我稍后会告诉你。可是就我们之间目前的问题而言，我不允许你交这样的朋友。如果你想为他做些什么，可以送他一把梳子，一把指甲刷，或是一把牙刷。此外他的名字，不是里戈，而是马克思，他是个粗俗的小子，只会赖着他的朋友们。"

在这种嫉妒的情绪中，英吉格很轻易就能够让弗雷德里克感到羞愧。

"可在我看来没什么区别，"她说，"不管他贫穷还是富有，不管他穿得像花花公子还是流浪汉。里戈要给我画肖像，我很高兴当他的模特儿。"

"他的模特儿？你不要当他的模特儿。这个交给我，"弗雷德里克说，"可是请告诉我你怎么会想到'里戈'？为什么会叫他'里戈'？告诉我。"

"他妈妈是吉普赛人，他小的时候，一些有钱人将他带回家。"

"你相信吗？弗兰克的朋友说他一开口就满嘴谎言。"

"我又不是告解神父。他撒谎与我无关。"

弗雷德里克并没有回答。

英吉格仍然坐在桌边上。他温柔地在她额前印上一吻，然后解开她颈后束着头发的带子，将手插进那流动的金波深处。

"你去哪里了？"女孩儿问道。弗雷德里克和她讲了彼特·施密特，以及他们在里特的工作室里度过了一个令人兴奋的下午。

"我不喜欢那一类事，"她说，"人怎么能喝酒呢？"

弗雷德里克心想，女孩儿的评论太过干脆，并没有与他告诉她的事产生共鸣。

大约一小时后，弗雷德里克让威利帮忙找一所公寓，让他和英吉格住进去，或者英吉格可以在没有他的保护下自己生活。

"你一定要知道，"弗雷德里克解释道，"不管你和你的朋友们多么心胸宽阔，让一个年轻的小姐一直生活在一群单身汉的俱乐部屋里总是不妥。"

威利也已意识到了情况的不妥；就在当天晚上，他和朋友一起帮她在第五大街找到了一处非常不错的地方。

第二天早上，先生们都出去了以后，弗雷德里克又一次受那奇怪的兴奋的驱使，走向了英吉格的房间。

然而，这一次，不是热情之浪，而是一阵自我净化的强烈愿望。

"英吉格，"他说，"命运将我们联系在了一起。我相信你也有同样的感觉，虽然经历了那些骇人的事，可是有些事就好像命中注定一般。"

正如他计划的那样，弗雷德里克开始对她讲自己以前的故事。那就是一次彻底的坦白。他说起了他的年轻时代和婚姻，说起了他的一切遭遇和对妻子的爱："她再没有希望好了。对于她我没什么可自责的，除了这点——我仅有良好的打算，却没有完美的成就。可我并不是适合她的丈夫，因为我不能让她得到精神上的休憩，这是她需要的，却是我没有的。当她最终崩溃，再加上发生了其他不幸——它们一般都不会一个一个地来——此外，我在家庭以外也受了挫，我几乎快撑不下去了。我讨厌说起这些，可那是事实——在我见到你之前，出于一种非常明确的目的，我不止一次拿起左轮手枪。生活就像铅一样压在我的头上。它变得乏味又无聊。见到你以后，英吉格，说也奇怪，那场灾难，那不仅象征性地经历而且实质性经历了的灾难，再次教会了我要珍惜生命。你和生存——就是我从那场灾难中救回的两样东西。我再度站上了陆地。我热爱这土壤。我要爱护它。可是我尚未安然，英吉格，我还处在痛苦中，身心皆痛，你知道吗。你有所失，我也有所失。我们看到了生活的另一面，看到了那无法忘记的阴暗。我们曾陷入绝境。英吉格，我们可以相互依偎吗？你会来到一个心神不宁，一个备受折磨，一个生活多变，一个渴望和平与安宁的人身边，并和他和谐相处吗？如果我为了你抛下一切浪费我生活的事，那么你也能为了我，放弃至今仍充斥着你生活的事吗？我们能去一个新的地方重新开始，远离一切错误的诱惑，简单地生活，像普通乡下人那样生老病死吗？我会好好待你，英吉格。"弗雷德里克捧着她的手，就像之前提到马利亚那样，"我会——"他停下来，喊道："你倒是说句话呀！你只需跟我说一件事，英吉格，你愿意做我生活的伴侣吗？"

英吉格站在窗边看着窗外的迷雾，一边用铅笔敲打着玻璃窗。

"也许吧，冯·卡马赫尔医生，"她最后说道，"也许！"弗雷德里克发火了，"还有，冯·卡马赫尔医生！"

英吉格转身迅速说道：

"为什么你总是这么快就发火呢？我怎么知道自己是否能满足你的需求和愿望？"

"这就只是一个爱不爱的问题。"弗雷德里克回答到。

"我喜欢你，是的，我确实喜欢你，可我对你的感觉是不是爱，我怎么能分辨？我总说，至今为止，我只爱过动物。"

"动物！"弗雷德里克·冯·卡马赫尔吼道。

他感受到了致命的羞辱。

对于他来说，他这一生中，从未如此贬低过自己。

 第十一章

稍后,有人敲门,一个穿着长衫,戴着棕色小山羊皮手套的男人走进来,他那胖胖的手里拿着一顶丝绸帽。

"你好,"他说,"我猜您是哈尔斯特伦小姐吧?"

"是的,我是哈尔斯特伦小姐。"

"我叫利林费尔德——四海剧院的经理。"他将名片递给弗雷德里克,从名片上看他还是多家剧院的负责人。"我是从斯托先生那里获知你的地址的,就是那个没有手臂的人,你知道的。我听说你和福斯特&韦斯特公司之间有一些不愉快,于是我就对自己说,一定要去拜访我这位老朋友的女儿。我认识你的父亲和母亲。"利林费尔德先生以得体而有所节制的语调说着,他精心巧妙地表达了他的同情和他个人对哈尔斯特伦的死感到的悲伤。

遇到生意方面的事,英吉格就像一个无助的孩子,于是弗雷德里克主动代表她和经理交涉,他还会打断经理的话,偶尔插上两句。就人品而言,那个人一点都不遭弗雷德里克讨厌,而他的出现,从某些方面看也是件好事。

"鉴于她的健康状况,直到现在哈尔斯特伦小姐都还不能公开露面。我作为她的医生,有责任不让她去跳舞,可是韦斯特&福斯特公司通过中间人和一封邮件强迫她,他们说哈尔斯特伦小姐在邮件中主动说不管发生什么都要按他们的计划跳舞。"

"没有!"英吉格说道,"绝对没有。"

"还有,"弗雷德里克继续说,"他们的条件非常苛刻。我们还收到过提供的条件比他们好三四倍的信件。"

"正如你们所希望的那样,"利林费尔德说,"若不介意的话听我给你们出出主意。首先,放轻松,别把福斯特&韦斯特对你们的威胁放在心上。因种种原因,他们和哈尔斯特伦先生的合同在法律上是无效的。我碰巧有一些关于你父母离婚的确切信息。他们自己给我讲过一些,而且我的哥哥是你父亲的顾问。你的法定抚养权是判给你母亲的,因此你的父亲并没有权利替你签合同。虽然你逃走了,你和你父亲一起走,那是因为你全心全意为他奉献,再加上你和母亲相处不愉快。我毫不犹豫地说,你那样做是明智的,非常明智。你父亲把你培养成了一个伟大的艺术家。"

"谢谢。"英吉格笑了,她在笑自己曾经很不情愿地训练,以抗议她的艺术教育,"一次要训练几个小时,那时他就舒服地坐在椅子上抽着他的海泡石烟斗,我就得一丝不挂地为他跳舞,在地毯上表演着各种技艺。下午时分,他就会弹钢琴,而我就一再重复做同样的事。"

"你父亲可是一个让人惊羡不已的训练者。他让两三个国际明星走上跳舞之路,如果你允许我这么说的话。他就是两个世界的舞蹈大师——"经理意味深长地笑了笑——"此外,还有许多其他有趣的事。可就手头这件事来说——如果你想,你与韦斯特&福斯特公司的合同可以不算数。"他停顿了一会儿又开始,这一次他好像更多是对弗雷德里克说的,"我不否认我也是个商人——在不失绅士风度的范围内——我还要问你一个问题,冯·卡马赫尔医生。你还要让哈尔斯特伦小姐跳舞吗,或者你和她决定让她回到私人生活中?"

"哦,不。"英吉格斩钉截铁地说。

弗雷德里克感到好像一块冰冷的铁进入了他的灵魂。他自己就好像一个不能及时将兵器拔出体内的吞剑者。

"不,我们还没决定好。"他也说道,"虽然我希望哈尔斯特伦小姐放弃跳舞,因为她的身体很虚弱。可是她坚持说她需要那种感觉。而每当我看到他们提供的那些机会和条件,我也不知道自己是否有权利劝说她违背自己的意愿。"

"不要,冯·卡马赫尔医生,不要啊!"利林费尔德先生喊道,"哈尔斯特伦小姐、冯·卡马赫尔医生,就让我出面对付韦斯特&福斯特公司吧——我跟你们说,他们就是吸血鬼——还有,他们侮辱了小姐。相信我,许多关于她的恶劣谣言都是他们传出来的。"

"说名字,"弗雷德里克说,他脸色发白,"我想,我不费吹灰之力就可以找出来,我希望这里的绅士们也像欧洲那样。"

"呸——呸!"经理镇定地抬起他那胖胖的手,在弗雷德里克看来,好像商人那镶嵌在肩膀之间的头,在试着向他示意着什么,好像他在鬼鬼祟祟地眨着眼睛,同时还努力抑制住不大笑出来,不希望破坏了他的商业热情和庄严,"你太当真了。"他奇怪地直看着弗雷德里克的脸,那大而圆的眼睛里透露出一丝别有深意的神情。接着说道,"我们就约定在城里表演二十个晚上,不管他们给你多少,我每晚比他们多出一百五十美元,从四天之内算起。如果你同意,我们立刻就可以去找律师。"

不到半小时,弗雷德里克和英吉格就站在一座大型电梯上,电梯正要将他们带往一座纽约办公楼的第十五层。英吉格是电梯里唯一的女性,让她高兴的是,车厢里的十九名绅士都将帽子拿在手里。

"要是你之前从没见到过这样的场面,"利林费尔德对弗雷德里克说,"美国大律师的办公室会让你震惊的。这是一家法律公司,他们有两个合伙人,布朗和塞缪尔森;可是布朗不管事,一切都是塞缪尔森说了算。"

这位著名的纽约律师塞缪尔森的办公室,被木质和磨砂玻璃与一个宏伟的大厅隔开,那是一个写字工厂,一群助理在里面操作着打字机。塞缪尔森看上去像一个将近四十的人。他并不算高,肤色暗黄,胡子短而突出。这个人的着装——他占公司收入的股份据估计每年有三十万美元——虽然剪裁得体,却一点也不崭新;事实上,它们相当破旧,他的整个形象表明他绝不是美国清洁的象征。他说话时声音低沉而厚重,就好像喉咙痛似的。

不到十五分钟内,利林费尔德和英吉格之间的合同就拟订好了,鉴于英吉格还未成年,这份合同并不如她和韦斯特&福斯特公司之间的合同有效力。塞缪尔森说他掌握了一切关于哈尔斯特伦和韦斯特&福斯特公司合同的细节。当问及他们的传唤时,他只是以一种非常轻蔑的姿态笑着说:

"我们就静静地等着,让他们先开始吧。"

最后,当英吉格和弗雷德里克单独坐在关闭的出租车上,往家里走时,他用手臂热烈地环住她。

"如果你上台跳舞,英吉格,我会发疯的。我会感到,就好像你和我,和我们的爱情都被暴露在了公众面前。要是我换作你,连一半痛苦都感受不到。"

这个可怜的年轻学者又开始在这小吸血鬼面前倾吐他遭受的痛苦,这一次还伴随着热烈的吻和拥抱。

"我是一个正在沉溺的人。若你不向我伸出双手,那么我将会永远沉沦。你比我强大,你能够拯救我。世界对于我来说已经毫无意义了。我所失去的算不了什么,过去算不了什么,以后也不算什么,只要我能用它来交换你。和我一起吧,你会是我的一切,是我生命的唯一意义所在。"

"你并不脆弱。"女孩儿小声说道,还用渐迷离的眼光看着他。她急促地呼吸着,那薄薄的嘴唇分开,还有那致命的诱惑的笑容,像面具一样在她憔悴的脸上展开。

"跟我走!跟我一起逃走!"

 第十二章

弗雷德里克靠在出租车的一个角落。在一阵羞耻感的驱使下,他严厉地咒骂自己。他摘下那松垂的帽子,擦了擦额前的汗珠,手捏成拳头贴在额前,此时,他还没换上美国的烟囱管帽。

"我可怜的父亲!一个月后,我就会成为被官方批准的男妓。到那时,人人都会知道我,并对我投以敬意。纽约的每一个德国理发师都会给他们的顾客讲我的父亲是谁,我是谁,我靠什么为生,我在追求谁。我会成为那个小朋友的哈巴狗,或是给她取乐的猴子,或是淫媒。我们所造访的每一座城市的德国殖民地,不管是大的还是小的,都会视我为堕落贵族的例子,他们会看到曾经的好人、好丈夫、好父亲是怎样堕落进这样一个污秽的地方。"

租车快速驰往百老汇,弗雷德里克带着自省与羞愧的情绪,茫然看着

窗外划过的房屋。他突然站起来。霍夫曼酒吧的标志赫然映入他的眼帘,突然想起与"哈姆波特"上的人们的约定。于是他看了看表,刚好是约定的时间,十二点和一点之间。于是他叫马车夫停下,可是马车已经开过了一小段。弗雷德里克走下车,付钱给车夫,一会儿就出现在了纽约著名的酒吧。

他看到一个长长的吧台,它由大理石板铺成,大理石护墙板装饰,抛光黄铜,抛光银,和一层不染的发光的镜子,以及一些明亮的酒杯,空酒杯和插着吸管的酒杯,装着冰块的酒杯。吧员穿着洁白的亚麻布衣服,正在准备种类纷繁的著名美国饮品,他们技艺精湛,沉着冷静。

吧台后面的墙上,手可触及的地方,有一排发光的金属龙头;吧台后是通往厨房和餐具室的通道。水龙头上方和门上挂着油画。在那些站着或者斜靠着吧台的商人们头上,弗雷德里克看到一幅库尔贝的女人画像和一幅特鲁瓦勇的绵羊画;一张杜普蕾的云图海景画;几幅杜比尼的精选画,上面画着一群羊在沙丘上,低挂在海平线上的满月倒映在水池里,两头牛正在反刍;还有一幅科罗的作品——一树,一牛,一水,一片灿烂的夜空;还有迪亚斯的——一个池塘,经年桦树,光线倒映水中央;还有卢梭的——暴风雨中的参天大树;米利特的——装着芜青的罐子,白锡汤勺和叉子;一幅德拉克鲁瓦的黑色肖像;另一幅库伯特的作品,一幅风景图;一幅巴斯蒂安–勒帕热的小型画作,光明草地上的男女;以及其他许多出色的作品。他全然沉迷其中,几乎忘记了近来的经历和他来的目的。

他完全沉醉其中,隐约对一群人感到厌恶,他们那吵嚷的笑声和躁动与其他客人安静的举止形成了鲜明的对比。突然,他感到有一只手搭在他的肩膀上,他吃了一惊,回过头,与一张长着胡子的脸四目相对,这张脸有些粗糙,好像并不熟悉。鸡尾酒和其他上好的酒类,在他红润的脸上映下一丝浅蓝色。

"怎么了?"陌生人说,"你不认识我了——布托船长?"

布托船长,弗雷德里克的救命恩人!此刻他已认出了那堆喧哗人群中的其他人。其中有亚瑟·斯托和他的侍从巴尔克,他穿着低调的黑色号衣,与其他人稍稍隔开而坐。还有威廉医生,和画家雅各布·弗莱施曼,还有"哈姆波特"上的机师万德勒,以及罗兰德号上的两名水手,他们穿着新制服、戴着新帽子。他们已经受雇到原航线的其他船上工作,而且还得到了一大笔钱。

大家都像老朋友一样欢迎弗雷德里克。被奉为美国绅士的亚瑟·斯托正在讲着他的老故事,说他在短期内不会去旅行了。他经常高声阔气地提起他的妻子,显然是认为让公众知道,他作为一个没有手臂的人也能娶到妻子,是一件多么荣耀的事。

"这一次我取得了巨大的成功。"他说,"昨晚,观众们蜂拥至台上,用手臂将我托起,高喊着'1492',那是大都会剧院每晚都会唱的歌。"

"1492"——凡目光所及之处,街上、露天广场上,都有它。弗雷德里克看着乐队的广告上,舞台杂耍的展览上,继哥伦布登陆四百年后的美国的发现之日,都被渲染上对这个新秀之国的爱国情感。

"哦,冯·卡马赫尔医生,你还好吧?"威廉医生问道,"这些天你是怎么过的呢?"

"哦,就这样,就这样。"弗雷德里克耸耸肩说道。他不知道该怎样总结这段过得如此充盈的时间。说也奇怪,在这陆地上,在霍夫曼酒吧,他之前对他的同僚医生的信任已经所剩无几,甚至荡然无存了。

"你的小女孩儿怎么样了?"他别有深意地笑着问道。

"我不知道。"弗雷德里克带着冷冷的且惊讶神情回答他,还补充道,"你说的是谁?"

他对他们所有人的回答都简短而生硬,根本不可能开始一场对话。刚开始几分钟内,他也不明白自己为什么会到这儿来。酒吧里的其余人都能认出他们是罗兰德号上的生还者,这让他感到极为不悦。而斯托,那个无臂之人,那个著名的神射手,非常惹人注意。

斯托能够用牙齿咬着酒杯喝酒;可是他今天不沾酒。然而,他心情很好,布托船长、温德乐、弗莱施曼和水手们也都随意举杯。威廉医生也并不劝阻。

他小声对弗雷德里克说,昨天早上《国家报》的期刊上公开为弗莱施曼募捐,那个可怜的家伙得到了一大笔前所未见的钱。这下他明白了为什么弗莱施曼喝那么多酒,为什么他神情如此毅然,为什么他那么猛烈地抽着烟。

"你怎么看那件事,冯·卡马赫尔医生?"他问,还一边指着那些画像,一边蔑视地喷着鼻息,"把这种东西叫作艺术!将这些东西从法国搞来,花了成千上百万。他们是在挣美国人身上的渣滓。我敢打赌,要是我们在慕尼黑、德累斯顿或者柏林的德国人不能做得比那个,或者那个好——"他说着随意指着几幅画像——"我们就会将他列入ABC之类。"

"一点没错。"弗雷德里克笑着说。

"你们等着,"弗莱施曼喊道,"我要拿一两样东西给美国人看看。德国的艺术——"

可是弗雷德里克并没有听下去。稍稍过后,他的印象全都集中在了那个不断被弗莱施曼滥用的词"德国艺术"上。他不客气地对着威廉医生说:

"你还记得这条乱吠的狗,这个笑得像疯子一样的家伙,是怎样从我们的船边冒出水面的吗?"

这时,布托船长和温德勒笑脸盈盈地走了过来,好像他们察觉到是时候来陪这两位医生了。

"听说了吗,先生们,那个纽芬兰渔民说他看到过罗兰德号上的尸体和漂浮的残骸?"布托船长说,"他们还找到了'罗兰德号'上的救生用具。他说尸体和残骸被冲到了沙洲上,那里有许多鲨鱼,还有群集盘旋的鸟类。渔人说最初引起他们注意的就是那些鲨鱼和鸟类。"

"你怎么看呢,船长?"威廉医生问,"你认为除了我们外,'罗兰德号'上还有死者或者生还者吗?"

至于生还者,船长自己也不会承认。

"也许,"他说,"有一两艘救生艇飘到更南端,进入了平静海域。也或许,他们没有碰上更大的汽船,或者三四天都遇不到一艘船。弃物、残骸和尸体通常就会由拉布拉多洋流带向南方,直到他们撞上墨西哥湾流,然后再被墨西哥湾暖流带到东北部。要是他们随墨西哥湾洋流一同辗转到亚速尔群岛,那么他们很快就可到达苏格兰海岸。

"那么,"弗雷德里克说,"我们的好船长冯·凯赛尔就还能在苏格兰陶工的领地找到一个葬身之地。"

"我们可怜的船长们,"布托说,他看起来就像公共马车的售票员而不像是船长,"他们要我们掌控海洋和风暴,就像我们的主耶稣基督那样,如果我们无法掌控,我们就只能选择在海洋里淹死或者回陆地上被绞死。"

亚瑟·斯托加入了他们,说道:

"你还记得罗兰德号沉没的时候,防水壁是不是关着的吗?"

弗雷德里克想了想说:"不,没有关上。"

"我也这样觉得,"斯托说,"水手们说他们一点也不知情。"

"我们只顾听令行事。"水手们说。弗雷施曼发话了:

"防水壁并没有关上。我没见过船长,也不知道他是什么样的人。可是防水壁确实并没有关上。我的船舱挨着一家俄罗斯籍犹太移民。我们感受到了猛烈的震动。随即引起一阵惊慌。我们相互碰撞着,时而还撞在墙上。你看我撞伤有多严重。"他说着卷起袖子,"那家俄罗斯籍犹太人里有一个肤色黝黑的女孩儿,是她让我在船上的时光不至于太无聊。"威廉医生又别有深意地看了看弗雷德里克,"她不放开我,她叫得喉咙都嘶哑了。最后,她只能喘气了。她抓紧我,而我一边喘息着一边说,'要么你会和我一起掉下去,要么你把我救起来。'我还能做什么呢?真想在她头上敲两下。"

"是啊,"温德勒说,"在那种情况下,还能怎么做呢?干杯吧,先生们。"

大家都碰了杯。弗雷德里克脸色苍白,而其他人都欢快地笑着。

"对了,冯·卡马赫尔医生,"斯托说,"我突然想到那个姓哈尔斯特伦的女孩儿,真的,你应该劝她和韦斯特&福斯特公司签约。你不让她跳舞,就是妨碍她的前程。"

"我?"弗雷德里克质问道,"你这是什么话啊!这关我什么事啊?"

斯托并没理会他，继续说道：

"一般说来，韦斯特&福斯特公司非常不错。可是他们的影响和关联是不可估量的。那些和他们作对的人不会有好下场的。"

"等等，斯托先生，恐怕你这也是在白费唇舌了。我既不是那女孩儿的监护人，也一点不适合当买卖男女的贩子。"

"哦，哦，哦！为什么这么严重呢？"斯托说。而其他人，包括威廉医生在内，也插嘴进来；这使得弗雷德里克更为愤怒，"你不知道那个小妖精能赚多少钱吧？正如美国商人所说，'有得赚'。别忘了我们身在美元之土，在最后一片土地被开垦完，最后一块金子被挖掘完之前，你都不能停下来休息。"

弗雷德里克很生气。他只想拿起他的帽子，跑开。当前这种心境下，他想不到自己为什么要来见这些人。为了转变话题同时发泄他的愤怒和恶劣情绪，也出于一些更高尚的原因，他突然开始说起那个女仆——罗萨，他指责那些纽约报纸几乎对这位英雄女子只字不提。

"对于我来说，为她做点什么，比为其他女人做事更为重要。我并不是一个讨价还价的人；但是如果要募捐，而不为罗萨募捐的话，那么他们就无视了'罗兰德号'上的女英雄。"

"你是要说什么？你是什么意思？"弗雷施曼生怕失去了他的战利品一样，有些无礼地说道。

这时巴尔克插话了。

"记住，弗雷施曼先生，罗萨是第一个看见你的人。要不是罗萨把你拽出水面——她就像熊一样壮——我们船上的其余人就会用桨打过你的头，让你沉下去。"

"你胡说，你个笨蛋！"弗莱施曼一边说着，一边朝后退着，转身对着挂着画的墙面，"我不断见到这两头发疯的牛。"他提到了杜比尼的佳作之一。

弗雷德里克尽可能礼貌地谢绝了他们一起吃午餐的建议。

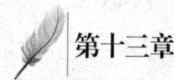 第十三章

　　一个人走在街上时,弗雷德里克因自己不懂迎合而感到厌恶。如果是他自己刚好发神经,那还该怪这些无辜的人吗?弗雷德里克总是这样,一旦他发现自己做错了,便会毅然尽全力去弥补,于是在他得出是自己的错后,便决定回去和船友们吃午餐。他走出来大约已经八分钟了。这时他返回去,加快了步伐,五分钟内,霍夫曼酒吧的标志就又出现在他面前。百老汇大街拥堵一如往常,黄色的出租车彼此稍隔间隙,络绎不绝,形成两条不间断的链子。天气阴冷多风。街道上喧闹纷呈,弗雷德里克透过这些喧闹的人群,看到他在罗兰德号和"哈姆波特"上的朋友们从酒吧里走出来。正当他要向他们招手时,却踩到了人行道上的果皮。
　　"别摔着!冯·卡马赫尔医生!"一个女人的声音叫道,"你还好吧?"他正要恢复平衡之际,脸却与一个美丽而高贵的女子相对,那女子

的脸被面纱遮着,她戴着皮帽子,穿着皮外套。他渐渐认出是伊娃·彭斯小姐。"我运气真好。"她说,"我很少到这里来。今天我刚好要在这附近买点东西,正在去餐馆的路上。我一般都在餐馆吃午餐,因为我讨厌寄宿公寓。碰巧的是,我今天刚好比往常迟了些。因为那个小女孩儿,哈尔斯特伦小姐,和弗兰克一起参观工作室,让我比以往多待了四十五分钟。"

"你是一个人吃饭吗,彭斯小姐?"

"是的,"她说,这突如其来的问题让她有些吃惊,"这在你看来很奇怪吗?"

"哦,不,一点也不奇怪,"弗雷德里克匆忙回答,"我脸上露出惊讶表情是因为差点儿摔倒,还有突然遇到你。我之所以问你是否一个人吃饭,是因为我想问你是否介意我和你一起吃饭。"

"如果你和我一起吃饭,我将会非常高兴,冯·卡马赫尔医生。"

这优雅的两人引来了路人的频频关注。弗雷德里克高大威武,举止得体,他的头发和胡子因未修剪而显得过长。伊娃·彭斯也算得上高大。她皮肤白皙,头发呈褐色,一点也不像美国人那黄蜂一般的身材,她的长相与提香作品中的美丽女子较为相契。

"你在这儿等我一分钟好吗?"弗雷德里克问,"你看到那边正要上车的人了吗?其中一些命中注定般成为我在'罗兰德号'上的船友,而其他人则是我的救命恩人。我不想再见到他们了。"当那一小伙人安全乘上车,向布鲁克林开进时,他说:"我无比感激——"说到这儿时,他停下了。

"因为你是从车上那些人中被救出来的吗?"彭斯小姐问道。

"不。因为我遇到了你,而你将我从那群人中拯救出来。我承认我忘恩负义。就是那个船长——当我看到他的船从海上向我们驶来,看到他站在舰桥上时,对我来说,他不是天使长就是上帝的使者。他集令人敬畏的安宁、冷峻和令人敬畏的高贵于一身。他并不是一个人,他是那个人,是那个拯救者,除他之外,再无别人。我的灵魂,我们所有人的灵魂,都在朝他呼喊,都崇拜着他。可是,他在此处却化为一个善良而平凡的劳工。

在船上，斯托的活泼让人感到慰藉，而现在，他在工作中却摒弃了自己闲时的好思想。责任，升华了布托船长，并且暂且让他变为有用甚至是重要人物的东西，在斯托身上扮演着重要的角色。斯托仅仅看上去参与了海上的生活，可实际上他想的只有自己。其中还有我的同僚，船上的医生。当我发现他是一个半瓶响叮当的人后，别提有多难过了。我是真的以为他比其他人更有意思。"就好像他心中的水匣被打开了，弗雷德里克开始慨然讲起了船只遇难事件，这是他之前从不会提及的。

"今天，尤为让我害怕的是，我发现一个人竟能够，也确实做到了，在不到四十八小时内两次消化一棵橡树。我发现自己不断对那次大船沉没事故产生疑问，那艘船上的每一个角落我都非常熟悉。我看到了什么东西，可是距离太过遥远，仍然无法看清楚。在过去的二十四小时内，有四五次，我又再次经历了那事故。昨天夜里，我从梦中惊醒，浑身冒着冷汗，我竟不知道自己在哪里。船上的混乱，作为遇难信号的嘟嘟声，那血腥的景象，扭曲的面孔和漂浮的人体四肢，一切都非常可怕。要是我仍继续看到这样的景象，那么，我也会再次和罗兰德号一起沉没。

"我这样的感觉好像有些病态。一个状况像我这样的人就会对自己说'一旦已经下沉，那就沉下去吧，不要起来'。可是那些上车的人不会那样说，彭斯小姐。对于他们来说，整个事情就永远过去了。他们已经消化掉了整个罗兰德号，以及发生在它载着的上百人身上的事。他们消化掉了那一整件事，而且几乎就要将它遗忘。他们的那种能力，尽管令人羡慕，可是却侮辱了我的人道主义天性。我非常讨厌那样。他们那笨拙的语言，透露出了自身的冷漠，他们那愚钝的灵魂让我战栗。从他们的眼中，我看到为了自身安全而破坏别人安全的自私，那是我所经历过的最残忍的疯狂。那些人是冷血的，他们是残忍的。他们永远处在一种被轻微隐藏与压制的野蛮的自我防卫状态。"

"在我看来，你朋友们的行为，一定非常不好。"彭斯小姐笑着说。

对于这一点，弗雷德里克并不是真心赞同。因而他只是回答道：

"我只是感到他们将轮船放到了齿间，包括所有的木材和铁器，以及那载重的人类一起嚼成了纸浆,并且不留痕迹地吞下。"他说着摘下了帽子,手指穿插过头发。

"如果你真想和我一起吃午餐的话,冯·卡马赫尔医生,你就不能有好高骛远的心里,像里特先生一样。"彭斯小姐在一家整洁的餐馆前停下说。

他们进入了一个低矮的屋子,屋子里铺着红砖地板,墙壁和天花板镶着嵌条。他们国家有着无尽的木头资源,使得美国人可以自由地使用木材,尽管需要精炼。这干净的小屋经常有理发师、骑术教练、马车夫和店员光顾。吧台上放着并不昂贵的午餐和美国通常可见的饮料。老板坐在角落里,那里装饰着一些体育画报,上面有著名的骑师和他的马、杂技演员和棒球冠军。从表面上看,就好像这里晚上的顾客和白天的顾客有所不同,而他那运动员式的形象——他着装整洁,可是穿着衬衫——是要引起顾客们的注意。弗雷德里克尚未从太多的训练中回过神来,他暗自惊讶于伊娃·彭斯竟敢到这样的地方来。

"你迟到了,彭斯小姐。你身体没事吧?"主人带着一脸面具般的严肃表情询问道。

"哦,是的,布朗先生。我身体一向很好。"彭斯欢快地回答道,"我要平常吃的午餐。可是这位先生,恐怕并不喜欢,或许你们能为他准备一些特别的东西吧?"

可是,弗雷德里克坚持要点和彭斯小姐一样的东西。

"我可是警告过你,"四下无人时她说道,"我真的不认为你会喜欢我所吃的东西。我从不吃肉,我想要你知道,而你肯定要吃。"

弗雷德里克笑了,"我们医生,"他说,"也要渐渐远离肉类饮食。"

"我认为吃肉很可怕,"彭斯小姐说,"我家院子里有一只非常漂亮的鸡。我每天都会见到它,却要割断它的喉咙,然后吃掉。我们小时候,养了一只马,伦敦的人后来将它吃掉了。"她说着将小山羊皮手套往下拉,却并不从手臂上褪下,"人们还要吃狗。我非常喜欢狗。可最糟糕的是那些食肉的人们总认为那可怕的流血是必不可少的。想想世界上的屠夫,想想芝加哥那些巨大的屠宰场和其他一些不断大规模屠杀无辜动物的地方。离开肉人类也可以生存。它并不是他们生存所必不可少的。"

她以一种严肃而带着幽默的口吻说着这些,她的德语还算标准,尽管有些吃力。

"因诸多原由,"弗雷德里克说,"对于食肉,我还没有一个确定的看法。就我自己而言,没有肉我也会过得很好,只要每天中午给我牛排,晚上给我烤牛肉。"

彭斯小姐看上去很惊讶,接着欢快地笑了。

"你是一名医生,"她说,"你们医生就是专门折磨动物的。"

"你是说活体解剖?"

"是的,活体解剖。可耻,而且罪过。只是为了让普通人多活几天,就要将无辜的动物折磨致死,真是可怕。"

弗雷德里克并没有回答,他是一名科学工作者,对于她的观点无法苟同。彭斯小姐也注意到了这一点,于是说道:

"你们德国医生真是可怕。我在柏林的时候,就一直害怕自己在亲戚们还来不及阻止前就死于非命,我害怕自己被带到你们那可怕的实验室进行解剖。"

"哦,这么说你去过柏林咯,彭斯小姐?"

"当然,我哪儿都去过。"

对话于是转到了柏林上。彭斯小姐说起这个话题时非常激动,因为那里随处可听到好的音乐,看到好的戏剧。

"我在柏林有一些教授和艺术家朋友。其中一个是一位波兰画家。他在克拉科夫附近拥有一处房产,他还叫我去那儿参观。除非我提前接受他的邀请,不然我很长一段时间都不会去柏林了。"

店主端来了午餐,午餐由烤马铃薯、白菜和煎蛋组成。尽管换作在其他地方,弗雷德里克对这些都毫无食欲,可他还是胃口满满地吃着,还像彭斯小姐一样喝着美国冰水。

彭斯小姐的谈话方式完全不拘一格,生机勃勃。他觉察到罗兰德号的沉没在弗兰德里克的脑海里仍然鲜明如初,也记住了彼特·施密特的提醒，于是故意将话题转开。而弗雷德里克却因为自己对他的船友们进行了指责而有些不悦，于是有好几次都试着提起沉船事件。他的整个行为表明，有什么东西正令他苦恼，正在折磨着他。

"我们说着世界计划中那迫在眉睫的正义。可是为什么这么一群可鄙的人被救起来了，而其他数百人则淹死了？为什么那么好的冯·凯赛尔船长淹死了。我永远无法忘记他。为什么罗兰德号上那些精挑细选的船员们淹死了？为什么，又是凭什么我自己被救起来？"

"冯·卡马赫尔医生，"彭斯小姐说，"昨天的你还是一个完全不同的人。你身上充满了光明和生机；可今天你就变得阴郁了。我认为你不懂得感谢自己的好运，这是不对的。在我看来，那些被救起来的人的品质怎么样，你自己为什么会获救，那些淹没的人们为什么没获救，这些都不该由你负责。造物者的计划和实施由不得你决定，你只能接受它。毕竟，接受生命是一种艺术，而这种艺术能让你一生受益。

"你说得对。"弗雷德里克说，"我只是一个人类。此外我继承了一种最不必要的理想天性，而不是实际的行动。'这是一个颠倒混乱的时代'，你的丹麦籍英国同胞哈姆雷特说，'唉，我生下来就是为了负起重振乾坤的责任。'我无法摆脱那种荒诞的狂妄。更糟糕的是，我身上具有浮士德精神，这种精神被植入了每一个认为自己该负起某种责任的德国好人身上。'我如今已经学习了哲学、法理学和药学'，等等。最终，人总能在每一个转折点后更加醒悟，如此总比信守与魔鬼的诺言好。说也奇怪，通常情况下，魔鬼指定你履行的诺言中，第一个都是关于一个金发碧眼的格雷琴，或是像她一样的人的事。"

彭斯小姐并没有说话，因此弗雷德里克感到自己有必要继续说下去。

"我不知道你是否有兴趣听一个德国学者兼理想破产者那不同寻常的经历。"

彭斯小姐笑着说道：

"破产者？不，我不认为你是一个破产者。当然，不论你有什么心事，不论你想跟我说什么，我都很感兴趣。"

"那就好。"弗雷德里克说,"让我们看看你说得对不对。想象一下,一个男人,在三十岁之前,总是走错的路,或者,不那么说的话,就该是,每一次他去旅行,不管是走什么样的路线,结果不是断腿就是骨裂。我能逃脱真正的灾难,那场海难,实属稀奇。然而,我以为我的船只已经沉没了,而我就在上面,或者我和我的船只在下沉的中途。因为我看不见土地,我看不到附近有任何稳定坚固的东西。

"我直到十岁以前都待在军队里。我甚至有过自杀的念头,我还因为反抗被惩罚。准备一场大屠杀对于我来说毫无吸引力。于是我的父亲将我带离了学校,尽管那意味着他不得不放弃他的好想法,接下来,我就进入了那被广泛讨论的高级中学。我父亲是一名狂热的士兵,而我成为一名医生,可是除了自己的职业外,我对于科学事业也很感兴趣,于是我致力于研究细菌学。于是又遇到了断腿和骨裂。因而从此就与医药和细菌学再见了。很有可能我再也不会涉足那个领域。后来,我结婚了。我撑起了一个婚姻带来的人为框架——一所房子,一个小花园,妻子和孩子,我还想以比别人更自由更好的方式来教育我的孩子。

"我在一个贫穷的乡村地区进行研究,心中想着在那里能比在柏林做一切更实际的事。'可是,我亲爱的孩子,'人人都说,'以你祖先的名义,你在柏林的收入要比在这里多三四十倍。'而且我的妻子坚决反对要孩子。从她知道有了孩子开始,直到孩子出生,绝望的场面就一个接一个。生活对于我们来说,就成了真正的地狱。不睡觉,整夜吵架,从晚上十点吵到凌晨五点,这对于我们来说也不算稀罕。

"我试着温和地劝说和安慰,对于每一个可预见的争论,我软硬兼施,用尽了办法。我妻子的母亲,也不理解我。我的妻子大失所望,她母亲也大失所望。我不去追寻更好的前程,她只认为我这是疯狂之举。于是就发生了这些——我不知道这是否发生在每一对年轻夫妻身上——每在孩子出生前,我们每一分钟都要为他从婴儿期到二十岁的教育争吵。

"我们争论着孩子是否应该在家里接受教育,按照我所希望的,还是像他母亲希望的那样,到公立学校去。我说'女儿应该接受体育训练。'

我的妻子却说，'女儿不应该接受体育训练。'那时，女儿甚至都还没有出生。我们吵得非常激烈，彼此甚至以离婚和自杀相要挟。我的妻子会将自己锁在房间里，而我就去敲门，因为我害怕，害怕发生不测。

"于是我们就来和解，但和解的结果却加剧了家里那令人痛苦的神经紧张。有一天我甚至不得不将我的岳母赶出家里，以确保和平。甚至我妻子也意识到有必要那么做。我们爱着对方，除开发生的那一切，我们都是出于好意。我们有三个孩子，阿尔布雷希特、伯恩哈德和安玛丽。

"他们在三年内出生，一个接着一个。我的妻子有神经紧张趋势，那是生孩子所带来的危机。第一个孩子出生后，她得了严重的精神忧郁症。她的母亲也承认安杰拉自小就得过类似的病。最后一个孩子出生后，我带她去意大利旅行了两个月。我们在那里过得非常愉快，在意大利的蓝天下，她的精神状态好像也有所好转。可是她的病却在潜滋暗长。我现在三十一岁，已经结婚八年了。我的大儿子也已经七岁了。"

"现在，"——弗雷德里克想了一会儿——"现在已是二月初了吧。去年秋天，大约是十月中旬，我发现我的妻子在屋子里撕着一块并不便宜的丝绸，那是我们在苏黎世买回来的，而且已经在她的抽屉里放了四年多了。我仍可见那昂贵的红色东西，那时它的大部分还没被剪坏，以及散落一地的窗帘碎片。我说，'安杰拉，你在干什么？'接下来我就了解了情况。然而，一段时间内我仍然抱有希望。可是有一晚我醒来，看到我妻子将脸凑近我，她脸上表情惨白，看上去非常恐怖。于此同时，我感到我喉咙上有什么东西。那正是她用来剪红色丝绸的那把剪刀。'来，弗雷德里克，'她说，'快起来穿衣服。我们俩一定要睡在菩提树棺木里。'是时候告诉她的亲戚和我的亲戚，召开一次家庭会议了。我可以保护自己，可是孩子们就危险了。"

"这下你明白了吧，"弗雷德里克说，"我用我的天赋所走的婚姻之路并不长远。我什么都想要，又什么都不想要。我什么都可以做，又什么都不可以做。我的头脑已经不堪负重，而又空空如也。"

"你一定经历了一段痛苦的时期。"彭斯小姐简短地说。

"是的。"弗雷德里克说,"你说得没错,不过要是你能用现在时代替过去时,能彻底评估我妻子带给我的麻烦就好了。问题是,我妻子的精神遭遇该怪我吗,又或者我该免去一切责怪吗?我只能说,这个案子的诉讼还悬而未决,而我自己在其中既是原告,也是被告,还是裁判。"

"那么,彭斯小姐,你觉得大西洋不把我从'罗兰德号'上的所有人中带走有什么意义吗?我像疯子一样为了自己的生存而抗争,有什么意义吗?我用船桨打在一些不幸的人头上,只因为他们会让我们的船翻倒,又有什么意义吗?我重重地打在他们头上,他们又无声地沉回水中,消失了。我至今还活在世上,不是很卑鄙吗,还是我该放弃这糟糕的生活?"

尽管弗雷德里克是用平和的谈话口吻说出这番话,可是他脸色苍白,情绪激动。盘子已经撤走很久了,而彭斯小姐,也许想要避开那痛苦的答案,于是问道:

"我们能在这儿喝点咖啡吗,冯·卡马赫尔医生?"

"做什么都可以,今天,明天都可以,只要不让你厌烦。我恐怕不是一个开朗的伙伴。我想世界上再没有一个人像我这样被如此自我主义折磨。想一想,我那关在精神病院的妻子每一刻都在向我展示着她的自私、软弱和可恶。因为她非常可恶,正如她所说,还因为我非常好,非常高贵,非常可敬,我听说,他们得一直看着她,不让她伤害自己。那是一个非常愉快的事实,对吗,彭斯小姐,难道我没有很好的理由值得高兴吗?"

"你需要的,"彭斯小姐说,"是休息。我从未想过——请原谅我这么说——一个外表看起来如此坚强的人会拥有如此小而战栗的灵魂。你现在该做的,我想,是尽可能掩盖你的过去。为了适应生活,我们每个人都得掩盖一些东西。"

"可是,我完全不能适应,"弗雷德里克说,"这一分钟,我感到自己很强大,因为我正和某人待在一起,而和这个人在一起时,也不知是什么原因,我就能用清水梳洗自己——请原谅,我这是委婉的说法。"

"你应该把精力集中在某些事物上,你应该去工作。"彭斯小姐说,"你必须让自己的身体筋疲力尽。"

"哦，我亲爱的彭斯小姐，"弗雷德里克叫道，"你可抬举我了！工作！我与流浪汉没什么两样。我想要治好的是我的怠惰和散漫。我如今站在一个靠欧洲人的伟大意志力发现并且征服的土地，我失去了我的浆，失去了掌舵的方向，还失去了我最后一丝自由意志。难道这就是当今人类和那时的人类之间的区别吗。"

这时咖啡上来了。弗雷德里克和彭斯小姐一言不发地搅拌了一会儿糖。接着彭斯小姐问道：

"如你所说，你怎么失去了你的自由意志呢？"

"悲哀的球腹蛛。"弗雷德里克说着突然想起了威廉医生提起英吉格时常把她比作蜘蛛。彭斯小姐当然不明白他的话；可是弗雷德里克打住了，尽管她询问，他也不回答。于是她突然收回了她的问题，还说他将话题从德国的哲学性层面，下降到像她这样浅薄的人层面上再好不过。

她又说道："不管你多么尖锐地批评自己走了无数的路，却没有走到尽头，我还是建议你开始另一条路，并且欢快地走下去。将你自己限制在那些能满足你手头、眼里和脑中需要的范围内。总之，回归你最初的喜好，再次着手雕刻。说不定几个月后，你就会是世界著名的彩绘木马利亚雕像的创造者了。"

"你错看我了，"弗雷德里克回答道，"我只是在吹肥皂泡。让我一个人幻想吧，我幻想着自己体内有一个伟大的艺术家，在等待着自我表现和发展的时机。我真正更适合的是做里特先生的马车夫，或者侍从，或者最多做他的业务经理。"

第十四章

彭斯小姐拿出她那小巧的钱包,不让弗雷德里克替她付钱,他们再次走到了繁忙的大街。

"啊,"弗雷德里克说,在这喧嚣之中,他的态度彻底转变了,"看我说了多少话!这般挑战你的耐心,我真该受罚。你一定烦透我了。"

"哦,不。"她说,"我习惯了这样的谈话。我和艺术家们打交道已经有好多年了。"

"你是在指责我说话不真实吗,彭斯小姐?"弗雷德里克有些惊慌地问道。

"不,可是我想,"她带着男子般的坚毅,平静地说,"自然即便要让我们遭遇某些事情,它也不想我们一再遭遇。就好像造物主不论何时何地一定要将夜晚和睡眠置于白日之间。"

"并非随时也并非随地,"弗雷德里克想到他许多个晚上只能睡几个小时的痛苦,说道。走到十字路口,彭斯小姐停下来,等车送她回家。

"看那里,"弗雷德里克指着六幅巨大的海报说道——上面以花哨的颜色画着玛拉,蜘蛛的牺牲者。每一幅海报上倾斜地糊着绿色的条纹,旨在说明舞者刚遭遇了海难,但是仍将于来美国的第二天出现在韦斯特&福斯特剧院。就在那广告之上,是七八张亚瑟·斯托的真人大小肖像。

"你的小朋友邀请里特先生后天去参观一个位于百老汇大街的剧院的彩排。那不是韦斯特&福斯特公司。"彭斯小姐说道。于是弗雷德里克解释了他们与利林费尔德先生的合作,尽管连他自己都不知道彩排的事。

"对于那个女孩儿,我只觉遗憾。"他轻声说道,"作为奇怪境遇的结果,我认为自己要对她负责。她失去了父亲,他就是她的全部,因为她与母亲相处得并不好。"

"真的吗?"彭斯小姐说,"为什么呢,就在今天早上,我们短暂的对话中,她给我讲的情况完全不同。"

"真的吗!"弗雷德里克喊道。

"她告诉我说,从很多方面讲,她的父亲对她来说都是可怕的负担。首先,她得为他赚钱,而且他还要虐待她。"

"也许,"弗雷德里克有些困惑地说,"也许那就是歪曲的本质——某人感到不得不通过做某些事或说某些话来欺骗人们,而他所做的那些事或所说的那些话是不符合常规的,或是别人希望他说的。彭斯小姐,我希望,我衷心地希望,你看着点那个可怜的家伙,要是没有人引导她,她就会不知所向。"

"再见,"彭斯小姐招呼过来一辆车,说道,"尽快到工作室来工作。对于你的小朋友,她太任性了。事实上,她意志非常坚强。一旦她决定了要做什么事,就没人能够控制她,也没人能够引导她。"

当车子载着彭斯小姐开进纽约的车流中时,奇怪的是,弗雷德里克竟感到一阵孤独,对于他来说,那是一种奇怪的感觉。他想要将这种感觉一尝到底,于是继续沿着街道独行,随意走着。这还是第一次,在对一个相对陌生的人如此坦率地说了一番话后,他没有为自己的行为感到后悔。他在头脑里一再回想第一次在工作室与彭斯小姐相见时的场景,她在那热闹的酒宴上的言行举止,他们第一次讨论木质马利亚,他与她在大街上第二次相见,她那正直的姿态,她那骄傲的眼眸,以及小小的国际化饭店里她那令人印象深刻的样子。尽管她不想,却不可否认地成为了周围的焦点,而那也许只是她自然的一种结果。让弗雷德里克窃以为喜的是看着她优雅而欢快地吃喝,她不带任何气场,也不施任何魅力,只是有条不紊地剥着橘子,削着苹果。吃和喝对于她来说是高贵而合理,又不可避免的行为,是毫不虚伪矫饰的。弗雷德里克推荐她引导英吉格时,确实是发自真心的,因为他自己就从她的话中受过益,受她那美妙才思的影响,从她那直接赤诚而又敏锐的眼光里得到鼓舞。

"冒着让自己陷入荒谬境地之险,"他对自己说,"明天早上我要去里特的工作室,将我的手埋在黏土中,试着从那湿土之中重现我的生活。"

 第十五章

第二天早上,大约十点,里特亲自热情地邀请弗雷德里克去他的工作室,还分给他一间正对着彭斯小姐工作室的小屋。彭斯小姐建议他从仿制石膏模板开始,着手雕刻萨克森运动员的手臂。

这是弗雷德里克生平第一次鼓捣那满具意义的黏土,上帝就是用这黏土创造了人类,而人类反过来又用它创造上帝。他在罗马和他的雕刻家朋友们待过一阵,看着他们工作,注视着他们手指的每一寸移动,他竟然轻而易举就完成了任务,这让他自己感到惊讶,彭斯小姐也十分欣赏。此外,他解剖学上的知识和医药实验也为他奠定了良好的基础。就在他完成医药学业后不久,他曾有过一段时间想要为雕刻家们进行一场人体解剖,于是他带着这种想法,画了一系列图,这些图深受行家们的喜爱。

弗雷德里克一阵兴奋地卷起衣袖工作了三个小时后,运动员那健壮的

肌肉便清晰成形了，他感到一阵满足，这满足对他来说非常新奇。在工作的过程中，他完全忘记了自己是谁，自己在哪里。威利·施奈德进来时，他在工作完后，去吃午餐时，总会故意对博尼费修斯·里特和艺术说："你——好——吗？"在弗雷德里克看来，他好像是从梦中被叫醒，回到一种奇怪的生活中来。

"很抱歉，我不得不离开去吃午餐了。午餐真是件烦人的事。"他坦言说道。

里特进来时，他们都由衷地笑他对于雕刻那天生的激情。

"要是我回到欧洲，"他说，"我一定会马上给我的三个孩子制作雕像。"

彭斯和威利·施奈德的赞美着实让弗雷德里克感到自豪，尽管当里特进来时，他们都一言不发，等着大师的裁定。

"你之前一定用黏土做过模型。"里特说。弗雷德里克可以诚实地否认这点。"那么，"里特说，"你操纵这些材料时就像一个血液里含有艺术的人。根据你的第一幅作品判断，在我看来，好像你一直在等待着黏土，而黏土也一直在等着你。"

"我们可以看到，"弗雷德里克说，接着又补充道，"不幸的是，有一处缺陷。据说万事开头难。我之前的经历让我以为自己总是失败。通常情况下，在下象棋，玩纸牌，或是打台球时，我都是刚开始赢，最后输。我的实验和细菌研究都是刚开始很成功。我若是写一本书，也只有前两章有些价值。"

艺术家们不相信这些，尽管他说的是一堆事实。然而，弗雷德里克和他们一起离开工作室时，思维比几天来都更感健康。

可是，他在俱乐部屋和英吉格说了一番话后，精神就消散了几分。女孩儿若非讽刺便是冷漠地听着他叙述他的新职业。里特、威利和罗博科维兹都暗自对她那蔑视的评价感到愤怒，尤其是当他们察觉到弗雷德里克还纠缠在她的陷进里，不管是身体还是灵魂。

她对他说她必须去找韦斯特&福斯特公司，还坚持要他们撤回送去防止虐待儿童学会的通知。因为她与利林费尔德签订的新合同使他们蒙受了损失,所以他们要报仇,至少是这样,他们还要破坏竞争者的计划。英吉格感到万分愤怒,她对弗雷德里克说早上她刚在剧院进行了简短的彩排,另外,防止虐待儿童学会的代表说第二天想来看她彩排。她决定要让自己的光芒在纽约闪耀,她要接受双重敬意,怜悯之敬意和崇拜之敬意。此外,她也不想失去那唾手可得的钱。如果不让她在纽约露面,那么她在美国也就无立足之地了。

反对一个女孩儿的顽固意愿是没有必要的。是也好,不是也好,弗雷德里克感到一阵难以言说的厌恶,因为他不得不扮演这个小明星的信使兼杂役。他在韦斯特&福斯特和利林费尔德之间奔走,又从利林费尔德那里去布朗和塞缪尔森的公司找律师,从第二大街到第四大街,又从第四大街到第五大街,最终又敲响了防止虐待儿童学会会长加里先生的门,他要向他表明英吉格的情况,对他说要是不让她露面,那她将会在一个陌生的国家陷入物质缺乏的境地。可是加里先生拒绝接见弗雷德里克。

有幸的是,好心的威利·施奈德,为了让事情尽可能好办,于是请了一天假,陪弗雷德里克。他那好的坏的幽默和对当前纽约状况的有趣评价帮助弗雷德里克应付了许多不愉快的时刻。

第二天一早,弗雷德里克很高兴,因为他又可以开始他的塑形了。他那回旋着纽约的喧嚷声的大脑,能用在他热爱的事业上,而他的这番事业占用着他的眼睛和双手。他认为自己很幸运,因为他有着空前的天赋,就不必从事那些赛马和射击之类,需要又爬又跳来挣得那神圣的美元的行当。以前那疯狂的生活将他灵魂的衣装撕碎,而这简单的塑造运动员手臂的细节活会治愈他的灵魂。他意识到了这一点。彭斯小姐偶尔会进来视察他的工作,同时和他交流几句。他喜欢这样。她的陪伴让他感到安慰,甚至高兴。她的样子,她的姿势,和她说的话似乎都蕴含着坚定与安宁,此外,他的独立总让弗雷德里克暗自钦佩。他告诉他这新工作多么显而易见地成为了他的止痛剂,她回答说自己也有过同样的经历,而且,要是他不突然改变行径,坚持这份工作,他还会感受到更多好处。

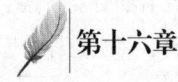
第十六章

英吉格哈尔斯特伦"邀请"了艺术家们于十二点去看她彩排。当他们聚集在彭斯小姐的屋子里时——除了弗雷德里克外,还有里特、罗博克维兹、威利·施耐德,彭斯小姐和那酷似吉普赛人的画家弗兰克,他还带着画夹和绘画材料——他们言行都非常庄重。

那天天气晴明,街道上也干燥,于是他们决定走路去剧院。在路上时,里特给弗雷德里克讲了他正在长岛为自己修建的乡间屋舍。弗雷德里克已经从威利·施奈德那里听说过了。那是一栋相当气派的建筑,带着花园、赛马场和谷仓。里特是根据自己的想象和设计来建造它的。他还讲了那陶立克柱子有多么精美,那是一种最自然的柱子形式,因此与周围的一切都最为搭配。正因如此,他才会在别墅中使用它。屋子内部分沿用了庞培式风格,其中还有一个中庭。他还提到了一个小物件,一个滴水兽,他说想要将它放在庭中的喷泉上。

"对于那些令人欢乐的事物,艺术家们如今已是取材不竭。"他说,"我们在纽伦堡已经拥有了纯真的德国范例,其中最好的古典例子之一就是赫库兰尼姆的酒醉希勒诺斯。那与固态艺术作品相结合的液态的水,它能够流动、滴落、冲击、溅起、洒下、冒泡,或是从精美的喷嘴里喷出。它嘶嘶地冒出来,噼啪地飞溅下落,然后聚起泡沫。它一定是从希勒诺斯的酒壶里流出来的。我曾在春天于那不勒斯制作过一尊庞培式风格的纳西索斯石膏板小像,它非常精美。我要将它放在别墅的某个地方。我的花园会延伸至海边,我想要一个可以停船的小码头,在那里修上大理石阶,护栏和雕像。"

走在阳光下那冰冷的空气中,在那身形修长,着装优雅的雕刻家旁,听着他讲述希腊幻想作品,弗雷德里克的心又猛烈地拍打着肋骨。在这个新的国家,这一切发生以后,他还能再次看到英吉格跳舞,每当这样的思绪涌上他的心头,他就感到自己再不能承受磨难。他灵魂中那些健康的力量,已经开始起而反叛任何能增长那恶魔力量的事物。然而,他与她相连太过密切,她在公众之下展现魅力,这让他备受折磨,他希望她大获成功的念头也使他困扰。一边害怕它,却又一边热烈地渴望着它。

剧院黑暗而空旷,里特和他的同伴们走进去时,他们几乎看不见,只能跟着带领他们的年轻人摸索着前行,他带着他们去往正厅后排。渐渐地,他们的眼睛习惯了里面的黑暗,也能分辨出那无窗的洞室,成排的座位,观众和描画的天花板。里面的空气闻起来有些尘土味儿和腐烂的味道,它们重重地黏在弗雷德里克的肺部。巨大洞室里那些壁凹,给人的印象就像是用来存放棺材的暗洞。壁凹处挂着灰色的帆布,帆布延伸至整个大厅,只有几排座位留给参观的人。舞台的幕布被掀起了,舞台上的光源来自于几盏白炽灯,它们那微弱的反光,只能投射出一个小小的光圈,当参观者们的眼睛习惯了这昏暗的灯光后,光圈也就有所增大。

这些人之前都没有见到过这样空旷昏暗的剧院,因此他们感到拘谨和压抑。也没有特别的原因,他们都降低了说话的声音,满怀期待之情等待着,就像观众们等待表演开始一样。

难怪弗雷德里克的心跳得越来越猛烈。就连威利·施奈德也沉默着,调适着他鼻梁上的眼镜,他可是一向都很镇定,而且还喜欢说一些嘲讽的话。他张大嘴巴坐着,鼻孔扩张着。当弗雷德里克的眼光碰巧落在他身上,看到他那异常陶醉的样子时,被他那搞笑的黑色日本人的头逗乐了。

紧张的几分钟过去了,舞台上还什么都没有,艺术家们一边问答着,一边交谈着,眼看就要卸下心中的紧张感,这时,一阵脚步声打破了场上的宁静,舞台上顿时响起一阵巨大的沉闷而且毫不优美的声音。那是利林费尔德经理,他穿着长外套,他把帽子转向颈后。他挥动着拐杖,凶狠地责骂着。这场景逗得艺术家们发笑。他们只能尽可能保持着礼貌,不笑出声来。

利林费尔德咆哮着,吆喝着勤杂工,并且厉声吼着一不小心走到了舞台上的女佣。

"地毯在哪里,音乐师在哪里,那些一无是处的参与灯光投射的人呢?我特意让他十二点来的。哈尔斯特伦小姐还站在后面,不能进化妆室。"

一个声音从大厅里响起来——声音来自那个领着艺术家们去座位上的年轻人——他怯怯地喊了几声:"利林费尔德先生,利林费尔德先生。"最后,利林费尔德听到了他的声音,将手拿到耳朵处,然后走到舞台边上。他那停顿了一会儿的咒骂声又起来了,这次以更为严厉的语气直接指向那小伙子。投射师走过来接受他的责骂。一个戴着丝绸帽的男人推着三名音乐师上来,他拿着一只手鼓,一个钹和一根笛子。

"花呢?花在哪儿!花!"利林费尔德对着大厅吼道,也不知从哪里传来一声支支吾吾地"我不知道。"于是利林费尔德消失了,口中还念着:"花在哪儿?花呢?"

"花呢?花在哪儿!花!"这声音在大厅里四处回荡着,从边座传到舞台上,又从最后一排——这样的场景只会让艺术家们越发想要窃笑。

这时,一些灯光又上了,一束引人注目的大红色纸花布置在舞台上。利林费尔德又出现了,他和那三位音乐家说起了话,此刻他已经稍加满意。

"你们学了我和你们说过的舞曲吗?"他哼着调子,还加重了高音部分向他们强调,"那么现在,"他说,"让我们听听你们都能唱成什么样吧。"他举起竹杖,就像拿着指挥棒一样,威严地说,"预备,开始。"

于是音乐家们奏起那激越的旋律,那野蛮的音乐,时而沉郁,时而尖厉,那音乐从第一次刺激弗雷德里克的神经开始,就日夜追逐着他。谢天谢地,黑暗遮住了他的神情。就是那艰难而不由自主的动机召唤出了那个魔鬼,让他开始迷恋在柏林的坤斯特勒豪斯。这些声音一次又一次地引诱着他,牵动着他。

阿里尔的这种奇怪的意图到底是什么?他让受害者遭遇内心的风暴,还差点儿让他死于一场真正的海上风暴,他这么做是奉了谁的旨意?他为何要用这音乐去刺痛弗雷德里克的血肉?又为什么要将那无法割断的麻绳绑在他的喉咙和四肢上?如此惨重的永恒悲剧在那荒芜的海洋中上演,海水无情地吞没了这么多人,这一切发生后,亲爱的生活——这音乐还怎么能无动于衷,怎么能安然无恙,它怎么还能在那儿重现那异想天开的恐惧?弗雷德里克感到一根新的绳索勒进了他的血肉,紧绕着他的喉咙。好像角上戴着套索的公牛,一路愤怒地发着疯,向他飞奔而来——它那野蛮的力量将会被错误地用在舞台那无知而血腥的表演上。弗雷德里克并没有打他,也没有跑开,可他走近时既打了他,又跑开了。他感到自己的头仿佛被厚厚的帆布紧紧裹着。他必须要做点什么来使自己摆脱那强加的盲目。他一定要直接看向那怪诞的对手——是普洛斯彼罗还是凯列班?

"毫无疑问,"当被音乐折磨时,弗雷德里克感到,"人类一开始寻求疯狂,便会不停寻求。他们喜欢疯狂。难道疯狂就是那些最初将不可能变为可能,并且穿越海洋的人吗,而且他们既不是鱼也不是飞鸟?"

在丹麦的斯卡恩,有一处画面值得一看。在一家小旅馆的餐厅里,挂着从残骸中捡回的领袖的肖像。那疯狂之手,直接触向那些木质男女的脸部和衣服。他们看着远处的前方,在那里,他们好像看到了一些超然物外的东西。他们的鼻子,在黄金的香味和异国香料混合的空气中颤抖着。不知怎么的,他们好像有了一个秘密,于是从故乡的土地上抬起双脚,凌空而行,追逐着幻影,最终又在那人迹罕至的盐质沙漠里发现了新的秘密。黄金国就是那样被发现的。也就是那样,才使数百万人走向了毁灭。

而英吉格·哈尔斯特伦,那个前不久刚成为她的木质马利亚肖像的女孩儿,如今成为了弗雷德里克着迷的领袖。他看着她在一艘幽灵似的帆船船头,她嘴巴张开,眼睛睁得大大的,身子向前弯曲,那黄色的头发直直地从两边垂下。

这时,音乐停止了,英吉格·哈尔斯特伦走上舞台。她在演出服外套了一件蓝色的长披风。

"利林费尔德先生,我认为将'玛拉,蜘蛛的牺牲者'改成'奥伯伦的复仇'非常不明智。"她干巴巴地说。

"哈尔斯特伦小姐,"经理紧张地说,"请你,看在上帝的分儿上,让我来处理这个吧。我再清楚观众不过了。此外,我换名称是有原因的。我不想收拾韦斯特&福斯特留下的烂摊子。请开始吧,哈尔斯特伦小姐。我们得快点。"利林费尔德先生拍着手,叫音乐起来。

随着玛拉的出场,这些刺激性的音乐再次响起来,就像赤裸裸的小精灵在空中飘浮。她围着舞台上的花儿转着大圆圈,就像还看不见一样,她像极了一只美丽的毒蝴蝶,那透明的纱翼洋溢着金光。威利·施奈德说她是一个水仙女,里特说她是一只飞蛾。弗兰克并没有说话,只是将眼睛紧紧锁在那个千变万化的女孩儿身上。

她闭上眼睛时,就像一个梦游者,吸着香气,开始寻找它的来源。在寻找的过程中,她既展露纯洁,又演绎出了放荡不羁。她的身体闪过一阵美妙的颤悸,就像飞蛾在热欲交欢。最后,她闻到了花香,于是突然顿住,她已经发现了花上那只大蜘蛛。

据弗雷德里克所知,她从不以相同的方式演绎惊恐与呆然。艺术家们无不钦佩她甜美脸蛋儿上那千变万化的表情,由轻微的反感变成强烈的厌恶,再到害怕,再到惊恐。好像一只巨大的手晃动着她,她一跃飞出了光环之外。

可是一种力量迫使她回到花的身旁。玛拉不再追随着花的香气。花萼上那吓人的毒物让她身不由己,让她苦苦地挣扎着。她的眼睑此时已不再闭拢,那小家伙用那通灵般的双眼去迎接命运。

"真是奇怪,"弗雷德里克想,"要是她的父亲真是自己想出的这个舞蹈,那样一来,他就该带着更敏锐的洞察力和爱来预测他女儿的命运。正如她自己承认的一样,她自己有时会无法抗拒地被丑陋的事物牵引,而不是那些纯洁美好的事物;而且舞蹈也有条不紊地由无情转为悲剧。"

新一节舞蹈开始了,舞者又看向了蜘蛛,她以为它没有危害,她还笑自己竟然会害怕。英吉格以无与伦比的优雅、纯真和欢乐演绎着这一幕。

一阵欢愉的宁静过后,她的四肢开始与那想象中的丝线抗争。就在这个时候,大厅的门开了一条缝,一个高大而庄严,看上去很高贵的老人被引着走进来。他手里拿着帽子,头发呈银灰色,那轮廓鲜明的脸上打理得很干净。他是一位老绅士。随后,那个领着他进来的年轻人就又出去了,老先生于是在门边的一个座位上坐下来。利林费尔德导演出现了,他像鳝鱼一般歪歪扭扭地绕过那个令人敬畏的老人,还殷勤地请他到前排去坐。

那位绅士,加里先生,防止虐待儿童学会极其相关机构的会长,他摆了摆手,以示拒绝,然后又将他的注意集中在了表演上。英吉格对这样的场面感到困惑,于是停了下来。

"继续!继续!"利林费尔德叫道。可女孩儿停下了,走到舞台边上。

"怎么了?"她问道。

"没事,什么事也没有。"导演非常耐心地告诉她。

英吉格召唤着冯·卡马赫尔医生。而这时弗雷德里克看到那位老先生后,想起了自己的父亲,他满怀敬意地看着他,他的名字回荡在整个剧场他也不觉惊讶。他不得不走上舞台,和英吉格说话,这让他感到痛苦和羞辱。她弯下身来要他去:"和那个防止虐待儿童学会的老家伙说说,说服他。"

"要是不让我跳舞,我就从布鲁克林大桥上跳下去,你们就去我父亲沉没那里将我捞起来。"她喊道。

在身体颤动之际,在被蛛丝窒息之时,英吉格结束了她的生命,虽然这只是在舞蹈中。接着，利林费尔德向加里先生介绍了弗雷德里克。那个顽固的老人，是乘着"五月花"号而来的、发现了新英格兰州的清教徒前辈移民的后裔，他的眼睛呈铁灰色，他带着冰冷而具穿透性的眼神瞥了弗雷德里克一眼，这眼神就像猫的眼睛一般充满了敌意，另外，在弗雷德里克看来，他的眼睛就像猫眼一样能在极暗中看清事物。加里说话很平静，可是他的话并不让人对他的态度抱有希望。

"显然，"利林费尔德高谈阔论了一阵后，他说道，"很显然，女孩儿的父亲已经因低级的目的利用了她，很显然，孩子的教育问题被忽视了。连最常见的女性的羞耻与得体都没人教她，真是遗憾。不幸的是，"他以一种冰冷而傲慢的态度说道，"不幸的是，我们到目前为止都没有法律来制止这让人厌恶的表演，这极大地触怒了公众的情感和道德。"他看似没有明白利林费尔德的话，还毫不含糊地认定要利林费尔德意识到，在每一位绅士眼里，他和他的职业是多么可鄙，而且利林费尔德在加里的眼中只能用一个词形容——"害虫"。

由于弗雷德里克英语说得不好，所以他在对话中自然占卜了主导。然而，他冒险提到英吉格有必要这样做，以养活自己。于是加里先生立即问出了那个老旧的问题，使得他哑口无言：

"你是那个女孩儿的哥哥吗？"

加里先生说完离开了屋子，利林费尔德对那些守旧的美国佬和清教徒那可恶的伪善又吼又骂。

"我严重怀疑，"他说，"他们对下令禁止英吉格·哈尔斯特伦在公众场合出现。这该死的一切都怪韦斯特&福斯特。"

弗雷德里克去化妆间接英吉格时，发现她脸上挂着泪水。

"这都是拜你所赐。"她愤怒地叫道，"为什么当初你不让我去韦斯特&福斯特表演，就像斯托先生和大家建议的那样。"

"英吉格，"弗雷德里克说，"我得照顾你的身体。"

"胡说八道！你把一切都掌控在自己手中。我们下船时，你将韦斯特&福斯特的代理人从车上赶下，这违背了我的意愿，这是不合法的。"

弗雷德里克感到很厌烦。因为加里先生让父亲的个性比之前几周更清楚地再现他的眼前。尽管他的父亲绝不会以像加里先生那样的方式表达自己的观点,然而,他的看法与那些美国佬的观点非常相似,这点弗雷德里克再清楚不过。事实上,甚至是在弗雷德里克的灵魂中,那些与生俱来的和在教育中被灌输的许多同样的观点,仍然是无法动摇的。自陷入英吉格的魔咒以来,这还是他第一次意识到自己内在里是独立于她的。唯一困扰着他的问题就是怎样使自己从内在和外在都摆脱掉那耻辱的联系。他自己也没完全承认,英吉格的舞让他清醒过来;据此可知,魔鬼的诅咒被打破了。这一次,那迷人的诱惑之舞也似不可思议地变得空乏。此外,他的怜悯之心也不再被激起至此前的程度。

这时,那个吉普赛画家弗兰克进来了。他就像疯子一般。他非常激动,说话结结巴巴地。

"我希望你去找加里先生,试着讨好他,用钱收买他。"她对弗雷德里克说。

"那样做真是又愚蠢,又没用。"弗雷德里克说;说完英吉格就哭了起来。

"我的朋友们,"她说,"全都只会利用我。为什么阿赫莱特纳不在这儿?为什么他要死,为什么死的不是别人?阿赫莱特纳才是我真正的朋友。他知道怎样处事,而且他既有钱,又不吝啬。"

 第十七章

第二天，禁止英吉格在公共场合跳舞的命令下来了。女孩儿差点儿疯了。利林菲尔德说要去找纽约的市长。利林菲尔德结了婚，可是没有孩子，为了保护英吉格不被送去孤儿院，他在家里为她提供了一个住处，就在来诺克斯街道附近的第124大街。

送英吉格到利林菲尔德先生家的那天早上，弗雷德里克在一个模型前看到了一件新的围裙，那是彭斯小姐买的。他从英吉格的叙述中感到一阵宽慰，身上的一个重负卸下了。她搬走了，就减轻了他肩上的一部分责任。

彩排过后，工作室里很多人都在讨论英吉格。里特对彭斯小姐和他的朋友们说他想为那个跳舞的女孩儿做一幅青铜雕塑。彭斯小姐转而告诉了弗雷德里克。然而，弗雷德里克感到自己对英吉格多少有着监护权，他还是不情愿地同意了。

"你看，彭斯小姐，"他说，"每当美好的事物就要问世时，我总是世界上最后一位挡道的人。可我只是一个男人，要是里特真要让英吉格·哈尔斯特伦当模特儿，到时我们只有一两墙相隔，我的灵魂也就别想安宁了。"彭斯小姐笑了，"你可以笑，"他说，"可是，你知道的，我是一名恢复期的病人，旧病复发比什么都可怕。"

一周过去了，弗雷德里克开展了一场非凡但却失败的战争。他每天都去工作室工作，彭斯小姐成了他的红颜知己。从他的嘴巴里，她证实了自己之前的猜测，他在一段并不开心的恋情中备受折磨。除非他主动要求，否则她不会介入他的这场心灵挣扎。她只会像患难与共的好朋友一样，给他建议。

"每当我看到英吉格，或者同她一起外出，或者与她单独待一会儿，"他说，"我都会感到愤慨异常，厌倦无趣。我一定会把心思从她身上收回。"——这样的表决在几个小时内便会分崩离析。

伊娃小姐长期以来，一直忍受着弗雷德里克。

一天，英吉格跟他说：

"引诱我吧，想要对我做什么都来吧，弗雷德里克。严格，粗暴都无所谓。把我锁起来。你是唯一一个我愿意你对我放肆的男人。"又一次，她央求弗雷德里克："我想做个好孩子，弗雷德里克。让我做个好孩子吧。"

但是第二天，她又再次跟她的朋友和保护人告状，说起这不可原谅的可耻待遇。其实是这样的，她身后不乏追求之人，任她差遣，帮她解决问题，凡事都为她着想，还会为她负担所有账单。

弗雷德里克所不能戒掉的，是那散发着芬芳，看起来柔弱得令人同情的美丽身躯，但是他已下定决心要让自己戒掉这种迷恋。

一天，英吉格前来让彭斯小姐给她塑像。弗雷德里克在她跟前转来转去，也想要用黏土为这位金发的圣母马利亚做个模型。虽然里特有着一大堆的黏土，准备在旋转架上为她塑一尊半身像，但是这位大师却和他的徒弟闹翻了。很难明白彭斯小姐为何会安排英吉格做此配合。但是，对其塑像的每一次研究都会对弗雷德里克产生不同寻常的影响。

她那平滑的前额,她的眉毛,她的眼睛,她跳动的太阳穴,她耳朵的形状,蜿蜒曲折之后服帖在头部两侧,她的鼻子窄小如刀背,她的鼻孔,那看起来略显老相的鼻唇线条,她的嘴角显露出来的沮丧,她那漂亮却无情的脸颊,她那难看的脖颈,里面有着洗衣妇所独有的音线——所有的这些特征让弗雷德里克愈发地头脑清醒,削减着其想象力每一丝一毫的美化或者掩饰的力量。也许彭斯小姐明白,在对一个物体进行如此费力、如此坚持不懈的逻辑观察之后,会是怎样一个结果。在某种程度上,这与杀戮的效果是一样的。这就是为什么艺术家必须血战到底,除非他总是能够打开新的幻想之源。

然而,不久后,她就暴露了自己内心的狭隘、脆弱与空乏。和彭斯小姐相比,弗雷德里克看到了英吉格那永远长不大的缺点。有一次,她拿出一封她母亲从巴黎写来的信大声读出来。大概有十五分钟,她似乎饱受着煎熬。信写得非常认真、严肃,充满了关怀,并不是没有爱意。她母亲对哈尔斯特伦的死表示难过,还要英吉格去巴黎和她一起住。她向英吉格提到了一个在纽约的女人,是一名德国理发师的妻子,她说在回欧洲前她可以去找她。她甚至还提到了她回欧洲要乘坐哪一趟邮轮。

"我并不富有,"她写道,"你得在工作方面帮助我,英吉格,可是我会尽母亲应尽的责任,"——总结的句子来了——"只要你愿意改变你的生活方式。"

英吉格说起她母亲的信时,总是说她信中处处透露着冷酷与愚蠢甚至野蛮。

"我要向她忏悔,"她模仿道,"因为上帝如此仁慈,拯救了我。我第一个要对妈妈忏悔。我再不会这么愚蠢,竟想成为一名服装设计师。我会一直听妈妈的话!"

她继续这样说着,还毫不犹豫地揭露她父母生活中最丑陋的一面。

第十八章

纽约市市长指定二月二十五日在市政厅举行听证会,届时,利林费尔德先生和他的代理人,布朗和塞谬尔森,以及防止虐待儿童学会将会提出他们支持或反对关于限制哈尔斯特伦在公共场合跳舞的理由。利林费尔德太太给英吉格穿上了"漂亮的"衣服,让她乘上出租车,在女伴的陪同下朝市政厅走去。英吉格坚持要让弗雷德里克参加,而且他已经同利林费尔德先生一道乘前一辆出租车先走了。

当他们坐车穿越那段阴冷的灰暗又沉寂的市区时,利林费尔德先生解释道:"这就是当前的形势。现在,纽约处在坦幕尼派的控制中。在上一届选举中,共和党败北。市长爱罗利就是坦幕尼派的成员。坦幕尼这个词就是派生自一位印第安酋长,坦穆尼德,他是库柏的《皮袜子故事集》里的角色。政党领导居然有愚蠢的印第安名字和头衔。可是,不要被那些印

第安的浪漫鬼话给骗了。坦慕尼协会的成员都是非常实际的。坦慕尼老虎是一头不会被纽约大羊圈对付的猛兽。虽然不是绝对肯定,但我想我们能够很确定,在这个问题上,我们能争取到那个坦慕尼老虎,也就是市长,站在我们这一边。加里先生是共和党人,是坦慕尼协会的死敌之一,所以,向爱罗利和预防儿童暴力学会那个愚蠢的机构给了那么利落轻巧的一击,会让爱罗利得到最大限度的满足。不过他的任期就快要满了,而且他想再次参与选举,因此他向共和党做出一些让步也是相当精明的做法。我们会看到的,等着瞧吧。"

出租车轧过雷诺克斯大道,穿过中央公园,沿着第五大道,路过大都会博物馆、雷诺克斯图书馆、富豪住宅区和圣帕特里克大教堂。在第五十大街的街口,车头掉转驶向百老汇,利林费尔德指出了兴趣大厦,麦迪逊广场和霍夫曼住宅,那是民主党人的聚集地。最终,他们到达了市政厅公园,在中央矗立着一幢带有一个圆屋顶和一个柱廊门廊的大理石建筑物。在柱廊的门廊处,绅士们等待着女士们。

来回踱步时,弗雷德里克突然感觉到有人在猛拽他的外套,他转身看到一个穿着时髦的俊俏小丫头。

"怎么了,艾拉·利布林,你从哪儿来?"

艾拉回礼说道:"我同罗萨一道出来的。她在那儿。"

弗雷德里克转身看到罗萨站在台阶上。

"早安,尊敬的冯·卡马赫尔医生。"她说道。

弗雷德里克将艾拉介绍给了利林费尔德先生:"艾拉也在那条遇难的船上。对于由所谓的女性体力形成的巨大阻力,你又有了另外的佐证。"

"早上好啊,小丫头。你真的遭遇了那场可怕的海难吗?"

"是的,千真万确。"伴着少许幼稚且卖弄的自傲,她毫不害羞地回答道,"而我的哥哥淹死了。"

"哎,可怜的孩子。"利林费尔德说道。他的举动心不在焉。很明显,他的心思全在那份报告上,他也许会被迫需要在纽约市市长面前发表,"不好意思,"突然对弗雷德里克说,接着走到几节台阶之外,从兜里掏出一张写有字迹的纸条，仓促又不安地吟味着，"我妈妈也死了，不过，她又活过来了。"

"怎么回事？怎么回事？"利林费尔德轻轻地从鼻梁上推起金边眼镜，透过镜片注视着女孩儿，疑惑地问道。

弗雷德里克解释了他们是怎样用了几小时成功地救醒了利布林太太。

"如果在世上荣耀是根据功绩来颁授的话，"弗雷德里克补充说，"那么那位单纯的佣人——那边那个女孩儿，"——他指向罗萨——"比拉法耶特更有资格作为两个世界的英雄，她应该享受更高的荣誉。她创造了奇迹。她从不曾想到自己，全身心地想着她的女主人，两个孩子的母亲的利布林太太，以及我们其他人。"

弗雷德里克走向罗萨和她握手。当他询问利布林太太时，她的脸红得像朵牡丹。

"利布林夫人很好。"但由于这事儿让她想起小齐格弗里德，她说着说着便泣不成声。待她擦干眼泪后，她告诉弗雷德里克，在利布林太太没有参与的情况下，她和一位德国人领事已经进行了葬礼所需的所有仪式，她是唯一一个看到那具小尸体被埋在犹太公墓的人。

"哦，为什么你那么快就不救齐格弗里德了？我恳求你继续下去。他还有生还的迹象。他可能还会活过来的。"她哀号着说。

这时一个陌生人加入到他们中来。还没等他更近一步，弗雷德里克就从来人的衣着准确地认出了那是亚瑟·史托斯的贴身男仆。

"尊敬的冯·卡马赫尔医生，"布鲁克说，"罗萨没法从那件事中解脱出来。您是否可以让她明白这样纠缠一件事总不是办法，她应该要忘记。现在就算她失去的是自己的亲生儿子，也不会比这糟糕到哪去。我想对您说，冯·卡马赫尔医生，罗萨和我订婚了。"

"恭喜你了布鲁克先生。我很高兴听到这个消息。"

"只要我一和史托斯先生解除关系，罗萨就可以离开利布林太太，我们准备回欧洲。我在入伍海军之前，可是个娴熟的屠夫。我在不来梅的兄弟告诉我说那里有点关于肉、红肠和蒸汽机供应的小生意。我们俩也都存了点钱。所以我们为什么不试试？人不能一辈子给陌生人打工。"

"我很赞同你的说法。"弗雷德里克说。

那位神秘人的贴身男仆侧到罗萨耳边，伸手掩嘴，低语道："利布林太太到了。"接着便离开了。几乎在同一一瞬间艾拉跑出来大声叫着，"妈妈。"

利布林太太正穿过公园，她走在一位绅士旁边。她的装束十分符合俄国王室王妃的身份，很明显，她已经找到了更换衣橱的机会。弗雷德里克与她握手，从她左胸下的痣和那美妙身体上其他几处印记起了她，他像是冷酷地工作的机器，为了修复呼吸而工作着。

她将他介绍给了她的伴侣，一位胡子黝黑稠密，穿着优雅的先生，而那位先生带着一副怀疑排斥的表情看着弗雷德里克。

"真古怪，"弗雷德里克心想。"这个小头生物以为我是他的敌人，鉴于此，他应该知道他到底欠了我什么。那会儿我辛勤劳累，不辞辛苦地救助将死之人。我认为我自己是一位上帝派来的道德高尚的使者，毕竟，我做这些别无所求，只为了获得唐璜的乐趣，他可是圆滑又自傲。"

利布林太太已经去过了波士顿和华盛顿，这趟来美国她很开心。

"你觉得纽约的酒店怎样？我住华尔道夫酒店。它们很富丽堂皇吧？我在前排有四间房。那可真是如此宁静，如此奢华，如此绮丽的画卷啊！你会觉得仿佛置身于阿拉伯的夜晚。尊敬的冯·卡马赫尔医生，您应该去试试戴尔莫尼克餐馆的牛排。柏林或者巴黎有什么可以和它比的？在欧洲，您再也找不到像黛莫妮可一样的餐厅或像纽约酒店一样的酒店了。"

"有可能。"弗雷德里克说，他此时感到有点头晕。

"您去了大都会歌剧院吗？"

利布林太太继续着类似的欢快询问，不过她几乎不期望从弗雷德里克那里得到什么回应，多数时候，她是在自问自答。

他想着罗萨和齐格弗里德，又一再地审视着那位绅士的新黑漆皮鞋、笔挺的西裤、表链、钻石围巾别针、单片眼镜、高高的帽子和奢华的皮大衣。

"你和咱们大都会歌剧院有名的男高音是什么关系？"当利林费尔德放松地舒了口气从门廊回来时，利林菲尔德问弗雷德里克。弗雷德里克不明白，接着利林费尔德重复了利布林太太在向弗雷德里克介绍那位绅士时同样提到的那个意大利名字。他十分惊讶弗雷德里克居然不知道利布林太太的新朋友就是那位誉满全球的明星。

第十九章

很明显,这次见面使弗雷德里克显得尴尬可笑,但他自己的幽默感也被掀起,他总算可以不那么严肃地处理这令人烦恼的局面。

载着女士的那辆出租车开上来了。同时,大约六个记者走进了休息室。让弗雷德里克感到惊奇的是,多数记者和英吉格都很随意愉快地交谈,也像熟人那样亲切地握手。她看上去真的十分优雅美丽。

她跟着一群保镖,包括塞谬尔森先生和他的助理在内,都被领进了接见室,那是一间带有飘窗的用壁板装饰的房间。他们一进门,就看到加里先生高大的身影已然落座于长桌中归属市长的空席位旁。他穿着黑色的衣服,就像是一位英国牧师,脸上闪耀着清教神学精神的光辉。但是对于一个牧师来说,他那令人印象深刻的形象中又透露出太多世俗的敏锐和无情的果断。他将眼镜拿在手上,时不时地翻动着他的笔记。塞谬尔森先生和利林费尔德先生分别坐在市长的主席位两侧,并没有对加里表现出欢迎。其余几位办事员、记者和感兴趣的看客则坐在了长桌剩下的位置上,这其中有弗雷德里克、利林费尔德那既有魅力又不失庄严的妻子,和引起案件的美女英吉格·哈尔斯特伦。

市长从主席位背后几步之遥的一道高折叠门里走了进来。他是爱尔兰人,大概四五十岁的样子,脸上带着机灵又尴尬的微笑。虽然他没有例行问候的礼节,但他投向房间各方向的眼神中都透露出一种礼貌的亲切。

一位坐在桌尾的记者对弗雷德里克耳语道:

"哈尔斯特伦小姐的案子要顺利地结案了。每个人都坚信市长会狠狠挫伤那个老伪君子的锐气。"但事实上,市长对他右边那位尊贵的邻居举止亲切了,这可不是什么好事儿。全场肃静后,会议开始了。市长传召加里先生发言。

老绅士站了起来,脸上带着只有在卓越的政治家身上才能看到的自信。弗雷德里克着迷了。他无法将自己的视线从他身上移开,与此同时,他也为他的话感到遗憾,据一位记者说,他的演讲早就注定失败。在听着他满怀激情的声音时,弗雷德里克一点也不盼望英吉格出现在这里。但有时候,他已经学会了让那声音安静下来。他十分确定英吉格能否被允许在公开场合跳舞,在他来看已经有了明确的裁定。

加里先生首先清楚简洁地阐述了学会的目标,并引用了一连串儿童被虐待的案件,来证明孩子们的健康是怎样被现阶段的工业和商业给毁灭的。

一名记者向弗雷德里克耳语道:

"他首先该反省反省自己。他在华尔街工作,而且在他布鲁克林的化工厂里雇用了许多儿童。他才是一个无情的剥削者。"

加里先生继续解释着防止虐待儿童暴力学会的组建和成立是一种必要的趋势。学会为了能够真正证实虐待而将干涉权作为其义务。他手头上恰好有这样一个案件。

"许多年来,"他说,"纽约都被一群怪里怪气的强盗蹂躏着。"他在说强盗这个词时加重了语气,"在这种现象和在我们国家与日俱增的无神论之间有某种联系,与日俱增的反宗教和对快乐和浪费的渴望,这些东西都是和反宗教行为一起出现的。这种日益增长的不道德做法和我们糜烂的堕落的行为就是让海盗之船得以扬帆的风。这种症状不是源自美国,而是源自欧洲的伦敦、巴黎、柏林、维也纳等城市。这是一种传染病,应该被遏制,并且我们应该控制住那些强盗,是他们散播了恶习,而且还在不断地从国外带回更多的恶习。"

利林费尔德在椅子上坐立不安,由于愤怒,他的脸已经红得像只龙虾了。

"对于轻视这片土地的法律和那些钻空子的人们而言,美国只不过是为了他们的目的实现而存在的一个地方,是他们种植灾祸和屯财的地方。这些怪里怪气的欧洲人,不是上等的美国公民。他们根本就不配当公民。"加里先生对于每个词的读音都力求准确,"这就是为什么如果我们的宗教、文化和道德被毁灭,对他们完全没有任何意义的原因了。他们是恣意捕食的猛禽,而且一旦他们把自己的庄稼种满了,他们又会去破坏他们常出没的其他欧洲城市。是时候了,让咱们美国人寻思寻思,该如何反击这些寄生虫的侵略吧。"

这位老沙文主义者带着不可动摇的气势,自豪地发表着针针见血的评论,此时,弗雷德里克正不厌其烦地观察他那坚毅且高贵又苍老的脸上的每一个表情。在他身上,人类学家和最近才发掘的雕刻家的感情同时被搅动了。将"强盗"比作猛禽时,加里觉得自己就好似一只猛禽。他的表情像一只老鹰。他背对着窗户站着,头稍向一边撇,当他说起猛禽填满自己庄稼时,弗雷德里克的浅蓝色眼睛似乎变成了白色。

加里现在把话题转到了英吉格身上了。

"按照上帝的旨意,一场可怕的海难发生了,那简直就是骇人听闻,这以后,人们开始后悔反思。"他觉得这一点没有必要继续深入,因为不懂怎样敬畏这些的人会万劫不复,于是说,"而那个得以幸存的女孩儿是否已经满了十六岁还没被证实。我建议将她送到医院,最好是能有一艘蒸汽船将她尽快送回欧洲,送往巴黎,再把她托付给她的修女院长。她应该由内科医师照料,并且应该有人监护。她学过一种特别的舞蹈,而在这一过程中她逐渐进入了一种病态的状态,这和癫痫发作是不一样的。她变得呆板机械,像一块木头,她的眼神游离,她甚至撕扯自己的衣裳。最后,她晕了过去,对周围的一切失去了意识。这样的事不该发生在舞台上。这就是一种触犯,在剧场里再现医院里的场景根本就是对舆论的一种作践。我以高贵之名,以社会道德之名,更以美国体统之名抗议这种做法。把这样一个可怜的孩子拉到公众面前,还不知羞耻地利用她的不幸遭遇,这样的做法确实不对,这样做只是因为那场海难让她的名字变得耳熟能详。"

加里先生坐了下来。他带着特别的强调口气说完了最后一句话。利林费尔德的法律顾问,塞谬尔森先生此刻已脸色发白,大家都看到了。记者们拉近了椅子,身子也向前微倾,竖起耳朵仔细听着这位大律师的每一个词。他用微弱的声音开口了。作为一名内科医师,弗雷德里克意识到这是因为他的慢性喉炎犯了,也许是为了他那百万听众而特别变换了声音。塞谬尔森的陈词以及他辩论的方式早已闻名于众。最初他为了给自己省事,以积蓄能量,稍后就会猛烈地将听众们卷入情感的暴风中。

当那阵猛烈的感情爆发来临时,不管是对于他的主顾利林费尔德,还是记者们,抑或是弗雷德里克,那效果并不如预期的好。很明显,他的愤慨都是伪装,而不是自然的流露,就像来自一只拔了塞子的瓶子。他刚强的意志强迫自己模仿出一种为了主顾而不得不展示的情感。事实上,那位有着又小又尖的胡子和脏兮兮的皮囊的疲惫的男人,不过是行业中的一名牺牲者。尽管以这样的形象面世,他也没能给人留下深刻印象,更没能博得同情。不巧的是,为了赶上对手,他快马加鞭地抽打着不中用的老马,而这匹瘦小疲倦的马儿让他变得极为可怜。

加里先生和市长爱罗利先生意味深长地对视了一眼。他们似乎想要以德报怨,帮助这位骑士,在驳辩结束时,这位悲剧人物的一切反而成了砸伤自己的东西。

利林费尔德再也不能克制住自己。他的脸色变得深红。前额的静脉血管也鼓胀起来。沉默的时间逐渐流逝,不得不发言的时刻来临了。由于这些人都不能胜任此项任务，利林费尔德不得不亲自抒发肺腑之言。那位矮胖粗暴的发言人口中，字字句句都喷发着不可抵抗的冲力，那是一种原生的力量，好比从火山口喷发出来一样。

现在轮到加里先生在沉默和来自对手的如雨点般的攻击中煎熬了。这位老绅士没能幸免于难。

他不得不听着许多令人不快的评价，有关于布鲁克林工厂雇用童工的，有关于清教徒的伪善的，还有关于当面饮清水背地饮红酒的。别人说他眼光短浅，仇视艺术、文化和生命本身，视莎士比亚、拜伦、歌德等作家为长着尾巴的恶魔的化身。

"这些人，"利林费尔德说，"总是想要时光倒流，这是一种所谓的自由之岛上最使人厌恶的情形。试图让时光倒流是几乎不可能的。那些充斥着清教的拘谨，伤脑筋的清教徒良知和清教正统说法的日子已经过去了，永远不会再回来了。阻止朝夕更改是不可能的，更不用说阻止进步的浪潮或者文化的激流。"

现在利林费尔德将加里先生加诸利林费尔德先生身上的一切还给了加里先生。

"如果美国真是害人虫，那它们的温床就是防止儿童暴力学会。此学会正是传染病的滋生地，至今那儿就有一种传染病。加里先生说欧洲正处在瘟疫的水深火热中，真是很好笑。欧洲是美国之母。如果没有天才的哥伦布——此时正是庆祝哥伦布发现美洲的一刻——如果没有天才的哥伦布和来自德国、英国和爱尔兰强大的知识分子的不断涌入，"他朝市长使了个眼色，"美国将会是一片死寂沉闷的土地。"

在为了那位小可怜舞者而颠倒乾坤之后，利林费尔德揭露说韦斯特&福斯特的根本用意就是将他归类到学会中，并且愤怒地否定了加里认为他利林费尔德是个剥削者这一言论。或许，他的对手才是剥削者。

"哈尔斯特伦小姐能和我签订合约是多么好的事啊！这是我的妻子，在某些方面，她算得上是那女孩儿的妈妈。在我们的国土上，她细心照料着她，而且现在那女孩儿身体健康，一切良好。她有舞蹈家的形体。责难这女孩儿的尊严简直就是厚颜无耻。她不是堕落。她不是被人遗忘的孩子。相反，她就是一位伟大的艺术家。"

利林费尔德一路高调到底。

"加里先生，"他大声说道，此时岿然的窗户似乎也咯咯作响，"加里先生说我是一个外国人，是如同海盗之流的人。对此我明确提出抗议。我是和加里先生一样的美国公民。加里先生，您听到我说我是美国公民了吗？"由于一些原因，利林费尔德一个月以前才更改了自己的国籍。

"加里先生，您听到我说我是美国公民了吗？"他身子像前倾了许多，接连发问了几次，直指那位老沙文主义者，"加里先生，您听到我说我是美国公民了吗？加里先生，我是美国公民，我享有同您一样的权利。"

结局便是如此。利林费尔德坐下，胸脯起伏着，吃力的吸气声都听得见。他的脸上没有一丝抽动。

经过了一阵漫长的沉默，终于，市长开口了。他带着与其身份相符的一贯的和蔼作风，沉稳地说着。他的决定正如政治预言所预期。英吉格得到了公开跳舞的权利。

"据作证的内科医师所言，那位年轻的小姐身体健康。没有理由怀疑她已年满十六岁，况且阻止一个女孩儿通过表演谋生是不合情理的。"

记者们彼此之间意味深长地咧嘴一笑。爱尔兰天主教徒对英格兰本地清教徒的秘密厌恶已经从表面被打破。加里先生起身，带着冷淡的高贵和他的对手握手。然后便挺直腰板走开了。与市长截然不同的是，利林费尔德的对手并未隐藏住厌恶的表情，因为加里先生的眼睛压根儿就没瞧利林费尔德一眼。

人人都为英吉格鼓掌欢呼，贺词连连，淹没了女孩儿、主持人和他的妻子。英吉格喜悦万分，小巧的脸上满是甜美的微笑。她看上去十分可爱。正如两个大洲的人民所看到的，这样的结果正是她心中所期待的，正是为了实现这种期待而做的挣扎使她撑了下来。说实在的，她所得到的东西丝毫没有使她显得谦卑，反而时不时的在她的眼睛里闪现出骄傲和愉快，就连她看弗雷德里克的眼光里也是如此。大家都毫不掩饰地表达出对她的喜爱和崇拜。就算是王族的公主在那时候驾到也不能转移大家对那位小舞者的注意，她脸上的愉悦，就算只是谢意，此时也显得是那么有魅力。

利林费尔德应时邀请了所有的记者参加午宴。塞谬尔森先生以一桩法院紧急会议推脱了邀请。这可能是一种托词，因为弗雷德里克注意到，他也许正在失败中煎熬，不过弗雷德里克对此并没有感到同情。那可怜的男人，曾经如此大名鼎鼎，呼风唤雨，现在却完全被忽略了，不过弗雷德里克在同他一起下楼梯时，还是表达了对他的感激，这让塞谬尔森万分欣慰。

为了免去赴约午宴，弗雷德里克推说他生意上还有一些预约。虽然如此，他还是向芙吉格许诺会在喝咖啡之前及时赶回来。

第二十章

　　弗雷德里克穿过公园走向邮局，那是一栋高大的建筑，有两千五百名办事员和官员在那里工作。在那儿他发了封电报，然后就走向了熙熙攘攘的大街，刀割似的风使人们纷纷缩着脑袋，像忙碌的蜜蜂一样四处跑散着。那不停歇的交通、汽车、出租车还有卡车一起交织震耳欲聋的喧嚣。弗雷德里克看了看表。十二点半，正是彭斯小姐惯常在中央车站不远的一家小餐厅吃午饭的时间。弗雷德里克招呼了一辆出租汽车，驶向那家餐厅。如果在这种时候彭斯小姐没有在那里用餐，他会十分失望。但是她在那里，见到这位年轻的德国学者如往常一样高兴。

　　"彭斯小姐，"他边招呼边坐到了她的旁边，"你看，我刚从牢狱、教养所、不正常的收容所里解脱出来。祝贺我吧！我又再次回复了自由独立的经纪人之身。"他高兴欢跃，"我现在有正常人三倍的胃口，六倍的幽默，还有足够帮雅典的泰门摆脱忧郁的精神。我对前途一点儿也不关心，我敢肯定——就算是再有魅力的人也对我无计可施。"

彭斯小姐衷心地笑着祝福他。

"发生什么事了？"她问道。

"改天我会完整地告诉你那天在市政厅上演的那出悲喜剧。但是首先你得准备好接受可怕的消息。下决心听吧！伊娃小姐——你就要失去我了。"

"我，你！"她笑着。但她还是有那么点惊讶，接着她的脸上泛起了一阵红晕。

"是的，你将要失去我了，"弗雷德里克重复说道，"我刚给梅里登的彼得·施密特发了封电报，最迟明天早上，我将会离开你。我将离开纽约，去乡下，做一个农夫。"

"哦，如果你真的要离开的话我很遗憾。"彭斯小姐说道，表情变得严肃起来，尽管此时她的声音里没有一丝感伤的影子。

"为什么遗憾呢？"弗雷德里克喜悦地大声问道，"你可以出城来看我。你现在了解到的我不过就是一块破抹布。也许你来乡下探望我的时候，还发现我毕竟还是有点用的。我现在真的觉得胜利在望。我感到我身体还算健康。从化学角度举证一个例子，一杯被全能的上帝用勺子剧烈搅晃的盐水开始结晶了。我开始沉淀了。谁知道当云彩包围着溶液沉淀物之时，那玻璃杯中一切风暴的产物是否会变成一幢崭新坚固的建筑呢。也许三十年代日尔曼人的发展还没有停止。那样一来，我刚经历的危机，和那些不得不经历的危机，在成年前，就已经来临。"

现在弗雷德里克对于刚才在市政厅的观众和在加里和利林费尔德的发言中两个世界的喜剧冲突发表了看法，对此他称之为无事张皇。

"市长的决定，"他说道，"英吉格一直担心的事终于尘埃落定，我也找到了通往新生活的道路，那是我自己的生活。市长也结了我的案子。"

尽管他们有不同点，他还是描述了加里，这位克伦威尔追随者的后裔，他的先辈都曾遭查尔斯一世的追捕和杀戮，他还讲述了对加里的印象。毫无疑问，他的刻薄严肃的处理方式只不过是出于对英吉格的幸福的人道主义关怀,因为英吉格身体的弱点,或者更由于她心灵的弱点,这一切都遵从传统信仰的原则,而那些原则是眼光短浅的,但从这一点来说,他是它们容易上当的从者之一。至于利林费尔德,难道对他来说这一切不是为了钱吗?

"加里可能是一个伪君子,但当利林费尔德公开谈起英吉格·哈尔斯特伦的尊严和节操时,难道他就不是伪君子吗?我惊讶地抬头一望,我看的是记者席上的咧嘴一笑,如同一个充满恶意的影子滑过。假话四处流传,不是吗?伪善在争论的两端同样蓬勃生长,不是吗?一般来说,这是被当作理所当然的事情,不是吗?"

一如既往,有彭斯小姐的陪伴,弗雷德里克感到十分欣慰。从精神上来说,她的存在总让他有一种井然有序的感觉。他可以向她诉说一切,她的回答决不含糊不清,她决不拖泥带水,她不会让男人颠沛流离,她是男人们停靠的港湾,让他们感到沉稳踏实。可是,他对她的回应感到不那么满意,因为她似乎对他的说辞不够满意。他不知道他是否该把这一切归咎于她缺乏同情,或者归咎于秘密的怀疑。

"彭斯小姐,我来找你是因为,除了你我不知道我还愿意对谁诉说我生命中的新阶段。坦白地告诉我吧,我这样做是对的吗?当一个男人不再为无谓的激情锁链牵绊时,他的感觉你明白吗?"

"也许是的。"彭斯小姐说道,"但是——"

"但是什么?"

彭斯小姐沉默不语。

"你的意思是,像我这样的人,你不确定我是否已经恢复。但是我向你保证,我决不会坐在观众席上看那女孩儿当众展露自己的身体。我更不会追随她到世界任何角落的音乐剧院。我摆脱她了!我自由了!我会向你证明我做到了。"

"如果你向自己证明的话,也许还有些价值。"彭斯小姐说道。

但是他更愿意证明给她看。

"也许你觉得这只不过是我的一时兴起,或者根本就是犯傻。但是,就事实来说,我的作风不允许我仅仅为了我自己而做任何事情。你的同情会是一剂激励的良药,让我保持坚定。"他从口袋里拿出一封彼得·施密特寄来的信,信上说梅里登不远的一间木屋可能适合弗雷德里克。很显然,他绝不是最近才打算退居乡下。"当我在乡间的宁静中醒来时,我会给你写信的。一直以来,一个三十光景的男人突然离家失踪,连他的妻子和孩子也不知道他的下落。有时是政治家,有时是大学的年轻教授,有时是受全镇人民尊敬的市长,有时是受公众尊崇的富商。他随性地离开,根本不顾肩负的责任,更不用说重任了,他也许第二天还要出席会议,或者几小时之后就要。他遵从了自己强烈的冲动,去摆脱世界摆脱他的至亲和挚友,选择离群索居,他渐渐被人们遗忘,甚至会被当作已故之人看待。现在就是一种相似的状态,虽然也许本性还没那么病态,那是一种不为钱财所决定的状态。不要忘了,所有社交关系都需要消耗极大的勇气和力量,会将人和他周围的千丝万缕联系起来。英吉格·哈尔斯特伦不是唯一一个落入蛛网牺牲的人。时不时我们都得大口喘息,挣破束封。然后,我们不需要再做需要深思熟虑的事了,那些事情都衍生自习俗,而需要做那些还未被考虑的事情,那些不被注意的事情,而这些事纯粹是本能的。你爱管它叫什么都好,发酵,傻帽儿,激情,海难,风暴。不管它是什么,事实就是当男人突然再次渴望生活时,他就会血脉喷张。"

弗雷德里克现在又从包里拿出他三个孩子的照片,那是他的父母亲随信附寄的。得知他逃过了此难并平安健康,他的双亲感到莫大的高兴,现在他们也已经将对他的担心忘得一干二净了。

彭斯小姐饶有兴致地看着照片,还夸赞了每个孩子。他们讨论了一些关于孩子们性格习惯的问题。弗雷德里克再次说起了他的妻子,这次他不带任何批评,只说了妻子诚实顺从。

午餐结束。弗雷德里克打心眼儿里享受地吃完了这餐素食。他起身,热情地和彭斯小姐握手,感谢她的耐心倾听。他跳上一辆出租汽车匆匆忙忙地离开了,这是为了要遵守对英吉格·哈尔斯特伦的承诺,他会在利林费尔德家的午宴结束以前赶回去。

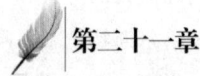 第二十一章

利林菲尔德一家住在一座独栋房子里,是和第124号大街上其他街区的房子一样的标准复制品。弗雷德里克看到大伙儿都在一楼的接待室喝咖啡,那间屋子有中式地毯、奢华的吊灯、日本花瓶和擦得光亮的乌黑胡桃家具,质地都是上乘。夜色渐露,华丽的枝形吊灯的灯泡向房间散射光芒。由于利林费尔德的进口加浓雪茄,空气有些浓重,而记者们都在十分享受地抽着。

一边抽着雪茄,英吉格被记者们簇拥着倚靠在舒适的椅子上。她的秀发随意地披在双肩,长及腰际。总的来说她现在的模样不怎么令人喜欢。由于她不适合穿成年女士的长裙子,所以她穿着女学生的衣裳,系着发带,穿着长筒网袜和白鞋子,想将自己打扮成一名干练靓丽的舞者。

当弗雷德里克·卡马赫尔走进房间时,她的脸微微发红,慵懒地向他

伸出手。不幸的是，这双手的手指短小平庸，可能是继承了她的母亲，她父亲的双手可是又长又美。弗雷德里克比房间里任何人都要高出一头，而且由于他良好的教养，在众多绅士中他显得特别出众。按照德国的礼仪，他吻了利林费尔德太太的手，请求她宽恕自己的迟来。

当然，讨论的主题还是市政厅的那场听证会。利林费尔德四处走动着，给记者们提供雪茄和甜酒，他热情款待着他们。这是有讲究的。他不时会带一名记者到外面，迫使他告诉他有关英吉格的信息，她的过去，她的出身，获救，她的父亲，她在欧洲的成功，还有她的天赋是怎样被伯乐发现的。一切就如真实和虚幻花哨的混杂。利林费尔德知道，她的故事连同市政厅里观众们的报道会在今晚出现在纽约的报纸上。根据听到的各种细节，他用自己亲手配制的配方发酵这些混合物，对此他确信会有一定的效力。

英吉格看起来很疲惫。但是她接到安排，只要还有一个记者在房子里，她就得尽可能装得大度友善。弗雷德里克为她感到遗憾。他看到了她严肃专业的那一面。

利林费尔德太太是一位年近四十的从容优雅的女人，尽管脸上带着苦楚，还是很有魅力。她穿着朴素雅致。仅从她温和深邃的眼睛里射出的一瞥，任何人都能感受到她丈夫对她盲目的崇拜，他已经习惯了的演戏。那粗鄙、野蛮、好色的粗脖子男人——在她面前就像一个胆怯的小孩儿。

比起英吉格，她的方式根本不讨人欢喜。带着一脸轻蔑的笑，她称那个丫头为"一个有塞满锯削的瓷制头的呆板洋娃娃"，这时候，那女孩儿正和一圈轻浮的记者们说着不着边际的话，他们的赞美声淹没了她。

"一个好的玩意儿，"她说，"是为男人而造的玩意儿，是交易的商品，仅此而已。她值得为之付出金钱，但除此以外她什么都不值得。她连空虚连琐事或小玩意儿都不如。"

大概是出于妒忌，英吉格走上来问弗雷德里克他是否都打包好了他的东西，根本不去猜想此时他眼中意味深长的疑问。

"还没。我为什么要打包我的东西？"

"利林费尔德先生,"她说,"已经和我签了一份合同,每周两晚在波士顿演出。你得准备好了,后天和我一起去波士顿。"

"到世界尽头,"弗雷德里克轻轻地说,"去世界的尽头,可爱的小姐。"

她心满意足,得意地看了看利林费尔德太太。

 第二十二章

利林费尔德家的欢宴结束后,弗雷德里克大大松了一口气。在威力·施奈德的帮助下,他也敛了一些财物,下午一部分时间,他就用来安排它们。晚上时分,越来越喜欢他们这位客人的艺术家们,都对弗雷德里克的离开表露了伤怀之情,同时大家围坐桌前,为他践行。

很长一段时间来,弗雷德里克都未感受到此般安静,也没感受到能像那个午后一样,与自己与这个世界相处得如此和睦。他收拾完行李后,威利·施奈德就邀请他到他的房间里去,他自从弗雷德里克来,就一直等着他,要给他看他收藏的日本艺术品。那是顶楼的一间小屋,里面到处都是古董。他首先给弗雷德里克看的是几个日本护手,日本人叫作"羽翼",那是一种椭圆形的小金属,人手可以轻易抓起它。那上面装饰着小型的人物,一部分与土地的成色相似,一部分又镶嵌着铜、金和银。

"东西虽小，花费的人力可不少。"弗雷德里克花了一个多小时欣赏那些镰仓式和南蛮式作品，以及由绵延百年的后藤家族、蛇师家族和几内家族制作的精巧艺术品，还有赤坂学派和奈良学派的作品；还有十五世纪到十六世纪之间出产于伏见的作品"卡哥拉米"；谁还能超越贵族制作家后藤弭作里呢，他生活在十九世纪末，其祖上有十六位先人，各个都是装饰艺术界的大师，技艺的辉煌家族，他们不仅从先辈那里继承了生命，还继承了技艺。

所有的这些东西都被刻画在了那椭圆形的小翼上！大黑的"切开的芜青"，就是幸运之神。森宁用呼吸创造了人。一轮发光的满月和一群飞鹅。野生的鹅群在芦苇丛中飞扑。满月从被雪覆盖的山间升起，不足手掌大的椭圆形铁块，黄金和白银，也表明了月亮流光之遥。

弗雷德里克和威利都对这金属作品那简洁优雅的风格感到惊叹，在这样的作品之上，最具领悟力的艺术家，在最小的空间上，表现出了丰富的创造力。

其中一尊羽翼塑像刻画了一座位于树篱后的茶楼。在那开阔的地形中，还有瀑布和天空，那些都是通过铁上的洞来表现的，也就是说，无为而现。其他作品表现的是英雄藤原秀乡在塞塔桥上大战怪兽；还有骑在牛背上的圣人老子；孝子仙野金考，骑着金眼鲤鱼，专心地看着书；韦驮天正追赶着一只偷走佛珠的鬼，或者魔鬼；一只好打听的鸟儿用嘴撬开维纳斯的壳；一只金眼的章鱼或者乌贼；圣人奇可靠在窗边，借着月光，读起了书卷。

诡计多端而又不受威吓的威利，在五点区的一个餐馆里打探到了这个藏品的消息，那个餐馆的名声比其邻近餐馆的名声还要坏。一名日本人，没有钱付账，于是就把这个羽翼抵押给店主，而他自此以后，再没有来将它赎回。威利没有一天不去光顾那些杂货店和犹太人聚居区的。他用那无谓而热烈的眼睛窥探着，那双眼睛里总带有一种混合着惊讶和愤怒的神情，他还冒险进入这个城市里最糟糕的地区，甚至去了唐人街上最昏暗不堪的鸦片屋。他对弗雷德里克说，他一副大胆的样子，再加上那副圆眼镜，让别人误以为他是侦探；这对他购买东西大有好处。

威利在唐人街一家店铺内——店主是一个肥胖的高利贷者，花很少的钱买了许多日本印画。

接下来，他就把这些印画拿给弗雷德里克看。其中大部分是安藤广重的琵琶湖风景图；此外，还有三十六幅北斋的富士山风景图。那些最精致的画中，其中有一幅画上画着——棕红色的阳光从湿冷的天空照下，照在山间残雪上，天空中飘浮着毛茸茸的云朵。

还有真所和重政于1776年在江户为书画的插图，"绿房子里的美人镜"，以及真所的"萌芽之书"。弗雷德里克将其中一幅北斋的印画叫作"夏天的黄金诗歌"。

左边的富士山上，天空呈深蓝色，其下是金黄的谷物，人们坐在长凳上，天气炎热，他们却神色欣喜！他将其中一幅安藤广重的印画取名为"月光之诗"。在那辽阔的湿润而孤独的草场，那些枝叶稀少的树枝，就像垂柳一般，垂进汨汨流淌的小溪，载着草皮的驳船从溪中驶过，日本撑船者赶着浮桥，黄昏蒙影下，溪水蓝蓝，一轮苍白的月亮，从远处孤寂平原的边缘升起，它被蒙上了一层暗淡而嗜杀的色彩。

除了他的羽翼和印画外，威利还收藏了所谓的坠子，一些是由黄杨木制成的，一些是由象牙制成的，都是些小巧如骰子的雕刻，各种真实的或是想象的场景栩栩如生地呈现在眼前。

威利的收藏中，最好的一些包括一尊日本的木雕，它还不足一英尺高，那是一个卖牡蛎的女人。雕像的每一个细节都表现得一丝不苟。那手法更倾向于近代日本大师描绘女人之美的手法。仅这罕见的成功例子，就让人一见倾心。

威利混杂在美国的文体圈子里，他也有机会收集一些印第安古玩。他给弗雷德里克看一种阿帕奇酋长戴的羽饰，一条贝壳念珠腰带，印第安刀子和弓箭。他还看到了著名的猎人和一些印第安首领，以及剧团里的牛仔，还有那些天性与巴纳姆和贝利式商业意识相结合的，有着卓越表演虚荣的人们。

弗雷德里克急切地想要见识威利的一个特别的朋友，他是一位著名的杂耍演员，还曾经从布鲁克林大桥上跳下东河。

"威利，"弗雷德里克说，"既然你在美国过得这么滋润，你是不会空手回到欧洲的吧。"

"见鬼！"威利回答，"在这个该死的国家，还能够得到什么呢？"

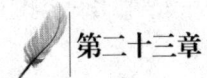 第二十三章

第二天早上,弗雷德里克一个人来到火车站。前一晚,他就和朋友们最后告别了,还要他们不要来送他,以免耽搁他们当日的工作。他把行李放进一个铁丝筐里,铁丝筐挂在车厢的红色精美椅子上方,这列火车由六七节雷同的车厢组成,又长又精美,之后,他返回到了站台。突然,那群艺术家们出现了,雕刻大师领着头——如大学生们所说。彭斯小姐也来了,像他们其他人一样,手里拿着三枝紫红色的带茎玫瑰,上面还有深绿色的叶子,这种玫瑰是欧洲没有的。

"我感到自己就像歌剧中的女主角。"弗雷德里克说,他从每个人手中接过玫瑰,发自内心地感动。

站台和火车站安静一如墓地,就好像从来没有朋友之间的聚散离合。然而,乘客们被这些德国人"性情"的交谈吸引了,于是从车窗外探出

头,好奇地看着这些拿着玫瑰的人。最后,没有正式的信号和指令,火车就开始移动了,就好像是一不小心开走的。

很快,那群艺术家们就从站台处退去。博尼费修斯和里特站在那里优雅而高贵地挥舞着手帕。还有,友好而严肃的罗伯科威兹,心地善良的威利·施奈德,吉普赛画家弗兰克,最后但同样重要的,还有彭斯·伊娃小姐。这一刻,弗雷德里克感到自己生命的纪元就要终结。他深知那些祖国同胞们对他有多好,也深深感怀他们的热情款待,还知道这一离开自己失去的是什么。然而,经历了这奇怪的感觉后,他又处于一种因为将来而产生的兴奋状态了,掀起了一阵或真实或象征性的感觉。

一开始,火车从城市下面的隧道穿过,然后再经过砖石高墙之间的明堑,最后冒进一个开阔的地形。这才是美国的真实嘴脸。只有在现在,安息日的喧嚣过后,大侵略的混乱平息过后,弗雷德里克才能闻到这未被开垦之国的芬芳土壤。

弗雷德里克看到所有的乘客都将车票卡在帽沿上,于是自己也照做了,接着,他将目光转移到窗外那银装素裹的山川。对于一个背井离乡的年轻人来说,这样的风景里有一种喜悦之情,和一种刺激的神秘感,在这冬日暖阳下,这一切像极了他的故土。周围的陌生人都问起他的家乡。他本可跳下车,将雪握在手中,本可不只看着它,还能去感受它,还能感受到那就是他上学时裹成雪球,用以袭击伙伴们的雪。他感到就像一个娇宠的孩子被从母亲的手臂上拉开,然后扔进一个满是陌生人的冷漠世界,经过一段长期的痛苦后,又在远处的国度,在远离故土之地,与母亲的姐妹意外相逢。他找到了血脉相连之感,他能感到他们之间多么相像,而她又是多么惊人而欢乐地像着自己的母亲,如此相似。

最后,对弗雷德里克来说,伟大的大西洋似乎真的就在身后。尽管他在美国着陆了,可是他感到,直到现在,自己都没有稳固地踩在土地上。那根深蒂固的伟大故地,那伟岸无垠的坚土,历经长期的分别,如今又出现在眼前,并且最终在灵魂中与那可怕的苍天和澎拜的海洋之间隔绝开来。土地母亲是一位强大的女巨人,她狡猾地从海洋女巨人手中抢回她孩子的生命,并且用一排坚固而永恒的篱笆将这一切围起来。

"忘掉那翻腾的海水,忘掉海洋,扎根在土壤中。"一个声音在弗雷德里克心中响起;火车顺利地在陆地上越开越快,越行越远,他感到自己正在欢快地飞翔。弗雷德里克想得出了神,有人突然一句话不说就从他的帽沿上拿走票,这吓了他一跳。那人看上去很有教养,他穿着简单的制服,列车员正在票上打孔,他一句话也不说,脸上的肌肉也丝毫未抽动,他从一个座位走到另一个座位,重复着同样的事,他返还票的时候,总是拿着票,敲乘客们的帽子。可是却没有人理他。弗雷德里克微笑着想起了德国,在那里,每一辆火车到站时,都会有铃铛响起,还有三声锣鼓,它们像阿帕奇族的游牧部落一样吼叫着;还有列车员在那里粗暴地查票。

车轮的呼呼声有机地配合着他的思绪。他享受着这飞行之旅,这除却羞愧耻辱之外,可拥有一切体验的旅程。他完全沉浸在自己的思绪中,竟不觉扯起了衣服上的线,那就像蛛网一样的线,他还感觉到,自己每一分钟的呼吸,都变得非常自在。有时候,他感到,好像这巨大快车的车轮还不够迅速,他甚至认为自己该将手放在轮子上给它加速,以形成新一轮健康印象,并且像薄窗帘一样将这些印象置于身后,以使他与那危险而致命的磁铁之间的分离感越来越强烈。

火车在纽黑文停了一会儿,一个拿着三明治的黑人,和一个拿着报纸的男孩儿从火车内穿过。弗雷德里克买了一份报纸,看到上面关于市政厅的轰动性报道,整个罗兰德号上的灾难又一次回上他的心头。在那个明媚的冬日,他的心情欢乐而祥和,可他却又要经历一遍那艘沉没的船和那些被淹没的人在他灵魂中复活的感受。

肯定的是,他绝对没有权利逃生,他至今都还有些愧疚,因为相对其他兄弟姐妹来说,优势太过偏爱于他。正因为那样,还曾有过一段时间,他甚至带着遗憾与愤怒之情想要还回自己的生命;因为再没有任何罪过抵得过那恐怖而野蛮的沉溺,再没有任何功德抵得过从那样的沉溺中逃生。可在这样一个冬日,在离开纽约的途中,他真心地感激自己能够获救。同罗兰德号一起沉没的冯·凯赛尔船长和其他人死了,可同时他们也摆脱了一切痛苦与遭罪。在这一天,弗雷德里克的一切都处在恢复与调和状态。

从纽黑文到梅里登,一路上他都品味着报纸上关于哈尔斯特伦一生的描写。他一路看着,忍不住笑。利林费尔德的想象可真是诗意又华丽。虽然英吉格的父亲出身德国,而她的母亲是法籍瑞士人,可英吉格却被描述成为一个瑞典贵族后裔,还说她的一位亲戚的遗体长眠于斯德哥尔摩的里达尔教堂。这位经理深知美国人迷恋皇室血统。

"可怜的小家伙!"弗雷德里克折起报纸时想到。接着,他突然意识到,这"可怜的小家伙"蕴含了多么深刻的意义啊,直到那一刻的到来,于是他将手合到眉毛处,喃喃自语道,"已经结束了,已经结束了。"同时还不忘咒骂了自己几句。

第二十四章

彼得·施密特在火车站接弗雷德里克,他是在梅里登下车的唯一乘客。小小的火车站空无一人,而火车站附近是这乡间小镇那慌乱的主街道,这个小镇大约住了二万五千人。

"如今,"施密特说,"一切都好了。纽约的花天酒地已经不在了。我们会在梅里登听到不一样的旋律。我的妻子要我代她问候你。她不能来接你,因为她要照顾几个病人。要是你喜欢,我们可以一起吃午餐,然后驾车去看看我在乡间为你找的房子。如果你觉得合适,可以低价租下它。同时,你可以在这里的旅馆要一间房,整个城镇都以此为傲呢。"

"哦,"弗雷德里克说,"我疯狂地渴望孤独。我宁愿第一晚就待在自家的屋檐下,远离梅里登这疯狂的尘嚣。"

"很好,"施密特回道,"房子的主人是我的一位好朋友,他是一名药剂师，叫郎平，他是个可爱的荷兰人。我们做一切安排他都不会介意；如果你决定要房子，十五分钟内我们就可以和他商定好。"

于是两个人走进了饭馆，他们在里面吃了一顿寡淡无味的午餐，而且周围的布置，以欧洲观念看来，也远不算舒服和华丽。施密特让弗雷德里克独自待了一会儿，不久，就有男侍者来报说马车已经在外面候着了。弗雷德里克看到他的朋友一个人坐在那由一匹强悍的栗色马拉着的两座马车里时，感到非常惊讶。

"真是恭喜你，有这么一个干净的小工具。"他说。

彼得笑了笑，接着，很快就打消了弗雷德里克的错误想法，他还以为这干净的马车是他自己的呢。其实，这是他租的，只是没有聘请车夫罢了，这在美国甚为常见。

"事实上，"他开玩笑说道，"要是我们不跌进雪地里我就非常满意了。坦白说，我生平从没驾过马车。"

"啊，"弗雷德里克咯咯地笑着，满意地说，"我父亲这个上校可不是白当的。让我来驾车吧。"

弗雷德里克的行李就在马车内，他跳上马车，抓住缰绳，于是马提起前脚，一路猛冲，马铃发出震耳欲聋的声音。他们沿着主街走，那是一条宽阔而熙攘的大道。

"这是这里常见的马吗？"弗雷德里克问，"这野兽奋然往前。要是我们开过这拥挤的大街，四肢还能健全，那就全靠上帝保佑了，绝不是我的功劳。"

"就让它这样吧。每天都会有一两辆这样跑。今天我们来试试又怎样呢？"

然而弗雷德里克把缰绳勒得很紧，一列波士顿-纽约的快车从横跨大街的铁道（上面没有用以防护的门和栅栏）上疾驰而过时，他甚至把马拉起来了。弗雷德里克在想，许多学生、工人、戴着高帽的绅士、穿着丝绸衣服的小姐、马、狗、货车和马车经过这里时，怎么没有被碾轧成肉浆，或是撞上沿铁轨一线的屋墙。马时而俯冲，时而后仰，时而待列车的最后一列车厢经过后越过铁轨,使得冰雪成块地打向弗雷德里克和彼特的脸。

"魔鬼!"弗雷德里克轻蔑地说道,"如今我才算第一次感受到了美国人特有的疯狂。你掉到轮子下,就掉下去了。要是你想要自己驾车,就自己当车夫。你骨头折断了,就折断了。你颈子折断了,就折断了。"

沿路继续行驶,弗雷德里克生平第一次看到了电车,电车当时在欧洲还不为人知。电车上那悦耳的铃声和高架电线对他来说都是非常新奇刺激的现象。支撑着缆线的柱子都又粗又长,或弯曲,或倾斜,因此这一切造成了混乱的印象,尽管马车大小非常合适,并且它们迅速往前行驶着。

它们都安然开过了比这更为拥挤和危险的地区,并且进入了开阔的乡间。那里的房屋越来越少,房屋之间的间隔也越来越远。当栗色马戴着铃铛,在畅通无阻的道路上一路前行,恰到好处地为雪橇碾出了一条通道。勇敢的美国人能够加速让内心满足。

"真是奇怪!"弗雷德里克想,"我居然在这里骑马、坐雪橇,还是小时候做过这些事了。"

十多年来,那些从未想过的事如今发生在他身上。冬日的晚上,一家人聚在屋子里,听父亲给他们讲远行打猎和滑雪橇时发生的事故,引得全家哈哈大笑。

在这轻快而振奋的驱车过程中,弗雷德里克的心又恢复了活力。他童年最快乐的时光清晰一如发生在昨天——夜晚刺激而又浪漫的驱车之旅,那同样的雪橇铃声惊动了沉睡的森林,并且将午夜袭击,浪漫谋杀,奇怪幽灵的故事注满了男孩儿的灵魂。在这光辉灿烂的雪域,呼吸着令人心旷神怡的纯净空气,越来越多的事物都成了无法言喻的幸福。坐在这精致的雪橇内,弗雷德里克想要将生活看作一趟愉快的驱车之旅。

突然,他变得脸色苍白,并且不得不把缰绳交给彼特·施密特。他从雪橇铃声中听到了那持续不断的电车铃声。那是他耳朵产生的幻觉,可这让他感到越发恐惧,于是他整个身体开始颤抖。随时注意着他朋友动态的彼特·施密特将马车停下后,弗雷德里克已经控制住了神经的袭击。他不承认沉没的罗兰德号又出其不意地出现。他只是说,那吵闹的铃声,刺激了他的神经，让他无法忍受。所幸的是，那不染纤尘的汉诺威湖已在近处，对岸的小房子也可以看见了。于是，两人下了马车。彼特·施密特默默地将铃铛从马具上取下，然后将马拴在一棵光秃秃的树上。接着，他们徒步穿过结冰的湖泊，走向那积雪深重的孤独小屋。

彼得踏上覆盖着厚厚白雪的门前石阶，然后打开门。

"从现在这样子看，这房子几乎不适合冬天居住。"

"哦，是的。"弗雷德里克说。

因为是专门建来夏天居住的，所以房子里没有地窖。第一层有一个小厨房，还有另外两间屋子；阁楼有一个如那两间屋子加起来一般大的卧室。弗雷德里克立即决定在这阁楼上住下，要住多久他也不知道。彼特还考虑到房子检修不到位，弗雷德里克笑他。

他说："我觉得，好像这屋子一直在等我，而我也是属于它的。"

第二十五章

就在第二天,他就待在汉诺威湖畔这孤独的庇护所里,他交替着把这个地方称为戴奥真尼斯的澡盆和汤姆叔叔的小屋,以及他的杀菌釜。这里不是戴奥真尼斯的澡盆,因为两个朋友带来了木材和无烟煤,还在卧室里放了一个美式小火炉,小火炉产生了许多热量,燃烧着的煤,发出红光,让屋子看起来十分温馨;厨房和储存室里包括了一切生活必须品。弗雷德里克拒绝让人和他一起住,也不要谁帮忙做家务。正如他所说,他要进行一番清算,平衡他的磨难,别人在场,就会妨碍他进行这一切。

彼得·施密特从远处消失,雪橇铃声也不见了,这时,弗雷德里克在这被黑暗包裹的美国之地感到格外孤独,这对他来说,是一个至上的时刻。他回到屋子里,关上门,听着——他听到木头在小厨灶里发出噼啪声。他拾起被遗留在大厅低阶上的蜡烛,走上楼去,屋子里散发的温暖和

那美式小火炉里透出的幽光,让他感到快乐。他点燃一盏灯,他将洗漱用品放在那一贯长而空的梳妆台上,然后在灯旁边一张舒适的椅子上坐下。他心中充满了神秘的充盈感和深深的喜悦感。

屋内只他一人。屋外是那清明而寂静的冬夜,与他童年故土中的夜晚一样。从此以后他再没经历其他事,或者它们从来没有发生过。他的家,他的父母,他的孩子们,那个将他拉过海洋的女孩儿,旅程中发生的所有事,在他的灵魂中,只不过是幻灯片。

"生活,"弗雷德里克问自己,"只是梦的素材吗?如此确定的是,我当前的状况是那种会留下永久影响的状况。我们不该疏于交际,可我们也没有太多权利让这种状态不被开垦,而这又是人性中最本质的状态,在这种状态中,人类表现得最为自然,不被打扰,并且直面着生活中的谜,把它们当成梦。"

在过去的几个月中,他的生活充满了极致的对比。他变得警觉,激动,又恐吓。他自己的痛苦湮没在别人的痛苦之下,而他们的痛苦又会加剧他的痛苦。从一段死去的爱情的灰烬中,又燃起了另一种激越情感的火焰。弗雷德里克曾被驱遣着,追逐着,引诱着,在世界上到处游荡,却丝毫不是自己所愿,就像被鞭策的小狗——丝毫不是自己所愿,意识脱离了身体。如今,至少他的意识回来了。那在无意识状态中的生活,对有意识状态下的思想来说,成为了梦的素材,而他的意识就是在这个时候回来的。

弗雷德里克拿出一页纸,将一支新的美式笔往新鲜的墨水里一蘸,写道:"生活——梦的素材!"

他起身,又四处捣弄着把这鲁滨逊之家布置成他喜欢的样子。他把在纽约得到的书堆砌起来,其中有《小雷克拉姆》和其他书卷,还有施莱尔马赫对柏拉图作品翻译的副本,那是他从彼特·施密特那里借来的。一个覆盖着皮面的荷兰老式沙发前,有一张大圆桌,那沙发是郎平从他的出生地莱顿买来的。弗雷德里克在圆桌上铺了绿色的桌布,然后将艺术家朋友们送给他的长茎玫瑰插在桌上的玻璃花瓶里,并且将彭斯小姐送给他的花单独分开。彼特·施密特走之前和弗雷德里克一起喝了杯咖啡。弗雷德里克此刻已经清洗了器具,并且将施密特借给他的左轮手枪上了膛,然后放在写字桌上的墨水台旁边。接着,他从行李箱中拿出一个更和平的器具,那是一台蔡司牌的显微镜,他检查了显微镜的每一个部分,然后将它架起。那是几年前他在耶拿为他的朋友彼特挑选的,那时他正要去美国。如今他又和这个老工具意外重逢了。

弗雷德里克要做的事还有很多。他要拆开一个水手用过的闹钟,再把它组装起来,挂在墙上。那是一个古董,就在那一天,他将它和其他家具一起,花了低价买回来。让他高兴的是,这老爷子开始步态优雅地在床尾一端的墙上嘀嗒作响。当它还在那三英尺长的褐色箱子里时,弗雷德里克就暗自发誓,他要将它带回它欧洲的家,石勒苏益格-荷尔斯泰因,那也是它日夜思念的地方。当弗雷德里克躺在床上时,他可以看到那铜锌合金的摆钟在一扇小小玻璃门后闪着光前后摆动着。它的钟面很奇特,由绚丽的颜色和原始的风格绘制而成,象征着一个以赫里戈兰岛为王冠的圆脸太阳。表面下,那小小的金属帆船与发条装置一起,以摆钟那般沉着的节奏前后摆动着。

"我是什么时候,"弗雷德里克想,"听到加里先生那尖锐的讽刺,还有塞缪尔森先生那有力的抨击,以及利林费尔德那反对清教徒偏见的胡乱趣话的——那是一场低俗的而虚伪的灵魂救赎斗争;事实上,那只不过是快板的乌鸦扣上无助的野兔。那些都是发生在什么时候呢?一定是几年前了。可不是的,英吉格第一次出现在公共场合还是在昨天。所以它们最多发生在前天。"

他已经收到了她的第一封来信。他打心底嘲笑着它,可它还是让他感动。她因为他违背了诺言而生气,还苦涩地抱怨。她用同样的语气说,她害怕他欺骗她,还说自从她在柏林跳完舞后看到他的第一眼开始,就已经看透他了。她前一句话还在粉碎他的人品,后一句就催促他快快回去。

"我今天非常成功。观众们看得忘乎所以。表演完后,大人——上台来向我表示祝贺。他是一个英俊的英国男人,他来这儿,是因为他和他的父亲吵架了。可那个老人死后,他就会沿袭公爵的头衔,还可继承上百万家产。"

"这个故事，"弗雷德里克想，"既不是真实的，也不是乱编的。要是乱编的，那么我就有理由确定那个女孩儿想让我嫉妒，由此可见她还没对我失去兴趣。可要是故事并非捏造，全部也好，部分也好。因为若是捏造的，那么无疑在四五天内，或者至多一周之内。一些有钱的无赖就会来买她。"

弗雷德里克耸了耸肩。他已经没有任何冲动要成为那个女孩儿的护花使者、骑士和救世主了，也不再关心她会有怎样的命运。

第二天一早，他在一阵寒颤中醒来，尽管火炉里还有些余热，而且阳光已经照进了屋。他从衣兜里掏出金表——那是没有和他一起落水的东西——并且意识到他的脉搏一分钟会跳动一百多次，那已经超出正常人许多了。可他并不在乎自己的身体状况，而是起床来，用冷水洗漱了，然后穿上衣服，开始准备早餐，还一点不觉得自己是个病人。然而，他意识到，自己得小心了，因为他知道，每当紧张和激动过去，他的身体就会坦白出消耗的资本，并且提出破产请求。有时候，在体力不发生任何变化的情况下，人的身体能够战胜最严重的困难，就像那些事纯属小孩子的游戏一样；然后，直到那被刺激的身体开始运转，一切又都好了。它就像精力过剩一般运转，但只要意志和紧张感放松下来，它就会崩溃。

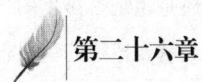 第二十六章

要到十点时,弗雷德里克来到了他朋友的会诊室。在欢乐的冬日,走到梅里登,对他大有好处。

"你睡着了吗?"施密特问,"你知道吗,你们那些迷信的人一直相信,在陌生的地方的第一个晚上做的梦都会成真。"

"我希望不会。"弗雷德里克说,"我的第一个晚上一点意义都没有,事情飞快地从我的脑中闪过了。"

他对他做的梦只字未提,他在梦里听到了罗兰德号上的电铃声。尽管他与那些印象抗争,可它们顽固得将他送回了沉船时那恐怖的瞬间。渐渐地,这幻听就成为了令弗雷德里克痛苦的东西。有时候,他害怕这是一种中风前兆,作为一名医生,他也并非不知道这是一种严重的疾病。

两位医生的会诊室中间隔着候诊室,他们经常会用到候诊室。弗雷德

里克前一天刚见过施密特太太,她叫他丈夫帮忙给一位病人做检查,顺便过来和他打招呼,那病人是一个二十七岁左右的女人,不久前刚嫁给一个在梅里登的工厂有着不错差事的男人。女人说她肚子疼。施密特太太怀疑她得了胃癌。

施密特和他的太太都邀请弗雷德里克和他们一起检查。病人躺在病床上时,脸上还带着笑容。可是,当她看到两名男士时,脸上的笑容变成了惊讶。施密特太太介绍说弗雷德里克是一位著名的德国医生。

"我可能吃坏了胃。"那个长相漂亮,而且穿着不错的女人说,"要是我的丈夫知道我来看医生,他会嘲笑我,会责备我的。"

弗雷德里克和彼特确认了施密特太太的诊断,于是她告诉了这位病人——她还如此欢乐,毫不知情——可能要进行一次小手术。此外,她还友好地问起她的丈夫和孩子,那孩子才出生三个月,还是她帮忙接生的,女人兴高采烈地回答了她的问题。接下来,彼特说当天就要把她的情况告诉她的丈夫。

接下来的一周内,彼特让他的朋友越来越多地参与进他的工作中。而弗雷德里克也发现那样的工作深深吸引着他。那是一种奇怪而单调的工作,在一个永无止境的痛苦和死亡的世界中,在生活的暗底下,这工作与他在纽约时那表面相对快乐的虚假工作相比,几乎是南辕北辙。施密特夫妇的工作是全心全意为人服务的,这就需要巨大的自我牺牲。他们并没有得到巨大的回报,只是衣食足够,让他们能继续从事这份工作而已。尽管施密特不是一名社会学家,可是他所从事的职业仅限于工人阶级内部。两位医生的病人中,大多数都是拖家带口的穷苦移民,他们长期辛苦地在大不列颠合金工厂做体力活,勉强度日。他们的工资少得可怜,因此,彼特出于自身的生活观,几乎一半都没有收他们的钱。

他们的办公室所在的城市地段凄凉无比。一个工厂加上它的办公室就占了整个街区。虽然弗雷德里克习惯了会诊室里那升汞和碳酸的味道,然而,他却无法掩藏彼特的家给他造成的沮丧印象。他的家里又暗又沉,街道上的噪声径直从窗户传进来。在德国,一座有着三万人口的城市都死一般寂静,而这仅有二万五千居民的美国小城,到处都是奔波忙碌的声音,摇铃声,咯咯声,叮当声,以及那疯子一般的胡言乱语声。每个人几乎都腾不出一小会儿时间。人人都匆匆忙忙地经过各自身旁。那里不存在生活中的欢乐问题。住在梅里登的人,都是来工作的。而在梅里登工作的人,都是冲着美元来的,美元才能够最终使他们从那样的环境中解脱出来,才能带领他们享受一段快乐时光。大多数的人们,尤其是德国和波兰的工人和商人,他们对生活的看法是,他们迫不得已暂时这样生活着,这样的条件非常痛苦,可若是他们因为过去犯了错,就不能回到自己的国家,或是被驱除出境,那么这种痛苦还会加剧。从心理学的角度,弗雷德里克开始在候诊室和病人们聊起天来,他听说有许多可怜的人都是从自己的国家被驱逐出来,以致无家可归。

施密特太太是瑞士人。她有着宽大的德式脑袋,她的鼻子直挺而精致,像霍尔拜因笔下的巴塞尔女人的样子。

"能娶到她算你走运。"弗雷德里克打趣彼特说,"她本该是杜勒尔的妻子,或者更好是纽伦堡的蕾切尔·威利鲍尔德·皮克海默的妻子。她天生就该操持那舒适而高贵的衣物满橱的家庭。她该睡在三码高的铺满丝绒的床上。她应该有着两倍的帽子和羽饰,富甲一镇。相反,可怜的人儿,她研究医学,你让她成天和那些汤姆、迪克和哈利之类的人打交道。"

事实上,她的周围那些丑陋的事物,她辛苦的工作,一片茫然的前景,再加上她每周会被夺走四晚上睡眠,这一切使得饱受思乡之苦的施密特太太变得容易发怒。更严重的是,她被一种固执的责任感掌控着,还固执地坚持救助瑞士人。她父母的信增强了她的念头,她决心要赚到一定的钱后,才回家,而这一点在短时间内是无法实现的。

每当彼得看到他的妻子面容憔悴,过度劳累和思念家乡时,就会十分悲痛。于是他提议回到欧洲,可是她的态度却非常强硬,还充满了讽刺与苦涩。但是,当她一有时间坐下来与弗雷德里克和她的丈夫谈论瑞士的山区和山地时,她却显然恢复了活力。在那有霉味的办公室,或在医生的私人房间,一幅辉煌的森蒂斯图呈现出来,施密特太太小时候,就在它跟前,坐在摇篮里,摇啊摇。当然,后来谈话转向了舍费尔的"埃克哈德"和羚羊储备,康士坦茨湖和圣加仑。他们回忆着去里吉山游玩时的场景,他们从弗吕的卢塞恩湖游历到格申恩,再由格申恩到安德马特,然后又从安德马特上经罗纳冰川和下至格里姆瑟尔的安养中心,那里的湖水清澈而冰冷,位于多岩石的漏斗地形处,仿佛是通往阴暗之国的入口。人们得四下环顾,看看冥府渡神的木筏是否在那里等着。施密特太太说,她宁愿在森蒂斯做下流的牧羊女也不愿在梅里登当医生。

"好极了。"彼得喊道,"那么我们就再次穿越海洋,并且在伯尔尼或者苏黎世安定下来。"与往常一样,每当彼得·施密特提到这个问题,施密特太太的脸上就会露出带有敌意的决然神情。这并没有逃过弗雷德里克的眼睛。

施密特太太说的一切都证明了她的人性和她那清楚而严重的同情感。可惜她已经忘了怎么笑!这是很可惜她是不是蕾切尔·威利鲍尔德·皮克海默那庄严又受人尊敬,而且膝下有子的妻子!她那挺拔的身躯,她那又长又浓密的头发需要的是一个绽放在快乐中的曼妙身形,需要阳光和财富。虽然她只有二十七岁,可是她的脸已经苍老得可怕,而且脸上写满了忧虑,她那破旧的衣服漠然地挂在她那棱角分明的身体上。不过,即便她没有打扮自己,弗雷德里克也能觉察到她的美。

自然,那个荷兰人彼得·施密特也正遭遇着这些情况,可是这些都还不足以动摇他那根深蒂固的理想,是他那一刻都不曾舍弃的理想,引起了这一切短暂的艰辛。这一事实,在弗雷德里克看来,只是增加了他的妻子的烦恼。从她的某些言论中,他能够分别出来,比起为人类的进步,彼得更关心自己的提升才是最令她高兴的事。对于正义,没有人比他拥有更坚定的信念,而对于信仰宗教,没人比他拥有更深刻的憎恶。他属于那种否认伊甸园,并相信来世只是虚构的人,但他坚信,地球是可以发展的,可以发展成为一个天堂,而那些要发展的东西,会被发展成为天堂里的神。弗雷德里克心中也有一个乌托邦,因而朋友的这等观点,又对他起了振奋的作用。每当陪同他一起进行职业访问,或使在小小的汉诺威湖上滑冰,或是在戴奥真尼斯的澡盆与他交谈时，希望又回到他心中，但他的朋友一离开，他希望也就不见了。

但是彼得·施密特并不是空想的乌托邦主义者。对于自己的理想，他有一个坚实的基础，并在实践中努力实现他们。弗雷德里克再也不知有第二个人如此深谙自然科学、政治经济学和医学了；同时，因为他也拥有非常精确的有关一些重要国家的地理和历史知识，因而他对政治状况有着令人嫉妒的广泛的调查。二十岁，他坚持泛日耳曼理想。如今已三十岁了，他还会匿名写一些社论，他写的东西备受关注，他倡导美国、德国和英国之间的联盟，而强烈反对起源于俾斯麦的德国对俄罗斯的政策。在那些天中，两个朋友主要讨论的话题就是达尔文和马克思，或是他们之一。虽然基督马克思主义提倡保护弱者的原则被保护强者的自然原则所取代，可是彼得·施密特正在对这两个伟人的重要思想进行一种调整，或者说融合的过程；这也反映出了人类历史上发生过的最深刻革命的结果。

"如果，你用那坚硬的荷兰人的颅骨，"弗雷德里克曾经对他说，"花二十年时间，成功地将人为选择运用到人类身上，如果种族卫生和目的论人种改良观点成功地传播开来，那么无疑有一天，这会产生富有成果的实效。也就是说，一种新鲜的、健康而充满活力的血液将流过我们的血管，并且逐渐中和人类那日益增长的衰弱。"

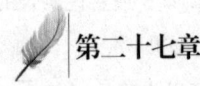

第二十七章

每月的第一个星期,弗雷德里克都会准时在一所寄宿之家同两个医生吃午饭。黄昏将近时,他就会回到他那戴奥真尼斯的澡盆,而且通常是走路回去。

第二周,他并没有经常去拜访他的朋友,至于为什么,他自己也不知道。他睡不好觉。电铃声一再于他的梦里萦绕。即便是在他醒着的时候,也很容易受到惊吓,在以前,这种状况只会发生在他到达完全陌生的地方时。要是有铃声的雪橇经过房子,他便会一阵警觉,还会发抖。在这安静的屋子里,他能够听到自己的呼吸,这点,他并不觉惊讶,可奇怪的是,一听到它,他就会莫名地烦躁。有时,他会打寒战。作为一名医生,他带着体温计,很多次测体温,他都检查出自己发烧。这些情况使他不安。他似乎生活在一种震惊与惊恐的氛围中,他想要消除这些感觉,却并未成功。有一次,他正要动身去和彼得·施密特一起吃午餐,可是他不愿离开屋子,再加上有些食欲不振,于是就没去。还有一次,他走在去梅里登的路上,都走到一半了,可是他感到自己已经筋疲力尽,于是又回来。他还差点儿没能走回家。他的朋友们从来不知道他的这些秘密经历。他偶尔也想要一个人待在家里,这对他们来说也并不奇怪。

一种奇怪的越来越陌生的生活慢慢向他靠近。世界、天空、风景、国家,一切他心中所能感受到的事物,甚至是他遇到过的人都改变了。他们搬走了。他们的事变得遥远而陌生。事实上,他自己的事也经历了一场变化。他们离他而去。有人一度将他们留在他的身边。也许后来,他还会找到他们,只要他此番转变的目的还和以前一样。

最后彼得·施密特觉察到他的朋友几乎与世隔绝。当他向弗雷德里克表示挂念时,他有些粗率地回绝了他。即便是他的朋友也变得遥远了。他并没有透露出自己正被那压抑的惊恐气氛包围。奇怪的是,他还秘密地迷恋其中,他不愿与任何人分享,以免被打扰。

在一个了无星辰的漆黑夜晚,他像往常一样坐在他那寂寞的屋子里,他坐在桌前,旁边放着灯盏,突然,他感到有人凑到了他的肩膀处。他手里拿着笔,写着一些混乱的手稿,陷入了深深的沉思。他突然说:

"罗斯姆森,你从哪里来?"他转过身来,居然看到罗斯姆森坐在他的床脚看书,他戴着劳埃德式帽子,他戴着它进行了环球之旅。

"多么有趣啊!"他从头部到脚研究了这个鬼魂,然后说道。他能看到他的衬里和外套连接的部分。他能看到他背心上的纽扣,还可见最后一颗扣子掉了。罗斯姆森像护士一样手里拿着体温计,在病房里看书打发时间。

弗雷德里克意识到,孤独加剧了幻想。在没有伴侣的情况下,人就会与精神交流。这想象的易燃性,并未使他警觉。他冷酷而认真地观察着乔治·罗斯姆森的鬼魂。然而他知道,他的精神生活已经进入了一个新的阶段。

上床睡觉之前,他下楼去锁门。他打开其中一个房间的门,想要关闭百叶窗时,却借着烛光,发现了另一处鬼魂。他庆幸自己就这个心理病理现象,不再依赖于纯粹的传闻。他看到四名男子坐在餐桌前玩扑克牌。其中一人在看着。那些人脸部红润，皮肤粗糙，他们正抽着烟，喝着啤酒。他们看起来像是商人。突然，冯·凯赛尔将手搭在他的额头上。根据商标和瓶子，他认出这是罗兰德号上的啤酒，这些就是罗兰德号上人们嘴里那玩不够牌，喝不够酒的人。他们竟然坐在自己的家里，他摇了摇头，又回到了他那温暖的房间。

白天，他做了大量的户外工作，这对他产生了重要的影响，使他回到现实中来。整体而言，他认为自己的状况仍然稳健。然而，疾病还悄悄地匍匐在他的身上，他却没有发现。他认为罗斯姆森的鬼魂坐在他的床脚，四个男人在他楼下的客房里玩牌，这在他看来是再自然不过的事实。出于本能，他采取了最乏味的练习来抵御生理危机。但他发现，即使在湖上滑冰，梦的面纱仍然逐渐覆盖着他，而他和人们，以及除开这湖和覆盖着雪的孤独湖畔的事物联系到了一起。

许多印度的传说都与湖泊和流入昆尼皮亚克的小溪有关。有一天，弗雷德里克沿着小溪滑到数里以外，去追寻它的源头。一路上，一种徘徊不去的阴影伴随着他，对于这种形体上的存在，他片刻都不曾怀疑。就像罗兰德号上死去的司炉里克尔曼，那并不是他所见到的躺在炉口的尸体里克尔曼，而是他在梦里见到的里克尔曼。

司炉的阴影告诉他，罗兰德号上的五名机舱工，三十六名司炉，和三十八名铲煤人都随罗兰德号一起沉没了，数量远远超过了弗雷德里克的想象。

"你在梦里着陆的港口，"他告诉弗雷德里克，"就是亚特兰蒂斯，那被淹没的陆地。亚速尔群岛、曼德拉群岛和加那利群岛就是那块大陆的残余。"

这时，弗雷德里克弯下身子发现一个洞，就像狐狸打的洞，还在里面认真寻找造光者，之后他恢复了神智，并开始笑自己。

一天又一天，哦，是，一个小时又一个小时，他那紊乱的大脑想象出来的东西越来越古怪。罗斯姆森总是坐在他病床上，四名乘客总是在客房里玩牌，病人在他家里四处走动，还和各种看不见的人和事物小声说着话，他一昏迷就是几个小时。有时候他会想，自己还住在当医生时住的房子里，时而他又觉得自己住在父母的家里。通常情况下，他是在甲板上，或在罗兰德号的船舱里，正越洋到美国。

"为什么？"他摇摇头对自己说，"毕竟，罗兰德号并没有沉没。"

午夜过后，他从床上爬起来，打开被包住的镜子。因为他不喜欢镜子，所以将它包了起来。他拿着蜡烛凑到镜子前，扮鬼脸吓唬自己，把自己的脸扭曲得面目全非。然后，他还会自言自语，自问自答。有时候他会问一些完全不合理的问题，有时候却非常合理。仿佛他正在调查一个鲜为人知的、最可怕的心理问题，生病的人备受困扰。他潦草地写下几句话：

"镜子把动物变成人。没有镜子，就没有我，也没有你。没有我和你，就没有思想。所有的基本概念都是相似的，美与丑，好与恶，硬与软，悲与喜，恨与爱，懦弱与勇敢，戏谑与认真，等等。"

镜中的影像对弗雷德里克说："你还没有区别你自己的特点，就将你我分开，你我只能是一体，你的存在，也就是说，你在还不能将自己分开前，就将自己分开了。在看到镜中的自己前，你看不到世上的一切事物。"

"我的影像独自在镜子里，这样很好。"弗雷德里克想，"我并不需要别人需要的这些令人痛苦的凹凸镜。我所处的这种状态就是最原始的状态，在这种状态下，人类能避免被别人的言语和眼光左右。最好是保持沉默或者与自己说话，也就是说，将自己放到镜子里。"

弗雷德里克持续这样，直到有一天晚上，他在附近散步回来的时候，他打开他房间的门，看到自己坐在办公桌上。他站定，揉了揉眼睛，尽管弗雷德里克试着用尖锐的眼光驱逐他，就像光线驱散云雾一般，可是镜中的男人还站在那里。他充满了恐怖，同时一波仇恨之浪向他席卷而来。

"要么你死，要么我亡！"他喊道，并且迅速抓住左轮手枪对准镜中的脸。仇恨面对着仇恨。这样的爱与恨是不同的，他们是相互对抗的。

镜子是一种错觉。

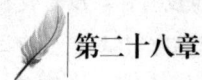

第二十八章

彼得·施密特要进行一场重要的纤维瘤切除手术。得知弗雷德里克亲眼目睹科克在伯尔尼进行过同样的手术,并且他自己也多次实验成功,于是来寻求他的帮助。病人是一名本地美国农民,四十五岁。他的儿子,一个十九岁的小伙子,开车在雪橇车来接弗雷德里克。

弗雷德里克按照约定的时间来到了手术室,他的脸色很苍白,但表面上看起来很平静。没有人知道他用了多大的意志力来控制自己。就像一个孩子念着ABC一样,他不停地对自己重复着:

"我是弗雷德里克·冯·卡马赫尔。这是彼得·施密特,这是他的妻子,这是病人。"

他在房间里四处看着,他看到了其他人,那些是在过去几天里遇到的,和在渡海时遇到的人。可是,他让自己回过神来,开始自顾祈祷——即便在最危险的时刻他都不曾祈祷过——他还看到屋子里那些不请自到的客人们也在祈祷。

农民坐在等候室。医生们相互商量着，彼得·施密特和他的妻子要弗雷德里克来做手术。他的头脑在旋转。他开始发热开始颤抖，可是他的朋友什么也没觉察到。他要了一大杯葡萄酒，一言不发地去准备手术。施密特夫人拿来酒后，他一口就喝下去了。

施密特夫人领导的老农民进来。他们同意让她来进行清洗和麻醉。她让他在手术台上躺好，脱掉衣服，并彻底清洗。然后，彼得·施密特剃光了他腋窝下的毛。医生们只是通过简单的言语和手势交流。这是生死攸关的问题，成败就在一线间。

梦游症患者的麻木与镇定降临到了弗雷德里克头上，他卷起衬衣袖子，不停地洗着手，刷着他的指甲，这一切都非出自他的意愿。他处在一种无意志的自我暗示的状态。然而，他还是熟练而从容地从储藏室里拿出了工具。

麻醉起了效。接下来，彼得将工具交给弗雷德里克，而他再次仔细而冷静地检查了肿瘤，他发现肿瘤已经进展太深，然而，他坚定而确切地摸着，切向那活生生的血肉。他不停地咒骂着光线不足。房间在一楼，窗户直接对着交通拥挤的主街道。与预期相反，肿瘤长得很深，已经延伸到了臂丛的神经束和血管之间。这个手术必须用解剖刀来进行，这是一场非常棘手的手术，因为稍微切到大静脉的薄壁，或者其中吸入一点空气，就可能立刻死亡。然而，一切进展得非常顺利。大的伤口已经用消毒纱布包好，不过四十五分钟，病人就无意识地在儿子的搀扶下，躺在走廊另一边的病床上了。

手术后，弗雷德里克说要给第二天来拜访他的彭斯小姐拍电报，叫她不要来，可是，话还没说出口，一个男孩儿便带来了来自欧洲的发给他的电报。他打开一看，一句话也没有说，然后就让农夫的儿子载他回家了。他和朋友们握手，没有提到信的内容就离开了。

坐在农夫的儿子的雪橇车里，他们经过时看到的雪景与两个星期前他来到这里时看到的截然不同。这一次，他不是自己驱车，更糟糕的是他已经没有了之前的感觉，他无法控制自己，无法重建生活的喜悦。他担心他的最后时刻已经到来。他的所在的地方，他要驾车去的地方，他坐在雪橇上的事实，眼下这一切，他也只是间或感受到。虽然阳光从万里无云的天空照下，照在这苍白的土地上，可是一次几分钟，他感到自己和雪橇铃声一起处在极暗中。农民的孩子什么也没发现，只是觉得这位有名的德国医生沉默寡言，脸色极度苍白。

弗雷德里克从未在任何时候如此需要他的全部意志力。若不是他那强硬的自我控制，他早已从全速飞驰的雪橇车上叫着跳下来。他知道在他裘皮大衣的右边口袋里还有一封电报；可是每当他试图回忆电报中的内容，就好像有锤子不停地敲着他的头，使他的感觉变钝。幸亏这个乡村男孩儿没有发现这些。事实上，男孩儿很危险，这个疯子说不定会抓着他的喉咙，让他垂死挣扎。

弗雷德里克在家门口和农民的儿子握手道别，然后在黑暗中摸索着进了屋。男孩儿短短几句感谢的话像大股黑水流过。雪橇铃铛开始响起来，一直没停下，自从海难后，那通往地狱的铃声已经牢牢定格在弗雷德里克的脑中。

"我快死了，"他回到屋子里时就想，"我快死了，不然我就是快疯了。"墙壁上的时钟进入了他的视线又再退去。他看到了他的床上，然后紧紧抓住床杆。

"不要倒下。"罗斯姆森说，他仍然坐在那里，手里拿着温度计。

但不对，这一次不是罗斯姆森。这是林克先生，他的黄猫在他的腿上，他是罗兰德号上负责邮务的人。

"你在这里做什么，林克先生？"弗雷德里克吼道。

下一瞬间，他就站在窗边了，那灿烂阳光照射下来的不是光明，而是黑暗，像是苍穹的洞中倾泻而出的夜。风突然开始绕着房子呼啸哀号。它吹过门缝时呼呼作响，就像暴徒的嘲笑声。那是林克先生的猫吗？还是谁家的孩子在大厅里抽泣？弗雷德里克四处摸索着。房子颤抖着，被从房基中甩了出去，并且来来回回地摇晃着。墙壁开始像柳条编结品一样撕裂开。

门突然打开了。雨水和冰雹窜了进来。一阵风突然将弗雷德里克吹起来。有人喊道："危险！"此时电铃炸开了锅，周围还夹杂着暴风雨的声音。

"不是这样的！这是一个谎言！这是魔鬼在戏弄你。你将永远不会踏上美国的土地。你的时辰到了。你已经坐上了审判席。你就要毁灭了。"

周围突然变得沉默了。一些前所未闻的事情将要发生，它们甚至都无法预见，更别说要去经历了。弗雷德里克想要救自己。他设法将自己的东西放在一起，但他没有帽子。他还找不到裤子、外套和靴子。

屋外，月光照耀着。风暴在强光中肆虐。突然间，海浪卷起来，就像一堵如海平线般宽阔的墙。而且海洋已经漫过了海的两岸。

"亚特兰蒂斯！时辰已到。"弗雷德里克想着，"我们的地球将会像古老的亚特兰蒂斯那样被淹没。"

他跑下楼梯。在台阶上，他看到了他的三个孩子，于是意识到一直以来就是他们在大厅里哭泣。他抱起最小的那个，手牵着另外两个。在门口，他们看到了可怕的浪潮在苍白的月光下席卷越来越近，海水还卷着一艘船，这是一艘汽船，它在海水里来回翻滚。哨声可怕地吹响，时而发出绵长的嘟嘟声，时而乍然短鸣，一声接着一声。

"这是冯·凯赛尔船长的罗兰德号。"弗雷德里克给孩子们解释，"我知道它，因为我就在船上，我自己就跟着那豪华的汽船沉了下去。"他听到那苦苦挣扎的船上传来枪声。焰火朝着月亮射去，闯入那冷灰色的黎明的天空，使他眼花缭乱。"一切都结束了。"他对孩子们说，"所有这些优秀而勇敢的人注定要在水里腐烂。"

他一会儿抱起这个孩子，一会儿又抱起那个孩子，一会儿把他们弄丢了，一会儿又找到了他们。现在，他正跑去将他们从洪水中救起来。他跑啊，跳啊，他跌倒了。虽然他已经被救出来，可他还挣扎着不往下沉。他咒骂着，跑着，他跌倒了，又爬起来，他跑啊跑，他的胸口涌起一阵可怕的恐惧，那是他从未经历过的说不清道不明的恐惧。海浪向他袭来时，那恐惧转化成了一种慰藉人心的安宁和平静。

第二十九章

第二天早上,彭斯小姐乘坐弗雷德里克来时坐的火车到达了梅里登。她直接去了彼得·施密特的办公室找他,还希望他会在车站等她。彼得告诉她弗雷德里克前一天刚做了手术。

彼得·施密特说:"我告诉你,这可是一项非常艰巨的任务,他为自己带来了荣耀。他正打算拍电报给你叫你不要来,可就在这时,他自己收到了一封电报。"

"那么,既然我已经来了,"彭斯小姐明快地说,"我可不会允许自己被以这样随便的态度拒绝。我可不想来到罗马却没见过教皇。"

四十五分钟后,由朝气蓬勃的栗色马拉着的两座雪橇——如今,他们已经掌握了这种马的特性——到达了汉诺威湖边上的"汤姆叔叔的小屋"。彼得载着彭斯小姐过来了,他来告诉弗雷德里克那个农民的消息,说他已经不发烧了。他们惊讶于周围的环境,他们登上楼梯,相互批判着,并没有降低声音。弗雷德里克房间的门半开着。他们走了进来,他躺在床上,还穿着昨天他离开手术室时穿的裘皮大衣。他昏迷了,还神志不清地喃喃自语,看样子病得很重。彼得·施密特捡起落在地上的电报。他和彭斯小姐认为,在这种情况下,他们有理由看上面的内容。信的内容如下:

> 亲爱的弗雷德里克,从耶拿传来消息。尽管得到了最好的照顾,可是安杰拉还是于昨天下午去世了。节哀顺变吧。为了你的老父母,你要多保重自己。

一个星期以来弗雷德里克都徘徊在生死之间。也许,黑暗的力量从未如此贪婪地抓住他。一个星期内,他的整个身体就像某种东西,火舌轰鸣着要将这种东西送上高空,就像吐出一阵烟雾。

当然,彼得·施密特用尽他的医术来帮助他的朋友。施密特夫人也竭尽全力帮忙。彭斯小姐认为在如此关键的时刻让她来到他的身边,这是预言,不是偶然,于是立即决定不离开,直到他完全脱离生命危险。她雇了一位女仆和一名跑腿的人。

从屋里乱丢的东西就可以看出弗雷德里克前晚经历了怎样的疯狂。他墙上挂着的船员的钟破碎了,碗和盘子也碎了一地。彼得·施密特诊断为伤寒。头两天晚上,他都没有离开弗雷德里克身边,只有他的妻子来换他时他才走开。海难的记忆还在折磨着他,有时候,他要照顾他的人看屋子的角落,他说那里有一只保龄球般大小的黑蜘蛛在等着他。彼得和他的妻子非常小心地运用一切医疗方法来降低他的温度;可是第三天过去了,他仍然没有下105.8°。于是彼得的心变得越来越沉重。然而,最后,热度曲线显示下降趋势,快过一个星期时,体温才持续下降。

弗雷德里克看起来就像一个苍白而不可燃烧的空壳,其内部进行了一次大型的判决。他那汗湿的额头后面,定是有着多么野蛮的火蜥蜴一般的生物啊!无数次,安杰拉以千变万化的方法杀死了英吉格,英吉格又杀死了安杰拉。而他的上将父亲,则与加里先生进行射击比赛,由冯·凯赛尔船长担任裁判,检查射程。此外,威廉医生一次又一次地出现在他灵魂的混沌世界里。期间,有十几二十次,他给他带来了用纸包着的胚胎,还说:

"活着固然好。然而,死了更好。"

汉斯·福伦伯格不得不离开他的藏身之处,加入这可怕而怪诞的死亡之舞。有时,仿佛一团燃烧的空气包揽了所有这些意象,并将它们放入烤箱,永远摧毁。

有什么东西在他的身体里上下折腾,就像令人头晕目眩的海水的运动。他被送到了高处,他的意识离开了他。他深深坠了下去——他的意识再次离开了他。他飞起来了——他失去了重力。高耸在这广阔无形的浪头,他不断感到恶心。清醒过来后,他对自己说:

"海洋并不希望我获救。它让我活着只是为了完全施展它的威利,让我不得安宁。"

他曾做过这样的梦,梦中有很大部分显示,他有着某种威力和力量,而且它们远远超出了理智而正常的观念,只是他之前从未体验过的经历。即便当那小小的救生船载着尖叫着,祈祷着,无意识的遇难者们在那沉重的矿物质海洋的巨浪上颠簸时,弗雷德里克也不曾有这种感觉。

第一周结束时,他才意识到彭斯小姐为他做的一切。于是他艰难地笑笑,并用手比了个姿势,他的手正无力地放在床罩上。

直到第二周末,三月二十六日,他的高烧才彻底退去。他开始说话,睡觉,还做些生动的梦。他语气疲软,有时还略带幽默地讲起掠过他头脑中的疯狂的事。他说出了自己的愿望,对朋友们表示了感激,还问起那个动了手术的农民,当彼得告诉他那个农民的伤口很快愈合了,他还叫他去找些珍珠鸡来炖汤喝时,弗雷德里克笑了。

彭斯小姐堪称料理家务的典范。因而弗雷德里克在此期间内受到了面面俱到的照料。像彼得夫妇这样的医生当然不觉得大惊小怪。而有着强壮胳膊和雕塑之手,并且惯于从生活中寻找雕塑模型的彭斯小姐也不会大惊小怪。虽然她的态度沉着冷静，可是在她对弗雷德里克的照顾中体现了秘密的激情和强烈的母性。她似乎已经找到了她的真正使命。

按照她的吩咐，彼得给弗雷德里克的父母拍了一封海外电报，给他们讲了弗雷德里克的情况，并告诉他们他已经脱离了生命危险。她要求待弗雷德里克身体康复后再告诉他这件事，她交出了一封上将在弗雷德里克生病前写来的信。她知道自己必须冒险把这封信藏起来，不让这位病人知道，可是接下来她发现，不让他知道也难。第四周开始，她收到了一封老上校写来的信，他在信中真诚地感谢了她和两位医生为他儿子所做的一切。

"我可以告诉你，"他写道，"可怜的安杰拉并非自然死亡。他们也知道她需要谨慎看护，可不幸的是，即便得到了最好的照顾，病人也有逃出眼下的情况。也就是在那种情况下，安杰拉服了毒，那是一种没有严加保管的常见的毒药。"

雪已经融化了。弗雷德里克慢慢地慢慢地回归到生活中来。他内心平和，一如窗外平和的大自然。这是一次惊人的甜蜜经历。世界似乎准许了他的放纵。趴在他的干净的床上，那有着锡制航船的老水手的挂钟来来回回，发出嘀嗒声，这时，他有了一种安全感，一种恢复活力的感觉，一种赎罪和救赎感。一阵雷电从炽热的乌云中滚滚而来，洗净了空气。雷电声仍在远处的海岸线上隆隆作响，声音渐行渐远，再不复返，只留这个虚弱的人过着他充盈且宁静而欢乐的生活。

"这是治愈的力量，一场猛烈的爆发和革命已经将你体内有毒和腐烂的物质清除。"彼得·施密特说。

第三十章

彭斯小姐将他卧室的窗户打开,弗雷德里克就对她说:"可惜没有鸟儿歌唱。"

"是啊,"彭斯小姐说,"实在是可惜了。"

"因为,"弗雷德里克继续说,"你说汉诺威湖畔已经开始变绿了。"

"这是什么意思——'变绿'?"彭斯小姐不知道他使用的那个德语单词,于是问道,而他则笑了起来。

"意思就是春天来了,没有鸟鸣的春天,是聋哑的春天。"

"去英国吧。在那儿你就能听到鸟叫。"

"还是你到德国来吧,在那儿你也能听到鸟叫。"弗雷德里克模仿他朋友那慢吞吞的语调说。

他本来该坐起来休息一会儿,可他没有这样做。

"我不想下床,我觉得躺在这里舒服极了。"他说。

烧退后不久,他就没有感到不适了,于是到了最后一周,他们就给他带些书来,或是给他讲讲邻里的趣事,要么就念文章给他听,当然,他们将尺度拿捏得很得当。他们能够从他的眼神里看出他希望什么。他的显微镜就放在他的身旁,他很认真地以自己为标本进行观察,那是一种使他遭受诸多嘲笑的职业。此外,他对病痛的恐惧已经有所转移。

直到他离开了床,裹着毯子坐在舒适的椅子上,他才问起父母是否给他写过信。彭斯小姐告诉他,他的父亲来过信,还给他讲了信中的内容,她知道他听了后会很高兴,还知道这能舒缓他的内心。可令她惊讶的是,那处于恢复期的脸色苍白的病人说:

"我相信,可怜的安杰拉应该自杀了吧。不过,"他继续说,"我也遭遇了该有的痛苦;然而我不会拒绝那亲切地向我伸过来的手。我的意思是,"彭斯小姐的眼神透露出,她没明白他的意思,于是又说道,"我很高兴自己能活过来,能重塑对生活的信心。"

有一天,彭斯小姐在讲述一些她认识的来自不同国家的名人时,竟不自觉吐露了不满,这说明她已经觉醒了。

"一年之内,"她说,"我就要回到英国,我要去乡村,我要投身于那些疏于照管的儿童的教育工作中,因为雕刻家的职业并不能让我满足。"

"你是怎么想到要这样做的,彭斯小姐,"那个处于康复期的病人带着坦率而调皮的笑容问道,"难道你不愿意教这个十分费力的大孩子吗?"

彼得和伊娃决定不提英吉格·哈尔斯特伦的名字。可是,有一天,弗雷德里克递给彭斯小姐一页纸,上面用铅笔歪歪扭扭地写着一首诗。

"这首诗是写给谁的?"他问。

> 纺线?不,根本就没有线!我们如此冷漠,如此渺小,如此孤独。我们到了更高的层界吗?我看到了圣石,并且将我神圣的双手放了上去。唉!圣餐不见了。一切事物都闪着耀眼的光,第三世界科学院都是建立在谎言的基础上;我已经自由了。

见他仍忘不了那个小舞者,彭斯小姐深有感触。还有一次,他对她说:

"我不适合当医生。我不能为人道做出牺牲来追求这样一个令我沮丧的职业。我的想象有些狂乱。也许我该是一名作家。可是,我决心成为一名雕刻家。我生病的时候,尤其是在第二周结束时,我改变了所有菲迪亚斯和米开朗琪罗的作品的结构。别误会我,伊娃。成为雕刻家后,我不再追求荣誉。我只能向伟大的艺术致以崇敬之意。作为一名虔诚的工匠,我对自己别无所求,我迟早会成就一件大作。"

"你知道的,我对你的才华很有信心。"彭斯小姐说。

"那么,你觉得这个计划怎么样,伊娃小姐?凭借我妻子的财产,我可收入五千马克,这些钱足够三个孩子的学费了。另外,我还有三千马克的年金。你觉得我们五个最终能平静地待在一个带工作室的小房子里吗?比如说,在佛罗伦萨附近?"这个问题,彭斯小姐回以一阵猛烈的笑。

她非常了解这种艺术性情,也许,正是因为这样,她才非常适合教育大孩子。她已是两三名伟大的法国和英国艺术家的好朋友及亲密伙伴,并且能使人宽心地参与讨论关于那些奇人的作品,兴趣和经历的话题。她父母都不是艺术家。她父亲只是一名普通的商人。可是父女俩都有着对艺术和艺术家的尊敬与热爱,而这尊敬与热爱就像创造性天赋一样稀有。伯明翰的博物馆里陈列着伯恩·琼斯和罗赛蒂的画,还有一个图集,那是她父亲盛年时的礼物。而她不相信自己非要走上艺术这一行业不可。在帮助那些艺术家们的时候,她的激情对于艺术同样有用。这并不是她第一次扮演善良的撒马利亚人的角色,弗雷德里克也知道这一点。她时刻准备着牺牲自己,来帮助艺术家们解决一切麻烦。

"我并不想成为博尼费修斯·里特。"弗雷德里克说,"哪怕有一大堆工作室集锦,而这里面有大量的作品,不管这些作品多么优秀,都不能入我的意。我想要的只是一个设在花园里的工作坊,冬天,我可以在那里采摘紫罗兰、折下常青的橡树、紫杉和月桂枝。我愿沉浸在平和与宁静中,在那远离尘嚣的地方,投身于艺术和文化。此外,彭斯小姐,香桃木也会在我的院墙内绽放。"彭斯小姐笑了,并未理会他话中的影射。

她打心底里支持他的计划。

"那些天生就是医生和行动派的人已经足够了,此外,还有太多的人在这条道路上你推我挤。"她说。

她用同情而略带优越感的语气讲起了里特。

"生活,急切地想要通过展现活力,需求与信赖,爱和雄心来进行下去。而我自己在父亲失去大批财产前,就已经完全看穿了英国高层的生活。我觉得它无聊又乏味。"

弗雷德里克能够自己站起来走动,并且能够上下楼梯后,彭斯小姐就去了纽约,她要去接着完成在里特的工作室里已经开始的作品,她想赶在五月中旬完成,完成后,她就要回英国去处理一些法律事宜,事关两年前死去的母亲留下的一小笔遗产。她已经进行到奥古斯特·维多利亚那汉堡——美国式的轮廓了。弗雷德里克·冯·卡马赫尔也不再反对她,因为他并不想耽搁她。他非常佩服那个坚强而沉着的女孩儿;而且他相信,他的余生都会有她相伴。这个气质优雅的英国女人身上有着与文化紧密相连的荷兰和德国血统。不管她身在何处,不管她参与什么事,都表现出一种英国家庭里那令人惬意的魅力。她很健康,而且,弗雷德里克不得不承认,她同时还很漂亮。在她身上,他丝毫没有发现女性歇斯底里的特性。

"我想要有她这样的人作为我的伴侣。"他想,"我想要她当安杰拉的孩子们的母亲。"

 第三十一章

弗雷德里克的身体一天比一天好了。在他看来，自己就好像病了十年。他的身体并不是历经了进化，而是经过了新生细胞的重组。他灵魂之上的负重，以及那不断围绕着他的令人焦躁的思绪都已经消逝。那些在他生病前，披着现实的可怕伪装，自发强加于他身上的记忆，已不再重现。令他吃惊和满意的是，他发现那些记忆已经永远沉沦进另一边遥远的海平线。生命的旅程已经将他带进了一个全新而且新奇的地带。他经历了一个水深火热的可怕阶段，如今已被洗礼被净化，已经变得朝气蓬勃。恢复期的病人们通常都会探寻新一轮的生活，就像那些没有过去的孩子。

美国的春天来得很早。天气突然就变热了。在美国的那一地带，春夏之间的交替来得非常突然。牛蛙在池塘和湖泊中呱呱地叫，它们要与其他美国青蛙那高亢而尖利的声音争相抗衡。接着，施密特太太非常害怕的炎

热又潮湿的时节到来了。一到了夏天她就很难受,但同时她还要像在冬天一样继续她辛苦的工作。

弗雷德里克又开始和彼得·施密特一道进行巡诊,有时候,两位朋友还远足去乡间。他们又重拾斟酌问题和思考人类命运的老习惯。弗雷德里克并没有像以往一样进行尖锐的辩驳,既不争也不辩,这让他的朋友感到非常惊讶。不管他们谈到什么人,弗雷德里克始终保持着平和的态度。

"你怎么解释呢?"彼得·施密特问。

"我认为自己很荣幸地得到了呼吸的珍贵机会,而且我也很重视它。这个时候,我想要做的就是去闻,去品尝,去享受。在这个时候,我不会插上伊卡洛斯的翅膀,我对于外在事物的爱刚被唤醒,还很微弱,所以我几乎不会刨根挖底。我如今是资产阶级。我此前的状态已经结束了。"他笑着说道。

作为一名执业医师,彼得·施密对弗雷德里克当前的这种情绪非常满意。

"可以肯定的是,"他说,"你还会改变。"

"我不这么认为,时间会证明的。"弗雷德里克反驳道。

弗雷德里克笑着说:"在接下来的几年中,我自己已经约定好停战协议。就这么一次,我想与世界和平相处。我想尽可能打破回忆和做梦的习惯。"

弗雷德里克认为说服他的朋友回到欧洲是他的责任,不管是为了他自己,还是为了他的妻子。

"彼得,"他说,"美国已经不需要你这样的人了。你不能引荐专利药物,你也不能运用少量药剂使病人在床上躺两个月,因为,如果使用奎宁,一周内就可以把他治好。在美国人众的眼里,你并不具有贵族特质。在美国人看来,你就是个傻子,因为你总是为了那些可怜的流浪狗牺牲自己。你该回到那片土地,在那里,谢天谢地,高贵的精神和高贵的理想,还能配得上其他高贵的气质。你该回到那片土地,在那里,科学和艺术若不再是人民的花朵,那么,它就会认为自己已经消亡,已被埋葬。即便没有你,在这里,那些自毁般忘记歌德的语言——他们的母语的人,也已经足够。救救你的妻子吧,也救救你自己。回到德国,或是去瑞士,去法国,去英国,去任何想去的地方,只是不要待在这极度工业化的地方就好,在这里,艺术,科学以及真正的文化,至少在当前,都显得格格不入。"

但彼得·施密特有些踟蹰。他喜欢美国。他把耳朵贴近地面,他听到地底下正在排练着那将在全球复兴之日演奏的喜庆之乐。

"我们所有的人,"他说,"首先应美国化,然后成为新的欧洲人。"

弗雷德里克最喜欢到梅里登的郊外散步,那里居住着意大利制酒人。在那里,你能听到人们那阳光般温暖的歌声,以及妇女们用八度音召唤孩子。你能听到棕皮肤的人们在捆葡萄藤,每逢星期天,你还可听到他们谈笑着,硬地滚球在开阔的地面上发出沉闷的声响。对于弗雷德里克来说,这些甜美而具有穿透力量的声响,如此熟悉。

"就算你会杀了我,可我还是要说,我是,并且将会一直是欧洲人。"

他的思乡之情越来越浓。他前前后后都在对着他的朋友唱对于欧洲的激越赞歌,并且将它们缠绕进情感的织网里,最终消融。

她身上,发生了令人惊讶的转变。她忘却了疲劳,欢快地走着,笑着,开始做着各种未来欧洲生活的计划。

那个弗雷德里克救治的农民,缠着要感谢他。他说他信奉上帝,说人类一直都信奉上帝,还有,在这件事上,上帝在重要的时刻将重要的人送到了他的身边。于是,弗雷德里克这下明白,命运将他送上这可怕的行程,是出于多么深刻的动机啊!

弗雷德里克不愿得知航程中朋友们的消息,于是不看报纸。一天,英吉格·哈尔斯特伦,在一个看似有名望却又与名望不相称的人的陪同下,从开往波士顿的火车上下来,径直走向了彼得·施密特的看诊室。她先是介绍了自己,然后询问弗雷德里克是否仍在梅里登。他生病前,两人都还在通信。此后,她就没时间写信了,因为她要进行一次匆忙地环美之游。她不知道他生病了。尽管彼得夫妇天生不习惯说谎,而正是这种习惯使得他们的生活无法改善,可这一次他们故意厚着脸皮大胆地撒了一个露骨的谎。

"弗雷德里克回欧洲去了。他乘坐白星航运公司的'罗伯特·济慈'号回去的。"他们对英吉格说。

弗雷德里克没有告诉任何人,就登上了彭斯小姐乘坐过的奥古斯特·维多利亚号。而彼得·施密特夫妇想要乘坐一艘更慢更便宜的邮轮。他们都已迫不及待。于是,海洋再次成为一个小小的池塘,他们在池塘里穿游,他们的渴望轻轻摇晃着池塘上的桥梁。

在那时,几乎美国的所有剧院都在放着那首伤感的歌《越洋之手》。每一个广告牌,每一堵围墙,甚至每个桶上都印着"越洋之手"的字样。弗雷德里克不停地哼唱着这首歌。只要他看到"越洋之手"这几个字,他的灵魂中就激起一阵充沛而美妙的旋律。

可是,还有一件事阻碍着弗雷德里克享受彻底的精神安宁。还有一个想法萦绕在他的心头。他该将那想法用言语表达出来,还是用文字描述出来呢?他不断徘徊于这两种选择中。他没有一天不做出数十种选择,要么这个,要么那个,直到有一天,拯救他的机会来了,威利·施耐德和伊娃·彭斯小姐远行到了梅里登。当他看到那个可爱的女孩儿,穿着轻便的夏装,面带微笑走向他时,他意识到,那个时候,占据他思维重要部分的就变成了"该?"与"不该?"然而此刻,问题已经解决了。

"威利,"他高兴地叫道,"做你想做的事,去你想去的地方,待在你该在的地方,尽量让自己开心吧,我们晚餐时在旅馆见。"他说完后,拉起彭斯小姐的手,让她挽着他,而彭斯小姐也笑着一路跟他走了。威利非常吃惊,可是他也大笑出来,并以他那惯常的戏剧性方式说道:

"哦,那样一来,我肯定是不受欢迎的咯。"

晚上,当弗雷德里克和伊娃回到那漂亮的梅里登旅馆的餐厅里时,他们的头上笼罩着一种微妙的魅力和一阵柔和的温情,使两人看起来越发年轻,越发好看了。他们的朋友觉察到了这一点,甚至让他们自己感到吃惊的是,两人已被一种新的元素,新的生活穿透。虽然他们正驶向这种新的生活,可是在这之前,他们谁都不曾预见这样的结果。那晚,他们喝着香槟,把酒言欢。

一个星期后,那一小群艺术家们送彭斯小姐和弗雷德里克登上奥古斯特·维多利亚号。

"我很快就会跟你们一起。"邮轮开始从码头移动时,威利站在码头上大喊。

对于弗雷德里克和伊娃来说,邮轮上的每一天都是星期天。从来没有人怀疑他是罗兰德号的幸存者。第三天下午,他说:

"三个月前,罗兰德号就是从这里沉下去的。"

海面风平浪静,就像万里无云的天空,海豚在水里跳跃。那个午后的晴朗夜晚,成了弗雷德里克和伊娃的新婚之夜。他们做着幸福的梦,越过了恐惧之地,而那就是罗兰德号的墓穴。

弗雷德里克的父母带着孩子们在库克斯港码头等他们。他下船后只看到孩子们,他用手臂抱起他们,一次抱了三个。孩子们一边笑着,一边咿咿呀呀地说着,紧紧地抓着他。这时,伊娃走向他们,一切都不言自明了。

直到他们能喘过气来,弗雷德里克敬了几个礼,并双手着地,还一边看着伊娃的眼睛。接着他起身,将食指放在唇上,示意不要说话。宽广绵延的土地上,长出了新的庄稼,里面传来成千上万只百灵鸟的叫声。

"这就是德国,这就是欧洲!假如一个小时后,船就要下沉,那会怎样呢?"

奥古斯特·维多利亚号的船长经过时,来和弗雷德里克打招呼。

"你知道吗,"弗雷德里克精神十足地说,"其实,我就是罗兰德号上的幸存者之一。"

"真的吗!"船长说,接着,他走开时,又补充道,"是的,我们总是在同一片海洋中穿越。祝您旅程愉快,冯·卡马赫尔医生。"